小说月报原创版编辑部编

小说月報

FICTION MONTHLY

原创版

2014年精品集

天津出版传媒集团

百花文艺出版社

图书在版编目（ＣＩＰ）数据

小说月报原创版2014年精品集 / 小说月报原创版编辑部编. -- 天津：百花文艺出版社，2015.1(2016.8 重印)
ISBN 978-7-5306-6583-1

Ⅰ. ①小… Ⅱ. ①小… Ⅲ. ①中篇小说–小说集–中国–当代②短篇小说–小说集–中国–当代 Ⅳ. ①I247.7

中国版本图书馆 CIP 数据核字(2014)第 303044 号

选题策划：小说月报原创版编辑部　装帧设计：郭亚红
责任编辑：张兢毅　刘升盈　　　　责任校对：魏红玲
　　　　　刘　洁　徐福伟

出版人：李勃洋
出版发行：百花文艺出版社
地址：天津市和平区西康路 35 号　　邮编：300051
电话传真：+86-22-23332651（发行部）
　　　　　+86-22-23332656（总编室）
　　　　　+86-22-23332478（邮购部）
主页：http://www.baihuawenyi.com
印刷：天津市泰宇印务有限公司
开本：720×970 毫米　　1/16
字数：218 千字　　插页：3 页
印张：18.5
版次：2015 年 1 月第 1 版
印次：2016 年 8 月第 3 次印刷
定价：35.00 元

目 录

拼子时代

徯　晗

　　喝完早茶回家,孙晓虹就接到儿子方超的电话:"创新班的名单已定,寥胜文出局,黄昊天进了,意外吧?"

　　孙晓虹的头顿时一热,一股浊气蹿上来,是未来得及消化的萝卜糕的味道,但仍屏住气问:"你呢?"

　　方超轻笑道:"你说呢?你就对你儿子放心吧。"方超打这个电话的目的,正是为了让母亲放心,尽管母子俩都知道这是个毫无悬念的结论。

　　孙晓虹撂下电话,气鼓鼓地坐在一旁的沙发上,瘦削的身子仿佛突然增加了看不见的重量,沙发的一角凹了下去。呆愣了一会儿,孙晓虹的呼吸开始粗重起来,惊动了茶几上的那只小花猫,小猫腾地一跃,打翻了茶几上的半杯水,杯子在茶几上滚了两圈,咚地砸在瓷砖地板上,顿时溅起一地的碎玻璃。水从茶几缝里沥沥地淌下来,洒在孙晓虹的光脚背上。孙晓虹气得一脚飞出去,只碰到了小猫翘起的半截尾巴尖,脚收回来时,却重重地打在茶几的一条木腿上,痛得她一声尖叫,脱口骂道:"孟迪,你妈的个×!"

　　骂完,孙晓虹也惊讶,自己骂的是孟迪却不是猫。

　　想起四个女人刚刚还在一起喝早茶,孟迪的兰花指还拈过她埋单的萝卜糕,心头的恨意就又烈了几分:真该让这个臭女人出出血!明天她要点鲜虾蟹饺皇、辽参淮山红豆小米煲贡粥,让孟迪一人埋单!可这又能怎么样呢?就算去花园酒店喝早茶,对孟迪又算什么呢?何况为这样的好事埋单,孟迪是求之不得呢。别说孟迪,就是她孙晓虹,也是早早就放了话的,儿子若上了美国的常青藤,她也是要去花园酒店摆酒的。她心知这是迟早的事,可对孟迪的儿子黄昊天而言,这样的结局却是她不愿意看见的。

孟迪太贼了。书读多了就是贼。她只恨自己水平不够,要不她也不用去求孟迪,她自己就可以打造自己的儿子——方超的天赋,天底下有几个孩子能比?

按理,孙晓虹、孟迪、孔亚冬和严丽四个女人是走不到一起的,可宏城小区的茶楼里却总是见到这四个女人在一起喝早茶,她们大多是早上九十点钟过来,一边吃,一边喝,一边聊着天,就到了中午十二点后散场,这一天的中午饭就不用吃了。

每次聚会,多是严丽先来。有时是孙晓虹。偶尔,孔亚冬和孟迪也会早到。谁先到谁就先占好桌子。宏城茶楼里的服务员都认识这四个女人了,因是熟客,茶楼索性将她们常坐的那张桌子给留下来,无论当天的客人多么旺,那桌子都给她们空着。桌子上摆着一张红地黑字的牌:严小姐订。客人们看到这四个字,也都自觉地不到这张台面前来落座。

在茶楼老板眼里,这是一群有钱也有闲的师奶。沙漏也好,水滴也好,不在量多,全在一份持久。什么都敌不过时间。老板深知这个理。师奶们天天来,就是送钱的财神。

桌子是长方形的,靠窗,透过落地窗,可以看见宏城小区的中心绿化带:两排高大的槟榔,婀娜的枝叶在半空中摇曳扶疏,衬着南城淡蓝的天空。茶楼门口是两棵大小高矮粗细几乎完全一样的酒瓶棕,两棵胖棕身上缠着星星似的彩灯,一闪一闪的,夜里格外迷人。早上,日光清朗,那瓶棕便似刚睡醒的少女,且丰腴且性感。窗外不远处,是小区种植的草坪,常年绿着,恰似这个城市里不知魇足的温暖。南城地处亚热带,又是沿海城市,气候温暖湿润,一年四季绿植葱茏,繁花似锦,经济富足,自古乃岭南名城。到了二十一世纪,这座城市已经拥有了港台的雍容大气,像一个涸染了数代荣华的大家族里走出来的年轻子孙,既充满朝气,又处处透着见过世面的镇定稳妥。

这虽是一座商贾云集的城市,却也吸纳了各地来此揾钱找生计的三教九流。就像坐在这张桌子前的四个女人,她们有着不同的身份,迥异的家境,却不妨碍她们温和地坐在一起喝早茶,有说有笑地讲她们共同感兴趣的话题。

四个女人坐在一起喝早茶,是因为孩子。

孟迪曾是四个孩子的私教,正是孟迪的努力,将四个孩子送进了南城最好也是全省最好的高中:南大附中。孟迪曾是P大数学系的教授,因为酷爱写科幻小说,竟成为国内屈指可数的畅销书作家之一,名气也随着版税的不断蹿升一飞冲天,前两年从P大调进了市文联,做了一名不用坐班的专业作家。

四个孩子,除了孔亚冬的是女儿,其他三个都是男孩。他们不在一个班,但都在同一个年级。对于独生子女家庭来说,男孩女孩一个样。在培养孩子上,该花的血本一分都不会惜。不过,严丽不止一个孩子,她生了四个。她是潮汕人,计划生育对潮汕人不管用,他们只承认交罚金。再说,严丽有钱,她交得起。

今天的早茶,毫无疑问归孟迪买单。早茶还没开始喝,孟迪就声明,今天不搞AA制,她埋单。

孙晓虹没说话。

孔亚冬和严丽分别起哄道:"这顿早茶该去花园酒店喝。"

孟迪说:"下次,下次一定去。"

孙晓虹瞥了一眼孟迪,说:"下次是什么时候?"

孟迪说:"随便什么时候。高考完了去也行。我请客你也逃不掉,你家方超是注定要上前几所的。"孟迪说的前几所,自然指的是美国的前几所,而不是国内的北大与清华。

孙晓虹压住心头的冷笑,生硬地说:"高考完了不算,你儿子黄昊天进了创新班,你得提前请客。"

孟迪说:"好啊,这次先请,高考完了,我儿子若考进了前几所,我还请。"又说:"这小子以前天天只知道玩,现在也许知道高二要分班了,醒转了,开始发力了。前几天还嚷嚷要我从网站上给他找些题来做。"

孔亚冬说:"知道发力了就好。这孩子天赋高,就是太贪玩,稍一发力就威力无比。不像我们家唐思敏,怎么用力都是白搭。"唐思敏是她女儿。

严丽也说:"就是,你两公婆都是教授,黄昊天遗传基因好,不像我们家寥胜文,自己的爸爸妈妈除了能做点小生意,什么都不会。"

孟迪说:"炫富了是不是?还小生意呢,谁不知道你是亿万富婆呀!"

孙晓虹扫了一眼孟迪,又冷冷地挖了一眼严丽,鼻子里默默喷出两股粗气,均被服务员上点心的手臂挡住了。

严丽说:"哪里啊,不是你,寥胜文哪有今天?现在都不知在哪间学校混呢。"严丽的话是发自内心的。孟迪笑笑,瞅一眼孙晓虹,孙晓虹脸上没有任何表情,只是很专注地把筷子伸向了刚上来的一笼鲜虾蟹饺皇,一边说:"你们快吃啊,这个要趁热吃,凉了有腥味。"笼屉里的鲜虾蟹饺皇刚好四个,是粤式早茶中最贵最好吃的小点。

孔亚冬和孟迪对视一眼,先后夹了一个放进自己碗中。严丽愣着没有动。

严丽的意思很明显,没有孟迪的辅导,她的儿子廖胜文就不可能考进那么好的学校,分到那么好的班。遗憾的是,眼下还是没能保住——儿子出局,她昨夜一夜未眠,但不得不面对事实。毕竟儿子已经努力了,他们夫妇都没文化,儿子能有今天,孟迪功不可没。对此,她内心是感激的。退一步想,就算没有保住创新班,可在南大附中这样的学校,她儿子廖胜文进一所国内的好大学,还是没有悬念的。十个手指伸出来尚有长短,何况这些不同父母所生的孩子。这样一想,她的心又开了,今天仍然高高兴兴地来喝早茶。

孟迪善意地伸出纤指,抚了抚严丽那双粗大的手,说:"不急,孩子高考时兴许会临场发挥,我了解廖胜文,他是个爆发力很强的孩子。"

孔亚冬举了举茶杯,说:"廖胜文再怎么不济,也好过唐思敏,朝我想想,你就该笑了。"

严丽就笑了,说:"认识你们,是我的福气呀!"又看了看孙晓虹,想说什么没说,低下头开始喝粥。孟迪果真点的是辽参淮山红豆小米煲贡粥,每人一小碗,一碗五十元。香软滑嫩的辽参,在严丽嘴里却没吃出滋味。

严丽能和孟迪认识,该感谢的是她的儿子。

那时,孟迪还在南城P大的数学系当教授,课余也辅导自己的儿子黄昊天学奥数。黄昊天是个淘气孩子,完全不把当教授的妈妈放在眼里,在他眼里,妈妈就是妈妈,不是什么"老师",想怎么皮就怎么皮,根本就不听他妈讲课。有时,他一边听着妈妈的讲解,一边给自己的好同学廖胜文打电话,嘻嘻哈哈的,让孟迪一点办法都没有。廖胜文是他P大附小的同学。附小一般只招P大的教工子弟,但也招一些社会上有钱人的孩子。"买进来的",老师们一般这么称呼这些孩子,背地里却对这些孩子的家长最客气。孩子们眼里没有这些概念。廖胜文是"买进来的",但黄昊天和他玩得最好。他对廖胜文嘲笑自己的妈妈当老师有瘾:"给大学生上完课,还要给小学生上。找不到小学生,就给自己儿子上。无聊死了!"廖胜文把这话学给他妈严丽听,严丽说:"这是多好的事啊!这孩子真是身在福中不知福,为了你的学习,妈妈到处给你找家教,花了多少钱啊!黄昊天有免费的课怎么还不听呢?"黄昊天又把这话学给孟迪听,说:"寥胜文妈妈是富婆,他家超有钱,给他请了好几个家教,都是一对一。他说一个人学没劲,要我陪他一起学,要不我去他家学吧?"孟迪的眼睛一亮,想,原来儿子不听她讲课,是需要有伴啊。教一个是教,教两个也是教,她又不收费,叫人家的孩子免费来听课总可以吧?于是主动打电话去寥家,电话是严丽接的。孟迪说了自己的想法,说:"我没有别的意思,也不收费,就是为了给孩子找个学习的伴儿。他俩玩得好,你要是不愿意孩子来,就算了。"说这话时,她心中很忐忑,生怕对方有什么想法。一些有钱人总是担心别人盯上自己的荷包,不愁不做他想。哪知严丽一听高兴得叫起来:"好啊好啊!太好了啊!早听我儿子说了,你是大教授,大教授教我们家小学生,那是高射炮打小鸟啊!"严丽话虽粗鄙,态度却真诚坦然。倒是孟迪自己多心了。孟迪一高兴,又想起老公的同学唐峻夫妇来。春节期间,两家人一起聚过一次。他们的女儿唐思敏在宏城小学念书,与黄昊天同年,读同一个年级。饭桌上,她老公黄宇轩还和老同学开玩笑,说:"将来把你家姑娘给我们当儿媳妇好了。"说笑而已,但高中的同学能在分别多年,有了各自不同的人生轨迹后,又在同一座城市相遇、往来,也挺不容易。两家人虽不在一个小区,但相距不太远。孟迪想,不如把唐思敏也一块儿叫来上课。

接到电话,孔亚冬自然很高兴,她颇有同感地说:"是啊,自己的孩子就是该交给别人去教的。我女儿也不听我的呢,那就交给你吧!"孟迪这才意识到孔亚冬曾经也是做过中学一级教师的,说不定人家教得还比自己好呢!于是有些尴尬,说:"这算不算抢生源啊?孔老师?"孔亚冬也会意,说:"孟教授你就提早培养吧,将来招到你门下读博去。"孟迪占便宜道:"那我就一箭双雕啦,为自己培养儿媳妇,得未雨绸缪。"

孩子天生爱表现,三个孩子一起学,有了竞争,黄昊天果然爱学了。孟迪也乐此不疲,使出十八班武艺。毕竟三个孩子中有一个是她自己儿子。

孙晓虹从孔亚冬那里知道这事后,立即请孔亚冬帮忙:"你跟她说说,把我儿子也收下吧,我按小时付钱。"

孔亚冬说:"你儿子成绩那么好,还用上补习班吗?"

孙晓虹说:"成绩好是好,可奥数更重要啊,你又不是不知道,现在小升初,哪间重点中学不考奥数?你就帮我跟她说一下吧,让方超跟唐思敏在一块儿多好啊,他们可以一起去,一起回来,我负责接送怎么样?"

孔亚冬应付道:"好吧,我帮你问问孟迪,看她还收不收。"

孙晓虹说:"会收的,多一个也不多。你就跟她说我付钱。"

孔亚冬看一眼孙晓虹,没吭声。心想孟迪是为了钱吗?再说,她缺钱吗?

孔亚冬给孟迪打电话,话还没说完,孟迪就说:"送来吧,多教一个也不多。多一个,他们在一块儿学起来更有气氛。再说,是你老公同学的孩子,就送来呗!"

孔亚冬倒真心希望孟迪能拒绝,偏偏孟迪二话不说就答应了,分明还是买了她的面子,孔亚冬反而不知该说什么了。

四个孩子就这样归到了孟迪的名下,成了她的"私徒"。

孔亚冬那时想,孙晓虹什么人,让孟迪自己去体会吧。

南大附中每年招收十八个班,两个创新班,四个重点班,十二个普通班。两个创新班是从全省中考考生的前一百名中选拔过来的。选拔很残酷,高一选拔一次,高二文理分科时再选拔一次,高三最后再选拔一次——高三的选拔最残酷:两个班只保留一个班。也就是说,能杀进最后的创新班的只有前五十人。即使高一能进创新班,高二也不一定得得住,高二保住了,高三也不一定得得住。

所谓创新班,就是奥班。现在叫奥班敏感,改叫创新班。叫法不一样,但内涵不变。创新班的生源组成基本是获得过国际奥林匹克金、银奖或全国数理化生单科与多科一等奖的尖子生。

马上高二了,又是一次淘汰选拔。方超是中考后第一批被选入创新班的,孙晓虹眼下倒是无虞:方超一整年大考小考都是年级前十,再怎么选拔,方超都不会被踢出创新班。

寥胜文就不同了。他也是高一入学时选入创新班的,但成绩不稳定。方超在创一班,寥胜文在创二班。事实上,孙晓虹已经提前知悉寥胜文可能落选,方超昨天在电话里告诉她后,她就更不把寥胜文当回事了。她在乎的是黄昊天。内心里她也承认方超有今天,孟迪功不可没,可她心里也暗恨孟迪私心重,到了高中就不肯再教她儿子,而只给自己儿子开小灶。孟迪如果真像她所说的"到了高中就没再管过黄昊天的学习",黄昊天能考进创新班,打死孙晓虹,她也不信。黄昊天如果进了创新班,她儿子无疑又多一个潜在的对手。对手哪里都会遭遇。可黄昊天是孟迪的儿子!

孟迪无疑是个了不起的私教。只一年,四个孩子中就有三个拿到了华杯赛一等奖。唯一没拿奖的是唐思敏。经过孟迪几年的辅导,最终四个孩子都考进南大附中。四个孩子中,只有唐思敏不是凭文化分考入的,而是走的"特长生路线"——她的绘画得过全国金奖。唐思敏进的是普通班。

孙晓虹气的是,孟迪在中考完后就无论如何不肯再给四个孩子上奥数课。她说:"现在四个孩子都考进南大附中了,我的任务也完成了,得好好写点东西。否则,对不起这份只拿工资不干活儿的工作。"

孟迪不用坐班,这也是她有时间天天和几个师奶一起喝早茶的原因。孟迪的出名纯属偶然,她不知从哪一年开始迷上写科幻小说,起初只是在网上贴一贴,谁知她的科幻小说大受欢迎,不久就登上了各大网站的阅读排行榜。很快出版社就找上门来了。她一跃成为近年来最受青少年欢迎的畅销书作家。印数的不断增加,巨额的版税也让她那点教授工资倍显寒酸。为了腾出更多的时间写作,她调到了文联。

孟迪不肯再带学生,孙晓虹也不能勉强。但四个女人还是天天在一起喝早茶。多半是AA制,偶尔严丽会争着埋几次单。不是埋不起,中国人的文化性格如此,不患贫,患不均。AA制有利于友谊的延续和巩固。

四个人年龄相仿,差距只在各自保养的程度上。说起来,孙晓虹的长相最为漂亮,家境却是最差的。只消看她一双手,严重超过了她本来的年龄,女人把岁月的劳苦都沉积在了一双无法躲藏的手上。手对于一个人的出身、经历最来不得欺骗,尤其是女人。孙晓虹的手,看上去差不多有五十岁了,事实上她才四十出头。严丽的家境最好,但她的手也出卖了她的出身。如今的严丽,住着豪华的城中别墅,出入都是豪车,手指隔三岔五会去小区的美甲店做上一回护肤美甲,甲盖上的花纹都是南城美院毕业的老板娘亲手画的,可那伸不直的十指,骨节粗大,皮肤皱缩,仍然难掩粗鄙的过往——那过往连接着一个女子苦难的童年,也许青年。孙晓虹也只有在看到这双比她年轻不了多少的手时,心里才会暗暗滋生出某种优越感。心想,这双手,也许喂过猪,砍过柴,淘过大粪。她呢,到底也是小城市长大的,无非是嫁错了人才磨出了手上的一把老皱皮,十个手指伸开,起码骨节是直的,也没有粗大的突起。

看起来最年轻的是孟迪。不管是一双纤手,还是一脸素颜,都比她本来的年龄要小上几岁。奈何,她硕士毕业后就留在大学里教书,做了副教授后又读博,攻下博士后,又升了教授。一双手除了握笔,握鼠标,握教鞭,恐怕就只握过男人那隐私的物件。

孔亚冬也显年轻,比她本来的年龄年轻。虽然她长得并不漂亮,甚至算得上丑,可她神情里有种活力和书卷气。这让孙晓虹骨子里有些不爽,却从不敢有丝毫流露。原本,她俩应该过差不多的日子,四个女人里,她们是最早认识的,不是因为孩子,而是因为丈夫。她们的丈夫是大学同班同学,毕业于北方一所海运学院,现在叫海事大学。两位丈夫学的是轮机专业,一毕业就都做了海员,而且是最要命的那种:跑国际航线。都说海员难找妻子,上世纪九十年代初,海员的工资没有现在高,去的也都是国企。那时期,国企铺天盖地,一家单位大的几万人,小的几十人,从首都到省会到市县到乡镇,国企们的体制和待遇大同小异。长期的因循守旧,根本就是死水一潭。后来国企改制,赶着脚解体。下岗的下岗,买断的买断,停薪留职的停薪留职。分到航运公司的就更惨,一出海就是几个月,一场恋爱还没捂热,出一次海回来,女朋友的心早就凉了。所以,读了轮机专业的,基本对自己的婚姻都自降预期,压低条件。为了稳妥,大都在自己的高中同学里找,且多是找落榜了的女同学。一是家乡人,知根知底,二是落榜的同学深知考上大学的不易,在她们眼里,他们身上罩着一层大学生的光环。即使他们的未来要去做海员,在五面是水一面是天的海洋上谋生活,可她们愿意等待他们归来相聚的日子。

　　孙晓虹和孔亚冬就是她们老公的高中同班同学。孙晓虹高中毕业后进了市里的一家药厂,当仓管。孔亚冬落榜后分数勉强够一所地区师范学校(当时叫中专)的线。那时期考不上大学和大专的,够线也可以报中专。中专也解决农转非。孔亚冬于是去了这所学校,与一大帮从初中考进来的弟弟妹妹们为伍,心里的落魄可想而知,所以当高大帅靓的唐峻从海运学院给她写来求爱信时,她毫不犹豫就接受了他,并在第二年暑假就去北方那座漂亮的海滨城市看他。他们的爱情疯狂升温,她中专还没毕业,就为他打了两次胎,几乎一年一个。孔亚冬中专毕业后,分到家乡的小镇教初中。如果不改变这种结局,她就得老死小镇。所以,她在唐峻毕业前又北上了两次,再打了一次胎,才熬到唐峻大学毕业分配到一家大型航运公司。这家公司在南城。南城,岭南名城,沿海城市,改革开放的一线城市。这对当时想南下想疯了的内地女孩们该是一个怎样巨大的诱惑。所幸唐峻对婚姻的要求并不高,在单位报完到,出了一次海后就回家乡和孔亚冬结了婚。

　　与此同时,唐峻的大学同学方亮也给他寄来了结婚请柬,方亮分到武汉的一家航运公司。两人大学既同班又同宿舍,唐峻外向,方亮内向,脾气却是最合得来的。接到请柬,唐峻于是与方亮相约,各带妻子前往黄山旅游度蜜月。

就是在这次蜜月旅行中,孙晓虹认识了孔亚冬。孔亚冬的貌不出众和小镇气质,唐峻的英俊高大和谈笑风生,再目睹黑瘦木讷的丈夫方亮,孙晓虹在内心颇为自己叫屈,后悔自己不该听介绍人的,和方亮同学结婚。所幸方亮分在省城,虽不及唐峻在南城,但比起孔亚冬的小镇工作来,自己的调动难度似乎要小很多。毕竟她所在的是一个地级市。

同学夫妻出游,自然照了很多合影,有夫妻俩各自的,有同学俩的,也有孙晓虹与孔亚冬的。让孙晓虹内心高兴的是,照片上的她光彩照人,背景衬上秀美的黄山云雾,更显风姿绰约,而孔亚冬则相貌平平,只如她的陪衬。不过,孔亚冬的眼神里没有丝毫忸怩和自卑,倒是不知从哪里得来的一种自信和淡定。孙晓虹想,一个小镇上的初中老师,还真把自己当成知识分子了?

最让她不爽的是他们四个人的合影。要么两个女的在中间,挽着各自的丈夫;要么两个男的在中间,揽着各自的妻子。看照片,任谁也不能相信,俊朗的唐峻和姣美的她却不是一对夫妻。她不觉想起高中时抄在笔记本上的一副古联:骏马每驮痴人走,美女常伴拙夫眠。看来古人常常命中真相啊!

生活是不以人的意志为转移的。蜜月后,他们回到了各自的岗位。再见面时,却是在南城。

方亮带着妻儿来南城投奔老同学唐峻。唐峻给方亮介绍了一家国外的航运公司,要在南城码头登船出海。

此时的唐峻,已经在南城买了百余平方的三居室,标准的花园洋房,南城的高端小区。房子带户口,没有办理调动,孔亚冬就从小镇初中教师变成了南城人。虽然还着月供,但孔亚冬淡淡地笑着说:"等他再跑两年船,差不多就能提前还贷了。"跑船,是她们这些海员的妻子对丈夫工作的通用表述。可孙晓虹明白,人家唐峻跑的是不一样的船,唐峻跑的是外国公司的船,拿的是美金,自然两年就可提前还清房贷。原来,唐峻趁所在国企改制之机,也完成了对自身的改制——他早几年办理了留职停薪,到国外的航运公司去跑船了。挪威的公司,日本的公司,澳大利亚的公司,甚至台湾公司都跑过,哪家公司钱多,就去哪家公司跑船。合同一般是论次签,不是论年签。出海一次有时是十个月,有时八个月。拿的一律是美金。外国的船运公司还有给船员家属的生活补贴,换成人民币,少说也有两三千。孔亚冬在南城一家私立中学当老师,薪水也不低,加上这份补贴,等于是拿双工资。

孙晓虹在内地的一点可怜薪水，还不及孔亚冬的一个零头。而她居住的一居室，还是单位分的福利房，又老又旧。城市的节奏，就是发展的节奏，就是经济收入的节奏。她所在的那个内陆小城，比起富庶繁华的南城，这节奏已经不知慢了多少拍，只能用年来形容了。不是一年两年，是十年二十年！在药厂干了快十年，她的工资还是以百为单位，身份仍是仓管员，勉强升了个副主管，不过是待遇上比普通仓管员多两百块钱。方亮就更不能和唐峻比了。方亮也跑船，是单位派到哪里就往哪里跑，拿的是人民币，比企业普通员工的工资仅多一点出海津贴。婚后，他不仅没把孙晓虹调去省城，在单位不死不活耗了几年后，反是办停薪留职回到了孙晓虹工作的小城，在家门口开了家小杂货铺，勉强维持生计——生生又耗去两年时间。这两年时间里，唐峻却是一边跑船一边狂学习，刚刚考下了老鬼的职称。老鬼就是轮机长。往下是大管轮、二管轮、三管轮，俗称大鬼、二鬼和三鬼。由二鬼升为大鬼，要通过国家的统一考试。方亮按部就班，职称还只是个二鬼。如果不离职两年，也可能考了个大鬼。就算唐峻眼下帮忙把他介绍到国外的船上，他拿的钱也已经跟唐峻差了两个等级。更让孙晓虹气急的是，孔亚冬早已不是当初她眼中的那个中专生和小镇中学教师。分别的这些年里，孔亚冬参加了成人高考，读完了大专，又读完了本科，评上了中学一级教师。这就是差距。孙晓虹认为这一切差距的形成，都是城市的不同导致的。是沿海与内陆的差距，是南方与北方的差距，是大城市与小城市的差距。几天里心中上万次的比较，她在心里恨死了方亮。男怕人错行，女怕嫁错郎。她就是嫁错了郎。都是大学毕业，都是海员，方亮在大学的成绩还略胜一筹，怪只怪他没有像唐峻那样分到南城。几年就是几十倍的差距啊！尤其是当她看到宏城小区的幼儿园门口刷着"不能让孩子输在起跑线上"几个字时，终于忍不住抱着儿子方超号啕大哭。

　　"打死我、我也不回去了！"孙晓虹一边号哭，一边用手捶打方亮。"我要留在南城！哪怕做家政，给人当保、姆……"孙晓虹说不下去了，她被自己的哭声噎住了。

　　孙晓虹的突然恸哭，把唐峻的女儿唐思敏吓住了，她吓得扑进妈妈的怀里，令一旁的孔亚冬和唐峻略显尴尬。

　　唐峻说："那就不回去了吧，先在南城租个房子，找份工作。把孩子送回老家，等安定下来再接过来。"

　　孔亚冬明白孙晓虹心里的落差，善解人意地说："就先住在我们家吧。租房的事以后再说。方亮不是马上要出海吗?你回去先把孩子安顿好,把单位的事处理一下。我这边也帮你留意留意,看哪里合适。"

孙晓虹不哭了,站在南城街头愣了很久,说:"住的事就不麻烦你们了,这几天已经够打搅了。工作的事还是请你们先帮我留意一下。我回去安排好就过来。"

孙晓虹本是随夫来南城玩几天,此次却十分决绝。她没有给自己留后路,直接回单位办了辞职。不仅如此,她还把单位分给她的一居室福利房卖了。家里所有的东西,能卖的就卖,能送的送,把孩子送回娘家后,一个光人揣着一本五万块钱的存折登上了开往南城的火车。

做所有这一切,她都没有告诉方亮。父亲的劝诫她也不听。同事不解,说:"你这不是疯了吗?你留个后路有什么不好呢?不就办个留职停薪的手续,没个单位你将来怎么买保险?"

孙晓虹不理。买什么保险?有钱就是保险。所谓保险,都是给懦弱的人准备的。她想起一句话:置之死地而后生。她不把自己置于死地,焉得重生?她本来就没想过还要回来,留后路干什么?所谓的后路只会削弱她破釜沉舟的决心!

孙晓虹在南城还真干了两年家政,一年护理,到2003年春,"非典"暴发,南城的房价突然暴跌,她把方亮出海三年赚来的美金全部兑换成人民币,以七折的价钱入手了一套新房。新房就在孔亚冬所在的宏城小区。新房有一百二十多平方,比唐峻和孔亚冬的家还大几平方,最重要的是,楼是新盖的,带全新装修,"拎包入住",楼盘广告上就是这么说的。宏城小区这几年越盖越大,一栋楼比一栋楼漂亮,孙晓虹买的就是最新款的威尼斯楼,比唐家的柏林楼又要气派几分。

经过三年的努力,孙晓虹终于平起平坐地和孔亚冬住到了一起。房子虽只付了首期,但以方亮日渐增长的海员收入,"等他再跑两年船,差不多就能提前还贷了"。这话终于可以轮到她来说了。三年里,方亮经过努力,也考过了大鬼,正考老鬼,要不了多久,收入就能赶上唐峻了。

三年的苦熬,她全背着人,自然也背着唐峻夫妇。她做家政和护理期间,几乎从未和唐家联系,也不准方亮向唐峻露嘴她的职业。只有她的手泄露了她的经历。她原本还算白皙软绵的手,皮干了,皱了,糙了好多,三年里几乎替她挨过了七八年的时光。正因为知道这双手的苦,知道它受的罪,她才在女友严丽的手上看到岁月的风刀霜剑。

好在手不是脸。买了新房，住进去，就是她的脸。她把儿子方超接来身边，做起了全职太太——毕竟她坐在家里，也能拿一份"家属补贴"金了。方超转入宏城小学，和唐峻的女儿唐思敏在一个班。她心里的落差不那么大了，但唐峻这一年却决定上岸，不再跑船。

"跑船的日子不好过，一出海就是大半年，见不着亲人不说，那种五面是水一面是天的日子，可真不是人过的。差不多了就上岸吧！"唐峻给刚回家休假的方亮祝贺新居，见面时说的却是这么一句话。

什么叫差不多了呢？差不多了，就是还清了房贷，手上也有了些余钱，那是多少呢？唐思敏上小学后，孔亚冬也辞去了一月几千的教学工作，做起了全职太太和女儿的专职家教。没有一点家底，她敢这样？

唐峻进了南城一家有名的上市公司。唐峻形象好，人又活泛，听孔亚冬的意思"是被这家公司的老总挖过去的"，孔亚冬说："他们公司设有航运部，让他去管船，做技术部经理。"孙晓虹的心又隐痛起来。她难道想做一辈子船嫂吗？她不想方亮上岸吗？当然不是。可是他们的房贷怎么办？他们还没有"差不多了"，方亮自然还不能上岸。和唐峻夫妇比，孙晓虹找回来的脸面仍然是经不起打量的，多看几眼，就能看出脸皮下面的贫薄与不堪。这脸面经不起风吹，经不起雨打，经不起凌厉与毒辣的端详。

她和孔亚冬、方亮和唐峻，始终存在着差距，这是任谁也改变不了的。不管他们怎样加速奔跑，这差距只能缩短，不能消亡。谁让他们当初差得太远了呢？

让孙晓虹在孔亚冬面前重新找回颜面来的，是她的儿子方超。她做梦都想不到她的儿子方超那么会读书。这小子一入学就坐上了宏城小学的第一把交椅，随着时间的推移，他在这个位置上竟越坐越牢，一副要把这把椅子坐穿的架势，尤其是在跟孟迪学过奥数以后。"谁都想把这小子赶下去，可目前还没有人把他赶下去！方超拿到了我们宏城小学有史以来的第一块华杯赛金牌！"小学毕业前，班主任在最后一次家长会上如是说。这话太给力，让孙晓虹从梦中都笑醒。

和孔亚冬在一块儿，孙晓虹的话题早已不再是我家亮，而是我家方超。

唐思敏虽有孔亚冬这个专职家教，又有孟迪背后的托举，成绩却不出色。唯一的优势是这孩子画画得好。小学六年拿了很多绘画奖，其中少儿类的金奖也有好几个。但这些都不敌方超的分数过硬。

女儿成绩不拔尖，孔亚冬倒也能心平气和。读书也是要靠天分的。孩子只有一个，男孩女孩都一样。如今谁不这样呢，在培养孩子上面，该花的本钱谁都不会少。除了自己教，各种培优班、兴趣班，孔亚冬也没少交钱，可这孩子在学习上天分不高。孔亚冬心里也急过，最后也认了。好在女儿绘画不错。女孩子嘛，有一份艺术天赋，也是好的。

有时，孔亚冬也羡慕孙晓虹，孩子会读书，做母亲的谁不高兴呢？她拿方超来激励女儿："你要向方超学习。"唐思敏学习不出尖，却牙尖嘴利，善于从大人的话里捕捉深意。唐思敏说："方超是方超，我是我，你怎么老拿我和他比？你怎么不拿他爸和我爸比？我爸都上岸多久了，他爸还出海呢。哼，房贷都还没还清！"

虽在自己家中，孔亚冬还是本能地环顾四周。她斥道："你这孩子怎么这样说话？给人听去了多不好！"心想，这话要是给孙晓虹听见，还不把她气死？

"就许你和我爸在背后议论人家，就不许我说吗？哼！你们大人就是虚伪！"

唐思敏这是为自己找理。真见了孙晓虹，她还是相当尊敬。在外面，她是个乖孩子。孩子们天生就有种悟性，中国孩子这方面的悟性尤其高。察言观色，无师自通。很知道哪些话是只能当着自家父母说的。

严丽和老公都是潮汕人。潮汕人是中国的犹太人，是个潮汕人，就会做生意。生意有大有小，资产有多有少，全凭各人的财运。严丽和她老公做的是海产生意，主要经营燕翅鲍。燕翅鲍就是燕窝鱼翅鲍鱼。她家资产过亿，住在离宏城小区几公里外的一套城中别墅里。

这资产是靠她和老公辛苦打拼出来的。他们从潮汕的一个小渔村里走出来，从最初的贩卖普通的干货海鲜，到经营专门的高档海产，花了整整二十年时间。潮汕人团结、勤奋、胆大、群策群力，具有大多数国人所不具备的美好品质，这正是潮汕商帮不断壮大的原因。南城的潮汕商会在改革开放后成立得最早，如今，严丽的老公也在商会里担任着副会长一职。

这里面既有他们的个人奋斗，也有时代给他们提供的机会。严丽和老公深深地明白，这样的时代已经一去不复返。他们的孩子以后已经不可能像他们当初一样，仅仅依靠个人的勤奋、胆量就能打拼出一片天地来。这是一个拼实力也拼知识的时代。他们有四个孩子，除了给孩子们提供经济和物质上的充分支持，他们最大的努力就是让他们的孩子完成他们所没经受过的教育。如今，严丽已经退出江湖,公司的生意由丈夫主理,她则负责管理四个孩子的学习和生活。

让严丽感到欣慰的是,她的四个孩子都学习出色。寥胜文是老大,下面还有两个妹妹一个弟弟。四个孩子都有专职的家教。这也是她肯花大量的时间来陪孟迪她们喝早茶的原因。私底下,孟迪已经承诺到时候会带她的小儿子寥胜武学奥数。小儿子才读二年级,还早。"等黄昊天他们高考完了,我就有时间了。那时方超也上大学了,孙晓虹也不会有什么想法。"

严丽会意,发自内心地感谢孟迪。没有孟迪,寥胜文是考不进南大附中的创新班的。孙晓虹怎么想是她的事——孙晓虹几次冲她抱怨:"孟迪这人帮人不帮到底,还不是有私心?"有私心怎么了呢?教不教你的孩子是人家的自由,教自己的孩子,也是人家的自由。你成天恨不得自己的孩子比谁都强,拿谁的孩子都当对手,孟迪没点想法才怪。你拼子可以,可你不能去跟皇上拼太子呀!一个不知道感恩的女人。

虽然她也希望孟迪能一直带下去,但孙晓虹找她说这些她就反感了,她肯定是把自己视作同盟了吧。她心里不悦,口头上也不做附和。她不喜欢孙晓虹,但还是一直交往着。林子大了,什么鸟没有呢?就像做生意,你不能因为不喜欢一个人就不与他做生意。

原本,她和孙晓虹与孔亚冬是搭不上边的。寥胜文在孟迪那里学奥数,她去接孩子,碰见了也来接孩子的孙晓虹和孔亚冬,就这么认识了。严丽有钱,但出身卑微,只念了个初中,为人从不敢高调,于是客气地请几位妈妈一起喝早茶。师奶们聚在一起,本来就不需要太多理由。丈夫、孩子、朋友、邻居、狗狗,都是她们结识的起因。有时,只因年龄相仿,大家都无所事事,聚在某个角落闲聊,就聊成了熟人。再打上几场牌,喝几次早茶,就成了"奶友"。何况四个孩子在一处补习,也算是同学。

喝早茶是沟通感情的一种方式,再说,共同话题是孩子,大家都有闲,四个人就经常一起聚了。

聚会多了,彼此间也会生些小矛盾和龃龉。比如孙晓虹看不惯严丽有钱,对她的穿戴多有议论,认为她是炫富,又不懂得炫富。在孙晓虹眼里,严丽的肥,是一身蠢肥,严丽的富,是一种暴富。当然,这话她是私底下对孔亚冬说的。孔亚冬对孙晓虹也有些看法,认为她要强,凡事爱跟人争个高低,还喜欢搬弄是非。当然,这话她也只在私下和孟迪说过。严丽呢,也不满孙晓虹老说她儿子方超，顺带还要压自己儿子寥胜文一头，好像寥胜文就不能比方超强，私底下和孔亚冬抱怨过几回。孟迪则仗着自己是四个孩子的老师，说话有时有些直率，也不管听的人有什么感觉。

彼此有些看法是不可避免的，但都还在一起喝早茶。四十多岁的人了，面上的事还是能撑住的。只是孔亚冬对孙晓虹越来越防犯，那双黑亮得发贼的眼神让她觉得害怕——即使是她在对你微笑时，那褐色的瞳孔里也闪动着一团神秘的阴影和一股压抑着的活力，里面仿佛藏着两把无形的软刀子。

事实上，孙晓虹对孔亚冬是深怀妒忌的，但她把这种妒忌死死地压在心底，不敢有丝毫的流露。她和方亮能有今天，可以说全靠唐峻。唐峻上岸后不到五年就提了公司的副总，又把方亮弄进了公司，接替他原来的位置。也就是说，唐峻现在是方亮的顶头上司。

两个人原来是同学，现在却是上下级。在唐峻看来，把方亮弄进公司，是帮老同学，也是帮自己。方亮技术过硬，为人忠厚，在公司里绝对是他的可靠力量。而孔亚冬却认为唐峻这一着棋走得又臭又蠢，她说唐峻这是搬起石头砸自己的脚："老同学做上下级，你认为方亮的心里会好受吗？"

"这事儿方亮对我可是感激的，你别以为谁上岸都能找到这么好的岗位。他心里能有什么不好受的？再说，航运部归我主管，这位置上没个心腹之人也不行。方亮最合适。"唐峻说，"男人的事你们女人少掺和。方亮什么人，我比你了解。"

孔亚冬说："方亮是不坏，可孙晓虹心思多，保不准她不会在背后指使方亮。这事儿已经这样了，反正你对方亮要多留个心眼儿。"

唐峻说："你们妇人间的事儿怎么那么多？整天就知道八卦来八卦去，你素质就不能再高点？再说，别说方亮不是那种人，就算他有什么想法，也不能把我怎么样，他这个位置，我说了算。"

孔亚冬无语。只是与孙晓虹的交往变得更谨慎，在一起聊天时，绝不说丈夫工作上的事。孙晓虹试探着问起时，她不是敷衍回避，就是把话题引向孩子。孙晓虹也不傻，知道孔亚冬和她打太极，心里对她的嫉恨又多出几分。她回家找方亮发泄："她不就是仗着老公有本事嘛！这辈子我靠你是靠不上了，只能靠儿子了。"如果方超在家，她就会眼巴巴地看着他："儿子，妈就指望你了！"方超也不说话，只是默默地转身走开。

对孔亚冬的嫉恨强一分，她对方超的期望就多一分。这一点，严丽最清楚。

孙晓虹有几次憋得慌,话里有话地对她说起过,"人家老公有本事嘛,看不起人是正常的。可将来,谁又说得好呢?"言下之意,是她儿子方超将来只会比唐思敏强。

严丽不想掺和进去惹是非,把这些话都悄悄地烂进自己肚子里。要是她漏了口风,以孙晓虹的个性,怕是会和她拼命。这些话,她只能听不能说,甚至都不能回应。她知道,只要她稍作回应,孙晓虹就会把自己的怨言变成严丽的怨言,变成孔亚冬耳朵里的是非。做生意的人,不想与任何人为敌。

虽然彼此间心思复杂,表面的客气却是必须的。四个女人除了在一起喝早茶,还有一件最重要的事,就是给孩子送汤。孩子上高中后,就都住校了。学校的伙食差,有条件的家长们都会不约而同地每周给孩子送一两次汤,顺带送一顿自做的丰盛饭菜。

这天喝完早茶,孙晓虹问:"你们明天送什么汤?"

孔亚冬说:"说到送汤我就头疼。每次都不知道煲什么汤,无非就是那老三样呗。"

孙晓虹说:"我昨天买好了汤料,鲜椰汁煲竹丝鸡,里面放点桂圆跟枸杞,很好喝。我刚跟邻居学来的,昨晚我试煲了一下,味道还真不错!"又对孔亚冬说,"你不想煲就别煲了,我多煲一点,带一份给唐思敏。"

孔亚冬笑说:"那我就不客气了。我明天带桶来你家装汤。"

孟迪说:"那我干脆也不煲了。你多煲一点,也带一份给黄昊天。"

孙晓虹说:"干脆你们都不煲了,寥胜文的汤我也一起煲了。"

严丽说:"那得煲多少啊!我的就算了,反正家里汤料多,让保姆煲就是。"

孙晓虹瞥一眼严丽,斜眼一笑,说:"看不上是吧?也好,反正你家有保姆,给了工钱也不能白让人闲着。那你就自己煲好了。"心想,家里有钱烧得慌,自己爱煲煲去。

严丽说:"我这不是怕麻烦你嘛!"

孙晓虹挥挥手,说:"跟你开玩笑你还当真了?明天怎么去?"

孟迪说:"严丽住得远,明天我开车来吧,到宏城接你们。"

严丽说:"好。这次你接,下次我接。"

孟迪和严丽有车,一般都是她俩开车过来接孔亚冬和孙晓虹,四个人一道走,一辆车就可以,谁方便轮谁。

孔亚冬没买车,是因为唐峻有公车。孙晓虹还不敢考虑买车的事,她还得准备买二套房。四个人中,只有她还没买二套房。方亮现在年薪也不低,一年四十来万。光公积金,加单位买的那份,每月就有九千多,买二套房已不是问题。从这点上来说,她是感激唐峻的,言语中不觉对孔亚冬带了些温情地道:"我晚上去你家拿唐思敏的汤桶,明天装好了一起带上车。"

孔亚冬说:"不用了,我明天拿桶过来装就是了。白喝汤已经不好意思了,哪里还能再让你跑一趟。"

孙晓虹说:"跟我还客气什么,那我明天煲好汤,就在家等你们哈。"

四个人说好就散了。回家的路上,想起儿子,孙晓虹心里的怨怼没那么重了,慢慢升起了一股暖意。儿子留在创新班,前途已无虞。一切都在朝着她的愿望行进。比起刚来南城的那会儿,她应该知足了。有了房,房款也早已还清,户口也迁进来了,手上还有了一百多万的积蓄。他们的生活也算步入了中产。儿子学习优秀,进了全省最好的学校最好的班。这一切,都是她在来南城这十几年里实现的。她还有什么不如意的呢? 假如没有她当初那破釜沉舟的一步,今天的日子是不可想象的。

只是在孔亚冬面前,她那种不如意的感觉总会悄悄泛上来,怎么赶都赶不走。她对孔亚冬的感情是复杂的,有感激,有不平,也有忌妒。她恨自己的生活总是比孔亚冬慢一拍。那是因为方亮比唐峻慢一拍。眼下房价高,她们三人都是在房价不很高时就出手了二套房,只有她得买高价房。这是她心里最想不通的,也是她肚子里永远有一股怨气的原因。她骨子里是个不服输的人,尤其爱和身边的女人们比较。偏偏四个人里她是最不能比的。孟迪有学历有文化,严丽比她有钱,孔亚冬有个好老公。她呢,除了自己的儿子,没有一样能让她产生优越感。也幸好她有这个优秀的儿子,使她可以和她们坐在一起时,有种平起平坐的感觉。

可是她不了解自己的儿子,不知道她的举止给儿子内心带来的压力。方超是个特别懂事的孩子,他深知母亲对他的付出,知道母亲的失落、不平与渴望。他一直记得爸妈第一次带他来南城时那悲恸的一哭,他上小学认识字后,曾专门跑到宏城小区那个幼儿园门口去看了,那个牌子上的标语还在:"不能让孩子输在起跑线上。"他记得自己每次拿了满分回来后母亲的惊喜与欢欣。母亲总是竭尽所能地为他做好吃的,筷子却总是像打了弯似的往别的地方去。母亲在朋友们面前总是声称她的衣服是从商场里买来的,事实上他知道,母亲的衣服都是从小店里淘来的洗熨一新的二手货。他曾亲眼见到母亲把这些便宜货买回家，仔细地洗烫好后再体面地穿在身上，然后说是从商场里买来的新衣服。但母亲每次给他交培训班的费用却毫不吝惜。

最刺激他的一次，是母亲竟然背着他和父亲去药厂里做"小白鼠"——到南城一家药厂去试新药。这些新药出厂之前，必须要过毒理和病理的临床关，要向医院和药监部门出具相关的人体不良反应的实践数据。孙晓虹是看了一家报纸上的广告后去当"小白鼠"的。当一次"小白鼠"几千块钱。曾经在药厂工作过的孙晓虹当然知道其中的风险和可能的伤害。但她在药厂做仓管时，接触过各种各样的中西药，也亲眼目睹他们药厂高价雇过来的那些"小白鼠"的药物试验。她知道出事和有药物不良反应的人还是较少的。孙晓虹背着丈夫和儿子做过几次"小白鼠"后，终于出现了一次不良反应，不得不住进医院的特殊病房里。这件事也给方亮造成了极大的刺激。方亮说："孙晓虹，你这是要逼死我！你再干这种事，我就死给你看。"方亮这么说时，方超就在身边，他从母亲的眼里看到的恐惧，比从父亲眼里看到的绝望还要深刻。

方超说："妈，我会给你争气的，请你相信我。"方超这样说时泪如泉涌，孙晓虹也痛哭失声，说："儿子，妈对不起你，妈妈只是想多给你攒点钱，让你今后过上好日子。你爸一个人上班，妈也是想为这个家庭出点力。"又说："方亮，你别怪我！"

方亮没吭声，只是沉痛地看了看儿子。

方超说："妈，我一定会考上最好的大学的，你放心。"

这次药物试验以后，孙晓虹的身体差了很多，时不时会进一趟医院。方亮给她买了医保，不仅买了商业医险，也买了南城社保局的市民医险。虽然孙晓虹用身体换来了一次高额赔偿，可她的身体从此开始走下坡路。医险生效后不到两个月，她出现了一次手麻的症状，医生诊断后，要求她住院。这次医疗费花了一万多，所幸，医保为她承担了百分之八十，剩余的也大都让商业医保埋了单。孙晓虹万般庆幸，从此却成了一个医保控，动不动就跑医院，开上一大堆便宜药回来吃。方超劝母亲少吃药："是药三分毒。你在药厂干过，不是不知道。"可孙晓虹说："妈妈开的这些药都是保健药和补药，吃了没什么害的。"方超知道母亲这是种占便宜的心理在作祟，奈何母亲根本就不听他的。有段时间，孙晓虹胃口不好，方超认为母亲这是吃多了保健药造成的，极力阻止母亲再吃药。可停药后，孙晓虹的胃口更差了，她怀疑自己得了胃病，执意要去做胃镜检查："我有医保卡，花不了多少钱，做一下心里踏实些。"为了防止呕吐，胃镜检查往往要在打麻药后进行，无痛状态下有可能对胃造成损伤。方超专门上网查了，不同意母亲去。可孙晓虹还是拿着医保卡，跑到定点医院去受了一次胃镜检查的罪。

检查后胃没事，孙晓虹又吃起了中药。每天在家里煲中药，煲得方亮和方超都没了胃口。方亮对孙晓虹无奈，又不敢多说，只好经常在外吃了饭回家。有时只是想喝一顿闷酒，喝多了回来倒头便睡。孙晓虹质问，他就说是外面有应酬，没办法。

"我比唐峻好多了，你看他有几天在家吃饭？"

"那倒是，人家是副总，你又不是。"孙晓虹撇撇嘴，不以为然地说。

方亮不想和她吵，只是加快了离家的脚步。这些情形，方超回家时都看在眼里，因此，他会时不时偷偷检查一下父亲的手机。见到父亲手机里储存母亲电话那一栏写的是孙晓虹三个字，他自作主张地改成了"老婆"。方亮只好给儿子解释："不这么写，是怕万一手机被偷了，骗子会给你妈打电话骗她。"方超也不看父亲，只说："反正你心里不能没有我妈。"

方超进入青春期后，就越来越懂事，从来不用方晓虹过问，进门就进房间学习。他的学习越自觉，孙晓虹的心越痛，恨不能剜了自己的心来炖给儿子吃。她不能像孟迪那样辅导儿子的功课，就只能想方设法给他做好吃的。中考方超是以全省前五十的成绩，考进南大附中创新班的，比寥胜文的成绩超前了四十多名。

现在，方超所能做的，只能是用成绩回报母亲。将来用什么，他还没想过，也不愿想。但他会用全力让母亲过得像她所期望的那样尊严而荣耀。升入高中后，方超的成绩更是步步前进，一直跃到年级前十。可他并不开心，他觉得他所有的努力都不是为自己，好像也不是为母亲。为谁，他也说不清。他只觉得他的双脚无时不是踏在热铁上，因为疼，他不得不快速地移动自己的脚步，越热越疼，越疼越跑。向前，不断地向前。他的苦闷无处诉说，同学们都开微博，他也开了一个，可只看不写，偶尔转发几条。微博是个公共平台，他不喜欢像有些同学那样在上面写些莫名其妙的话。他继承了父亲的内向，不喜欢主动与人沟通，只偶尔和唐思敏在QQ里聊几句。他看得出来唐思敏喜欢他，但黄昊天和寥胜文也喜欢唐思敏。除了成绩，他自觉与他俩无可比性。唐思敏长得像她爸，身高一米七多，身材秀美，容貌可人，又画得一手好画，谁不喜欢呢？他长得像父亲一样黑瘦,除了成绩,其他似乎一无所长。有时候,同学们会说,谁谁是富二代,谁谁是官二代。现在的女孩子,谁不想嫁官二代、富二代?有时候,母亲在客厅里看"非诚勿扰",他到客厅里喝水,偶尔也看几眼,那些女孩子看见帅哥靓男,尤其一听说是富二代和官二代,眼睛就发亮,恨不能自轻自贱地马上把自己搭出去!多么功利的时代,多么无趣的人生,这些都让他对自己的将来感到忧虑——阶层日益固化,他果真能屌丝逆袭,让母亲过上想要的生活吗?

他没想过和谁拼爹,可他却不能阻挡自己的母亲与人拼子。他对考一所好大学是不担忧的。南大附中的创新班,每年被国外大学录取率是百分之六十多,剩余的基本都被港大、北大和清华瓜分,最不济的也是复旦和浙大。参照往年的录取标准,以他目前的成绩,哈佛剑桥不想,耶鲁斯坦福是有可能的。可这种国际顶尖的大学,大都是自费,能拿到全额奖学金的可能性微乎其微。就算他被这样的大学录取了,一年花费几十万,他家能拿出这么多钱来吗?他和唐思敏在QQ里聊过,唐思敏说:你先考上再说,到时候我会动员我爸妈支援你。最不济是让你爸妈卖房子!方超的内心很温暖,他回复说:房子就不要卖了,最多我读次一点的有全额奖学金的学校吧!唐思敏说:你会的,我相信!她很想加一句:到时候我去陪读怎么样?但终于不敢。

这样的聊天,隔一段时间会有一次。有时,也不聊什么,只彼此发一个趣味小表情,开心一下,放松一下,算是互相鼓励。

唐思敏也说不清自己是何时开始喜欢方超的。小学时,她对他的读书天才不以为然。初中时,她才知道,这种天才简直就是一个人身上的异禀和上帝的恩宠。他的沉默与忍耐,他的勤奋与稳健,在她看来,都是一个男孩身上最优秀的品质。随着青春期的到来,她的心开始越来越为方超所动。方超的出色,逐渐成为她用功的动力。

高二分班后,黄昊天和方超进了同一个班,这加重了孙晓虹的忧虑。孙晓虹不是怕方超考不上前几所,而是怕黄昊天赶上方超,甚至超过方超。有孟迪在那里,这种情况随时都可能发生。

第一次月考成绩出来后,四个女人早就通过自己的孩子口中获悉了彼此孩子的排名,黄昊天的成绩果然步步紧逼方超。孙晓虹的内心本来就很压抑,喝早茶时偏偏严丽突发一句感叹:"这次考试,寥胜文的成绩又退步了十几名。读书是有遗传的,你们的老公都是大学生。我和我老公两个都没上过大学,也没什么文化。只要寥胜文能考上大学，就比我们强了。"

孙晓虹接嘴道："你家那么多钱，儿子上不上大学都比我们方超强。现在好多留洋回来的海归，照样为找一份好工作发愁。方超就算有机会出国，我还不知拿不拿得出钱来呢，弄不好还要卖房子。我又没有二套房，到时候都不知去哪里住。"

孔亚冬说："卖房子也不至于吧，你家方亮现在年薪不也四十多万了吗？"

孙晓虹心中不悦，但脸上仍挂着笑："那是账面上的，七扣八扣下来，也没有那么多。这些唐峻也知道。"心想，你是站着说话不嫌腰疼，你老公是副总，年薪拿多少，只有你自己知道。心里暗骂：你这样说是什么意思，不就是方亮找你家唐峻讨口饭吃？再说，唐峻让自己的老同学做手下，还不是为了方便自己！

孔亚冬没说话。孟迪说："说这些都还早，才高二。况且，船到桥头自然直。到时候考个全额奖学金，啥都解决了。"

严丽也附和："就是。方超成绩那么好，不会要你出钱的。"

晚上回去，孙晓虹和方亮说起茶桌上的话，直骂孔亚冬，说："孔亚冬开口闭口就说你年薪四十多万，好像这钱是唐峻给你的。"

方亮说："她这么说也是事实，不是唐峻，我现在说不定还在出海。"

孙晓虹说："出海怎么了？现在出海比你在岸上拿得多，我也不用天天巴结孔亚冬。"

方亮说："不是你天天念叨人家唐峻都上岸了，逼我上岸的吗？我出海你也说，上岸你也说，你到底要我怎样？"

孙晓虹说："我就是看不得孔亚冬那副样子，好像你这碗饭是唐峻赏给你吃的，不是靠你的能力换来的。"

方亮生气道："你怎么总是那么阴暗？唐峻对我比亲兄弟还好，他什么时候有过这意思？"

孙晓虹说："只有你这种二货才会对他感恩戴德。只要唐峻在那个位置上，你就永远上不去！"

方亮闷声道："我没想上去！"又小声嘀咕道："人心不要那么贪。"但他知道，如果唐峻哪天能当上老总，他就能做副总。这一点，唐峻不说他也知道。

孙晓虹突然气鼓鼓地骂："孟迪这个女人才最坏！"

方亮说："你这是怎么了？骂了这个又骂那个！"

孙晓虹说："你不知道她儿子进创新班了吗？他怎么进的创新班？黄昊天以

前可是在普通班啊！孟迪要是不给他儿子开小灶,他能进得了创新班?"

方亮说:"你还讲不讲理?人家自己的儿子,开小灶怎么了?人家想开就开!你这也要管,是不是太离谱了?"

孙晓虹说:"一到高中,她就不肯再收方超了,她不就是怕他超过她儿子?她就是妒忌方超,生怕方超超过黄昊天!现在好了,黄昊天考进创新班了,这次考试成绩都快赶上方超了!有她这个妈妈开小灶,方超肯定搞不过黄昊天!方超将来最大的对手就是黄昊天!"

方亮说:"有竞争,就有对手。再说,就算没有黄昊天,也有李昊天、张昊天。不能就你儿子行,别人儿子不行啊。"

孙晓虹说:"别人行我没意见,黄昊天要是比方超强我就受不了,要是孟迪肯带他,方超是不可能被黄昊天超过的!孟迪就是太自私了。"

方亮懒得再回应,再说下去,只能吵一架。这些年,他已经习惯了孙晓虹的抱怨,唯有沉默,是防止矛盾激化的最好方式。儿子大了,他知道他在担心什么。他不想让儿子洞见他这不如意的婚姻。他不再理睬孙晓虹,拿起遥控器找军事频道。

孙晓虹一把抢过遥控器,说:"我想给儿子找个好私教,给多少钱都行,我就不信找不到比孟迪强的老师。"

方亮说:"你去找吧,反正我拿的每分钱都交给了你。是你在当家,你做主,我不管。"

孙晓虹咬牙恨道:"我最恨你这个语气!好像儿子是我一个人的,你就没有半点责任吗?"

方亮说:"我除了赚钱养活你们,我不知道能干什么。方超一直是你在管,再说,他也不用我们操心。"往常,对孙晓虹的指责,方亮一般很少回应。今天他却有点忍不住,觉得这个女人简直是疯了,对这个不满,对那个不平。她到底要怎样呢?对他不满也就罢了,可她不能无缘无故也对别人不满啊!他已经很努力去平复她的不满了,在南城买了房,有了积蓄,上了岸,也有了稳定的工作,他能做的只有这么多了。有社会就有等级,有人就有不平等。在哪个等级,人都得认命。再说,天底下还有多少人不如他们呢!

一个人到底要怎样才能知足呢?这是方亮常常问自己却又无法得到答案的问题。

四个女人间,到底爆发了矛盾。几年如一日的早茶,突然因为孟迪的退出中断了。

　　孟迪一退出,严丽也借口生意忙,不来了。孔亚冬恼恨孙晓虹,有意淡化与孙晓虹的往来,在电话里对孙晓虹说:"两个人喝早茶也没什么气氛,以后就不去了。在家里随便吃点什么算了。"

　　孙晓虹觉得不对,但不相信自己做的事孟迪会知道。不去就不去吧,反正她也不指望孟迪还会再收她儿子做学生。她已经花高价在南大请了一个数学老师。这个老师也是一名数学教授,一直担任省奥数集训队的主教练,也是全国中学奥林匹克数学竞赛的命题人之一,曾经数次作为中国队的副领队带队参加国际数学奥林匹克(IMO)竞赛。给儿子找教练的事,她叮嘱儿子不能告诉任何人。这让方超感到某种压抑和不快,但他也听从母亲的意思没有让任何人知道,包括唐思敏。方超每周去他那里上两次课,每小时五百元。一对一。

　　孔亚冬在家里和唐峻说起早茶散伙的事,对孙晓虹干的事是一脸不屑。

　　她说:"孙晓虹这个人,除了要面子,妒忌心也强,仇恨心更强。要面子也就是个虚荣,还不是什么品格不端的事,可因妒生恨就太可怕了。幸亏我们唐思敏成绩一般,不然,她还不知会对我做什么。孙晓虹开罪孟迪,就是因为黄昊天进了创新班。"

　　唐峻说:"都说孩子爱拼爹,我看大人也爱拼子。尤其是你们女人,在一起就喜欢比来比去,徒生是非。受多高的教育也没用。孟迪也不脱俗套。"

　　孔亚冬说:"孟迪才不呢,她身上还是有些贵族气息的。不是她发现,我还发现不了孙晓虹经常买旧衣服穿。你想孟迪是什么人?她是个重品位的人。什么品牌她不认识?严丽有钱,可严丽不认识品牌。我就更不知道。孟迪说,孙晓虹那种品牌的服装,在法国也要几千欧元。可如果是作为洋垃圾弄进国内,可能几十块人民币就能买到。孙晓虹说她是花五百块钱在商场买的。不过孟迪修养好,没有戳穿她。但这次孙晓虹是真把孟迪惹火了,气得她在电话里对我大骂孙晓虹是人渣,是垃圾。"

　　唐峻说:"怎么了? 孟迪干吗发那么大的火?"

　　孔亚冬说:"你猜孙晓虹对孟迪干了什么?"她眼里有种怪异的兴奋,一脸神秘地看着自己的老公。

　　唐峻说:"我对你们女人之间那些破事不感兴趣。"

　　孔亚冬故意卖起了关子:"你不感兴趣就算了。"

唐峻说:"你有屁就放。还憋着你了?"说着揪住孔亚冬的半只乳房,小用指力,拧了一把。

　　孔亚冬轻叫一声,骂声"该死",在老公的胸口杵了一把,嗔道:"我还以为你多能憋呢,原来也是个憋不住的主儿啊!跟你说吧,孙晓虹对孟迪做了件我们谁也想不到的操蛋事。"说完,她停住,看了一眼唐峻,继续道:"她往评委会打了个电话,举报孟迪的作品评奖造假。孟迪前段时间有篇作品参评一个科幻小说奖,这个奖项除了评委投票外,还有一个参评项是读者投票。选票要在网上用阅读的点卡购买,并提交个人的真实资料。读者若不是特别喜欢,是不会花钱花时间买选票填写的。有次孟迪的一个学生给她打电话问起她的近况,她无意中和这个学生说起了这事,这个学生说,孟老师,这事包给我了。有天喝早茶,孟迪随口说起了这事,说她的这个学生很好玩,动员了二十名同学帮她买选票投票。她说这事时,我、严丽和孙晓虹都在。孟迪说这事她跟谁也没说起过,包括她老公。她说事后她自己都忘了这事。可有一天,主办这个奖项的评审主任给她打电话,和她开玩笑说,孟迪你是不是得罪人了?孟迪说我得罪什么人我也不知道呀!主任说了举报电话的事,说不管有没有人举报,这个奖我们还是会给你,因为市场摆在那里,你的名气也摆在那里,给你打这个电话只是为了提醒你要防小人,别得罪了人还不知道。孟迪回想了很久,记得只在喝早茶时和我们三个人说过这事,知道她的学生给她填选票的事只有我们三个人。况且她说她并不在乎这个奖项,只是气愤朋友背后干的这个卑鄙勾当。她特意打电话给我说这事,语气很暧昧,显然怀疑这事儿是我干的。我气得要命,知道解释不清,只会越涂越黑。我说你确定只跟我们三个说过这事?她不快地说,当然。我说那你觉得会是谁打了这个电话呢?她说,我怎么知道!我知道就不给你打这个电话了。我想这黑锅我是背定了,妈的,挂电话时我突然想起很多地方的投诉电话都有录音。我提醒孟迪对方有没有录音,她愣住了,说她问问看。两个小时后她打过来了,开口第一句就骂我,说孔亚冬你他妈的给我介绍的都是些什么朋友呀,简直就是垃圾中的战斗机!骂完她又笑,说对不起,差点误会你了。我如释重负,知道自己的猜想被应验了。果然,她说孙晓虹这个臭女人,素质简直太低下了,你说我跟她有什么可比性,我以前教书,现在写书,跟她又不在一个领域工作,除了教过她儿子几年奥数,跟她一起喝喝早茶,可以说我们的生活完全没有交叉呀!这个女人居然挖空心思去举报我找人填假选票,你说可恶不可恶?我说你怎么知道是她干的?她说我听了录音呀,评委会还真做了录音,不是你提醒,我可能真要误会你了。哼,她说只听了两句,就知道是谁干的了。"

唐峻非常吃惊,说:"孙晓虹这女人怎么这样变态?方亮真是瞎眼了,找这么个女人。"

孔亚冬说:"你现在知道她的厉害了吧?我早就提醒过你要对方亮设防,不是说方亮不好,而是怕孙晓虹在后面捣鬼。"

唐峻说:"这样的女人,你不要跟她混了。和这种人没什么好交往的。"

孔亚冬说:"不跟她混?你以为我想跟她混?你要不把方亮弄身边我会跟她混?我现在能躲开她吗?连孟迪都怕她了,说宁得罪君子,不得罪小人。小人做事是无底线的。我要是冷落了她,指不定她背后在公司给你下什么绊子!"

唐峻说:"她能给我下什么绊子。"心里却起了些慌乱。公司里有些事,他是不可能绕开方亮的。方亮毕竟是孙晓虹的丈夫,万一他在家中对妻子说起工作上的一些事,麻烦还是会有的。唐峻心里有些发冷,觉得孙晓虹这个女人是有些坏事。

唐峻说:"你们女人怎么那么麻烦?心思比自然界的物种还多,活得累不累?"

孔亚冬说:"我才没那么多心思呢。我活得不累。累的是孙晓虹。她的心思不比自然界的物种多,也是多如牛毛。难怪她不长肉。你看她那么瘦!我啊,是心宽体胖,体重已经严重超标了。"孔亚冬突然警惕地看着唐峻,说:"老公,你现在是顺风顺水,志得意满,在外面可不能做对不起我的事啊!我可是婚前就为你打了三次胎的,看在俺们那些短命的孩儿们分儿上,你也要执子之手与子偕老呀!"

唐峻说:"你说什么屁话!我每天累得跟条狗一样,只差伸出舌头来喘两口了,你以为我有你那份闲心,饱暖了就思淫欲啊?"

孔亚冬说:"别跟我放烟幕弹,你要知道孙晓虹是个百事通,没什么八卦她不知道的。她和办公室那些同事的老婆都有电话联系。你要是有什么事,她一准会告诉我。她巴不得我成个怨妇,好同情一把,得点平衡。"

唐峻说:"我能有什么事!要有事还会等到今天?再说你以为我那玩意儿还有多少闲情逸致啊?你以后少和孙晓虹来往,尤其不要和她说起我们单位的事。"他有点烦孔亚冬了,认为她现在也喜欢搬弄女人间的是非琐事了。

孔亚冬说:"这是我要提醒你的。有些事,能不让方亮知道,就不要让他知道。"

方超出事是在两个月后。那天是周末,他去教练那里上完奥数课回来,已经是晚上十点了。回来时,他的样子很疲惫。孙晓虹心疼儿子,知道儿子学习辛苦,特意给他煲了老鸽杞子汤。

方超说:"妈,我今天有点累,想睡。"

孙晓虹说:"你把汤喝了再睡吧,喝碗热汤睡得香些。"

方超勉强喝了几口汤,就躺下睡了。孙晓虹见儿子太累,就悄没声息地收了碗筷。第二天一早,她进儿子房间,见方超还睡着,摸了摸儿子的额头,没发现有什么异样。方超睡得很沉,她实在有些不忍心叫醒他。她在儿子的床边坐了一会儿,看看时间,不得不叫醒方超去上学。她先是小声叫方超的名字,见方超未醒,又提高音量,并拿手推了几下。方超仍然没有醒。她再伸手摸摸儿子的额头,确信他是睡得太沉了。看着儿子熟睡不肯醒来的样子,她的心就像被什么揪扯了一下,很疼。现在的孩子真不容易,虽然吃穿不愁,可学习压力多大啊!尤其方超,懂事得让人心疼。只怪他们做父母的无能,不能给孩子一个好保障,要想将来有个好前途,只能让孩子自己去拼。不拼怎么行呢?残酷的现实就摆在那里。

孙晓虹看着方超,加大了手中的力度。

"要上学了,方超!再不起来就要迟到了,星期一早上车多,去晚了会迟到!"

可是方超听不见,他仍然熟睡着,不管母亲手上的力多大,他都没有反应。孙晓虹的心陡然剧跳起来:儿子这是怎么了?

"方超!方超——"孙晓虹终于歇斯底里地叫起来。

儿子没有醒来。巨大的恐惧感扑面而来,孙晓虹发出了一声号叫,正准备出门上班的方亮猛地冲进来,看见妻子瘫坐在儿子的床前,眼神里全是恐惧。方亮吓坏了,本能地去抱儿子,这才发现方超一直闭着眼睛。

"快打120!"方亮喊道。

孙晓虹已经傻掉了,像木头一样愣坐在地上,无法动弹。

方亮放开儿子,冲进客厅打电话。十几分钟后,120急救车赶来,迅速将方超送到了医院。验血后,医生当即排除了方超服药自杀的可能。CT检查,方超没有任何颅脑外伤,却出现不明原因的脑血管大面积破裂,初步诊断为脑死亡。

方超被送进了ICU。

孙晓虹祥林嫂般地反复对医生道:"怎么会这样啊? 我只是给他喝了一碗汤,他没喝几口就睡了。怎么会这样啊……"

她的眼泪哭干了,过度的惊吓,让孙晓虹的脸脱了形。一个星期过去,方超仍然处在昏迷中,没有一点醒来的意思。医生也很无奈,用尽了办法,方超仍是植物人一般,没有任何反应。

三个女人听闻后,一起赶来医院看望孙晓虹。看着全无反应的孩子,三个女人既惊又怕,好好的孩子突然就醒不来了,这是多么可怕的事! 这孩子一定是累的——话到嘴边,孟迪的话又咽了回去,只是握着孙晓虹一只冰凉的手,说:"不会有事的,方超会醒来的。"

孔亚冬也怜惜地说:"晓虹,你要坚强点,方超不会有事的。"

严丽拿出一万块钱,把它轻轻地塞进孙晓虹的怀里,说:"晓虹,等方超好了,我们去喝早茶。"

面对三个昔日的好友,孙晓虹始终没有说一句话。她的心又冷又木,仿若冰冻过的柿子,悬挂在冬日的枝头,不知哪一阵寒风会把它打落。脱形的脸上是一双深陷的无助的眼睛。

一个月后,方超走了。这个懂事的孩子,在熟睡中悄无声息地告别了这个世界。没有人知道这孩子究竟想了什么,走前是否做了长长的梦,他的心里背负了怎样的沉重。

方超出事后,唐思敏的情绪变得狂躁易怒。她整整一个星期没有去上学。她把自己关在房间里,整天对着电脑上方超的QQ头像,默默流泪。先是无声,后是哀号。

女儿的哀号一声接一声,比失侣的燕鸣还凄凉。孔亚冬心疼地抱住女儿,反复拍打,说:"孩子你哭吧,哭出来就好了! "

唐思敏哭够了就骂:"方超是你们逼死的! 你们这帮臭女人,成天在一起比来比去,你们怎么不比你们自己! 你们怎么不去死? "

唐思敏边骂边哭,说:"方超,你是累死的。我知道,只有我知道你是累死的! 我知道你内心的苦。现在你走了,解脱了,可是我呢? 我怎么办? 我怎么办哪! "

女儿的哭喊和指责,令孔亚冬心碎。她这才知道,方超的离去,给女儿带来了怎样的打击! 原来女儿一直喜欢着方超,她青春的心为这个男孩悸动过,摇曳过，希冀过，飞翔过。而她却浑然无觉。她不觉对自己此前对孙晓虹的怨艾感到内疚。爱屋及乌，女儿的痛，连着她的心，触及她的痛。她也暗自为方超的离去流了好几场泪。

唐思敏在家待了一个星期，上学去了。在学校里，她变得越来越沉默。脸上不再有笑容，俊美的脸上仿佛涂了一层寒霜。这一切，都逃不过黄昊天和寥胜文的眼睛。虽然学习忙，但他们都会抽空来陪陪唐思敏。他们每天都会看唐思敏的微博，她的微博每天都更新，但一句话都没有，只有一盏蜡烛。那蜡烛静静地亮着，一天一盏，从不间断。有时，三个孩子一起，坐在学校的餐厅里，相对无言，食欲寡淡。

有一天，唐思敏说，我们这周末去看看方超的妈妈吧！

黄昊天和寥胜文立即响应，说："好啊！我们早想去了。"

此前，他们三个人的妈妈也去看过孙晓虹，但孙晓虹对她们很不客气。她说，我的孩子没了，你们的孩子还在。你们多好啊！你们是来可怜我的吧？但我知道你们是猫哭老鼠，假慈悲！说完飞起一脚，狠踢向那只毫无准备的小花猫，小花猫飞向墙壁，当场就没了声音。

三个人无言，尴尬地走了。经历了这样的大痛，她们能理解孙晓虹的失控与无理，也能原谅。尤其是孔亚冬，被孙晓虹这么骂过后，心里的疼痛仿佛减轻了些。

知道女儿要去看孙晓虹，孔亚冬有些顾虑。她不敢劝阻女儿，只说："孙阿姨的情绪受了大的刺激，还没有缓过劲来，你们去会不会让她想起方超，情绪更受刺激？"

唐思敏说："我们不去她就不会想起方超吗？"

孔亚冬说："那你们去之前先打个电话吧，看她愿不愿意见你们。"

唐思敏说："这件事不用你操心。我知道怎么做。"

孔亚冬背着女儿和孟迪与严丽通了电话，孟迪和严丽都同意孩子去看孙晓虹。孟迪说："孩子们有这个心，就让他们去吧！"严丽也说："孙晓虹对我们有意见，对孩子不会有意见。让他们去看看她也没什么。"

接到唐思敏的电话，孙晓虹倒是很客气，高兴地说："你们来玩吧，阿姨也想你们了。"

孔亚冬亲自买了一大包进口水果交给唐思敏，孟迪和严丽也给孩子准备了礼物带上。三个大人都叮嘱了自己的孩子，孙晓虹高兴就多坐一会儿，不高兴就早点离开。

见到三个孩子，孙晓虹很热情。孙晓虹瘦了许多，但人还算镇定。三个孩子心中的压力小了些。孙晓虹削了水果，又从冰箱里取出了四瓶饮料放在茶几上。

唐思敏见到客厅里方超的照片，眼泪顿时流了下来。她背过身去，抽搐了一会儿才坐下。

孙晓虹说："谢谢你们来看我。你们都是懂事的孩子，比方超懂事，不会丢下自己的父母。"

唐思敏再也忍不住，一把抱住孙晓虹，哭泣着说："孙阿姨，我爱方超。以前我想做你的儿媳妇，现在我想做你的女儿。我替方超叫你一声妈吧，妈，你愿意吗？"

孙晓虹终于心动，失声痛哭。她下意识地搂紧了唐思敏，说："方超啊方超，你好没福气！你怎么就没等到思敏叫我妈的这一天呢？"

黄昊天和寥胜文站起又坐下，两个一米八几的大男孩，眼睛都红了。孙晓虹抱着唐思敏哭了一会儿，突然抓起茶几上的四瓶饮料，说："喝饮料不健康，我给你们倒水喝！"说完，把饮料又放回了冰箱，从饮水机下找出三个一次性纸杯，分别给三个孩子倒了杯白水。

孙晓虹擦干眼泪，扶唐思敏坐下。她心里突然不那么难受了。她长长地出了一口气，呃出一口响亮的郁气。一个多月来，她心里郁积的悲苦与怨恨，这一刻似乎减轻了许多。她抚住胸口，往下摸了几下，说："你们吃点水果，陪我说说话。我好久都没这么和人说过话了。"她把切好的水果递给三个孩子。

寥胜文吃了一口，突然哽咽地说："孙阿姨，你要是不嫌弃，以后我就代方超向你尽孝了。我妈有四个孩子，不缺我一个。"说完竟扑通一声跪下，说："请受儿子一拜！"

孙晓虹的心痛得顿时裂开来，她哭喊着说："都是多好的孩子啊！阿姨谢谢你们了！方超啊，是妈对不起你啊！"说完又是一阵恸哭。

黄昊天一句话没说，却一直握着孙晓虹的一只手，那手起初是冰凉的，在他的紧握下，终于慢慢有了热度。

孙晓虹语含深意地说："你们今天是来对了。不然，我心里还不知哪天才过得了这一关！"

送走四个孩子，孙晓虹呆坐了很久。终于，她站起身，打开冰箱，取出了先前拿出的四瓶饮料。她把其中的三瓶拿进洗手间,拧开盖子,把它们倒进了马桶里,又冲洗了瓶子,把空瓶子丢进了垃圾桶里。然后她回到客厅里坐下,看着剩余的那瓶饮料。看了一会儿,她把它拧开,喝了下去。

她在心里说,这一瓶是给我自己准备的,我现在把它喝了。四瓶饮料的瓶颈处,各有一个细小得看不出来的针孔。此前,她用儿子注射打印墨的注射器,把一包从市场上买来的鼠药用水稀释后,注进了四瓶饮料中。

几分钟后,肚子开始出现隐痛。她突然害怕起来,她冲着空旷的房间喊起来:"老天啊,我不想死!可你为什么要抢走我的儿子?"她哭起来,并迅速冲到电话机前给方亮打电话:"方亮,我喝老鼠药了,我肚子疼,我不想死,不想死啊!"方亮就在楼下,三个孩子来前,孙晓虹把他支走,往四瓶饮料里注了鼠药。

在方亮赶上楼来之前,孙晓虹自己拨打了120。

因为抢救及时,经过反复的胃肠冲洗和解毒治疗,孙晓虹又活过来了。活过来的孙晓虹,身心都经历了一次地狱之旅。

此后,孙晓虹越来越注重养生和饮食健康了。她买了一本《科学膳食与营养》,每天照着上面的食谱给自己做吃的。每吃一口,她都在心里说,方超,这一口,妈是为你吃的。妈要为你活下去,把你没活完的日子活完。

孙晓虹开始长胖了,脸上渐渐有了红润,人也变得年轻了。

有一天,她对丈夫方亮说:"方亮,我还只有四十二岁,我们再生个孩子怎么样?"

方亮笑道:"还能吗?"

孙晓虹说:"怎么不能?医生说了,我现在身体状况很好,还可以怀孕。"

方亮也动心了,开始努力造人。有一天,孙晓虹的月经不来了,她去医院检查,医生说她怀孕了:"不过,像你这么高龄的孕妇,可要做好保胎工作。适当的时候,可以住到医院来保胎。"

孙晓虹笑了,她幸福又满怀希望地说:"这个孩子一定会到我身边来的。前几天,我的儿子给我托了一个梦,他说要送我一件礼物,一件永远不会离开我的礼物。"

医生说:"祝福你,祝你好运!"

转年的春天,四十三岁的孙晓虹生了一个小男孩。虽然历经了一些波折和风险,这个孩子最终平安地降生了。

三个女人带着孩子来看她,看着那个探头探脑,动嘴动舌的小东西,大家欢喜得一塌糊涂。唐思敏俯在孙晓虹的耳边说:"他是天使,方超在梦里告诉我的。"

孙晓虹笑了,握着唐思敏的一只手,说:"你也是天使。"又看看寥胜文和黄昊天,他们脸上皆溢满祝福的微笑,"还有你们俩。你们三个,都是天使。"心说:没有你,没有你们,我的心也许至今还活在黑暗里,是你们救了我,让我们母子重生。她小心地把儿子递给唐思敏,说:"你抱抱,看他长得像不像方超。"

唐思敏愣了一下,接过那婴儿,心里却莫名涌现出一股柔情:一个新生命,原来是这么新奇,这么美好啊!

马上就要高考了。三个孩子都进入了临战状态,没有多做逗留,就回校学习了。

孔亚冬说:"等你满月了,我们去喝早茶。"

孟迪说:"我开车来接。"

严丽说:"我埋单。"

孙晓虹笑着说:"还是AA制好。我们轮着来。"

四个不年轻的女人,脸上都笑出了一朵菊花。

【作者简介】傒晗,女,上世纪七十年代生人,曾就读于复旦大学中文系。迄今已在《收获》《中国作家》《上海文学》《北京文学》《小说月报·原创版》《作家》《江南》《山花》等各类文学期刊发表文学作品三百余万字。小说多次入选《小说选刊》《小说月报》《中篇小说选刊》《中华文学选刊》《北京文学·中篇小说月报》《长江文艺·好小说》《作品与争鸣》等各类选刊。另有多篇作品入选各种中、短篇年选及其他重要选本。短篇小说《金臀》入围第十三届《小说月报》百花奖,并入选《全球华语小说大系》。中篇小说《誓言》入围第十五届《小说月报》百花奖。

金山寺

尤凤伟

　　当是一种职业性警觉，宋宝琦即使沉睡中也会被一声短促细微的短信振铃惊醒，且懵懂状态中反应准确无误：一把从枕边摸起手机且对准位置：您好您好是哪位？

　　短信短信！身边的老婆比他更神，黑下有风吹草动她总是先知先觉且头脑异常清醒。接下来男人把手机举在女人面前让她念。这也是常态，之所以如此，一是他不用找眼镜，省去一通麻烦，另外，也是最具实质意义的：他"现阶段"外面"清爽"，无暴露隐私之虑，乐于顺水推舟自证清白。

　　老婆念："僧人"要出事！

　　迷蒙中一惊：什么?! 什么?!

　　老婆又念一遍："僧人"要出事！

　　他翻身坐起，一把抓过手机，又迅速从床头柜上摸出眼镜，他看到的信息与老婆念出来的无异，不由自主"啊"了声。

　　"僧人"是谁？老婆问。

　　嗯，同事。他含混地说。

　　他没再睡着。

　　上午，市府召开文教口领导干部碰头会，贯彻省府刚召开过的文化体制改革会议精神，作为市府大管家的副秘书长宋宝琦，可以说这是他的会，马虎不得,所以诸事亲力亲为,不敢在领导眼皮子底下出纰漏。直等到分管文教口的钱副市长开始对着麦克讲话,他才松了口气,思想在瞬间开了小差,回到那条让他心里一直不安的短信上。他晓得发短信的人此时也在这间会议室里开会,像其他与会者那般正襟危坐,在事先发下的讲话稿上装模作样地描描画画,心里实不知在想什么。他冷不丁想到,此时该人想的怕也是"'僧人'要出事"这桩事吧。该人与"僧人"是党校同学,也是好友。以他所知,本名尚增人的"僧人"党校毕业后不久升为县级丹普市市委书记,而会场上的"同党"李为则升为大市文教局书记兼局长,两人来往密切。而今,尚增人在书记任上出事,难说不会挂拉着其同党李为。他不由为李为担起心来。

一上午的会。会毕作鸟兽散。这时他收到李为发来的短信:我在车上。他心里立刻明白。

由舞蹈演员转行为司机的小马将他俩拉到海边一家菜馆,李为让小马回去了。这里他们来过几回,店不大,清静,菜品亦不错,重要的是环境,窗下便是海,海天一色,浪拍沙滩。正应店名"涛声依旧"。

不等酒菜上来,宋宝琦便迫不及待地问李为:消息确实?

李为点点头:来自纪检委。

宋宝琦其实也想到消息出处是纪检委,这类事纪检部门是正头香主,这说明他那里面有熟人,他问:问题严重吗?

李为说这个不晓得,不过要一般般人家也不会管。

宋宝琦问:"僧人"他听没听到风声?

李为说:好像没有,前几天还兴高采烈地来电话,说他亲手抓的一个大项目已竣工,各方面都满意,很快要举行剪彩仪式,要我去参加,对了,他还让我告诉你,到时请你也去。

宋宝琦说:这样,那就是还被蒙在鼓里。又问:什么时候对他采取行动?

李为说:这,属高度机密,人家哪会讲。按常规,确定了就不会久拖,怕夜长梦多。

宋宝琦心想也是的。

服务员送来酒菜时,两人打住话头儿,同时把眼光投向窗外的大海,海景美不胜收,然而他们什么也没看见,眼前唯一片茫茫的蓝。

服务员离去,李为端起满满一杯啤酒,仰脖灌进肚里,把嘴一抹,吐出一个字来:操!

宋宝琦看看李为,没吱声。

还不到一年啊。李为感叹说。

宋宝琦能体会李为的意思:"僧人"尚增人就任书记不到一年时间就出事,太过急切。他仍未吱声,只在心里道:不是有句话叫"一万年太久,只争朝夕"吗?不过客观上讲,上任一年出事尚属正常,某市一交通局长上任还不到两个月便被"双规",而"僧人"还没那么快。尽管这么想,他心里还是替"僧人"惋惜。依他的条件,仕途上还是大有作为的。不想前程就这样断送了。

两人喝了一会儿闷酒。李为突然问:这一两年你和"僧人"走得近吗?

他看了李为一眼,惊讶于他怎么会问出这么一句话来,哪怕再弱智,也会猜到其潜台词:"僧人"出事会不会牵连到他,就是常说的"拔出萝卜带出泥"。当然他也晓得李为是出于好意,出于对他的关切,否则也不会深夜发短信,更不会冒昧地问出这么一句话来。他对着李为摇了摇头,说没有远近这一说。

是吗?李为思忖说,但,你对他是有恩的呀。

指向似乎更明确了。他没反驳,因为李为并没有说错,自己确实对"僧人"是有恩的,这恩就是帮他坐到书记的"龙墩"上。这个李为是始作俑者,他比任何人都清楚。那是一年多前,作为市府办公室主任的他在丹普市副书记任上挂职已经快三年,恰这时,市委鲍书记调任大市任副书记,按常规市长孙广德会填充这个空出来的位置,成为书记,但他的年龄到了"杠杠"上,没戏了。在这种情况下,市委市府居副职的,许多人都盯着这个位置,思谋着能上位。一时间各种传闻飞扬。不久集中在两个人身上,一个是副书记尚增人,另一个是来挂职的他。而他对此无动于衷,挂职官员属"飞鸽"干部,期满便打道回府,即使要提拔也是回去后的事,所以他不当回事,每当有人在他面前说到这件事,他也是一笑置之,不入心,倒有些隔岸观火的心态。事情常常这样,愈是没有念想,最终就愈落在你头上。一天李为打电话给他,说已得知市领导倾向于让他接手书记一职,干一届后再回大市。李为又说自己要到丹普出差,到时一聚。当时他不晓得李为是为何而来,但能聚一聚也是高兴的。到达的那天晚上,他与尚增人尽地主之谊,宴请过程并未涉及书记职务话题,饭后他与尚一起把李为送至宾馆,尚率先告辞,他留下与李为说话,很快就说到主题上。李为问他对留下任书记有何考虑,他说他没思想准备,也没认真考虑。李为点头说,根据你的情况,回大市也会升任正局,所以在丹普干不干书记无所谓,而这一职对"僧人"却大有所谓。下面竞争激烈,机会稍纵即逝,过了这个村就没有这个店,所以他让我与你商量一下,看能否把这个机会让给他。其实不等李为把话说完,他就明白李为此行是专程为尚当说客,让自己把到手的书记一职让给尚,让尚成为丹普一把手。他晓得,通常情况这是很扯淡的事,不过就自己的实际情况而言,李为分析得对,挂完职回大市升正局是手拿把攥的事,而尚就不同了,也许这是他升迁的最后一次机会。也正因为看明白了这一点,作为两人共同朋友的李为才能开这个口。于是"理解万岁"这句话在这里就体现出来。他理解尚增人,也理解李为。他当即表示同意,这事就谈完了。不久市委组织部来人征求他的意见,他首先对领导给自己的信任表示感谢,后又以孩子即将考大学需要回去照顾为理由,婉拒了这次提职。来人又征询他对尚的看法,他毫不吝啬地说了一通好话。尔后的事情也如他所料,尚上位。从这一点看,也确如李为所说对他有恩,甚至可以说恩重如山。只是世事难料,尚履新不到一年便出事了,仕途一败涂地。李为的责怪也在情理之中。不仅李为,他自己也难以接受这一现实。他叹口气,"僧人"走到这一步,也用不着大惊小怪,一把手,过去叫"父母官",现在叫老板,想不走歪都难啊。

李为苦笑,说论究起来倒是咱俩害了他,让他上了位,为主一方,就急于搞出政绩,弄个什么丹普世纪园大工程,这你知道,人人都知道工程是个大泥沼,没有提着头发飞过去的本领,谁能逃得脱?

他说话是这么说,可一旦摊上事,这些就不能论究,只能按倒霉处理了。

李为把杯子往桌上一磕,脱口说他自己倒霉,别人也要跟着不清爽!

这话的意思再明白不过。都知道李为与尚增人过从甚密,在某个范围里他也讲过帮尚上位的事,尚出事,自然会有人把眼光盯向他。回到刚才李为说他对尚有"恩"的话,这不就是把眼光盯上他了吗?当然不是幸灾乐祸,而是担心,以他与李为的交情,这他能肯定。

他说李为你放心,我和"僧人"之间没啥事,要说有只一桩,春节他请我去丹普寺院烧香,回来时他让人在车后备箱里放了几盒当地特产,有海参海米鲍鱼,他要是交代出来,我承认,上面要撤职就撤职,要入刑就入刑……

李为淡淡一笑,说这点儿事在咱这里,肯定不会追究。大家还不会相信,会讲帮这么大的忙,仨瓜俩枣打发了,太不靠谱。

实际上这也是李为对他讲的话,李为不大相信尚能如此不讲游戏规则。他很想问一句:尚又是咋样向你报恩的呢? 讲恩,你比谁都大呀。牙关一咬,终是没说出口。须知这是最隐秘的事体,特别在这关口。

李为突然发现了什么,盯着宋宝琦面前满满的酒杯,问句:你咋不喝了?

宋宝琦说下午陪李市长去保税区视察,哪敢多喝?

李为调侃句:为人不当差,当差不自在。还是早些当上一把手吧。

他回句:别忘了利益与风险共存啊。

李为哑然。或许想到了尚增人吧。

回机关的路上,宋宝琦感到身心轻松。庆幸尚增人没把他的帮忙当回事,这让他得以"清爽"。真是不做亏心事不怕夜半鬼叫门啊!

在保税区吃了晚饭,宋宝琦与谭秘书一起把市长送回家,回到自己家时,中央一套刚播完晚间新闻节目。许是与市领导夫人的身份有关,安安愈来愈关注国内外时讯,晚七点、晚十点的两栏新闻是必看不可的。宋宝琦应酬回来常常看不到,安安就补课似的把当天的重要新闻大事转述于他。其实这时醉意未消的宋领导唯见她嘴唇翕动却听不见声了。

今天他喝得不多,有心事。自然还是为"僧人"的事。他认为如果李为的消息确实,李市长一定会知道。"双规"一个中层干部铁定须经常委会拍板。视察过程中他一直寻找与市长过话的机会,却苦于区里一大帮子人的前呼后拥,根本寻不到空隙。直到饭前见市长一人在大堂吸烟区吸烟,便赶紧给自己点上一根凑了过去。他怕再有人步他的后尘,赶紧开口说李市长有件事需向您请示,下周丹普新落成的世纪园要举办剪彩仪式,您去吧?李市长连想都没想说句不去。他赔小心说丹普那边……李市长打断他:丹普那边,不就是尚增人嘛!他开他的庆功会是了,我没空。他住口。也无须再说什么,市长明显的情绪化已说明了一切。

此刻,他将自己的情绪带进了家,打开了闸门:"僧人"完了,完了。

安安问:"僧人"是谁?

他说:丹普市委书记尚增人。

安安对上了号:他完了? 怎么完了?

他说:怎么完了? 要"双规"。

安安问:为啥?

他说:还用问?

安安问:事大吗?

他说不大也不会动他。一两个亿的大工程,他掌控,人家拿钱砸,还往死里砸!

安安就不再问,给男人泡了一杯茶,放在茶几上。

宋宝琦问:年初一从丹普回来都带了些啥玩意儿?

安安脸上现出惊色:怎么? 挂拉上咱了?!

宋宝琦不耐烦:到底带回了啥?

安安说哪记得过来,没那么好脑子。

宋宝琦说别的我不管,只丹普回来带的,还在不在?

安安说:应该在,年前把储藏室清理了一次,该送的送,该丢的丢,年初一才从丹普带回来的,不好处理,应该还在那儿。

宋宝琦挥挥手:快去看看。

又说全部拿出来。

盯着安安提溜在茶几上的"僧人"谢礼,宋宝琦如同望着一堆不明危险物,心中极为不安,甚至恐惧。假若如官场惯用伎俩,礼品挂羊头卖狗肉,变更了"内容",那么其所具危险是显而易见的。以李为所说自己对"僧人"有大恩,那么可与"大恩"相对应的报答,自不会是个小数目,其效应足以让自己翻船。如此的事体怎能不让他心惊胆战?如同儿时在老家看杀猪,杀巴子(屠夫)在举刀将猪开膛之前,总会念叨句:有膘没膘但看这一刀。而对于眼盯着礼盒的他,当是有祸没有祸但看里面的"货"了。他苦笑着摇摇头。

拆。他说。

拆？安安用眼光问。

拆开看看里面有没有别的。他说。

安安明白了他的用意,一惊,问句:这些礼品够贵了,海参一盒三四千,鲍鱼一盒两三千,还能……

宋宝琦打断:不知道有没有比海参、鲍鱼更贵的?

啥?

钱!

安安眨巴眨巴眼,领会了,就动手开启礼品包装,打开后仔细检查,直至拆完也未发现有异。哦,正常礼品。

面对一片狼藉,宋宝琦先愣了一阵子,而后轻嘘一口气,心里不由嘟囔句:你个尚增人,倒是放了在下一马啊!啥个叫劫后余生,这就是了。

卸掉压在心头上的石头,他轻松无比,站起身在厅里踱着步子,像在"复读"自己在仕途中走过的一步步。奋斗了二十多年,直到今天走到地级市副秘书长的位置,虽说算不上两袖清风,但总体上说自己是清廉的,究其原委,一是怕出事断了前程,另外所从事多为没有实权的差,没实权办不了实事,人家自没必要拿钱"砸"你。他不由想,要是当初不把丹普书记的位子让出去,接下来,结果又会怎样?会不会像今日的尚书记那般,走到末路?这个,他不敢断定,更不能嘴硬说自己不会。尚也好,其他贪腐被查或未被查的人也好,一开始未见得就无所顾忌,只是走着走着才身不由己,他记得在一本书上看到这么一段话,一个人向一位道行深厚的大法师请教:船在什么地方最安全?大法师回答:在远离大海的地方。回答可谓饱含禅意,然而翻过来想,远离了大海,船还是船吗?正因为船对大海有种本能的渴望,所以才一往直前驶向海的深处。此几乎成为颠扑不破的真理。又奈何?他深深叹了口气。

这一晚倒睡得安稳,中间还钻进安安的被窝操练了一把。

第二天陪李市长去经济开发区视察。开发区刚开建时他在筹委会办公室干过一段,与现任开发区主任孟先知同为办公室副主任,关系不错,后来分开亦经常联系,互相让对方帮办一些事,办完在电话里道声谢,如此而已。说来官场上也不像有人认为的那样锱铢必较,义气还是有的。不过像今天这种情况,到了他孟先知的地盘,酒是要多喝几杯的。

常常是这样,走马观花般地视察,压轴戏还是在酒场里。经过多年官场洗礼,个顶个,喝酒不在话下。不过今天李市长情绪不高,不肯喝,宋宝琦就成了众矢之的。特别当着市长的面,须摆出一副舍己救主的姿态,另外从"僧人"的纠葛中得以解脱,心情轻松,喝酒正当时,就一杯接一杯地喝,很快就过量了。于是就故技重演,从兜里摸出手机,做接电话状到走廊里。头脑发热,稀里糊涂拨了李为的号码,听到对方的应声,急不可待地报告佳音:李为李为,你放心,放心,我没事,没事。不等对方反应过来,接着把清查礼品无异常的事和盘托出。跟句:真得谢谢"僧人"啊。

电话那头儿生硬地一笑:哈,老兄你说倒背了,是"僧人"应该感谢你!

哦哦,他谢了,谢了。他分辩说。

哈,几盒劳什子土特产,那也叫谢?

虽带着醉意,他仍明白李为的意思:依他之所做,"僧人"的答谢是远远不够的。不合规矩,荒诞不经。事实上他自己也清楚,李为的质疑是摆在"理"上的,符合当下价值观念。而问题在于,"僧人"对他的无理正是歪打正着,为他之所求,所望。这般他才没有麻烦啊。

事情不对啊,真的不对,李为的声音透着认真,"僧人"不会这么弱智,脑子再短路也不至如此。尽管有句话叫什么大恩不言谢,那是扯。你再仔细想想,查查,别出纰漏。当然,谁都不希望有事。可常常不以人的意志为转移……

他啊啊着,心里却有气:你小子是认准我受了"僧人"的巨贿了,可在哪里?你检举,检举出来我认!

不讲了。挂了。

回到房间接着再喝。心中有纠结,喝得更无节制,甚至有些癫狂。李市长有些于心不忍,朝众人说句不要再灌宋宝琦了,再喝得在这落宿了。李市长的号令下得有些迟,他已经醉态毕露,嚷着叫孟先知再拿两瓶茅台出来,一人一瓶"吹喇叭",让李市长给挡住了。

回程,汽车驶上快速路便疾速前行,车灯的光柱刺破暗空,非现实般光怪陆离。一如既往,市长秘书小谭坐副驾驶位置,宋宝琦陪李市长坐后排。而与以往不同的是,今番打盹儿迷糊的是宋宝琦,清醒的是李市长。不久,把持不住的宋宝琦把头靠在李市长的肩膀上发出鼾声。李市长倒体恤,没做反应,小谭看不过眼,向后撂胳膊碰碰宋宝琦,呼声秘书长压着市长了!宋宝琦就惊醒过来,意识到自己的失态后连声说对不起。李市长说以后我不喝,也用不着你代,没这本经嘛。宋宝琦说是,以后注意。停停李市长问,听人讲春节你去丹普拜佛烧香了?一听市长问这码事宋宝琦打个愣怔,一下子醒了酒,一时不知作何答。李市长说怎么不和我打个招呼,一块儿去跟佛亲近亲近?他说封建迷信的事,谁敢向市长说呀。李市长说都说那座寺院作法事很灵,拿你来说,上香不久就升官了嘛。他赶紧说就算有点滴进步,也是市委、李市长的培养啊!李市长笑了一声,说你个大宋行啊,喝醉了官话还一套一套的。他说这不是官话,是事实。李市长问你什么时候开始对佛有认识的呢?他说不瞒市长说,我是一俗人,不仅对佛家缺少认识,还一直抱有成见。李市长问为什么抱成见?他说怕是受民间故事《白蛇传》的影响吧,法海和尚不择手段拆散白素贞和许仙一对恩爱夫妻,还把白素贞压在雷峰塔下面受苦,心里不接受,所以……李市长说这是传说,历史上那个真实的法海可是个了不起的得道高僧。他说原来是这样啊,那市长给讲讲真实的法海,以拨乱反正。李市长说我也是一知半解,弄不好就以讹传讹。小谭说市长太谦虚了,讲讲也让我们长长见识。宋宝琦说市长讲讲吧。李市长就讲起来,说法海是唐代人,父亲裴休是当朝宰相,以现在的说法是官二代了。法海的母亲吃斋念佛,所以法海在娘胎里就开始斋戒与佛结缘了。出生以后,父母认为,官场险恶,富贵虚渺,所以决定送子出家,法号法海。他砍柴三年,担水三年,闭关修炼三年,又在师父的引领下,三次云游,四十六岁来到镇江金山。此时金山上有一个寺院叫泽心寺,败落已久,法海找到一个低矮的岩洞栖身,看到寺庙破败,杂草丛生,非常心痛。一天,他在佛像前起誓,一定要将寺院重新修复。后来法海不畏艰难,挖土修庙,有一天意外挖出一大箱黄金,法海不为金钱所动,上缴镇江太守,太守上奏皇上,皇上深为感动,下旨将黄金发回,修复庙宇,几年之后,残破的庙宇终于修葺一新,再次迎来旺盛的香火。法海圆寂后,人们将他原先修炼的那个山洞取名法海洞,为他塑了一尊石像,供奉在里面。你们说,这个法海与欺压白娘子那个残暴法海是不是有天壤之别呀?市长一席话只讲得车内的人感慨不已。宋宝琦说没想到市长的知识这么渊博,有空一定向市长好好请教。小谭说市长讲的这个真实法海坚守信仰,不存私欲,值得我等今人学习效仿啊。李市长说金山寺在唐朝时,叫江天禅寺,后改为金山寺,应与法海和尚和黄金的故事有关,说来也是颇有意味啊。大家连连点头称是。小谭说佛教博大精深,劝人积德行善,用现时的说法算正能量。李市长说是正能量。小谭说"文化大革命"当"四旧"破了,现在开始昌盛起来,许多人皈依佛门,不少官员家里都设了佛堂,整日香烟缭绕。李市长说这都是老婆们干的,也无非是求告个平安。平安是福嘛。小谭说是。宋宝琦问:市长,要是让你在东方佛家与西方的基督中举手,你怎样举?李市长答非所问:我举"中特社"。都笑。

回到家,宋宝琦重新进入醉酒状态,直挺挺倒在床上,呼呼大睡。却没有睡久,醒来时见安安坐在床边望着他。四目一对,他心里倒泛出些许温情,问句咋不睡了?安安不语,赶紧起身去倒了杯温茶端来。他喝下后也就添了些精神,对安安说把你的手机给我。安安问干啥?他说给孟先知发个短信。安安问你不是刚从他那儿回来的吗?他说刚想起一件事。安安问啥事?他说我突然明白过来,李为告诉我"僧人"要出事,除了是关心我,让我从中脱身出来,还另有一个目的是让我把信透给"僧人"啊。安安说他和"僧人"那么铁……他打断说正因为铁所以要避,在这关头,当事人的铁哥们儿电话都有可能被监听,这个他清楚。安安有些紧张起来,问那你呢?他说应该不会,可也不敢贸然行事,所以迂回一下,把李为的短信转发给孟先知,让他透露给"僧人"。安安问孟先知敢出头?他说差不多,一是孟和"僧人"是老乡,也是挂拉亲戚,知道了这事会急,另外孟这人挺仗义,没城府,心直口快,一炮就打过去了。

说着他就把"炮弹"提供给孟先知:"僧人"要出事!

孟没立即回应。也在情理之中。

尽管心情有所放松,但心里还是替"僧人"忧虑,即便与其没有利益瓜葛,也不希望他出事。

只是"事"说来就来了。下了班司机小邹送宋宝琦回家,宋宝琦有意无意地问句:小邹,上回从丹普回来,人家给的啥,还记不记得?小邹想了想,说是海产品吧,你、我、张梅一人一份。他哦了声。一般到下边去,礼品少不了司机的份儿。小邹说的张梅,是办公室的会计,不知从哪儿知道自己要去丹普进香,找到他,提出跟车一块儿去,说要去许个愿。他不好不答应,就让她同行。礼品有她一份儿,也在情理之中。小邹又想起什么,说对了,尚书记还送了你一个笔筒。笔筒?他打个愣怔。小邹说对,很壮观的,包装盒上印着毛主席诗词。下车后你给了张梅。他"啊"了一声,瞬时记起有这回事。送行时,尚一个人来到他的房间,把小邹说的那个笔筒递给他,笑着说句听说你老兄的书法练得不错,借借主席的仙气,更上一层楼。因都知道他练书法,送文房四宝大有人在,"僧人"送这个,他没当回事。一起下楼来到车前,小邹很有眼色地从他手里接过笔筒,放进提前装了礼品的车后备箱里。回市里车开到自家楼下,小邹和张梅一起下车帮他从后备箱里拿东西,又要帮他送到家,他谢绝了。也就在这一刹那,他不知怎么心血来潮,把笔筒往张梅手里一递,说这个你带回去吧,得空练书法也不错嘛。张梅没推辞,道声谢收下。这是个简单过程,没当回事的事,忘记了不足为奇,而一旦记起来又会很清晰。这如从天降的清晰记忆让他头脑里炸了一道雷电:莫非"僧人"真正的"意思"就藏在笔筒里吗?有可能,很有可能,如果是这样,尚对自己"真正"的"表示"就落到张梅手里了。这一刹那,张梅那张带着可人笑容的脸油然现在他眼前。他倒吸了一口气。

推开门,听安安在讲电话,见到他,朝他摆摆手继续讲,讲的什么他一概不入耳,他心里正陷入要不要把笔筒的事讲出来的纠结中。讲必然要带出张梅,而张梅跟他去丹普他没告诉安安,没别的,只觉得多一事不如少一事,女人,特别是官员女人在对自家男人的戒备上总是神经过敏,风声鹤唳,问题是现在不讲以后不得不讲可就转不过脖来了。权衡一番,觉得还是讲为好。

安安收了电话,说今天孟先知发来短信,问我是谁,我没回。

他说不回对。

过会儿又来一条。

说什么?

问是啥意思。

他哼了声:啥意思?让你通风报信,这还不明白?

安安又重复老问题:他会给"僧人"报信吗?

他说应该会吧。

安安问:就算"僧人"知道要被处理,还有挽回的余地吗?

他说这得看他的法道了。

法道?

就是能不能赶快找人灭"火"啊。

趁安安不再追问,宋宝琦就把"僧人"送笔筒的事讲出来,说主要是家里这类东西泛滥成灾,就顺手给了张梅。至于笔筒里放没放别的,还是个未知数。

开始安安听得很迷茫,等明白了是咋回事,眼一下子瞪得溜圆,喊:赶紧把笔筒要回来呀!

出乎宋宝琦的预料,安安并未诘问被他隐瞒了的张梅丹普行,直奔主题到笔筒上,可见她对事情的轻重是有数的,只是思维尚过于简单:送了人的东西能说要就要吗?或说这件事早已复杂化了,"内含"远不是一个笔筒。比方如果里面有"货",张梅会承认并交出来吗? 通常情况,自己吃个"哑巴亏"也没大要紧,问题是不弄清真相,以后的事就无法进行有效应对。他把自己的担忧如实告诉了安安。

这,这可咋办哩? 安安扭动着手指,这是遇纠结的习惯动作。

他自是不指望她能对这桩"策略性"极强的事拿出个办法来,叹口气说:想想,好好想想。

这晚他失眠了。辗转反侧中他想到报上登的一则笑话,问:失眠的时候都在想什么呢? 回答:想睡觉。而对于此刻的他却不是这样,他想的是那个诡异笔筒对于他的安危不可测啊。

早晨起来,宋宝琦脑子里已形成一个思路,不过没和安安讲。

上午,李市长听财税口汇报,讲起来后他退出小会议室,本想直接去财务处找张梅,想想觉得不宜太郑重,就回自己办公室用座机拨过去,张梅听出是他,立刻用欢快的语调说句领导有什么指示,请下达。他笑一声,说没指示。觉得心跳得有些急,便定了定,又说小张不好意思呀。张梅说领导有事只管讲,一定照办。他又笑笑说:小张,你记得年初一从丹普回来,我送你一个笔筒吗? 张梅笑说记得记得,领导的"恩典"怎能忘怀呢? 他说瞎说瞎说,那么个不值钱的东西算啥个"恩典"。他不等张梅接话,紧接问道,小张那个笔筒你开始用了吗？张梅说还没有，领导让我练书法，我真想练，可这段时间老爸的身体欠佳，老跑医院……说到这儿张梅大概反应过味儿来，问句领导是不是要……他赶紧打断张梅的话，说小张是这么回事，我老弟那天来电话，说要练书法，让我给弄套文房四宝，别的都有，就少个笔筒，所以……张梅在那边嘻嘻笑，说这么大的领导还"翻小肠"啊，行啊，还给你就是了。他跟着张梅笑，说给了东西再要回来，是不像话，不过，我保证再送你一套上佳的。张梅说行是行，不过要罚。他问怎么罚？张梅说再去丹普还要带上我啊。他大包大揽：一定一定，没问题。

　　稳妥起见，他借口事急让司机小邹拉着张梅回家取。

　　不多会儿，小邹把笔筒送到他的办公室，放到茶几上。他显出不经意的样子瞅一眼，像看个无足轻重的物品，心却加速了跳动。啊！哪里是无足轻重，是举足轻重啊！

　　门在小邹身后刚刚关闭，他便弹簧样从沙发椅上弹起，三步两步奔到茶几旁，哆嗦着手从塑料袋里把笔筒掏出来，入眼的是考究庄重的厚纸壳外包装，上面印着一只圆柱形青花瓷笔筒，笔筒上印着毛主席诗词《沁园春·雪》手书。他不深究，只一眼带过，便着手查验是否有被拆启过的迹象，反复端详了一阵，未发现有异常，便着手打开顶盖，把笔筒从里面拿出来，在这一过程中答案已经彰显：笔筒是空的，一无他物。开始，他怔了怔，待完全认定眼前的事实，他僵硬的身体一下子放松了，如同卸下一副千斤重担。

　　上苍保佑，终是逃过这一劫啊！他心里默说，眼前同时现出大年初一在丹普寺院烧香许愿的那一幕，他记得当时许了三个愿，头一个便是仕途通顺，厄难不及，现在看，当是灵验了。

　　他想想，给李为发了个短信：放心，我没事，绝对。

　　李为很快回答：没事就好。

　　但愿"僧人"也没事。

　　共同心愿。

　　然而许多事并不以人的意志为转移，丹普市委书记尚增人终是被"双规"，有内部消息来源的李为在电话里对宋宝琦讲了个大概，声音透着不安与沮丧。他一时无语，心情很沉重。到了这一步，"僧人"的命运落定，难以翻盘。如果在这之前有所知晓（他不能断定孟先知、李为及其他人是否已把消息透露给尚),请某个大人物"救急",或许会有转机,而现在事情由暗转明,实在是晚了,再有人施以援手,就不是"救火",而是"劫法场"了。如此"舍己救人"哪个敢试乎?他问尚被控制在哪里?李为说目前还在丹普。他问事情严重不?李为说交代中,难确定。匆匆挂了电话。

他赶紧上网,见城市论坛头条便是尚被"双规"的消息。没有更多实际内容,仅消息而已。然而对当事人而言,短短几行字已为灭顶之灾。

啊!"僧人"完了!

在无尽的惋惜嗟叹中,他再次为自己没身陷其中而感到庆幸。他也清楚是尚的不按常理出牌,把他从网眼儿里放出来了。世事难料,这话对极。

尽管未被尚案牵扯,但他仍密切关注,得空便上网,察看动态。随着时间的推移,案件已渐渐"发酵",各种说法铺天盖地。让网民大做文章的是尚书记跳高式身败——刚起跳便摔倒(李为亦对此事耿耿于怀),何以如此速朽,网民也有自己的见解:权力过于集中。对此,了解丹普情况的他是认可的。尚当上书记同时又兼任了人大主任一职,这不足怪,问题在于恰逢市长到"点"下野,一时没合适的人接,尚又临时接过这一摊。智慧的网民将其调侃为"三头六臂尚","三头"无须再说,"六臂"是指尚大权在握后进行了一次班子调整,调整是官样说法,实为重新洗牌,尚将重要部局的一把手都换成"自己"的人。将这么一副官人"形状"称其为"三头六臂"是恰切而传神的。只是春风得意的尚没记住有句叫"成也萧何,败也萧何"的话。

渐渐地,尚案的"发酵"已不仅限于网上的空口把势,而进入实际阶段,办案人员频繁地找"相关人"谈话,落实问题。孟先知电告他"谈过了"。李为也电告"谈过了",还加句:你也做好准备。他不以为然:谈有可能,但没什么可顾虑的,平常心应对即可。

那天刚上班,小谭秘书便告知李市长在办公室等他。他不敢怠慢。办公室除了李市长,还有一男一女两位客人。李市长笼统介绍说这是纪检委的两位同志,找你了解些情况,好好配合。他说好的,主动上前与"两位同志"握手。李市长说我有事出去,就在这儿谈吧,不受干扰。他晓得市长是去快落成的铁路北站检查工作,本来他也要陪同去的。

李市长出了门,宋宝琦以主人身份从饮水机接水泡了茶,端到客人面前。脑子趁这空当转：他们会了解些什么呢？无事不登三宝殿。难道真以为就犯在他们手里？滑天下之大稽。

年龄五十上下浓眉大眼的男客当为主谈。待他坐下，三十左右清秀的女客冲他友好地一笑，介绍说这是孙处，我姓丁，小丁。他朝孙处点点头。虽在机关多年，并没见过这位孙处，包括小丁，他们的工作性质属那种昼伏夜出的类型，常人难得一见，包括他这个大管家。

孙处喝了几口茶，眼光随着放杯子的手落下，并不抬起，仍盯着杯子看，和蔼得近乎讨好说：宋秘书长，冒昧打搅，不好意思，请务必理解。

他说：理解理解，你们是公务，不必客气。

小丁拿出本子准备做记录。

孙处抬起头，看看宋宝琦，说：如果您认为是不当问题，可以不予回答。如果口误，提出来可以不作数。

很客气啊，他心想，可视为对领导的优惠政策吗？笑一笑，说哪能哪能，说了的就要负责嘛。

孙处也笑笑，说：宋秘书长是个敢作敢为的人哪。

这话让他有些不爽，孙似乎认准了他有问题，就看能不能敢作敢为了。孙想干啥？

孙处说：事情是这样，丹普市委书记尚增人严重违纪，现已被"双规"，这秘书长自然知道，我们来是想就有关问题向您做些了解。

他说孙处长只管问，凡知道的我肯定说。

孙处点点头，问：秘书长从什么时候起认识的尚增人？

他想想说这个记不太清。

孙处问那熟悉呢？

他说熟悉应该是到丹普挂职之后吧，一个班子内，住同一座宿舍楼，同在市府餐厅吃饭，低头不见抬头见，常委会、书记碰头会，一起出席。

孙处问：秘书长认为尚增人是怎样一个人呢？

他说：从旁边看，很正常的啊。有魄力，也实干。不过被"双规"了，就不能从表面看了。

孙处略顿顿，说冒昧问一句，秘书长与尚增人的关系如何？

他说这怎么讲呢？

孙处说怎么讲都行。

他说正常,应该说正常。

孙处点点头,说应该是这样的,可有些人认为你们的关系比较密切……

他一笑:过从甚密? 沆瀣一气? 狼狈为奸?

孙处:言重言重。

他说外面有种说法,丹普书记这把椅子是我让给尚增人的,但稍微有些常识的人都知道,这不可能。行车讲礼让三先,官场不讲这个。

事实上……

事实上每个人的情况不同,同一个职位,有的人想得,有的人不想得,比方我,不要书记一职,是想回家督促孩子备考,怎么能认为我与尚是私相授受呢?

孙处说当然不是,你的情况是明摆着的,即使不留丹普,也不影响……

他知道孙处没说出口的话是不会影响后面的升迁。

他不吱声。孙处喝了口茶,又说:正如您所言,事情因人而异。对于尚增人同志,书记一职可遇而不可求,重大无比。所以,你的后撤,事实上是成全了他,他应该很感激你……

他一下子明白,绕了半天,却与李为所想如出一辙。不过他并不特别反感,投桃报李是人们的思维定式,是美德,否则便为不堪。

他沉默。

一直忙于记录的小丁趁这空当为每只茶杯里续了水,又对他一笑。

孙处喝口水又将眼光盯在杯子上,过会儿,说话的语气有所沉哑:宋秘书长,公务在身恕我不恭,能否回忆一下与尚增人同志之间可有不当往来?

他问什么叫不当往来? 他盯着孙处看。

孙处说这个秘书长应该清楚。

金钱? 财物?

孙处不语。

金钱没有,财物嘛,尚增人送了我几盒海产品,还在,如果这算尚增人对我的贿赂,过会儿我回家取来上交。

孙处摇摇头,说如果仅仅是几盒海产品嘛……

别的没有,肯定没有!他打断说。又问句:尚增人讲给我别的好处了吗?

孙处说对不起，这个我们有纪律，不能讲。

孙处站起身，向宋宝琦伸出手，说务必请秘书长理解。

他不能理解，明明没有干系的事，别人就是认定你有干系，不是撞见鬼了吗？

谈了，他也如实做了回答，他觉得事情已到此为止，事实却不是这样。中间只隔了一天，孙处和小丁再次登门。

这回是在市府小会议室。

落座后孙处对再次打扰表示歉意，希望对他们的工作继续予以支持。

他轻松说：没问题。心里却想：他们不依不饶，一定是以为我有问题不讲。凭什么这样不相信我？

孙处说我们接着上回谈，你说尚增人同志请您去丹普寺院上香，前后是怎样一个过程？

怎么问起这档子事？不搭界嘛。便说年前，大约小年后一两天，尚增人打来电话，说这几年寺院极红火，香客蜂拥而至，拜佛许愿据说很灵，问我想不想去，去的话他提前安排。因我爱人和小孩儿要去兰州岳母家过年，只剩我一人在家，也无聊，就答应去。初一日出前赶到，尚增人带我们一行上山，又由寺院大法师引带敬香、敲钟，中午尚增人陪着吃了一餐饭，便回来了。简单说就这么个过程，还需要详细说吗？

孙处说已经很详细了，不过有一点想和秘书长拊对一下，尚增人有没有讲相关费用一事呢？

费用？什么费用？

孙处看着他：香火啊。

啊，这个尚增人没讲。

秘书长没想到会有一个费用问题？

当时没想到，只想是由一把手安排的，一切不成问题。

是这样，应该是这样。但佛事不同于其他，要虔诚，官再大，香火钱不敢不付。

他眨眨眼，一下子明白过来，硬把他往尚增人的事上拢，症结原来在这笔香火费上啊。其实他不是没听说过关于官员进香拜佛的一些事，只是脑子一根筋,觉得三头六臂的尚增人能把他地面上的所有事摆平,用不着自己多操心。原来问题出在这里。

他诚恳地说:我还真没想到这个问题,要是提前想到,我肯定会自己付。

孙处说:这个我们完全相信,问题是即使秘书长想付也未见得事先能准备那么个数目啊。

他脱口问句:多少?

孙处不想卖关子,说十万。

他不吭声了。十沓红色百元大钞在眼前悬浮,像一把火在烤。他感觉额头泌汗了。

小丁友好地起座为他添了茶水,说句喝点儿水。

他渐渐缓过劲儿来。望着孙处问道:这十万是尚增人付的吗?

孙处摇了摇头。

那是谁? 他问。

一私企老板。

尚增人说的? 他问。

是。孙处如实回答。

他终于明白,在让官这件事情上,尚确是按"大恩"谢了自己,以这种"形而上"的方式。

他问尚还说什么了?

与秘书长相关的,就这些。

他意识到自己问了不该问的问题,其实孙处已经向他透露了本不该透露的话,其善意应该心领了。同时,他也知道事情不会止于此,不管什么人付了钱,都是与他有关联的。尚增人讲出来,自是想撇清自己,找出个"相关人"替自己担当这一块儿,减轻一些罪责,对此他也能理解,现时的人对许多乌七八糟的事都能理解,见怪不怪也是一种修行啊。

他发现孙处又在盯着茶杯看。他忽然明白,孙极力避免与自己对视,是因他自知眼光里有一种难掩的职业性严酷,便努力避免以此冒犯自己这个"市领导"。他同样领情。

他试探问:纪检部门欲怎样定性这十万块钱呢?

孙处稍稍抬下头，眨着眼说：这个领导让我们先听听秘书长的说法。

我？

对。

他说：实事求是讲，我不认为这笔钱应该算在我名下。

孙处不接话，只转头看了小丁，小丁低头在记。

他继续：一、我不知道要花这么多钱；二、钱的来龙去脉我一无所知。

孙处低着头说：按说秘书长应当知道做这种高端法事的行情，十万也是优惠了的。

他问不优惠能有多少？

孙处说三十万五十万都是在谱的事。

他说这行情我确实是不晓得的，而问题的根本之处是我并没见着钱。

孙处说是没见着，但钱是为你花出去了，你是受益人哪。

受益人？精神受益人？他似乎是自言自语。

也可以这么讲，物质是可以转换为精神的。那就是转换成本。

噢，上升到哲学层面了，很深奥啊。他不无讥讽地说。

孙处说：哲学也谈不上，可从法律层面上看，事情还是很明显的。

请讲。

孙处尽量从眼里透出和善，说：尚增人授意老板埋单，属索贿性质；那老板肯于付钱，属于行贿性质；而落到秘书长身上，则属于贿赂对象了。

他觉出孙绵里藏针的毒辣，一定要把他栽进去，便质问道：那么收款的寺院该怎样认定？

孙处说：寺院属正常佛事活动，功德箱里面的钱是善男信女自动放进去的，不是非法所得。

对这一点，他无话可说。

孙处歉意地笑笑，说秘书长别误会啊，我们只是想大面上把事情将一将，这样对秘书长也有益处啊。

阴阳怪气。他想。这些人你就不知道他哪句话是真哪句话是假。他既然要把事将一将，就不妨一将到底，落得个心里清爽，便眼盯着孙处问：你们纪检是不是已有定论，这十万块钱是我的受贿款项？

孙处沉默，良久方说：对秘书长说句真心话，这个我不知道，最后由领导来定。

这次谈话到此结束,双方都悻悻的,勉强握了下手。

接下来的日子宋宝琦就很不好过了,可谓度日如年。他左思右想,也无法推断事情会朝哪个方向发展。他不大相信自己会彻底翻船,那来无影去无踪的十万块钱强栽到自己身上很"狗血",可他又深知官场的事向来难测,事说大便大说小便小,只看握权把子的怀哪种心思。另一个让他隐忧的因素今年是他的本命年,这道无形的阴影一直印在心里面。当初答应去丹普进香也与此有关,希望能保佑自己迈过这道坎儿。而结果适得其反,惹出这番事来。想想只怪自己借花献佛心不诚。有时他也事后诸葛瞎寻思:早知如此当初就不该把书记一职让给尚,自己留下干一届,再回大市说不定能干上副书记或副市长。呵呵,他晓得事到如今想这些已经晚三春……他不由得又想到那个关于船与海的典故,觉得人生是耶非耶真他妈的很悖论,难说难道。

他联系不上李为,李为也不联络他,不晓得是怕惹麻烦,还是本身已经有了麻烦。特殊时期,什么情况都可能发生。

他也思谋着从顶头上司李市长那里套点儿口风,又担心不慎出错,偷鸡不成蚀把米,便作罢。

一把刀始终悬在头顶,又不知啥时落下,心神不宁,烦躁不安,抑郁的各种症候亦渐次显现,感觉像到了世界末日。

这天是周六,安安的学校有活动,临出门安排他买鲜奶,说小铺里的不保险,要去大超市。近期的事情他没和安安讲,这人看似很有章程,其实心理承受力很差,知道了会比自己更焦虑。

超市离家不远,步行十分钟便到。他推着购物车在货架中间穿行,忽听有人呼了声"秘书长",旋即一个同样推购物车的秀气女子笑盈盈站在面前,他稍稍一愣,认出是与孙处一道与自己谈了两次话的小丁。他高兴地与小丁打了招呼,除了寒暄,偶然相逢的两人似乎也没多少话可说,便客气地挥手再见。而没过多久,小丁又转回,伸手递给他一张字条,说句秘书长要有事就联系我。他笑着点点头,顺手把字条塞进口袋里,没多想。

回到家,放下东西,又习惯地把零钱掏出来放进门边的一个纸盒里,这时看见混在其中的小丁给他的那张写有电话号码的字条，他的心倏地一动，意识到小丁这一举动似有某种深意。再联想到谈话过程小丁投向他关切而友好的眼光，心想莫非她是暗示自己，想知道案子的内情她可以……对，是这样的，一定是这样的。自古有云"朝中有人好做官"，她就是"朝中"人，知道朝中内幕。

想好了，便不再迟疑，给小丁拨了手机。小丁平静地问句是秘书长吗？他说是我是我。小丁说有事请讲吧。他一时竟不知该从何讲起，而怎么讲又都显得唐突。小丁不吱声，等着。他轻咳一声，小心翼翼地问：小丁，那事，有什么进展吗？小丁说那事啊Pass了。没事了？Yeah，为什么……小丁笑笑，问句难道秘书长不希望是这个结果？他赶紧说：不是，不是，只是……小丁说秘书长不用说了，我知道你怎样想，这事有些超乎常规，程序走到上面，上面集体无语。他说怎么会……小丁说想想也在情理之中，这事佛是一方事主，哪个愿多事，惹佛不高兴啊？啊！啊！是这样，原来是这样。他真的没想到这一层，可仔细一想，也确在情理之中。

当他要向小丁真诚道谢时，小丁已挂机。即便如此，他还是由衷道句：谢谢你啊，小丁！

满天阴霾一扫而空。生活重新美好。忍不住又给李为拟了条短信：我请你，还在"涛声依旧"……想想似觉不妥，便作罢。

又过了几天，他接张梅一短信：宋哥，对你讲，上回在丹普寺院许的愿，已经灵验，非常非常感谢你呀。我想在国庆长假期间再南下去金山寺上香，你可愿同往？

他满身发起热来，不待细想，便打出三个字：没问题。发了出去……

【作者简介】尤凤伟，山东牟平人，"新时期"开始写作。已发表作品五百余万字。其中《中国一九五七》列2001年中国小说学会年度长篇小说排行榜榜首。出版文集、自选集、小说集数十种。根据其中篇小说《生存》改编的电影《鬼子来了》获戛纳电影节评委会大奖以及日本每日电影大奖。曾任山东省作家协会副主席、青岛市文联副主席及作家协会主席。

月光罩灯

普 玄

一

周围都是正派人，我必须小心翼翼。上午我在厕所里悄悄呕吐，碰上局长；中午我到母亲家吃饭，忍不住又到厕所呕吐，被母亲发现。现在，办公室里全是人，全是正派人。他们正在议论一个话题，议论给别人当情人的女人。他们称这些女人为二奶或小三，这是网络和报纸这类媒体的叫法。我觉得有一颗颗石头朝我脑门儿上扔。我本来站在办公桌前面喝一大杯白水，突然跌坐下来，白水泼溅在桌子上。我又想上厕所了。我一秒钟也不想待在办公室里。因为我就是他们嘲笑议论的二奶或小三。我正在给一个男人当情人。有我微微隆起的肚子为证。

对，我怀孕了。我怀孕与我老公无关，我肚子里面，是另一个男人播撒的种子。

你怀孕了吗？

我正在厕所里吐，局长进来问。她是一个五十多岁的女人，有着一身的荣誉和雕塑般的面孔。我不知道她怎么老往厕所钻，上午也在这个地方碰见她。

没有没有，局长，我说，我只是胃不舒服。

她并不相信。她拉开厕所木门，以极短的速度撒完尿。这显示出她的性格、效率和威严。等她出来，我还在水管边漱口。

　　秦百惠，她站在我身边说，如果你怀了孕，要及早处理，明白吗？你是优秀干部，我们单位在这方面是全区全市的红旗单位，你明白吗？

　　我当然明白。但我不会及早处理。我要等待播撒这颗种子的男人。我怀了他的种子，他却消失了。我不知道他在哪里，北京上海还是广州，不知道他在城里还在乡下。我甚至不知道他是死是活。我们平时的联系就是一个手机。现在他的手机关机，一连多天，我每天打他几遍电话，每次都是一样的结果。

　　我必须小心翼翼，因为肚子一天一天在增大。

　　我的办公桌在窗边。同事们都下班以后，我开始收拾办公桌上面的东西：茶叶盒、别针盒、订书机、裁纸刀、胶水瓶、墨水瓶。然后我开始做卫生，洒水，扫地，倒纸篓。都做完了，还有什么呢？我坐下来，桌子上有一盆吊兰，它陪我一起，打这个播种者的电话，电话仍然关着机。天眼看要黑了。天边有一团一团乌红的云，行色匆匆地滚动着，像一个勤劳的商人。商人！这个在我肚子里播撒种子的男人就是一个商人！我不去打掉这个孩子，坚决不打！我要等到他回来！我要当他的面把这颗种子打下来，让他眼睁睁地看着！

　　门卫一连来看了三次，我不能再待在办公室里了。我是一个优秀干部。但是一个优秀干部下班很久了还不回去也没有道理。我很想在办公室继续待下去，但我不得不回家。我怀着另外一个男人的孩子，却要每天回家面对自己的老公。这就是我目前的生存状态。

　　我本来是朝家里走，但我走着走着，却发现我朝母亲家里的方向在走。

　　刚进门不久，我又开始吐起来。

　　你怀孕了，母亲说。

　　我趴在马桶盖上，不说话。

　　你要去做手术，手术后要休息半个月。母亲说。

　　不，我边摆手边说。

　　让你老公请假，让他陪你手术，照顾你，她继续说。

　　不，不，不，我连续说。

我的态度让母亲警觉起来,她紧张地环顾四周,其实四周什么都没有。我坐下来,我决定把这件事告诉她。我的肚子一天天在大,我需要有一个人了解,做我的同谋。她是最合适的人。

母亲望着我,观察我的表情。她一开始希望我开口,观察了我的表情后,又怕我开口,仿佛我即将喷出一股毒药。

难道不是你老公……她询问着,继续观察着我的表情。观察确定后,她很快又愤怒起来。

他是谁?

他是谁! 她连珠炮一般,不停地问。

有几个警察经过,田测量必须小心翼翼。他一开始在七号车厢,那里紧邻着八号餐车,有来来往往的乘警,现在他转到远离餐车的二号车厢,又过来几个乘警。田测量把脑壳别向窗外,假装看外面晃动的风景。他通过窗户玻璃的反光,观察着几个警察的行踪。

如果你负案在身,正受到追捕,无论你真正有罪,还是冤情如海,请你不要坐飞机,坐高铁,坐动车,而要像地产商人田测量这样,坐劣等绿皮火车。在这样的火车上,有挑担子的,背布袋的,背被子的,拎大米的,拎手铲一类劳动工具的,大家都是打工者。有南来北往的方言和妇女的喊叫,婴儿的啼哭;有各种的臭气夹杂着变异水果的怪异味道。这一切都是万物生长的味道。充满着温暖,充满着人情味,让你觉得安全。这是踏实和雄厚的群众基础。

在逃人员田测量负案在身,但他并不承认自己是罪犯。商人田测量蹲在座位上,以一种鸟的姿态斜立,目光盯着玻璃反光里的警察,身子却随时准备飞翔出去。火车向南向南,田测量即将回到自己逃出来的那座长江中游的省城。这当然是一个危险之旅,但是他不去不行,他的身体和灵魂每时每刻都在经受煎熬,因为那里有他心爱的女人。

你有票吗? 警察问。

我有票。

你为什么蹲在座位上?

我肚子疼,田测量咬牙切齿地说。

田测量目送警察,鸟一样飞翔的姿势仍然保持,不敢有丝毫松气。如果你不幸成为商人,你便一生与风险相伴。你就是一只长着人面鸟身的动物,随时准备飞逃。

田测量一共出逃过三次,每次境况各不相同。第一次他还不是地产商,他还在做一个演艺文化公司。他们服务的一个烟厂的厂长被抓了。因为他们逢年过节给厂长送过礼,行贿的名单上有他,检察院要抓他去对证。他和他的合伙人得知消息后跑了。他们跑到另一个城市,隐姓埋名生活,却随时打探着案情。他们想等案子一结,就赶回来。但是没等案子结束,他的合伙人就忍不住了。他无法忍受出逃的寂寞和生活清苦。他认为没事了,但是等他回去,马上被抓了。田测量坚持下来了,他没有回去,逃过一劫。

第二次出逃的时候,田测量刚进入地产行业,他当时只是一个小公司的小股东,原因还是行贿。如果你不幸成为一个商人,你必须学会的生存和发展的本领就是行贿,或者叫送礼。田测量有一次看电视,电视上有一个全国著名的地产企业的著名人物,他说他从不行贿。田测量当时想把电视砸了。他想告诉人们的是,他是一个大骗子。你可以艺术地行贿,你可以义气地行贿,你可以基本保持人格尊严地行贿,你可以把行贿的风险转嫁给另外的中介公司,但你不能说你完全不行贿。那一次,田测量眼睁睁地看见合伙人被警察抓走。此前他们逃到了广西,在一个朋友的关照下,每天下棋喝茶,过了几个月的隐居生活。但是他的合伙人要回去,他要回去找关系,挽救已经关在牢里的房产局长。田测量陪着他,上火车没事,坐火车没事,下火车也没事。快到公司的时候,田测量找了一个理由在外面,先买烟,又去买药。他磨蹭了十分钟。但这十分钟里却发生了大事。几辆警车呼啸着赶来,包围了他们的公司,在他的眼光范围内带走了他的合伙人。他事后才得知,在他们公司大门口扫地的清洁工,就是警察的眼线。

你有票吗?

我有票。

你为什么蹲在座位上?

我肚子疼。

现在我们知道,地产商田测量,机警,低调,有忍性,并且,有运气。这个很重要。他曾经两次躲过危险。现在是第三次,这次不是合伙人要回去,而是他自己要返回。他逃了一个多月,他正在返回的列车上。他相信自己的机警,相信自己的能力,也相信自己的运气。

他被爱情折磨成一只鸟,却不能飞翔,只能焦急地随着慢腾腾的绿皮车,向南向南。

二

那个男人是谁?

我没有开口。我不想回答。我和这个男人有一颗种子在肚子里,自然有其道理,必然有深深的幸福和说不清的缠绵。

你是一个有夫之妇吗?

你是一个国家干部吗?

你是一个有孩子、有女儿的母亲吗?

你是……

母亲气得说不出话来了,她抖动得如同一面风中的旗帜。

旗帜在几个房间里快速来回,分别从厨房、客厅和卧室找出一大堆东西扔在地上。这些东西分别是我在不同的节日给她送来的礼物。几只铁罐牛肉,端午节的咸鸡蛋,还有冬天的围巾,等等。她把这些东西一股脑儿地朝门外扔,表示与我划清界限。

你滚,滚! 老太太说。

我和一只牛肉铁罐同时抵达一楼,我们都用"滚"的速度,只不过它比我更有响声。我在小区院子的一棵大树下呕吐,然后坐在大树下的石凳上喘息。我想快速离开这个地方,但是我把肚子里的水都吐光了,身子也吐软了,我迈不动步子。石凳的旁边是相互依偎的绿草,这棵大树旁边有几棵相互依偎的小树。我坐在一群环绕的树中间,在一片片绿草中间,哭起来。

不知哭了多久,手机响了。

你在哪里? 母亲的声音平静了很多。

你回来,她说。

我进屋以后,她做了三件事:一是给我老公打了一个电话,告诉他我今天不回去了,在这里照顾她;二是给我添了一碗汤,看着我热热地喝下;三是搬一张椅子和我面对面说话。

我看着她。就这一会儿时间,她苍老了许多。她像一只陈旧的咸菜罐一样,竖在凳子上。

你必须尽快做手术,她说,越早越好,怎么请假,怎么和家人说,你不用管。

她继续说她的安排,周密而细致。她退休前是单位的管理干部。她试图用她多年的管理经验,来巧妙安排这件事。并且在这件事过后,让一个优秀干部,一个有丈夫的妻子,一个有女儿的母亲的地位和面子保持如初。

你听清了吗? 她问。

我点点头。

那就按我说的做。

我说,不。

她准备发作,愤怒已经堆在脸上了,但是很快转变了态度,说,你不用立即回答我,你先想一想。

灯关了。

远处有汽车的声音。天花板上,移动着微弱的斑点,像天空上的繁星点点,它们都是天空的孩子吗? 我突然有了强烈的倾诉的欲望。是的,繁星是天空的孩子,我是母亲的孩子。她是我在这个世界上最可托付的人。

妈。

那个男人是谁? 她在黑暗中问。

我调整好睡姿,平躺着,望着天花板。

你还记得二十多年前的那盏罩灯吗? 我说,二十多年前,我们上高二快升高三的一天晚上,我请了班上的几个男生去家里吃饭。

我记得,母亲说,后来停电了,你们几个就坐在黑夜里谈理想。母亲说,我一直记得,就是你们几个的青春理想。有一个男生在外面跑了很久,没买到蜡烛,拎了一盏罩灯回来了。

就是他!

就是他?

对。

我们继续说着。

一个电话打进来。我看了一下号码显示，是一个公用电话，在省城，公用电话都用一个特殊的数字开头。这么晚了，谁在公用亭打我的电话？我没有理会，准备给母亲接着讲。电话又响了，我接了一下，没有声音。我打了一个激灵，清醒了。我明白是谁了。

田测量，田测量，你在哪里？

对，他叫田测量。

一只包从空中飞过来，朝田测量头上砸。包里面的东西四散开来。眉笔，小镜子，口红，指甲钳，一大堆女人的小物件顺着他的脑壳和肩膀往下落。女人跑过来抓他，歇斯底里。田测量面对气势汹汹的秦百惠，面对她劈头盖脸的逼问和厮打，原来准备好的一肚子思念之语如一只过期生锈了的罐头，完全打不开缺口。到目前为止，这个肇事者还不知道，他对面女人的肚子里，他播撒的种子正茁壮成长。

田测量恼了，用力一掀，女人仰面倒在对面的床上。

警察在抓我，我能见你吗？

女人并没有听清。男人敢把她掀倒在床是她没想到的。何况她肚子里怀着他的种子！她突然撕开上衣，用指甲抠抓胸部，像一只即将被取胆的熊一样，想撕开自己的胸膛。她拼命捶打自己的胸膛，说，打，来打！你是一个男人！你过来打！就打这里！秦百惠的手指上戴着一个戒指，戒指在两乳之间捶打，划出一道道血印。

警察在抓我！

警察在抓我！我逃跑了！你听明白了吗？

秦百惠这回听清楚了，立即停止厮打，半天才回过味儿来，斜起身，说，警察抓你？为什么？

这件事的源头和地产商田测量现在的业务无关，有些年头了。有一个国有酒厂的厂长，在企业改制的过程中因经济问题被抓了，田测量在几年前为这个酒厂盖过职工宿舍，给这个厂长送过礼金，被这个厂长供出来了。

秦百惠怔怔地听着。

逃跑，最关键的是不能带手机，杜绝现代信息，田测量说，美国那么强大,抓拉登为什么抓了十年?因为拉登不用手机,不用网络,他有什么事,都用最原始的办法,传纸条。

我那天运气好,我从公司出去买东西,手机放在桌上,等我买东西回来,还没进院子,就看见门口停着警车……

我在外面待了一个多月,我每天最不习惯的就是没有手机,这些年我已经习惯了,每天朝口袋里摸,手机仿佛成了我身上的一个物件,什么物件?

你有孩子了。

秦百惠打断田测量的话,不让他再说下去。他再"手机,手机"地说下去,天都要亮了。

什么?

你没听清吗?秦百惠说,那我再说一遍,你有孩子了!

她开始抚摸自己的小腹,开始流泪。她一直等,一直不肯去做手术,就是想等到这个播种者。现在他终于出现了。

啊,真的吗?田测量明白过来,蹲下身子,脑壳贴在秦百惠的小腹上。他像玉皇大帝南天门那里的顺风耳,在听什么呢? 仿佛他在听秦百惠肚子里种子的DNA,并提出疑问。是我的吗? 他听了半天,蹦出这么一句。

啪。

响起一记耳光。

你去检测,去,找最权威的医院查DNA,看是谁的种子!

他紧紧地抱住她。

怎么办,生还是不生? 生得了吗? 生面临着开除公职,这是计划生育政策的严厉规定。同时,家里怎么说,社会怎么说? 不能生! 但是,两个四十多岁才相遇、相爱的人,好不容易有了一个种子,说打掉就打掉吗?

有没有第三种办法,既生下来,又不让单位、家庭……不让所有人知道?

没有。除非你会变,你是孙悟空。

天亮了。

讨论了一夜的中年男女决定向现实屈服,去打胎,消灭掉这个还未成形的生命。但秦百惠有个条件,那就是在打胎之前,让肚子里的种子和播种者多待几天,体会一下温情。

三

我和母亲躺在一起回忆二十多年前那天晚上的情景。我的父亲去世很早,几十年来,我们都是这样相拥而眠,都是这样相依为命。二十多年前的一个暑假,我们高二结束在校补课,正等待升入高三。有一天晚上,我请班长陆国旗,学习委员张高举,体育委员陈静三,还有田测量,他当时是副班长,我请他们到我家里做客。我们几个是班委会干部,成绩也最好。我母亲喜欢成绩好的学生。刚刚吃完饭,母亲正在厨房洗碗的时候,停电了。田测量跑出去买蜡烛,剩下的几个人在黑暗里倾诉理想。谁先开始的呢?陆国旗。

班长陆国旗说,我以后想干什么,我的理想是什么,你们知道吗?

没等我们说话,他就开始了。

告诉你们吧,他说,我的理想是当一个总理!

我们惊呼并且鼓掌。

接下来是学习委员张高举。张高举倾诉理想的时候,所有的人都凝神定气,母亲连碗都不洗了,搬个凳子在黑暗中坐下来。他的学习成绩最好,班上没有人是他对手。进入高中以来,一直到高考,题海战术,大考小考,一共考了多少场,无法说清楚,第二名第三名不停地变,第一名一直不变,就是他。

他永远是第一名。

我要当科学家,他说。

科学家太宽泛了,什么样的科学家?我们问。如果非要说具体,那就是数学家,张高举说,其实科学家到一定程度是相通的,你们明白吗?

没有人怀疑张高举的理想会实现,大家可以想到,未来不远的时间,他会成为众同学、众乡亲,还有更多人顶礼膜拜的人。为什么呢?一件事震住了所有的人。有同学测过他背圆周率,我们大多数人能背到3.1415926,小数点后面七位数,多的八位九位十位,他能背多少?他能一口气背到小数点后面六十八位!你们说说,这个人是人吗?这个人不成功谁成功呢?

我在研究一个震惊数学界的全世界论题,那就是费尔马猜想。费尔马猜想你们知道吗?张高举没有去理会黑暗中几颗摇晃的脑壳,接着说,费尔马是法国的一个数学家,他在1673年提出了一个猜想,两个数的N次方之和,不能表述成第三个数的N次方。全世界都没有人论证出来,这个课题是为谁设置的? 你们说说,是为谁而设置的?

我认为,就是为我设置的,他在黑暗中眼睛亮亮地说。

张高举的理想在黑暗中赢得一片惊呼和掌声。

接着是体育委员陈静三,他的理想是将来当一个警察,为社会做贡献,除暴安良。他的理想也赢得一片掌声。

轮到我。

我当时是文艺委员,是老师和男生的宠儿。我原来不叫秦百惠,因为那时候日本影星山口百惠以其美丽和忧伤横扫中国校园,成了少男少女的追慕对象。我身上的气质,特别是一双大眼睛,太像山口百惠。同学们都喊我秦百惠,我也干脆就改名叫秦百惠。

我,全班唯一一个三线厂矿子弟,全班唯一一个天生说普通话的人,全班男生的梦中情人。我的理想是什么?

夜很暗,窗户开着,外面没有风,没有月亮和星星,很远的地方,有夏虫在鸣叫。虫子们也在听我们的理想吗?

母亲当然也在认真听我的理想。

我喜欢孩子,我开口说。

众人一惊,母亲也一惊。

那我将来就当孩子王吧,我最好去当幼儿园老师,我补充说。

众人嘘了一口气。稍微有点儿遗憾。他们认为凭我的天资和长相,说理想是一个电影明星、一个歌唱家,大家听着更好一点儿。

沉默了一会儿,大家都还想说什么,又都不知道该说什么,这时候,田测量提着一盏罩灯来了。

我们当时住在县府街,和县政府共用电路,极少停电,所以附近的商铺里都没有蜡烛卖。其他人都在黑地里倾诉理想的时候,田测量一家一家商铺去问,都没有。后来他越过一条街,蜡烛没找到,却找到了一盏煤油灯,玻璃罩子却破了。田测量找商铺要了一张纸,是一张月亮色的书皮,他用书皮折成灯罩,套在煤油灯的三只耳罩上。他端着那盏月光罩灯,越过一条街,用手护着，慢悠悠地回来了。

几个在黑暗中倾诉理想的人都惊呼起来，因为这只折成的月光罩灯太漂亮了。四周一片黑，这里一点儿亮。像一只月亮？还真有点儿像！

轮到你了，大家一边高兴，一边说。

田测量先听了几个人的理想，总理、数学家、人民警察、幼儿园老师。想了一下，说，我有两个理想，第一个理想，既然你们选了那么多，商人还空着，那我选商人，我要通过做生意改变这个社会，为社会做贡献。

大家都没想到。

二十多年前，县城，中等城市，省城，全都是国营厂矿，商业还停留在个体户的低层次阶段，商人甚至是一个贬义词。谁会想到他会把商人当理想呢？

大家寄希望于他的第二个理想。

第二个理想，田测量望一下我，说，那也是我的一个梦，但是，我先埋在心里，我现在不说。

张高举忽地一下站起来，望着我，说，我也有两个理想，第二个理想我现在也不说。

陆国旗和陈静三也不甘示弱，一齐站起来，望着我，说了同样的话。第二个理想，现在不说。

他们几个当时说的第二个理想，就是喜欢你，他们当时共同爱上了你，是吗？母亲问。

是，我说。

后来，后来怎么……母亲半天说不出话来，这是她最不明白的地方，几十年来一直不明白。这么漂亮聪明的女儿，那么多男同学追求，最后怎么选择了一个这样的丈夫？选择了就选择了，结了婚，有了孩子，安安静静工作和生活就是了，怎么又回来找到了田测量？

这中间发生了什么事吗？母亲问。

对，发生了很多事，我说。

我不知道该怎么和母亲说。因为说起来很艰涩，很痛，也很模糊。

当时那四个男生，我最不喜欢的就是田测量，母亲说。

为什么？我说。

说不清，母亲说，很可能是他想当商人的理想，我不喜欢商人。

我的电话响了。

那几个同学现在哪里？母亲问。

在省城，我说。

都在省城吗？母亲说，怎么联系他们？

我最不该做的，就是把他们的电话抄给了母亲。

秦老妈妈到省委去找当年的陆班长、现在的陆处长。在省委高高的大门前，两个警察岗亭之间，秦老妈妈站在那里。秦老妈妈掏出手机，这只手机是女儿淘汰不用的，呈圆形，像一只小巧的手雷。不过秦老妈妈不会把这只"手雷"朝省委院子里面扔，而是在这只"手雷"上面找数字，找陆班长。

当年想当总理的陆班长现在成了一名处长，此刻正窝坐在办公室沙发上玩纸牌。陆班长本来不应该只当一个处长，至少不会闲在这里玩纸牌，这说明一切事物都在变化之中。陆班长没考上大学，他先在北京当兵，给一位首长当警卫，在首长接待家乡省城一位厅长时，他又结识了厅长，深得厅长喜欢。陆班长复员后娶厅长的女儿为妻，并顺利留在了省城，进了省委，从省委一位领导的办事员开始，一直干到处长。陆班长在这个发展过程中充分地展示了他的政治才华，包括情商、捕捉机遇的能力、忍耐力、牺牲精神、敬业勤勉等。好几年前，他是省委最年轻的处长之一，业余时间拿了一大堆学历，专科、本科、硕士，如果不是后面一件事，他会大步向着当年要当总理的梦想奔跑。

陆处长的岳父退休了，退休几年后又患了重病，不久于人世。陆处长刚好结识了一位省歌舞团的演员，两人产生感情。陆处长和厅长的女儿离了婚，和演员结了婚。陆处长离婚后有感而发说了一句话，我后几十年该为自己活活了！这句话惹怒了不久于人世的老厅长。老厅长从这句话里品出了很多内容，很多种人生况味，也看到了一个在目标和欲望之间左右摇摆的底层奋斗者的政治前途的终点。鱼和熊掌不可兼得。又当官又得色，天下有这样的好事吗？病床上老厅长的余威，加上陆处长本人的造化，以及众人的目光，让陆处长在接下来的提拔中挫败，并且由重要处室调到一般处室。陆处长当然不肯甘休,他想了一个变招,申请去援藏。按照规定援藏三年回来后,一般都会提拔,但不幸的是,陆处长只援了一年的藏,在一次山体滑坡抢险中,伤了肺,不适合在那里待,提前回来了。

你是陆班长吗?

陆班长?

噢,陆班长!陆处长,你好,我是你高中同学秦百惠的妈妈,记得吗?

陆处长开车到省委大门口接了秦老妈妈,绕过绿化大道、花圃、环形道,在一座安静的办公大楼边停下。秦老妈妈看到陆处长现在的办公现场。其实秦老妈妈从陆处长发福的肚腩和办公室散开的弧形状的扑克牌上,应该可以看出陆处长的生活状况。上帝要想成就一个人,会让这个人充满光芒,这一点秦老妈妈是知道的。

我还记得你,秦老妈妈说。

这么多年你还记得我? 陆处长显然受宠若惊。

我记得你当时是班长,秦老妈妈说,那个晚上,你们几个在我家里吃饭,电突然停了,你们在黑暗里倾诉理想,我记得你当时说你要当总理。

陆处长像寻找一件雨雾中的物件,他手里扒拉着扑克牌,散成各种图案,像那个年代的几何图形吗?

秦妈妈,陆处长在一张几何图形面前停下手,说,什么官?什么总理?省长、厅长,全是假的,说你能干,你就能干,你信不信?

他快速发牌,嗖嗖嗖,飞镖一样。现在是他们认为你不能干,认为那些阿猫阿狗能干,你怎么办呢?

对了,陆处长说,秦妈妈你找我有事吗?

四

母亲在单位门口等我。她隐在单位门口的一块广告牌后面假装看报纸,浑身却长满了眼睛。她不进单位里面找我,其中的意味更深。

我们在广告牌那里见面,她递给我一个饭盒,里面都是我喜欢吃的菜。她看着我虎狼一般地吃,很高兴。

我们什么时候去做手术? 她故作轻松地说。

她的声音像一杯没泡开的茶水，里面浸着一颗焦灼的心。

不着急，我说。

怎么不着急，她这才现出真正的表情来，我给你算一下日子，一到三个月……你会不会算日子？

我怎么不会算日子，我四十多岁的女人了，什么不懂呢？我用饭勺朝空中划一下，说，这个你不要管。

我不管谁管？她说，你说说你的安排，你让我放心我就不管。

我只想让这颗种子在我身体里多待几天，哪怕多一天，多一个小时。越是知道他(她)迟早要从我身体里消失掉，我越想挽留。这怎么和母亲说呢？我眼圈红红。

母亲愣了一下，说，我知道你心里难受，但是，田测量他现在自身难保，他也同意打掉，你说是不是？

有几颗泪落进碗里。

我将泪珠搅拌在饭菜里，继续吃，可是我的泪珠接着一颗一颗下来，我就继续搅拌。我不知道怎么办。我的一份工作，我在单位的名誉，身边母亲的爱，这一切都比我肚子里的一棵幼芽重要。但是，我感到迷惑，也感到恐慌，我不敢想象这颗种子从我身体里消失之后，我和这个世界的关系会怎样。

人总会有一根线，拴在这个世界的某个地方。对我来说，这根线现在就是这颗种子。没有了这颗种子，我会不会飘离地球，进入一个失重状态呢？没有了这颗种子，我会不会失去时间，进入一种奇幻状态呢？

我不知道。

二十年前的那天晚上，我也想说，我有两个理想，首当其冲的，不是当幼儿园老师，而是渴望爱情，有一份真爱。但我没法说出来，大家都不认为这是理想，都认为当音乐家、电影明星才是理想，我有什么办法。

我不知道这颗种子消失之后我们的爱还在不在。我担心我会陷入一个恐怖时期，这个时期如同田测量被开除后一直到我重新遇到他这段时间。我虽然年轻漂亮，什么都不缺，唯独缺爱。

秦老妈妈到省城重点中学去找张高举张副校长。电话打通了，张副校长却不在学校,而在学校附近的集娱乐商务于一体的城市综合体。秦老妈妈按照张副校长所说的路线,慢慢走到一座酒楼前面。城市综合体在市政府附近,抬头就看见长江,这里成了房地产商争夺的要址,据说每平米到了两万元。

秦老妈妈到了酒楼前面,门口有服务人员热情地把她请到楼上。热毛巾擦脸,极品好茶,软语问候,就是不见张副校长。秦老妈妈问了几次,服务人员都说张副校长在忙。秦老妈妈打量这个房间,很宽大豪华,席位可以坐二十人,器皿都是烫金的,几只宽大的沙发。墙上挂着一些名人字画,角落里供着财神。秦老妈妈在神位面前站了很久,实在忍不住了,开始用服务员送来擦脸的热毛巾给财神擦起身子。神像上面落满了灰,实在太脏了。

张副校长在楼上打牌。

张副校长的注意力明显不集中,好几次出牌都出错了。同桌的牌友说,你这么心神不宁,谁来了?张副校长说,我一个同学的妈妈。牌友们说,是女同学吗? 张副校长说,噢,对。牌桌上爆发一阵大笑。

张副校长没有笑。

张副校长只见过秦老妈妈一次,二十多年过去了,他还清楚地记得。

相信再有二十年过去,退休了,他还会记得。

张副校长从牌桌上抽身下来,来到包房里见秦老妈妈。秦老妈妈见到的是一个秃顶的戴金色眼镜发福的男人。她无法把这个人和当年的张高举联系起来。

秦老妈妈想通过眼神寻找当年张高举的印记,但张副校长一直不和她对视,躲着她的目光。他不停地指挥服务员。从他进门后,服务人员从一个增加至两个,还嫌不够,他让服务员增加了一大堆秦老妈妈并不需要的小吃,还有一些并不需要的服务。看得出他和这里很熟,他通过安排展示他的自信和权威。

我也记得你,秦老妈妈说,我记得你那天晚上……

张副校长连忙指挥服务员换茶水,以此打断秦老妈妈的诉说。秦老妈妈后来才明白张高举不想提原来,不想提青春及理想。

秦老妈妈你找我有事吗?有事只管说。张副校长虽说只是个副校长,但分管招生,这显示了他的权威。楼上那些陪他打牌的,就是求他上学的家长。他过得很滋润，一个副校长的副字，一个这样的见面方式，暗示了他的人生状态。

　　张副校长当年是全校唯一一个考入省城本科院校的学生，县一中光荣榜上至今还有他的名字。上大学后，他就开始钻研费尔马猜想。他四处查阅资料，拜访名师，向着费尔马猜想进军。有两件事改变了他的人生方向。一是毕业时有了全省重点中学这样的好单位录用，他放弃了考研；二是工作以后他开始从政。他工作几年之后，英国的数学家怀尔士把费尔马猜想攻克了，并获得了全世界有名的菲尔兹数学奖。这个奖颁布以后，张高举有三个月没有说话，因为怀尔士研究的方向刚好也是他研究的方向。他后悔没读研究生，而为了解决家庭困难进了条件优越的重点中学，又后悔为了出名去从政，投入过多精力。他走得比较顺利，在这个省城有名的重点中学，他教学出名，先当年级组长，又当教务主任，又当副校长。他赶上了教育的特殊时代，学校的领导太吃香了，附近的市领导，省城的富豪，红黑两道，只要是有孩子上学的，就求他们。他分管招生。每年都会利用这个机会为自己倒卖几个生源指标。但另一个机会却离他而去。在竞选校长的时候，比他年轻的对手利用他这个方面的事实和传闻，击败了他，当上了校长。

　　你是要招生指标吗？张副校长问秦老妈妈。

五

　　母亲正在我家收拾家务。我明白她。她今天来做家务，既是考察女儿的生活，也在为马上的手术做更细致的安排。

　　房间的每个物件都会说话，都向母亲投诉女儿的生活出了问题。这个家不如一座荒山一片荒漠。荒山里会有一条小径，会有一座破庙，显出一点儿灵气；荒漠会有一条沙狐，衬出一点儿生气。这里没有。我们的孩子住在爷爷奶奶那里。我们分居而住。几年来，我们没有夫妻生活，没有性。母亲现在相信了我说的话，这个即将流产的孩子，绝对是田测量的种。

　　漂亮，聪慧，有音乐天赋，长得像山口百惠一样的女儿，怎么一步步走到今天这种生活呢？

丈夫正在享受母亲给他煨的汤,满头大汗,心满意足。屋子里面女婿和岳母在对话。母亲在做铺垫。她说她身体不好。有可能病休半个月,要女儿去照顾。

我把母亲拉到一边,问,他刚才给你讲故事了吗?

母亲一愣,说,你怎么知道?

女婿今天给岳母讲了一个故事。说有夫妻两个,丈夫高位截瘫,妻子照顾丈夫二十一年。她每天给丈夫按摩双腿,按摩丈夫已经萎缩的肌肉,像一只不知疲倦的陀螺。

母亲听了感动,但是我却不想听了。我已经听了十二年故事。这个男人从和我认识开始,一直到结婚,一直这么多年,每天给我讲一个故事。他是乙肝病毒携带者,从检查出病毒就这样吗?我不知道。他是一个会计,他每天上班就在网上搜集故事。他给单位领导讲故事。他讲网上搜集的故事,故事的类型是单位员工有病之后,领导如何关照,如何人性,反之就是如何不人性,违背职业道德和法律。他每天换一个故事,几任单位领导都特别怕他,从不敢让他加班,总是交代单位的人,他周边的人,都关照他。他给他父母讲故事。他在网上搜集的父母照顾生病儿女的故事,一个比一个感人。其中一个故事,父母把生病的儿子一直养着,不上班。他的父母也特别怕他,把我们的女儿一直养着,并且不让我们付抚养费。距离他最近的是我,我不知道他哪里来那么多故事。这些故事可以让他不劳动,不做家务,不去买菜,不带孩子。我怕他开口,只要他不讲故事,我干什么都行。他只要一开口讲故事,我立即想办法离开。

几年来,我和他,像栽种在两个房间的灌木。上班之后,尽量错过彼此相遇的时间回来,然后栽种在自己的房间。

田测量大白天在酒店里呼呼大睡,他完全没有听到服务员的敲门。等服务员开门进来,他突然从梦中惊醒。他一个侧身滚起来,顺手摸一把椅子,准备砸服务员。

服务员吓得尖叫一声。

田测量看清楚后,厉声问,干什么你?

服务员说,我换床单。

田测量说，谁让你进来换床单？

服务员说，这是我们的规矩，我刚才敲门，没人答应，我以为房间没人，就进来换床单。

窗户很大地开着，阳光明亮。

窗户是什么时候打开的呢？田测量知道，在整个逃亡途中，他每天都是拉紧窗帘睡。现在，窗户居然开着。大块的阳光跳跃而入，犹如训练有素的警察。

如果真是警察跳跃而入，怎么办？

田测量站在窗前往外望，一个拐角，一个回廊，这地方虽然偏僻，但是一个死角，如果警察赶来，无处可逃。这是田测量逃回省城之后精心选择的一个私人小酒店，除了离秦百惠的单位比较近之外，还有另外两个好处：一是管理混乱，随便一个假身份证就能蒙混过关；二是生活方便，下楼三十米不到，就有卖热干面、米粉和豆皮的小吃店。

万一被抓住了怎么办？

田测量站在窗前思考这个问题。逃回省城的时候，他就一遍一遍思考这个问题。他前期的两个生意伙伴，第一个被抓进去，审问作证以后很快放出来了。原因是他的态度好，他不仅供出了他如何给那个烟厂厂长行贿，还揭发了其他生意伙伴的行贿对象。第二个被判了刑，因为他拒不交代行贿了房产局长。

那么，被抓进去，两种选择，会有两种结果。要么承认揭发，要么抗拒。田测量知道，自己不会承认揭发。那违背他的做人原则。你做生意的时候，你天天求人家，给人家送礼。人家一出事，你就揭发，那还是人吗？

他那两个朋友，前一个揭发出来，后来做了大生意，再后来又犯了别的事坐了牢。田测量在他出来不久就和他断了来往；后一个朋友，坐牢出来之后，变得痴呆麻木了。

田测量明白自己进去之后的下场和走向，这牢是坐不得的。他必须继续逃下去，直到这个案子结束。但他又不想再跑了。因为有一根线拴住了他。他盼着天黑，盼着秦百惠下班，盼着她过来看他。不想坐牢，又不想跑，待在最危险的地方。这充满矛盾。机警，能力，还有运气，会再次帮助他吗？

大块大块的阳光警察一样跃窗而入。田测量想起来了，窗户是昨天晚上打开的。昨天晚上秦百惠过来,离开的时候,他开窗借着月光目送她。看她下楼,一个阶一个阶踩出响声;看她走到空场坪,然后朝楼上挥手;看她在月光下行走,背影一点点变小。这个背影和他之间,有一根长长的线,线拴在他的心脏上,每走一步扯一下,越扯越疼。背影看不见了,线还扯着,一下一下疼。

是的,他不想再逃了,那就必须隐藏下去。刚好利用这一段时间想一想。如何生存下去,如何东山再起,如何对得起自己爱的女人。

马上要换一个安全的地方住,不能再住酒店了,他想。

六

房间只有二十平米,里面居然有床、桌子、电视,还有厕所!这里是城中村。只有这样的地方,这样的出租屋,才能容得下一个被警察追捕的人。才相对安全。屋里窄得只能侧着身,床窄得只能侧着躺才能容得下两个人。但这就够了。对于相爱的人来说,这已经够了。

我的手机忽然响了。

田测量本能地一惊,从床上弹跳起来。你为什么不关手机? 不,把手机电池下掉,快,立即下掉! 他脸色煞白煞白地说。

你紧张得神经兮兮的干什么? 我说。

你懂什么? 你懂什么! 他脸色依然煞白,说,我有一个朋友,外逃回来,刚一下火车,手机一通,就被跟上了,你知道吗?

你交的都是些什么朋友?我突然发火了,大声说,怎么都是些逃来逃去的朋友?你看看你,我指着眼前逼仄的空间,指着伸手可及的乌龟形小电视和随时碰到身子的斑驳的墙,继续说,这是人待的地方吗?我们大白天窝在这里,像两只老鼠! 像两只老鼠你知道吗?

他张张口,想说句什么,但我不允许他开口,继续快速说,田测量,你还记得你当年的理想吗? 二十多年前你说要通过生意改变社会,这就是你要改变的社会吗?

他愣住了。我也愣住了。

田测量开始收拾东西。我看着他把几件简单的衣服、电动刮胡刀、小型电话本这一类的东西朝包里一件一件塞。我脑袋木木，完全不知道他在干什么。等他把包背好朝门口走，快拉开门的时候，我才明白过来。

我跳下床扑过去，从后面抱住他。

我抱着田测量，我发抖的身子贴住他的背，我的泪水流在他的脖子上、背上。我就这样抱着他很久，他沉默着叹息，我沉默着流泪。我看见了田测量花白的头发。我拨开他的头发丛，黑白夹杂。这些白发让我心里阵阵发疼。

四周万籁俱寂，田测量必须小心翼翼。现在是深夜。夜深到街上听不到零星的汽车声，深到街上最晚的消夜摊子都已收摊，深到搞夜生活服务的"小姐"们都下班以后，他才出现。

田测量产生了一种幻觉，因为四周都是熟悉的东西。办公桌、台灯，财务室、营销部、综合部。似乎他一觉醒来，随时可以办公，随时可以开会，随时可以呼喊原来的旧部。

走吧，老总！

催促他的是一名食堂的厨工。这名厨工在公司的人全部作鸟兽散后，仍然坚持在这里，仍然每天打扫卫生，仍然每天到田测量的办公室，给他擦桌子，拖地，擦椅子。

老总？

田测量听到这两字，既亲切又刺耳。你手下没有兵了，你还是什么老总呢？你不能给别人发工资了，你还配当什么老总呢？

他深陷在沙发里，像一只深深扎根泥土的萝卜，拔不出来。这个房子租期还没到，他们提前交了房租，所以还空着，还能容他深夜逃回，还能容下这一张沙发。再过几个月，租期一到，连沙发都没地方摞了。

损失真是太大了，惨不忍睹。那些他们欠债的客户，一看他出事，纷纷赶过来，拣值钱的东西拿。工地上的设备被拉走了，他的车也被人开走了。公司仅有的土地被银行抵押。公司账上的现金，被他老婆抢先下手。那些欠他们债的客户，得了便宜，一躲不见。

最大的损失是员工队伍。一批营销精英，一批质检精英，还有一批内务人员，也都纷纷另觅职业。

走吧,老总。

我一定会东山再起,田测量说。

没有人回应。

我一定会东山再起,田测量又蹦出一句。

我们为什么要这样做生意?厨工突然哭起来,说,老总,我们的公司多么团结,像一家人一样,我舍不得大家分开,我想一辈子给大家做饭扫地。

七

公共汽车到达医院门口,我看见田测量。他正蹲在医院门口算命。我站在他不远的地方看他。他面带愁容和无奈,盯着一个测字先生的脸孔,问:我可以东山再起吗?

测字先生戴着墨镜,他是一个眼窝深陷的瞎子。天空很灰。医院门口有很多面带愁容的人,有一个接一个的算命摊位。这些算命的大多生意很好,很多治不起病的人都来算命。

但我没想到田测量也在这里算命。他像一只灰色的鸟一样蹲在灰色的天空下,希望一个戴墨镜的瞎子给他指路。

我可以东山再起吗?

你可以东山再起。

田测量给钱起身,站在灰色的天空下面发呆。我没想到他身上只有一块钱了。我看他发完呆上公共汽车,我也不去做孕检了,跟在他后面,上了车。我戴着墨镜,我来这家医院做孕检,我不想让别人认出我。我和他中间隔着两三个人。他居然没有认出我。

车上人很多。车票一块二,他只有一块钱,他和乘务员商量,说忘带了,下次补,乘务员不干,赶他下车。我朝前挤,要给他付钱,我差点儿喊了他的名字,马上又闭了口。等我挤过去,乘务员已经把他赶下车了。这时候公共汽车开动,我喊司机停车,司机当然不会停,满车人都望着我。

田测量下了公共汽车,在灰乌的天空下行走。这位昔日的老板现在身上只有一块钱,他边走边想从哪里能筹到一点儿钱,走了几条街,他都没有想到能帮助他的人。

　　田测量继续走,走到了一个极其危险的区域。这里有商铺,修脚店、小吃店、摄影店,店主大多都认识他。因为他在这里生活了很多年。他靠一只墨镜掩护,在这里站了好久。对面楼下来一个女人,拎着一只小桶,缓缓踱到车边打开车门。只有田测量知道这只小桶里的内容。那是一只乌龟。乌龟在另外的地方可以是千年寿星的标志,可以是男人缩头的象征,可以是桌上的美味佳肴。但是在女人这里,是一只宠物。

　　田测量一时间产生了幻觉。他不明白自己和这个女人的关系,自己和楼上那套豪华住宅的关系。这个女人是他的老婆和生意上的老师。她曾经是一位官员的老婆,后来该官员出了事,她就离了婚嫁给田测量。凭她对官员的了解,她给田测量说得最多的,就是如何行贿官员把生意做大,就是如何下手狠一点儿,如何抓住官员的弱点。田测量喜欢和生意对象交朋友、讲感情,这点最让她看不起,认为田测量干不了大事。

　　女人的车开得很缓慢,缓慢得可以和自行车比慢,和行人比慢,和桶里的乌龟比慢。她去做美容。这么近的距离,这么慢的速度,还要开车去,谁都不明白其中的原因。

　　田测量在她美容的空当出现了。

　　你不是逃跑了吗?

　　女人脸上敷着面膜,只露两只眼睛。

　　你回来干什么?

　　你知不知道,到处在抓你?

　　田测量给女人讲,讲他的计划,东山再起的计划。他想东山再起,他正在考察项目,他需要钱。

　　你怎么东山再起? 女人说,我早说过,你干不了大事。

　　但是,田测量说,你说让我行贿,现在行贿出了事,也是你教的啊。

　　你笨透了,女人说,我去打探了案情,你送礼账上还有记载,这是死证!你当不了我的学生!

　　我需要钱,田测量瓮声瓮气地说。

　　这么说,女人听明白了,你回来是来拿钱的?

　　田测量指头插进头发,插一次又一次,他焦灼无比,恨不得把双手插进脑壳里,把里面的脑髓掏出来。

公司里人说,你把现金提走了,他说。

对,我提走了,用了,都用了,一分都没有了,女人说,我买了房子,男人逃跑了,我靠不住男人了,我只有依靠房子。

田测量起身,准备离开。

你既然跑了,还回来干什么?你是为那个小婊子回来的吗?她厉声问。

田测量往楼下走。

你必然会出事,女人一步步追过来,说,这个时候了,你还牵挂那个小婊子,你必然要出事。做生意的人还搞儿女感情,你不是找死吗?

八

我从公共汽车上下来,不知道到哪里找田测量了,我只好赶回城中村。但房间里没有他。我心里发慌。我只要一找不到他心里就发慌。我从房间里出来,坐在一楼门口的大树下面等他,一直等到傍晚他才回来。

我和田测量到附近一家商场超市的快餐部吃饭,快餐部人很多,我们好不容易抢到一个卡座位置,刚坐下准备吃米粉、汤包和糊米酒,对面空的两个位置上马上又来了人。是一位警察和他的女儿。田测量立即戴上墨镜。他的墨镜本来放在卡座上,他完全是出于本能反应。对面的警察和女儿有说有笑,根本没注意他。

一种奇怪的空气在这个卡座上流动。田测量一戴墨镜,马上沉默,我也跟着沉默。有说有笑的警察父女也慢慢不说话,变得沉默。田测量放下筷子,佯装环顾了一下,悄悄地走开了。

对面的女孩问爸爸,他是个坏人吗?

警察也感觉不对,起身找田测量,却怎么也找不到。

我没有一点儿吃的胃口了。我起身朝外走,人群如潮。我在人流中感觉特别孤单,特别害怕。我不知道那位警察是不是跟过来了,我不知道周围都是些什么。我沿着大街走了一站多路,拐回城中村,他已经在屋里了。

你为什么要行贿?我问他。

很简单,我要做成生意,他说。

你不行贿就做不成吗?我问。

不行,他说,资源在他们手里。土地是房地产的资源,招生指标是教育的资源,矿权证是矿产的资源。

我顺窗户指着街上的商铺问,他们需要行贿吗?

他想了一想,说,他们可能不需要。

我又说,当初你卖磁带,卖光盘,当灯光师的时候,那时候要行贿吗?

他又想了一想,说,那个时候不需要。

这个问题是他这次出事以来,我一直在想的问题。他第一次逃跑,跑是跑脱了,但是因为在外地,公司无人打理,垮掉了。第二次他又跑脱了,但是房地产公司无人打理,又垮掉了。这一次,他跑出去不到两周,员工们得不到消息,把公司门一锁,也都各自回家了。这些年来,他总是兴了又衰,衰后重建,循环再三。

那你为什么不照早先那样做,为什么要冒风险?我说。

他叹一口气,说,还不是想早点儿做大。

做大要冒多大的风险?我不明白这其中的关系,但我知道,我们现在连一顿安稳饭也吃不了。

我害怕,我说。

你怕什么?怕警察吗?他问。

害怕见不到你,我说。

天黑得很早,房间太小了,黑暗像一群动物朝狭小的房间里挤,挤得我们喘不过气来。平时能躺两个人的床,现在无法挤下,我们一个人躺着,另一个人只能坐在椅子上。

你需要钱吗?我问。

钱?!他迟疑了一下,连忙说,不,我不需要。

我在椅子上坐着,他在床上躺着。我们本来伸手可及,但是黑暗挤在中间,让我们隔得很远。我的肚子不太舒服,他起身坐,让我躺在床上。这个原来可以很短暂的过程今天却异常坚韧而持久。

我会东山再起,他说。

你说什么？

我一定会东山再起，他说。

房间变成了一个吊在海上的沉重货箱，突然钢缆断了，正以极快的速度沉往海底，很深很深的海底，周围一片黑。但是还不够，仍有数不清的黑，浓墨一般朝屋里涌，浓稠得让人窒息。

我该说些什么呢？我不明白我为什么要待在这里，和一个逃亡的人，和一个身无分文的人在一起，就像他不明白他为什么要冒着危险往回赶。我们一同下沉，快速下沉，沉到海底吗？

不！

我今天碰到你原来卖光盘时的一个兄弟了，我掏出我取好的几千块钱，给他，说，这个兄弟知道了你现在的情况，要资助你一下，渡过难关。

噢？他兴奋起来，说，哪个兄弟？是不是光头？

我随口说，是。

他说，这小子还算有良心，不枉我当年帮他一场。

但是他很快就明白了。他一下子闭口沉默起来，沉默了很久，他开口了。他说话的声音在发抖。

我一定会东山再起……

我一定会东山再起……

他身体抖着抖着，号啕大哭起来。

二十多年前你说要通过生意改变社会，这就是你要改变的社会吗？

我最怕见不到你的日子。

田测量顶着冷雨在街上走，边走边品味这几句话。他没有打伞，他不想打伞，他想让冬天的冷雨淋淋，让自己清醒清醒。他顺着武汉关，沿着长江，一直走。他看见沿街的铺面，卖蛋糕的，卖首饰衣物的，开酒店的，他们要行贿吗？不，他们连行贿的对象都没有，为什么他们却那么忙碌，那么充实，那么阳光！他见长江上的江轮，过去的轮渡改装成的旅游船，众多外地游客在导游的带领下朝船上走，他们坐在船上欣赏一江两岸，欣赏黄鹤楼和晴川阁，龟山和琴台，他们也行贿吗？回答也是否定的。因为他们没有必要去行贿。

田测量步行着走过原来做生意的地方、贩光盘的地方、放音响的楼盘，他走在这样的地方，会停下来，想，如果不改行，继续做，到今天我会是什么样子？

关键是，有一个女人，她在害怕。

他顺着江岸继续走，沿路看见大车小车，拖着整车的蔬菜，还有成队成队的板车，车上面全都是蔬菜。这引起了他强烈的好奇心。

他拦住一辆板车问，你们这是干什么呢？

拉板车的人说，这还不明白吗？朝城里送蔬菜啊。

他说，怎么这么多车送蔬菜啊。

拉板车的人说，因为城里缺蔬菜啊，缺得都发慌了，一个一个电话催进货啊。

田测量想，这些种菜卖菜的，他们行贿吗？当然不会。

九

桌子上有一盆吊兰，天空上有一朵乌云，肚子里有一颗种子，不远处的城中村里有一个男人。他们之间有什么关系呢？我坐在窗边，这一切都和这个男人有关。我爱吊兰，我爱乌云，我爱肚子里的种子，我也爱这个二十多年来一直追随我的男人。

二十多年前，也就是在我家吃了晚饭后不久，四个在我家吃饭并且倾诉理想的男生，班长陆国旗、学习委员张高举、体育委员陈静三，还有田测量，他们共同约在校园角落的一片小树林。是谁先提出邀约的，连他们自己都忘了。反正是他们四个人，为着一个共同的目标，来到了小树林。此前他们几个是班上的精英，成绩都在前列，又全都是班干部。彼此的关系也很好，互称兄弟。

他们在小树林里商量一件大事，他们共同爱上了我，怎么办？

谁考上了最好的大学，谁就追秦百惠，行不行？提这个建议的应该是张高举。

大家一开始觉得有道理，在二十年前的山区县城高中，升学率比较低，能考上大学,好大学,是人生成功的一个标志。

有人反对。反对者是陆国旗。陆国旗说,考上最好的大学,是不是就在社会上混得最好呢?应该这么说,谁混得最好,谁去追秦百惠。

有人反对。反对者是田测量。田测量说,爱是双方的事,和考上哪一级大学,混得好不好有多大的关系呢?我们把选择的权利给秦百惠,看她最看中什么,好不好?

没说话的是陈静三,他在里面成绩相对差。他体育成绩好,但在那个年代,体育是四肢发达、头脑简单的代名词,他只有干着急。

四个兄弟得不出结论,匆匆分开。分开不久,我就收到了四封求爱信。每个人都怕其他人捷足先登,每个人都想抢先表达爱情。

当一个未来总理的夫人,出国访问? 当一个数学家的夫人,红袖添香,摘取数学世界屋脊的桂冠? 当一个人民警察的夫人,看社会乾清坤洁,河清海晏? 还是当一个商人的夫人,用生意改变社会?

这四封信让我紧张、激动和迷茫。四封信像四只鸟。我放在文具盒里,怕它们飞出来;放在书包里,也怕它们飞出来;放在身上,我一会儿捂一下口袋,生怕口袋撑破了,更怕这几只鸟把自己也带上飞。飞过操场,飞向操场边上的两排树梢,飞上天空。

我没想到的是,其中三只鸟被放鸟人收回去了,最后一只鸟被班主任抓住了。

几天内的一个傍晚,从吃晚饭开始,一直到晚自习这一段时间,陆国旗、张高举、陈静三,分别向我要回了自己的情书。因为班主任发了大脾气,要严肃整顿早恋。已经到高三了,眼看就火烧眉毛了,但是这么紧张的环境下,全班有一批爱情的青苗在茁壮成长,甚至还有班干部带头,这让他勃然大怒。他下决心要整顿。校长也勃然大怒,要抓典型。

下晚自习的时候,田测量碰到我。我以为他也是来要回情书的,我早已做好了准备。四只鸟已经被收回三只,口袋的热度,一点儿一点儿在消失,我心里的激动和热度也在一点儿一点儿消失。

你也是来要回情书的吗? 我看见田测量走过来,捏着那只即将退热的小鸟,问。

不,我不收回,田测量说。

张高举是在一场大哭之后才开始联系秦老妈妈和另外两个同学的。

他一个人在黑暗里坐了很久。连续几天里，他一直在想秦老妈妈的话，"外事"活动逐渐减少了，酒一天天减少了。今天一整天，张高举干脆一直待在办公室，一滴酒也没沾。他就这样枯坐着，一直从白天坐到晚上，坐到深夜。

你们知道费尔马猜想吗？这个全世界的数学难题，它就是专门为我而设的。

这是他的青春理想！

但是现在，他秃顶，肥胖，每天喝酒，他所琢磨的头等大事，就是如何合理地、打擦边球地多倒卖几个招生指标。秦老妈妈这一来，把他的记忆撕开了一个口子，鲜血淋淋，又清清楚楚。

他哭了。

张高举擦擦眼泪，坐正身子，这个让他冲动而痛苦的青春理想，渐渐离他远去。他又强大起来。

张高举端坐着，陷在办公室宽大的沙发里，眼睛望着天花板，上面黑洞洞一片。不对。这位曾经的数学天才，用曾经研究过费尔马猜想的脑壳，思考出了秦老妈妈去找他的原因。

肯定是秦百惠出了事。

肯定不是小事。

肯定有难言之隐。

他一下子就说中了。

张高举找到秦老妈妈，很快就了解了情况。

了解情况后的张高举震惊而愤怒。

为什么是田测量？

为什么是这个被开除学籍连高考资格都没有的人？为什么是这个四处颠沛流离混进省城的人？为什么不是我——我这个高中毕业就堂堂正正考进省城的张高举？

省城，这个昔日神圣的中部都市，当年凭最好的成绩才能进入的地方，怎么现在都进来了呢？那个在省委当处长的陆国旗，他凭什么呢？他凭裙带关系进了省城。那个陈静三,他凭什么呢? 他只是一个警校毕业生,原来在县城工作,凭着办案经验和机遇,也调到了省城。现在,田测量也进了省城! 阿猫阿狗都进了省城,省城还叫省城吗?

更令人愤怒的,这个田测量,他居然和秦百惠搞上了,他居然搞大了秦百惠的肚子! 他分明搞碎了我张高举的梦想!

张高举愤怒得控制不住。秦百惠啊秦百惠,你怎么会和这个王八蛋搞呢?

张高举上大学之后就对秦百惠展开进攻,那时候陆国旗在北京当兵,陈静三在地级市读警校,田测量四处流浪,省城里只有他和秦百惠。他每周都会去秦百惠就读的省幼师去找她,但秦百惠一直对他冷淡,保持着距离。

十

二十多年前的那个晚上,晚自习已经下了,同学们一个个离开,教室里最后只剩下我一个人。我荷包里有一封滚烫的信。学校规定的熄灯时间到了,我点起自备的罩灯。这盏灯是前几天,那几个人在我家里倾诉理想时,田测量找回来的那盏。我坐在那灯下看书。我记得看的是《政治经济学》,我看得很安静,很认真。教室和外面都很静。偶尔我会发呆,想起荷包里的爱情,鸟一样躺在那里。

那一刻我开始明白爱情,明白世界上有一种东西,不畏恐惧,会和你温暖相伴。中间我走出教室,沿着长长的水泥走廊,走到尽头,绕过教室前面的乒乓球台,走到操场。我平时很胆小,但这个夜晚我就一个人,我一点儿也不怕。操场是天井弧形,四周是教室寝室房舍,天空无月无星,四周一片宁静。操场的中间,是田径运动会之后留在地面上的白灰圆心,我站在这个圆心里,远远地看见教室里那盏灯微弱地亮着。

第二天,清查开始了,我做了一件让自己后悔几十年的事。在班主任的威逼下,我把情书交出来了。

之所以能后悔几十年,是因为班主任找到证据后,为杀一儆百,也为在校长面前表功,上报学校后,把田测量开除了。

一个成绩很好的学生，一个优秀的学生干部在高三的时候失去了参加高考的机会，对当时的校园产生了极大的震动。当然对他本人来说也极其残酷。有人传说田测量跑去给班主任下跪，也有人说田测量拿着砖头和菜刀，找班主任以命相搏，均不奏效。校方达到了目的，那些正在早恋的人，要么中止关系，要么转入极为隐秘的地下。那些蠢蠢欲动、探头探脑的春苗，都收起枝枝丫丫的野心，努力而笔直地向上，向着高考的目标奋进。

一段时间内，我成了全校议论的焦点，有人说我只是收到了情书，有人说我和田测量在恋爱，有人说我同时收到四封情书或者同时和四个人在谈恋爱，更有甚者，说我已经和田测量发生了性关系或者分别和四个人发生了性关系。

没有人出来澄清。

我走到饭堂，饭堂围起一圈人；走到操场，操场围起一圈人。大家都在我背后指指戳戳。我没有流泪，只是变得越来越冷，不和人说话，离人群越来越远。这种性格和习惯一直保持到高中毕业，一直到我考入省幼儿师范学校，一直到我毕业参加工作。每到一个新地方，都有热心的追求者和介绍人，我都冷静而礼貌地拒绝。直到二十八岁了，拖不得了，已经成大龄姑娘了，才经人介绍结婚。

田测量并没有走远。被学校开除后，田测量开始做生意。一开始是贩卖磁带，那时候刚开始流行音乐，校园里到处传唱港台流行歌曲，邓丽君、罗大佑、蔡琴，内地的王洁实、谢莉斯、程琳……这些歌星每个学生都知道，他们的歌曲每个学生都会唱。田测量就在校门口贩磁带。

田测量后来改贩光盘。磁带已经淘汰，他就开始贩光盘。贩光盘的地点由县一中改成了省幼儿师范附近。他慢慢在小贩圈子里有了一定的名气，在音像市场有了一个铺面。他在南方的广州、深圳、珠海进光盘，成箱成箱运到省城武汉，又从省城批发到各个街区，各个地市县区的批发市场。他有了一批固定的客户，他能记住客人的特殊需求，知道他们对音乐的收藏爱好，能在他们需要的时候给他们弥补上。

后来光盘被淘汰了，田测量开始做音乐器材，灯光音响，给演艺公司搞服务。我也由幼儿师范毕业。我一开始分到现在的局办幼儿园,后来幼儿园社会化了,交给外面的专业学校了,我就成了局工会的文体干部。田测量的灯光音响生意一天天做,我也一天天工作,年龄也都一天天在增长。

有一天,田测量碰到省城音乐学院的一位老师,这位老师是田测量送光盘认识的,这位老师有收集经典的爱好,特别是外国经典。田测量每次到南方去,都专门给他留心,两个人由此成了朋友。这一天,他向这位老师吐露了心声。

关于爱情,关于我。

这位老师说,你这么在底层做生意,那不行,你若想得到爱情,先改变一下身份。

这正是田测量的想法,也是他一直不想见我的原因。

这位老师帮了田测量一个忙,在音乐学院的进修生里给田测量搞了一个名额,田测量卷了铺盖,卖了铺面,多年以后,又重新进入校园。虽说是进修生,但毕竟是校园,而且是专业的大学校园。

田测量勤奋地学习了几年,声乐器乐都不可能了,他就专门学灯光音响、舞台管理。田测量进入音乐学院,从年龄从个头,都比音乐学院那些正式考来的学生们大许多,他深知这个机会来之不易,同时也对专业的知识非常入迷,每天勤奋学习。

当田测量学习结束,自信满满,觉得可以见我的时候,我结婚了。

有的人崩溃是一瞬间,有的人崩溃却要很久。田测量崩溃就用了很久。田测量听说秦百惠结婚了,给他说这个消息的一个同学,手上有秦百惠穿着旗袍举行婚礼仪式的照片。田测量崩溃了。一开始他觉得天有点暗,视力出了问题。他告诉自己要挺住要挺住。他缓解的办法是找人喝酒。他找音乐学院的那位老师喝酒,他找贩光盘的朋友喝酒,他找很久没有联系的老朋友喝酒。他发现自己喝不醉。每顿不管喝多少都不醉。已经走路走不动了,但是脑壳却异常清醒。中午喝了晚上喝,晚上喝了夜里喝,夜里喝到三四点,倒头睡,睡不着,一直睁着眼看外面的天色,一丝一丝发亮。

他趴在床上,扯着床单,狼一样嘶鸣;他在烈日下走动,越走越冷,像一只专吸热气的动物;他的眼眶发红,眼睛像涂抹了一层厚厚的泥浆;他忽然觉得和这座城市没有任何关系了,拴他的绳索断了,他成了一只挂在破烂建筑上的无人要的风筝,如同城市里失去人家的一条野狗,四处乱跑。

他在一个酒吧停下来。

这个酒吧的灯光师太笨了,他只会把满场转动出花纹,让顾客晃眼。田测量过去,很快打出柔和的光来。春天的光,夕阳的光。江水的光,梦幻的光。顾客们齐声叫好。

他在一个角落坐下来。

刚好出现的一首歌《寻找一个第八天可以结婚的人》,让他持续了多天的崩溃彻底泻下来。

第一天属于天,我不结婚;

第二天属于地,我不结婚;

第三天属于万物,我不结婚;

第四天属于父母,我不结婚;

第五天呢?

第五天属于鬼神,我要去庙,我不结婚;

第六天属于坏人,我不结婚;

第七天属于心爱却得不到的人啊,我不结婚;

第八天属于我,我干什么事? 我要结婚。

…………

这首歌打开了田测量的泪泉,他坐在黑暗的角落里,端着酒杯的手不停在抖。他还没开始喝就开始醉。他开始哭。

他碰到了后来成为他妻子的女人。

你是谁? 他问坐在对面的女人。

你是谁?

你是一个第八天可以和我结婚的人吗? 田测量问。

当然,女人说。

人总是一个错误接着另一个错误。田测量被这个女人牵着走了,八天后和她结婚。他后来才知道,她刚刚离婚。她曾经是一位官员的妻子。这位官员在外搞女人,女人一怒之下举报了他的经济问题,使其锒铛入狱,并和他离婚。

十一

我在上省城幼儿师范学校的时候,见过田测量一次。那是一个雨天,我打着一把伞,经过附近的光盘摊,眼角晃了一下。我继续走,脚步越来越慢,并最终停下来,折身。我在伞下站立,往回返,雨突然大起来,掀折了伞柄。我把伞收拢,冲到那个光盘摊,不见了田测量。我问光盘摊的伙计,刚才那个人呢? 伙计说,不知道,走了。我说,往哪个方向走了?

我沿着伙计指的方向追,哪里还有田测量的影子。

我以为认错了人,调整伞朝回走,问光盘摊的伙计,是否认识刚才那个人。光盘摊是新雇的伙计,对批发给他们货物的人居然不认识。我在雨中站着,折断柄的伞拎在手上,泪水和雨水混杂,满脸都是。

我知道我见到了他,那是怎样的见呢?

我没有朋友,男朋友女朋友都没有,那件事改变了我,我不知道该怎么去寻找田测量,不知道该不该去寻找田测量。不知道田测量在干什么,结婚与否,是否还在这个人世。

再次见面的时候田测量已经是一个成功的房地产商人,和我所在的局一样,都给一个山区希望小学捐款。我是捐款活动的成员,坐在主席台下面,田测量作为主捐款人,坐在主席台上。我看清了,这回看得清,也跑不掉了。

那所希望小学在两座山之间,捐盖的学校灰瓦白墙,我们在两座绿色的山间,在灰瓦白墙的一角见面,一个人流泪,另一个人也流泪。

陆国旗、陈静三和张高举三个人的聚会是张高举组织的,地点是靠近东湖边的一个小酒店。三辆车趴在一棵树下,三个人坐在窗边。四周是一片一片的树林,眼前是开阔的东湖。

我们必须帮助一下秦老妈妈,这个快七十岁的老太太,为女儿的事,她太可怜了,张高举说。

他凭什么呢?

他当年是一个被开除的人,然后贩磁带,当一个小商小贩,张高举说,噢,这样的人现在倒好了,他居然也混到了省城,还成了一个老板,还捐款当名人,他凭什么呢?

陆国旗给每人散一支烟,烟是那种屁股带圆孔的高档烟。陆国旗整个过程不说话,只发烟抽烟。他开始不想来,他现在除了自己谁都不想关心。但是张高举答应给他一个招生指标,他就来参与一下,但他不想发言。

他现在是一个犯罪嫌疑人,我们正在抓他,陈静三说,这是关键,我们不能让这样的人漏网。下面办案人员的素质太低了,他说,其实只要守住秦百惠,他迟早是条咸鱼。

十二

母亲天天给我送饭,劝我去做手术,我却每天都用不同的理由往后推。她做的饭太好吃了,吃了几天后,我不呕吐了,脸色也转好了,但同时也标志着我肚子里的种子在里面安静了,长稳了,这让母亲忧虑和焦急。

她才明白打胎并不单单是打胎的问题,打胎的背后是一个女人和一个男人的感情问题。

母亲说服不了我,回到家里打坐。她在屋里专门设了一个敬神堂,分别供着太上老君、观音菩萨和关老爷。经过打坐沉思之后,她有了办法,她决定暂不提肚子里孩子的问题,而是陪我出去旅游,散散心,她想从根本上解决问题,那就是让我忘掉这个男人,忘掉田测量。

她陪我先游省城。看东湖,看长江。我们沿着长长的张公堤,到龙王庙的江边看长江和汉水的交汇。这个城市有一千多万人口,但是这座城市和城里的人不敬神,这让她心里很烦躁。车子经过以张之洞命名的张公堤,母亲就认为,张之洞应该是这座城市的城隍神,多年来,这座城市的发展并没有超出张之洞修堤的范围,他带领人民修的大堤,一直在保护这座城市不受水灾。他不是城隍神谁有资格呢?我们到龙王庙,这里已经没有庙了,自然也不会有龙王居住,难怪这里隔三岔五就涨大水。

在这个过程中,我感觉到了母亲的神奇。我告诉她,已经忘掉田测量了,她看一看,摇摇头。田测量还在那里。

母亲陪我回家乡散心。家乡发生了很大的变化。母亲原先工作的山区小县的三线厂矿,已经消失,当年从四面八方来到这里搞建设的那些说普通话的人,都已经消失,到中等城市或省城;原来住在乡镇的人,大都搬到县城,县城扩大了一倍,仍然在扩张。

晚上在宾馆里,我对母亲说,我终于把田测量忘记了。母亲摇摇头。她分明看见了,田测量还在那里。

我们到武当山,去拜真武大帝。那天晚上住在武当山下的一间客舍,我洗完头,用吹风机吹头发,很轻松愉快。母亲嘀嘀咕咕,说,今天田测量不在了,魔走了。

我一想,可不是?一整天里,上山气喘吁吁,上到山顶,看真武大帝身长八尺,散发怒目,金锁甲胄,足踏五色金龟,威武按剑的样子,那一阵子什么都忘了。

秦老妈妈到社区菜摊买筒子骨和莲藕,迎着阳光朝回走。走到楼下歇脚的时候,她好像看见了田测量的影子。再仔细看一下,又什么都没有。

秦老妈妈在厨房和客厅之间穿梭,一会儿丢刮掉的藕皮,一会清理一下垃圾筐。女儿秦百惠在窗前看外面的阳光。秦老妈妈出来丢一片藕皮的时候,好像又看见了田测量,愣了一下,又消失了。秦老妈妈打开每一个门,每一个柜,察看房里的每一个角落。

你找什么?秦百惠问。

田测量来了吗?秦老妈妈严肃地问。

田测量?怎么会呢?秦百惠说,你不是说了,不让他来吗?

那我怎么看见了他?秦老妈妈说。

秦百惠笑起来。

晚上是冬至节,秦百惠的公公婆婆来了,秦老妈妈请他们一大家子吃饭。吃饭吃到半截,秦老妈妈到厨房添菜,给秦百惠使个眼色,秦百惠也到厨房来。

秦老妈妈说,你怎么回事?你怎么把田测量也叫来了?

秦百惠说,没有啊。

秦老妈妈说,胡说!我刚才看见他坐你身边,啃一块骨头呢。你左边坐着你丈夫,右边坐着田测量!胆子太大了你!

秦百惠对母亲说,你又犯神经了吗?

秦老妈妈添完菜,回到桌上看,坐在秦百惠右边的,并不是田测量。根本没有田测量的影子。

桌子上面很多菜,还有桂花米酒和熟花生,秦老妈妈劝大家吃,大家劝秦老妈妈吃。热闹之间,秦老妈妈又看见田测量,她惊慌地回过身,再转过来仔细看,又消失了。秦老妈妈如此三番,在惊慌和恐惧之中度过。到最后,客人离开了,她累得不行了,坐在厨房角落里默默流泪。

秦百惠问,你怎么了?

秦老妈妈说,我过不了这样的日子,过不了,我面对着亲家,看见的不是他们的儿子,而是女儿的另外一个男人,我受不了。

秦老妈妈决定去找田测量。

田测量出去吃早饭,买了一份地图,正在查到神农架的交通路线,却没有提防秦老妈妈跟着他进屋了。

秦老妈妈实在没有想到田测量住在这么小的地方。为了节省空间,所有的东西都重叠着放。椅子上放盒子,电视上放牙缸,墙上挂衣服,床上放箱子。

秦……阿姨……田测量惊呆了。

你还认识我是秦阿姨?

对,您没变。

田测量,二十多年了,没想到你真的成了商人,秦老妈妈说。

对,田测量说,一个不成功的商人。

秦老妈妈调整了一个站姿,她觉得两个人站在这个房间里太拥挤了。我不和你多说,她严肃地说,我是来告诉你,你必须给秦百惠做工作,让她快速去打胎,你知道吗?她是一个国家干部,一个国家干部,再拖下去,会有什么后果你知道吗?

我知道,田测量低着头说。

还有,秦老妈妈说,这件事之后,你必须尽快离开秦百惠!你是一个有妇之夫,她是一个有夫之妇,你明白吗?

我明白,田测量说。

你给秦百惠带来了什么?秦老妈妈语气更加严厉,指着狭小的屋子说,你都混成这个样子了,你又能给她带来什么呢? 你给她带来的,是恐惧,是不安,是担心……你知道吗?

田测量脑壳更低了一些,说,知道。

十三

田测量出差到神农架考察生态蔬菜去了,我开始做小产的准备。我先到商场里买了两套棉睡衣,又写好了请假条,准备请假半个月。棉睡衣呈红色,一个大红,一个浅红,上面都缀满了白色的花。我希望我的孩子走了之后,鲜花开在我身边,改变我的心情。请假条上的理由和实际理由不一样,实际理由我想单独和局长谈。按照我们这个单位的惯例,女同志小产以后,单位工会要来探望,同事和朋友们也会来探望我。我不想让他们来看我,我想安静地休息一下,身边只留我最信任最亲近的人……母亲,还有田测量。

母亲不同意我的安排。她不允许田测量在我身边。她不希望见到田测量。她的计划是把我安排在她家里,和她住一个房间。但是我不想住她那里,我想住到城中村田测量那间不到二十平米的小房里。

我希望我小产之后,有个男人在身边,出去买一碗汤,慢慢悠悠地端回来,然后一口一口喂我。

母亲坚决不同意。

我和母亲沿着城中村走。我们从繁华的大街上,从漂亮的高楼大厦拐角进来,迎面就是狭窄的小路,路边全部都是混乱不堪的摊位。从大街到田测量租房的地方,走路不到十分钟,却有超过一百个摊位和铺面。卖菜的,卖炒饭的,卖药的,卖麻辣烫的,修鞋的,修指甲的,焊接钢架结构的,开麻将馆的,开美容发廊的……所有低档的生存之道在这里应有尽有。

母亲揽住我的腰,怕来来往往的人冲撞了我,但我们还是被前前后后的人挤攘碰撞。

孩子,母亲说,孩子,你怎么能接受这样的地方呢?

我不知道为什么。我一开始也觉得这里乱。但是田测量住进来以后,我慢慢看习惯了。这里大部分都住着进城务工的乡下人,虽然乱,但却很勤劳上进,充满着万物生长的力量。

我们走到田测量租房的楼下,这里人少一些,还有一棵大树。母亲安静了一些。母亲在大树下面看见了香火,奇怪地问,这里怎么有香火?我说,这棵树是几百年前这里人的祖先移民过来时从江西带来的,据说很灵,生个病什么的,一求就应,所以香火不断。

母亲在大树的周围转来转去,这个乱糟糟的地方,有了这棵大树,也算有根了。一个地方没有根不行。一个地方没根,周围的人都容易躁。一个城市也是,没有根,满城人都躁。

我在这里找到了我引产后所需要的一切。在这棵大树不远的地方,有一个江西瓦罐鸡汤店,店铺的人同意每天给我送鸡汤。我还找到了从神农架来这里卖竹米的大嫂。她卖的竹米是熊猫吃的箭竹上结的米,专供月子吃,是大补。还有一位喂鸽子的大叔,知道我要引产,决定用鸽子给我煮阴米粥。这个外地人集中的地方,田测量很快混熟了几个。大家都很友好。

母亲跟着我在城中村走,一步一步看我在落实引产后的需求。她不停地着急,不停地叹气,不停地跟我争辩。我们两个就这样,走一走,争执一下,吵一吵。

母亲拿我没办法,我这个倔脾气就是遗传她的。天慢慢黑了,她说服不了我,带着哭腔说,祖宗,你哪里是我女儿? 你分明是我祖宗!

田测量出差之后,我心神不宁,紧接着发生了两件事。

第一件事是我给附近的幼儿园兼职带音乐课,我批评了一个学生,口气比平时严厉许多,结果这学生离家出走了。学生家长带人到学校来闹事。还算幸运的是,这孩子跑到郊区一家电子游戏厅玩游戏,被值班民警送回来了。

第二件事发生在家里。

我回到家里,我丈夫又从网上找到一个新故事,讲给我听。故事说一个低位截瘫十三年,尿毒症三年的病人,妻子一直照顾他。经常下大雨背他去看医生,被当地媒体称为"最美妻子"。他的故事没讲完,就被我打断了。

你天天讲这些干什么? 我问。

得肝病的那么多,不都在干事吗?你想干什么?你的目的是什么?你觉得我们天天、月月、年年照顾着你还不够吗？

我不是什么"最美妻子"，也不想当"最美妻子"，我说，我告诉你，我怀孕了，怀了别的男人的孩子，你知道吗？

那怎么可能？丈夫说。

为什么不可能？我扯开嗓子说，为什么不可能？我马上就要去做手术了，你知道吗？

那怎么……丈夫还没说下去，我连珠炮发射，疯了一样，说，你老婆怀了别的男人的孩子，你都不知道！你这样的男人，还有救吗？

电突然停了。

突然的黑暗让我止住了怒火，因为我发现我发火的对象趁着黑暗悄悄溜走了。我坐在黑暗里，如同沉进海底，如同钻进最黑暗的地狱，窒息得说不出话。

重新来电制造了一出闹剧。闹剧的男主角是我的丈夫，女主角不是我，是我丈夫的女网友。我成了旁观者。见来了电，我走进房间。桌子上的笔记本电脑没有关机。我丈夫的QQ还开着，他跟女网友的对话还留在显示屏上。

女网友在我家不远的地方，看来已经很熟，他们聊得热乎的时候，女网友让我丈夫过去做爱。但他不去。他懒得跑来跑去，费事，他只愿在视频面前手淫。女网友气愤至极，骂了一句和我刚才一模一样的话。

你这样的男人，还有救吗？

赶回来的丈夫极度紧张，我却并没有生气，平静地离开了。

十四

直到现在，我还不知道母亲和我的三个同学在来往。我还不知道陆国旗、张高举和陈静三已经设好一张网，等待田测量进入。我一边等着田测量的消息，一边继续做引产的准备。

我联系了一家医院，找了一个最可靠的手术医生。毕竟我也四十多岁了，做这样的手术，我要倍加小心。至于手术以后的休息地点，我和母亲各让了半步。如果我住在她那里，她必须允许田测量来看望我。如果她实在不想见田测量，那田测量来看我的时候，她可以出去买菜，或者干点别的，回避一下。

我和她就这么商量定了。

母亲不知道田测量去了神农架，她让我通知田测量过来吃饭，我还以为是开玩笑呢。现在我知道是真的，因为陆国旗、张高举，还有陈静三都来了。这是一个休息日，阳光普照，家家都推开窗户晒东西，被子、衣服、鞋子，还有腌制的腊货。我推门进来，惊呆了。

我的三个同学正在客厅里打扑克、嗑瓜子、喝茶。他们把扑克使劲摔在茶几上，弄出很响的声音，在响声中大笑。

我进来后，大家都热情地打招呼，夸张地说话。但是几分钟寒暄之后，气氛逐渐冷下来。他们大笑的声音没了，只听见扑克更响的摔打声。厨房里扑鼻的香味飘过来。我借机到厨房帮忙。

我问母亲，怎么把他们请来了？

母亲说，我想让你们同学之间再聚一下，不行吗？

母亲没有说的是，这几个同学向她信誓旦旦地承诺，一定会帮助我离开田测量，也一定会帮助田测量，让他离开我。

母亲没想到我的三个同学要合谋抓田测量。她想让田测量离开我，但她却不想让田测量去坐牢。

我站在厨房里，计算着田测量出差的日子，心里越来越不安。我拿起手机。田测量不带电话，我没办法给他打。按照田测量计划的日子，还有一天回来，但是，如果他提前回来怎么办？我在屋子里踱步，用手抚摸着肚子，开始不安起来。

这个场景有点像二十多年前那个晚上，也是母亲请我们几个同学吃饭，也是田测量在外面，最后才来。但是，我感觉特别别扭。当年灯虽然熄了，但是心里明亮而一腔热血，现在呢？二十多年了，我们都到了中年，一切都变了。

我把不安的情绪传染给了母亲。她看我走来走去，问我：你怎么了？坐不住？

我说，我觉得不对劲。

她皱了一下眉，说，对了，田测量呢？

我的不安正在这里。我说，他们会不会设一个圈套？

母亲一愣，说，什么圈套？

但她很快就明白了，明白了之后，她脸色煞白。她不停地摇头，说，不会吧，不会不会，你们都是同学啊。

母亲紧张起来，她准备去问客厅里我那三个同学，但是来不及了。她站在厨房临窗的位置，看见一个人，黄大衣，戴着墨镜和帽子，大踏步经过场院，朝她这个门洞里来。

田测量来了！她紧张地说。

我赶紧跑到窗户那里看，我的心都悬起来了，是田测量，他来了。

我的三个同学也闻风而动，纷纷冲出门。

不知从什么地方冲出来的几个便衣警察，一下子扑倒那个人。

我之所以说"那个人"，是因为后来看清了，那个人并不是田测量。

随着一阵惊呼和叫骂，我们才明白，那是我们的局长！她今天专门看我来了。她戴着帽子和墨镜，大踏步的样子，太像一个男人了，太像田测量了。

后来的场面非常混乱。我因为急着跑下楼救局长，肚子跑疼了。我不知道母亲是怎么把他们三个赶走的。我送走局长上楼，母亲趴在客厅的茶几上开始吐，一吐不止，狼狈不堪。吐完了，母亲惊叫起来。

蛇！蛇！天哪，蛇！

怎么回事？我问，哪里有蛇？

我刚才吐的，我吐了几条蛇，没有眼睛没有嘴的蛇，母亲说。

我真吐了蛇，它们顺着茶几下面跑了，母亲气若游丝地说。

陆国旗、张高举和陈静三被母亲赶下楼，辗转来到东湖边的一个会所。他们三个在会所里喝闷酒。一开始三个人都很闷，酒由小杯子后来换成大杯子。三个人酒量都很大，但是喝到后来，省委处长和重点中学副校长却不是检察官的对手。

酒喝不赢，但是陆国旗和张高举语言却占上风。他们批评陈静三，说他的队伍太蠢了，连男女都认不出来。抓一个男人，扑倒的却是一个女人。他们认为，田测量肯定在后面，一看前面这个场景，还不拔腿就跑？那还抓什么抓?

陆国旗和张高举两个在学校时就喜欢批评陈静三,他们一个是班长,一个是学习委员,他们有心理优势,后来,他们最先进入省城,而陈静三是通过数年努力才调上来的,所以他们批评陈静三毫不客气。

酒喝到几成陈静三开始拔枪的?

陈静三端着枪,对着陆国旗和张高举。酒喝残了,菜吃残了,陈静三枪拔出来了。

站到墙边去,手抱着头!

陆国旗和张高举大吃一惊。

你没搞错吧,陈静三? 他们说。

站到墙边去! 陈静三声音大一点儿。

陆国旗和张高举对望一下。陆国旗开口说,你有枪?

陈静三另一只手掏出持枪证,在身上拍拍,说,我今天办案子,我带证了。快点儿!

陆国旗和张高举慢慢走到墙边。

站在墙边的两个人知道陈静三酒性不好,他酒一喝多,就喜欢打骂嫌犯,为此还受过处分。

陆国旗说,陈静三,是我,是我,我是你同学,你兄弟啊。

同学,兄弟,陈静三说,你是兄弟? 同学?

陆国旗说,对。

张高举说,陈静三,你这样私自动用枪支对待我们,往大说是违法,往小说,太不够意思了啊。

陈静三说,我违法? 我不够兄弟?

陈静三用枪托敲自己的脑壳,另两个想跑,他突然站起来,又把他们逼到墙边。

他清醒了一点儿。

你就是那个要当总理的陆国旗? 他说。

陆国旗点点头。

陈静三噗地吐出一口浓痰,说,总理是你当的吗?

陆国旗说,我当不了。

陈静三说,总理过去叫相国,长相要装下一个国,吃大亏,忍大辱,你明白吗?

陆国旗说,是是是。

他又指住张高举说,你就是那个要当数学家,攻克费尔马猜想的张高举?

张高举点点头。

那你为什么没成功,他呕了半天,最终没吐出来,接着问。

我没坚持,张高举说。

世界难题是谁攻克的?他说,世界难题是心里有世界的人攻克的,明白吗?

明白明白,张高举说。

陆国旗偷偷笑。

你笑什么? 他把枪指过来。

陆国旗立马不笑了。

你们两个小人,他继续骂,你们害田测量,你们是小人不是?

陆国旗和张高举互相望望,不说话。

你们两个无耻小人! 你们今天害我陪你们一起丢人! 你们要我和你们一起在秦妈妈和秦百惠面前丢人! 陈静三骂。

张高举说,陈静三,我们几个都是同学,兄弟,且不说这个,我们几个都是有头有脸的人,是不是,我们这个身份还要动刀动枪吗?

你们混成什么身份? 陈静三头木木的,他从桌上抓一瓶矿泉水朝自己头上倒,让自己清醒。你们混成了省委的处长,噢,副校长,都成有头有脸的人了? 跪下!

什么?

跪下! 听见没? 不跪我就开枪!

他让他们两个人看弹夹,弹夹满满的,两个人的酒气全吓出来了。

我们是小人,是小人好不好? 两个人带着哭腔,边跪边说。

这是我们检察部门过问的事,陈静三说,我们会秉公执法,抓住田测量,你们两个小人,你们狗拿耗子!

陈静三看他们两个跪下,心满意足,扬长而去。

十五

我和主治医生预约手术的日子到了。

按照原来的计划,田测量刚好会赶回来,我会在他租住楼边那棵大树下面等他,然后,他陪我去手术。我希望我做手术的时候,肚子里种子的父亲在身边。但是,今天我却不希望他回来,因为陆国旗和张高举都打电话给我,说陈静三在周围布满了人,等田测量,他一回来,就会被抓走。

母亲陪着我。我们手挽手从她屋里出来,坐车到城中村;手挽手穿过早上如潮的人流,走到大树下面。我们往四周看,一切平静如常,不知道警察在哪里。我们看得出穿警服的警察,看不出不穿警服的警察。我们想象着,田测量走过来,风尘仆仆,步伐快捷,头发凌乱,四周潜伏的警察一齐向他扑来。我们想象着,田测量被戴上手铐,被推搡着,扭头看我,寻找大树下面的我。

但这一切都没有发生。因为田测量始终没出现。

我和母亲手挽着手在大树下等,我们没等到田测量,却等来了主治医生的电话。

你今天来手术吗? 主治医生问。

主治医生是经朋友介绍的熟人,否则不会主动有电话来。我和母亲对望一下。我从她的眼里,读出了一个母亲该有的一切。但她此时沉默着,顺着我,让我感动。

我想再等一等。

我想田测量尽快出现。

我想他永远别出现。

我想去手术。

我不想去手术。

这颗种子,这颗爱的种子,他(她)待在我的身体里,已经拖了一天又一天了。我是一个四十多岁的女人,我会计算日子;我是一个有公职的人,我知道再拖下去,是什么后果。

到了下午,田测量还没有出现。他在路上出了什么事吗?还是半路上已经被抓走了?太阳又高又远,它似乎不是散发热量来的,而是吸收我们身上热量的,让我们的身子越来越冷。我这个时候的愿望变得单一,就是希望他快出现。不管是死是活,不管有多危险,那个叫田测量的人,快出现吧。肚子里的种子似乎在动,似乎在同你挥手作别,你看见了吗?

母亲背转我去擦鼻涕,她在外面冻坏了。我看见她走到很远的场坪外面,肩膀一耸一耸。我看见大片大片的冷太阳落在她肩膀上。她在太阳里感到寒冷。她冷得哭了。母亲在哭。她看起来在擦鼻涕,其实在哭。

我决定去做手术。

我身上蓄积的力气也被冷太阳吸空了。我和母亲,我们相互挽着,把力气搭在一起,去医院,见主治医师,去手术室。

我的电话响了。

我倚在长方形的手术台上,正要斜身上去,电话响了。我想接电话,裤子已经脱了,放在远处的椅子上。主治医师说,什么时候了,还接电话?我想想也是。躺下来,放松,把身体交给上帝。

电话又响了。

我听到的不是声音,我听到了一个人急切的奔跑,我听到了一颗急切跳跃的心,我听到了一个梦境,我最终听到了呼喊。

我跳下手术台,接了电话。

果然是田测量。

你在哪里?

你在哪里?

我要去坐牢。

你不要回来,他们在抓你!

什么?

什么?

我要去坐牢,我想去投案了,听明白了吗?

你不能回来,他们在抓你,听明白了吗?

我冲出门,飞奔着下楼。我完全不记得我是如何穿上衣裤,医生又是何等惊讶。我穿过医院的院子,在大街上跑。我越过一辆一辆车,一个一个和我争着走路的人。我想变成一架飞机,我想变成一只风筝,我想变成一颗子弹。跑过一条街之后,我跑不动了,肚子有点儿痛。我这才想起来坐出租车,我真是急得没有智力了。坐上出租,忽然不知道往哪儿去。我打田测量刚才那个电话,那里是个公用电话亭,他已经离开了。我的脑门抵在副驾驶座的后靠背上,想田测量说的话,想他在哪里。我的电话响了,是母亲打来的,我挂断了,不想接。

我最终赶到的地方是田测量的租房地,我跑上楼,屋子里空空荡荡,我又下楼到大树旁,四周也空空荡荡。

他被抓走了?

他肯定被抓走了!

我哭起来。

母亲气喘吁吁地赶来了。她是我的母亲,她没有打通电话都知道我要往哪里走。她从出租车上下来,看见我后,才缓下神来。

妈,他被抓走了。

刚才吗?

不,我没看见,我没看见。

那你怎么知道?

我……我说不出来话了,我肚子疼。我一下子跌坐在地上。母亲吓坏了,赶紧招呼刚才那辆出租车司机一起来救我。

出租车重新向医院方向跑。我躺在母亲怀里,昏沉了一阵,快到医院门口的时候,我突然清醒了。

我不去医院!

再不去医院,你要出事的,你明白吗? 母亲说。

我不去医院! 我尖叫起来。

我紧紧地掐住母亲的胳膊,她的衣服已经湿透了,她没有力气抱我了。她抖着手摸我的腿,摸我的下身。她以为我流血了,以为我出事儿了。

我想起田测量说的话,他和他老婆已经签了离婚协议。两份协议都在他老婆手上。如果他去坐牢,他老婆拿着协议直接去办离婚手续。如果他没坐牢,他老婆就不拿出来。这是他老婆设计的用来对付警察的办法和精心安排。

但是田测量他情愿坐牢。

他要去坐牢。

只有通过坐牢，他才能解除婚姻，他才能堂堂正正爱我。我听清了。

不去医院，我们去哪里？母亲摸完我的下身后，安静了一点儿。

田测量拔腿就跑。

他刚刚回来，立即又开始逃跑。回来是为了见面，逃跑也是为了见面。他还没有见上他心爱的女人，所以他现在只有逃跑。

这个巨大的城中村社区有六个出口，公开的出口却只有五个，还有一个出口，和一个小卖部相通，除了小卖部的人和田测量，没有其他人知道。田测量给秦百惠打完电话，回到城中村，快走到那棵大树下的时候，突然调转身，拔腿就跑。

这个想去坐牢的人闻到了危险的气味，他这才想起秦百惠说的话，拔腿就跑。他还没有见上他心爱的女人。他还不能被抓走，见上心爱的女人，说上几句重要的话，然后，他会迈开阔步，一大步一大步去派出所投案，去坐牢。

他在街上飞跑。他的飞跑逼停了一辆一辆正在奔驰的汽车。他感觉到后面有便衣警察的雁阵，正在向他追袭。大街上人流如潮，但他完全看不见，他只看见了一个人，这个人是他心爱的女人。她在高空，在眼前，在心灵的苍穹之下。这个女人，让他不行贿，让他感到安宁，让他始终记着二十多年前端着一盏灯时说过的话。这个女人是他的贵人。

田测量停下脚步，站在街头，因为他迷失了方向。逃离了危险之后，他忽然不知道下一脚该朝哪里踏。他可以再找一个电话亭，给秦百惠打个电话。但是他一下子找不到电话亭在哪里。他的眼睛一下子很花，街边的色彩，商场的色彩，建筑的色彩，在他眼前跳跃。他真的眼花了，他一下子看不见东西了。这种现象在他当年被开除的时候出现过，在他听说秦百惠已经结婚的时候出现过，现在，又出现了。

他站在街头，干脆闭上眼睛，汽车声、人声、电动车声、自行车声，各种不同分贝的声音，他听见了秦百惠的声音，这个声音尖锐、急切，却非常熟悉。

我不去医院！

那么,去哪里？

我要回去！妈,我回你那里去！他在那里！

十六

四周全是正派人,我们没有时间再小心翼翼。

他们在抓你,你知道吗？

知道。

那你快跑啊。

不,我和你把话说完,我就去坐牢。

你这个傻瓜,你这个傻瓜,我推着他,推这个叫田测量的男人,推他快跑,说,牢是好坐的吗？

我对不起你,让你受了苦,让你爱我一场,像老鼠一样,见不了阳光,他说。

你还说这些干什么？ 快跑啊,我继续推他。

四周都是匆匆下班回家的人,母亲所在的社区门口,有一个菜摊,聚满了下班回家买菜的人。人们看见我们推推搡搡,都开始张望。

我要去坐牢！我坐了牢,才能离婚,才能堂堂正正爱你,你明白吗？

母亲在我身后不远的地方,她突然跌坐在地上,眩晕过去。田测量冲过去,扶起我母亲。我也冲过去,跪下身子,喊她。妈,妈,妈……我哭起来。

母亲睁开眼。她面色灰白,双手颤抖。孩子,她用手摸我的小腹。孩子,她又在说。

我不明白她说什么,说我还是说我肚子里的种子。但是,她接下来的一句话让我彻底明白了。

孩子生下来,我来养,她说。

母亲又眩晕过去,田测量连忙拍她的背,我这才看清他还没走。

快走！快走！听明白了吗？

不，我不走！他说。

我不爱你了，我明天就去打胎，你明白吗？

你不爱我了？

对，我说，你快走，快走。

不，你骗我。

我自己也愣住了，但是我硬下心，说，我已经挂号了，明天手术。你不要再想着我，你快跑，听见没有？

这个男人愣住了，发了一下呆。他这几天瘦了很多，瘦得像二十多年前举着罩灯的样子。他站在街头大哭起来。

【作者简介】普玄，原名陈闯，1968年11月生于湖北谷城县，毕业于华中师范大学，后读北师大作家班。曾做过教师、秘书、销售经理，现为某企业负责人。中国作协会员，湖北省作协签约作家。曾在《当代》《收获》《清明》《钟山》《小说月报·原创版》《长江文艺》《芳草》等刊发表中长篇小说二十余部；曾获《当代》《长江文艺》《芳草》小说奖，湖北省新届原文学奖，湖北文学奖。作品被《小说月报》《小说选刊》《中篇小说选刊》《作品与争鸣》等刊选载二十余次。

非常审问

凡一平

　　像昨天一样,看完本省新闻,万一光就把电视关了。他自觉地走进书房,将就在酸枝木的凳子上坐下。这是家里木质最差的凳子,平时都是用来垫脚的,现在坐上了肥厚的屁股。万一光的前面,是一块一米宽两米长八寸厚的桌板,再往前,是一把高大的椅子。桌板和椅子都是越南的黄花梨木做成的。所以说,比起黄花梨木的桌椅,酸枝木的凳子便是次品的家具了。他现在自觉自愿地坐在这张下等的凳子上,是有道理的,因为今晚他仍然是被审讯者。

　　审讯者不一会儿也走了进来,在黄花梨木的椅子上坐下。这是一个脸上涂满海藻泥的女人,看上去像一个鬼,把万一光吓了一跳。尽管,他知道这是他的夫人。

　　"你不能把这脸泥洗掉再进来吗?"万一光对夫人说,"好恐怖,你。"

　　夫人说:"刚涂上去不久,还没完全吸收呢。你又那么着急。再说,今天我以这个样子审你,看你怕不怕,说不说?昨天我对你脸色太好了,你什么都没说。"

　　万一光觉得夫人言之有理,甚至智慧。确实,审讯是得加码和严厉了,不能再掉以轻心,如同儿戏。

　　昨天是审讯的开始。夫人扮演或充当省纪委的人,对万一光进行询问和审查。万一光也假设自己已经是被"双规"了的人,在假设成规定地点的

102

书房里,考验自己在规定的时间内,交不交代问题。

显然,夫人和他都没有进入角色。夫人太随意和马虎了。她嗑着瓜子,喝着燕窝羹。东一会儿问"你这些年到底收了人家多少钱",西一会儿说"我们家儿子在美国现在是早晨八点"。因为夫人的不认真,万一光也就紧张不起来。他无法进入假设的被"双规"的情景中去,无法把自己当受审的人。夫人怎么看都像一个庸俗不堪而又富丽奢华的女人,这种低级趣味样子的女人充当纪委干部,来审一个老谋深算的男人和官员,实在是滑稽可笑。只有傻子才会承认收受贿赂和交代其他的腐败问题。

但夫人又是扮演或充当纪委干部的唯一人选。他需要她来审他,像纪委干部或检察官一样严肃认真地审他,和他斗智斗勇,磨炼他的心理素质、应变能力和承受力,以防万一突然某一天,他真的被"双规"了,或直接进检察院了,但那时,他已经是一根老油条或一尊变形金刚了。

昨晚,审讯无果后,夫妻俩睡在一起。万一光对等待他"交税"的夫人,忧心忡忡地说:"李美芬同志,我能不能提个要求?"夫人说:"什么要求?"

万一光说:"你审我的时候,能不能让我紧张、害怕? 你刚才审我的时候,我一点都不紧张、害怕。"

夫人纳闷地说:"为什么你想要紧张、害怕?"

万一光说:"因为我一紧张、害怕,就有可能把事情说出来,露马脚,老实交代了。"

夫人还是纳闷,说:"不老实交代不是最好吗? 我们要的就是不老实交代呀!"

万一光说:"我在你这里紧张、害怕,老实交代,都没事。因为这是预审,是演习,像防空演习、消防演习、抗震演习一样。等哪天我万一突然被'双规'或直接进检察院了,就不用紧张、害怕,不用老实交代了。这叫有备无患,防患于未然,懂不懂?"

夫人琢磨了一会儿,说:"明白了。" 她看着对自己的期待无动于衷的丈夫,不得不用行动去提醒他。见丈夫还是麻木不仁,夫人说:"现在,你该满足我的要求了吧?"

万一光看着人老珠黄而又如狼似虎的夫人,心就打战,身就发抖,冷汗直冒。他说:"你审我的时候,我有这么紧张、害怕,就好了。"

夫人今天的样子的确令人害怕。万一光看了一眼后就不敢再看。他低着头,像一副要认罪的样子。

"准备好了吗?"夫人说。

"嗯。"

"那我开始审啦。"夫人说。她清了清嗓子,然后盯着肥头大耳的丈夫,突然拍案而起,"万一光! 你肯定还有我不知道的钱,你到底藏到什么地方去啦?"

万一光一听,仰身跺脚,"哎呀,哪有这么问的,不能这么问呀!"

"我就是要问。我就怀疑你背着我,藏着钱!"

万一光不得不看了夫人一眼,"李美芬同志,你要记住,你现在是纪委干部,甚至是检察官,请问些有专业水准的问题,好不好?"

经丈夫提醒,夫人这才转换脑筋和角色。她酝酿和思考了一会儿,说:"万一光,我们党的政策,我先跟你讲清楚哦,就是坦白从宽,抗拒从严。那么,接下来我问你的问题,你要老实坦白交代。"

"好的。请问吧。"

"据我们所知,自你担任南河市安监局局长至今, 在不到四年的时间内,你大肆收受矿老板、路桥老板、烟花爆竹老板等人的贿赂,实物不算,光现金,粗算一下,大概是三千五百万元。是不是这个数?"

"没有! 我做官廉洁奉公,做人清清白白,从来没有做过贪赃枉法的事!"

"万一光,我说这个话是有证据的。对你收受这三千五百万的来龙去脉,我一清二楚。贿赂你的老板很多,我就摆几个大头的吧。隆昌矿业集团向北方,先后几次贿赂你,八百万,总有吧? 奔腾路桥公司唐磊,你拜把兄弟,少说也有六百万吧? 光你爱人就收了他三百万。南锡冶炼韦东宁五百万,也是你爱人直接收的。这就一千九百万了。加上过年过节大大小小老板送的,有一千多万。总之,总共少不了三千五百万。这三千五百万呢,两千万已经转移到了国外,具体地说是美国。还有一千五百万,用塑料袋密封,藏在家里卧室木地板下、煤气罐里。说的都没错吧?"

万一光一面听一面哆嗦,最后缩成一团,像被扒光了衣服似的。对方的审问明确、具体,列举的行贿人和金额清楚、属实,比他自己记得的还要细。

"万一光，别想抵赖了。抵赖是没有用的。只有坦白承认才是你唯一的出路！"

万一光"扑通"跪下，一面叩头一面说："我坦白，我承认。我万一光对不起党，辜负了组织对我的培养重用。我马上把这三千五百万退出来，请求党和组织从轻处理我，给我一条生路！"

万一光的跪求先是引来对方哈哈大笑，然后是遭到一顿呵斥：

"万一光，你真是一块软骨头，一个回合你就缴枪投降了。你这一承认，三千五百万哪，是要掉脑袋的，懂不懂？"

万一光抬起头，看着斥骂他的黑脸夫人，"我真把你当纪委干部或检察官了呀！"

"那就更不能承认了，笨蛋！"

"可是你列举的行贿人和钱款都是对的呀！"

夫人说："那是因为我是你老婆。我知你收了这么多钱。我审你，当然就说对了。"

"可是，万一纪委或检察院的确调查清楚，我收了这么多钱呢？"

"那也可以抵赖！"

"怎么抵赖？"

"就说你谁的钱都没收！"

"可万一有人出卖我，供出我了呢？"

"那又怎么样？你就说他们陷害你。"

"可我的确收了他们的钱了呀？"

"我问你，"夫人说，"他们送你钱，是通过转账打过来的吗？不是吧？他们直接送你现金，没有第三个人在场吧?也没有偷偷录音录像吧?这些都不是，都没有，那你怕什么，慌什么？"

"这倒是，"万一光说，他有所心定，坐回凳子上，"还是老婆比我沉着冷静。"

"沉着冷静你个头，刚才你一承认，也把我吓坏和惹火了。"夫人说，"你掉脑袋了，我也跟着完蛋。那就苦了我们儿子了。"

"两千万在美国，够儿子花的了。"万一光说。

夫人忽然"哎呀"一声，像是碰到了棘手的问题。她看着丈夫，把丈夫当智囊或诸葛亮,说:"老万,就算他不供你不认,可是,这三千五百万,万一查出我们有,那也超出我们的合法收入呀,也可以扣你财产来源不明罪呀!怎么办?"

万一光抠着他的脑袋瓜子,半天也抠不出解脱的理由来。

"我说我炒股赚的,行吗?"夫人说。

"炒股?"万一光冷笑,"中国股市熊冠全球,百分之九十九股民血本无归,就你赚钱?再说,官员炒股是非法的,家属炒也是禁止。不能说是炒股赚的。"

"那怎么办?"

万一光摇摇头,"只能说是跟我的兄弟借的,这是没有办法的办法。"

"可你兄弟哪有钱借给你呀?你兄弟是干什么的?一个是红水河边养鱼的,还有一个,养羊的。先前找你借钱养鱼养羊,你还不借呢。"

万一光说:"不是我不借,是你不给借。"

"总之你把你兄弟给得罪了。你哪还有兄弟呀?"

万一光冥想了半天,说:"铁杆哥们儿我还是有个把两个的,比如向北方和唐磊。"

"我看最不可靠的就是向北方和唐磊他们两个!一有风吹草动,铁定是他们最先出卖你!"

"何以见得?"

"因为他们是猴精,是笑面虎!"

看着直言不讳的夫人,万一光说:"那怎么办? 我收受向北方和唐磊的钱,又是最多的。"

夫人咬牙切齿地说:"退给他们。"

万一光惊呆了,"你疯了?"

"没疯。"

"你舍得?"

"舍不得也要舍。保官还是次要的,保命第一!"

傍晚的东山佛塔下,万一光看到了一辆他眼熟的宝马越野车,像一条忠实的狗一样,轻快地来到他的面前。万一光指示这辆车与他的座驾停靠在一起。

向北方笑吟吟地从车里钻出来，一边碎步上前，一边热乎乎地叫唤，"万大哥好！"

万一光却出奇的冷静，对向北方说："把你的车尾箱打开。"见对方迟疑，"打开！"

万一光接着打开了自己座驾的尾箱，从尾箱里拎出一个鼓出棱角的编织袋来，要往向北方的车尾箱放。

向北方似乎看出什么名堂，眼明手快地制止了万一光的行为。"大哥，你这是干什么？"

万一光说："这是你送给我的钱。退给你。"

"大哥，你开什么玩笑？"

"我不开玩笑。"

向北方抖抖被四只手把握住的编织袋，"那这是什么意思？"

"退给你，就是这意思。"

向北方灵光一闪，"大哥，你这是考验我。是不是这意思？"

万一光说："你可以有这意思。但我没这意思。"

"大哥，那你就不够意思了。"向北方说，他佯装生气，"那我也不好意思跟你说。我没给你送过钱！"

"你说什么？"

"我没给你送过钱。从来没有！"

万一光也抖了抖被四只手控制住的编织袋，"那这是什么？"

向北方说："我只是给你送过腊肉和粽子。"

万一光说："行，我现在就是把腊肉和粽子退给你。"

向北方说："我连腊肉和粽子都没给你送过！"他放开压制万一光的手，迅速把车尾箱盖关上。"大哥，你还有事吗？没事我走了。"

万一光愣在那。向北方的车一溜烟跑得无影无踪了，他仍然在佛塔下愣着。退不回去的一袋钱吊在他的手上，的确像是一袋腊肉。

"佛祖啊，你可看见了，你给做个证明，我退钱了，是他向北方不要！"万一光面对佛塔，念念有词。

万一光和唐磊坐在南湖边上钓鱼,他们都钓得非常的专注,但就是没有一条鱼上钩,仿佛湖里的鱼的智商均超过了岸上两个聪明绝顶的男人。两个男人的身边都各自放着一个加盖的水桶。万一光平静地说:"小唐,待会儿走的时候,记得带走我这只桶。"唐磊说:"万老大,何必呢,我不会要回您的桶的。我不仅不会要您的桶,而且我还新给您备了一桶,孝敬您呢。"万一光说:"这不是孝敬我,是加害于我,知不知道?"唐磊:"万老大,天地良心,我唐磊绝对不做对不起您的事。您就放一百个心,一万个心!"万一光说:"我不是不放心你,而是不放心纪委检察院。一旦露出破绽,纪委检察院是不会放过我的。"唐磊说:"我们两人的事,只有天知、地知、您知、我知,只要您不说,我打死也不说,纪委检察院又怎么会知道呢?"万一光盯着唐磊,"你真能做到打死也不说?"唐磊被盯得脸红耳赤,昂起头,说:"万老大,您如果不相信我,我就跳湖,证明给您看。现在就跳!"他站起来,"您信不信?不信,我跳了!"万一光见唐磊那么死心塌地,便拉住他,说:"好老弟,坐下。钓鱼,钓鱼。"唐磊重新坐下,像一个洗清了叛徒嫌疑的江湖豪杰,如释重负地继续钓鱼。鱼还是没有上钩。万一光说:"这样吧,我们打个赌怎么样?如果今天我先钓着鱼,你就把我的桶拿走。如果鱼先上你的渔钩,你什么也别拿,我也不强迫你,好吗?"唐磊说:"我要是先钓着鱼,我这桶还是您的。"万一光说:"一言为定。"话音刚落,只见唐磊的渔竿突然抖动。唐磊急忙抓紧渔竿,拉杆收线。不一会儿,一条红色的鲤鱼浮出水面,渐渐地被唐磊收获。唐磊双手举着鲤鱼,像举着燃烧的火把。他兴高采烈地吻了一下鱼,对鱼说:"你真好!"

　　看着空手离去的获胜者唐磊,又看着两只装满钱的水桶,万一光非常难堪。他本来是退唐磊一桶钱的,结果不仅退不掉,又加收了一桶,这情形就像屋漏又遭连夜雨,或者像一个打算去劝别人戒毒的人,最后不仅无功而返,自己还染上了毒瘾。他沮丧地收起渔竿,发现渔钩居然没有鱼饵!究竟是自己忘记放鱼饵?还是放了鱼饵但是被狡猾的鱼安全地吃掉了?

　　"鱼呀,你能听见我说话吗?不是我不想做清官,我是想做个清官来的,是你不给我机会呀,是唐磊这个人不给我机会呀。做个清官,怎么就这么难呢?"

　　万一光的喟叹毫无反响,因为湖面清明如镜。

家里的木地板已经被撬得四分五裂，一只煤气罐也被切割成了两截。乍眼一看，仿佛家里遭过盗贼洗劫或反贪人员的搜查。好在万一光夫妇知道是怎么回事，他们从容镇定地看待乱七八糟的家。

万一光挽起袖子，抄起工具，开始修整破损的地板和煤气罐。这对电焊工出身又会木匠活儿的万一光并不难。再加上夫人积极配合，充当起助手，他们很快把退不回去的钱又码回原位，掩盖好。再把新增的钱又藏在他们认为安全的地方。这新增的钱包括了今年过年下属送的红包，厚薄不一。他们也懒得去数，连封包都没有拆，就藏了起来。全部弄好后，夫妻俩躺在木地板上，丈夫望着天花板，妻子看着丈夫。

"一光，当初我嫁给你的时候，你才是南河冶炼厂电焊车间的技术科长。连你都想不到吧，现如今你能当局长？"妻子说，眼神里透露着庆幸和欣赏。

"说明你旺夫。"丈夫淡淡地说。

"那当然。所以我们家这些钱财，有我的一半。"

"人生无常，世事难料，谁能保证这些钱财就是我们的？"

"只要我们人没事，这钱就是我们的。人在钱就在。"

"错。钱在，钱不在，人可以不在。这些钱一旦暴露，我是肯定不在了。"

"我也知道我们家这些钱很危险。我不也让你退掉一部分吗？你退不掉有什么办法。你说，你退钱给向北方唐磊他们，他们为什么不要呢？"

"那是因为我还在位子上。他们还得求我。"

"可哪天你不在位子上了呢？"

"不在位，那要看是什么情况不在位。是年龄到了不在位，还是年纪还轻，纪委检察院就让你不在位了。两者是有很大的不同的。"

"那你可得再想办法，保证年龄到了才不在位呀！来，我们继续审！"妻子说。她率先从地板上站起。

"今晚就算了吧？我累了。"丈夫说，这才看了一眼妻子。

"累也得审！现在累，是为了以后不累，为了下半辈子……为了我们还有下半辈子。"

妻子不由分说把丈夫拉了起来。

安监局纪检组长、办公室主任恭立在万一光面前,听候指示。

万一光把办公桌上数十个厚薄不一的红包轻轻一推,使红包离部下更近。这些红包让两个部下都很发愣。

"这些红包,是今年,有些是去年的,一些二层机构,趁我不备的时候塞给我的,"万一光解释说,"都是谁塞给我的,我记不清了,也不打算追究。干部能保护就尽量保护。但是这些红包我是不能要的。你们拿去,清点登记,然后归公。"

纪检组长和办公室主任于是当着局长的面,清点红包。万一光似乎嫌红包和钱钞扎眼,挥手让部下到一边去。他继续看报。打开的报纸像一扇屏风,几乎完全遮挡了看报的人。看报的人其实并没有真正在看报。他心不在焉,眼光时不时拐弯,偷偷地落在不远处将不再属于他的红包上。

昨天晚上的审讯,重点是每年下属送的礼金。这些礼金从单个来说,数额不多,少则两千,多则一万。但是集腋成裘,几百个红包加起来也有一百多万。每一个红包就是一个隐患。试想送红包的几百个人里面,起码有十个八个人总有一天会出事吧?谁会出事不知道,但出事的人,会供出给万一光局长送过礼吧?好,就从给你万一光送的小小红包突破,打开缺口。看你怎么办?

万一光再次将木地板撬开一角,把红包都翻出来,按厚薄、比例选了二三十个,打算第二天交出去。妻子很纳闷。万一光说:"我是按照概率来处置这些红包的。这几百个送红包的人里面,就算将来有十个人出事吧。这十个人是谁,现在都不知道。谁送我多少,我也不知道。不外乎一万的,五千的,两千的。好,我一万的退一点,五千的退一些,两千的退多一些。为什么这样退呢?送一万的少一点,我就退少一点。送五千的多一点,我就退多一点。送两千的最多,那我就退得最多。你张三说给我送过一万的红包,有呀!李四说给我送过五千,有呀!赵五马六说给我送过两千,有呀!但是,我都退出去了呀!充公了。办公室纪检组那里有登记,不信你们去查好了。"妻子当时听罢,情不自禁抱着丈夫,对他额头啵了一下,大赞丈夫聪明。

红包清点好了。一共二十八个。其中一万元三个,五千元十个,两千元十五个。二十八个红包共计人民币十一万元。

万一光对着敬仰他的两个手下，语重心长地说："天地之间有杆秤,那秤砣是老百姓,秤杆子挑江山,当领导的就是定盘的星呀。"

纪检组长和办公室主任退出局长办公室,像两个刚接受老师辅导教育的学生,显得特别的乖巧。他们在走廊里边走边评价自己的局长——

"万局长的觉悟就是比我们高呀! 高,实在是高!"纪检组长竖起拇指说。

"我觉得,"办公室主任说,"万局长今天的举动,是在打我们的耳光呀。"

"何以见得?"

"不瞒你说,这些个红包里面,有一个是我送的。"

"几千?"

办公室主任举起一巴掌:"五千。你呢? 送几千?"

纪检组长瞪了一眼办公室主任,不吭声。

"你没送呀? 你居然敢不送?"

纪检组长点点头。

办公室主任看着机敏的纪检组长,忽然意识到什么,扇了自己一记耳光,"我这张嘴,就是没你的严。"

纪检组长拍拍办公室主任的肩膀,"我耳背,你今天说的话,我一句也没听见。"

办公室主任这才放宽心。

林红艳今天死活都不让万一光回家,因为今天是她二十四岁生日。

但万一光无论如何都要回家,因为老婆在家等他。

在万一光为林红艳购买的爱巢里,两个恩爱的人第一次闹得不可开交。

林红艳说:"你今晚要是不留下来陪我,我就死给你看!"

万一光说:"你打算怎么个死法?"

林红艳拿起切蛋糕的刀,做了个切腕的假动作,"这是一种。"接着她走到窗前,拉开窗帘、玻璃窗,做了个翻越的姿势,"这是一种。"然后她望望吊灯,去厨房找来一根绳子,站上饭桌,将绳子绕住吊灯,扯实了做套打结,把头伸进绳套里,"这又是一种。"

万一光静静地观望着林红艳准备死亡的三种方式,冷淡地说:"这三种死法都太落俗套。你能不能死得创新一点? 有想象力一些? "

气愤的林红艳从饭桌直接骑到万一光的肩膀上,揪住他的头发。"王八蛋,那我应该怎么死? 你说! "

万一光说:"你让我回家想,想好再告诉你。"

"今天是我生日,你为什么非要回家?以前不是我生日,赶你都不回。这段时间三四天才来见我一次,扯上裤子就走。到底是为什么? "

"不能说,就是不能说。"

"你不说就别想回去! "

万一光见林红艳态度非常坚决,百般无奈,他央求她下来,然后说:"老婆现在每天晚上都要审我,我得回去接受审讯,行了吧? "

"你老婆为什么要审你? "

"因为我有罪。"

"我知道你有罪,罪大恶极。可你老婆不是检察官法官,为什么要审你? 她有什么资格审你? "

"这是个秘密,亲爱的,"万一光说,他态度也缓和了,"现在暂时不能告诉你。总之,老婆的审讯很重要,非常重要。这关系到我的前途和命运,也关系到你的前途和命运。我只能告诉你到这一步了。"

正说着,万一光的手机响了。是夫人李美芬打来的。

夫人在电话里说:"万一光,这么晚了,你怎么还不回来? 审讯时间到了。你想偷懒是不是? "

万一光说:"我有个重要接待。"

"什么接待比审讯重要? 比你的命重要? 你还想不想要命,保命? "

万一光忙不迭说:"好,我这就回去,马上回去。"

因为林红艳逼迫使用免提,万一光和他夫人的通话,林红艳全听见了。她尽管听得莫名其妙,但也没显得像之前那么蛮横了。

"你可是听见了,人命关天呀。你就放我回去吧。"万一光说,"来,抱抱。"

林红艳嘟着嘴,依依不舍和万一光拥抱。忽然,她猛地咬了万一光的脖颈一口。

万一光疼得哇哇叫,推开林红艳。

"这是生日纪念。"林红艳说。

万一光走到更衣镜前,发现自己的脖颈上靠近下巴的地方,出现一个猩红又深刻的牙印。"这个,我回去怎么交代,你说!"

林红艳说:"你就说,被老鼠咬的。矿井里的大老鼠。你不是安监局长吗?今天去矿山视察了。在一个废弃的矿井里,被大老鼠咬了。算是安全事故,工伤。"

万一光一个愣怔,忽然一笑,说:"就算我傻,你以为我老婆也傻呀?我老婆才不傻呢。"

万一光一进门,他脖子上的伤就被夫人李美芬发现了,因为贴在脖子上的药膏既白又大,还散发着异味,醒目而刺鼻。

李美芬问:"你脖子怎么啦?"

"今天听了领导四个小时报告,一动不动,脖子酸疼得厉害。"万一光自如地说,因为他早就编好了瞎话。

"什么领导,让你老实成这样?"

"当然是大领导,讲的又是反腐的问题。"

李美芬看着积劳成疾的丈夫,怜惜地说:"那今晚就不审了,洗洗休息吧。"

万一光说:"审,要审的!今晚我审你。来。"

夫妻俩各就各位。

万一光已换上检察官的制服,正襟危坐,他盯着一张自己熟悉得不能再熟悉的面孔,说:"姓名。"

李美芬答:"李美芬。"

"性别。"

"女。"

"年龄。"

"四十五岁。"

"你丈夫叫什么名字?"

"万一光。"

"知道为什么把你请到这里来吗？"

李美芬望望屋子的四周，滚瓜烂熟的陈设让她有些茫然。

"这里是检察院反贪局！"万一光强调说。

李美芬眨了眨眼，定下神来，说："不知道！"

"你丈夫万一光，因为贪污受贿，且数额特别巨大，正在接受审查。你是他的妻子，请你把你知道的你丈夫的贪污受贿情况，告诉我们。"万一光以检察官的口吻，说自己。

"我什么都不知道。"李美芬说。她清醒地想，知道也不能说。

"李美芬，据行贿人某某、某某交代，你同样有受贿的行为。是不是事实？"

李美芬从容一笑，"某某、某某是谁呀？他、他为什么要对我行贿？我是普通妇女一个。"

"你本来是一个普通妇女，但自从你丈夫当了安监局长后，你就不普通了。而且，我们对你的受贿情况一清二楚，之所以没有明确指出来，是想给你一次主动坦白、从轻惩处的机会。坦白从宽，抗拒从严，这政策你是知道的。"

李美芬缄默了一会儿，像是内心在挣扎和搏斗，"我坦白。"

万一光心头一紧。

"我没有收受任何人的贿赂，这就是我的坦白。"

万一光呼出一口气，想笑又没有笑，随即又绷紧了脸。"李美芬，我们现在告诉你，你丈夫万一光已经彻底交代了他和你共同受贿的犯罪事实。抵赖是没有用的。"

"那我现在也告诉你们，"李美芬挺直了腰杆说，"第一，我相信我丈夫。第二，我相信我丈夫相信我。第三，我们夫妻绝不会做出出卖对方的行为！"

万一光激动得拍起桌子，"好！"他迅速起立，走到对面拥抱起忠贞不贰的妻子。"你这样的女人，要是早生几十年，就是落入渣滓洞，也是江姐呀。"

难得被丈夫热烈拥抱的李美芬既兴奋又不适应，她扭捏地推开万一光，"不，我不能做对不起我丈夫的事情。"

"我就是你丈夫呀？"

李美芬指指万一光穿着的检察官制服,"那你把这身衣服脱掉,要不然,人家以为我有外遇呢。"

交完"税",疲惫不堪的万一光刚入梦,就被妻子揪了起来,直接拖到书房改装的讯问室里。

光着膀子的万一光冷得打着哆嗦,请求妻子允许他穿上衣服。

李美芬拿着一枚圆镜,照向万一光已经没有药膏遮蔽的牙印,冷峻地说:"这是什么?"

万一光一看牙印已经暴露,又不知道如何回应,索性闭嘴。

"说,说了有衣服穿。"

万一光宁可冻着,也不开口。

"不说是吧?我来说。我来揭穿你!"李美芬怒发冲冠,把镜子往边上一甩,然后拧着万一光脖颈上的肌肉。突起的肉块看上去就像饱含食物的嘴唇,将牙印高高地顶起。"这是牙印,对不对?人咬的,对不对?女人咬的,对不对?"

连珠炮似的发问都没能让万一光吭声,尽管他疼痛、寒冷、慌乱得龇牙咧嘴,但就只是呼气、吸气。

"跟我亲热的时候我就感觉不对,"李美芬说,"颈椎酸疼,膏药贴的该是这个地方吗?这是穴位吗?这是下巴!下巴为什么贴这个东西?我就纳闷了,啊?等你睡着我揭开一看,是牙印。哪来的牙印?你自己咬的?你咬得着吗你?别人咬你,别人为什么咬你?谁敢咬你?"

"老婆,你冷静,你慢慢听我说。"万一光说话了,他镇定了些,似乎是妻子的长串逼问为他赢得了思考应对的时间。"这不是牙印。"

"不是牙印是什么?"

"我拔火罐了。这是拔火罐留下的烙印。我这不是颈椎疼吗,确实疼,就去按摩的地方,本来想按摩来的,技师却建议我拔火罐,说是风寒引起的颈椎疼痛,拔火罐能祛风散寒。我就同意了。技师刚拔第一个火罐,没掌握好,就把我这地方烧坏了,起了水泡,大水泡。技师不敢再拔,再拔我也不让。然后痒啊,我就用手抠,用指甲掐,就抠烂了,掐出印子来了。"

李美芬听着丈夫的辩解,又看了看丈夫所谓的烙印。她半信半疑松开了丈夫被拧住的肌肉。"你不是有重要接待吗?怎么有时间去按摩了?"

万一光见妻子的疑虑已经离真相较远了,他从容不迫,却故意看了看两边,生怕有人偷听的样子,然后把脸往前一凑,附着妻子的耳朵,还拿一只手挡在嘴边,悄悄地说:"其实,我是陪领导去按摩的。重要领导。重要领导作完报告,他也颈椎疼了。我就陪他去按摩。正规按摩。"

"正规按摩算什么接待?还重要接待。"

"就算是接待领导一杯茶,只要是重要领导,都叫重要接待!懂吗?"

李美芬已经完全换了一种眼神看待丈夫,那是一种知错、负疚的眼神。看着冻得已经不住地打哆嗦的丈夫,她急忙把大衣脱下,披到丈夫身上。

披着红色印花女性外套的万一光,看上去就像一头血迹斑斑而躲过一劫的白熊。

"林红艳,你正经一点好不好?"万一光对大笑不止的林红艳说道。他抻抻检察官的制服,"我现在是万检察官!"

林红艳还是笑,她的笑声效果堪比小品演员高秀敏,但是音容笑貌依然能和孙俪媲美。孙俪是万一光最喜欢的女明星。正因为林红艳长得像孙俪,万一光才不顾一切追到了她。所谓的不顾一切,无非是大把大把地花钱,挖空心思去讨得林红艳的喜欢。他算了一下,这两年他花在林红艳身上的钱,至少也过了一千万。这一千万要是去随便玩玩,可以玩五千人次以上。从经济账和数目算,这是很不划算的。但是从虚荣心和质量层面衡量,又是值得的。一千万的一船煤矿和一千万的一颗钻石,就看你需要什么。万一光需要的是钻石。林红艳就是一颗钻石。她长得像孙俪,连声音都像。得到林红艳就相当于得到了他的女神。现在,他既不能丢掉这颗钻石,也不能丢掉自己的性命,所以,他必须审她。

"你这个样子,肥头大耳的,哪像个检察官呀?"林红艳说,"检察官有你这么肥头大耳的吗?"

"那是因为你头发长,见识短,"万一光说,"有没有,你现在就当有!我现在是省检察院检察官万一光,依法对你进行审问,请你配合!"

见万一光一脸持续的严肃,林红艳不得不收敛笑容,安定下来。"审吧。"

在对林红艳进行必要的辅导和例行询问之后,万一光正式审问林红艳：

"林红艳,你和万一光是什么关系？"

林红艳不假思索,"没有关系。我不认识他。"

万一光摆出一沓沓他和林红艳在国内外旅游度假的合影,"好好看看,照片上的人,难道不是你和万一光吗？"

林红艳一下子就招了,"我是他的情人。"

"愚蠢！大胆！"万一光大喊一声,"你怎么能这么说？你这么说我就死定了！你对我到底有没有感情？"

"有感情。"

"有感情还出卖我？"

林红艳说:"那我应该怎么说？照片摆在这。"她一脸的委屈。

"你就说……你就说……"万一光也没辙了,他挠挠头,"怎么说呢？这可是艳照呀！"

"我说照片是别人PS的。我还是不认识你。跟你没关系。"

"但是经过鉴定,照片是真的。"

"真假我都说不认识你。"

"这怎么可能？你以为检察官是你爸妈呀？儿女说什么父母都相信。"万一光说,他站起来,踱了踱步,"只能这样了。"

"怎么样？"

"把这些照片毁掉。全毁掉。"万一光说。他立刻收拢起桌上的照片,然后一张张开始撕。

看着万一光和自己的合影,一张一张地变成碎片,林红艳的眼睛闪烁着泪花。

万一光终于注意到林红艳的伤感,"你怎么哭了？"

林红艳哭出了声。

万一光安慰说:"宝贝,别哭。我这么做,实属无奈。完全是为了你好,我好,大家好。当年,地下党员在得知被叛徒出卖的紧要关头,首先要做的第一件事,不都得毁掉重要的文件,不落入敌人的手中吗？"

林红艳抬起头,瞪着万一光,"谁出卖你了？现在。谁是叛徒？我吗？"

"我没说你。你怎么可能是叛徒呢？你是我最信任的人,最可爱的人,你就是《潜伏》里的翠萍啊！翠萍不是特务叛徒，但不等于身边没有特务叛徒。《潜伏》里有没有叛徒特务？你说？"

"你老婆才是叛徒特务，你要防就防她吧。"林红艳说。

万一光摆摆手，"老婆那一关已经经受考验，过关了，没问题。"

"你也是像审老婆一样审我的？"

"你们是我万一光生命中最重要的两个女人嘛。"万一光将了将林红艳的头发说。

林红艳看着狐假虎威而巧言令色的万一光，又忍俊不禁，"你这像是检察官说的话吗？"

万一光立即把制服脱掉，把林红艳搂在怀里，"我现在是幸福男人万一光，也是你生命中最重要的男人。是不是？"

林红艳说："能不是吗？"

看起来，今天的家庭审问是大大地变相了，升级了，或变本加厉了。

夫人李美芬仍然抓住万一光的牙印不放，追究牙印的来源。尽管万一光脖子上的牙印已经愈合消失了。

但夫人手上有牙印的照片，是发现牙印的那晚偷偷拍下的。最要命的是，夫人手里有从牙印里提取的DNA分析结论。DNA是那天晚上，夫人给万一光搽药的时候，借机留下了棉签。她把照片和棉签，交给了她在医院当医生的最交好的朋友吕敏。

吕敏利用自己的专业知识和职务便利，对照片和棉签上的DNA进行判断和检测分析，得出结论：一、照片上的伤痕不是拔火罐的烙印，而是人的牙印。二、棉签上的DNA是两个人的。其中一个为男性，另一个为女性。在告诉了好朋友李美芬结论后，吕敏说："美芬，想保护丈夫，就别张扬出去，别让你丈夫身败名裂。想保护家庭，不想离婚，也别张扬出去。狗急跳墙，男人跟狗其实也是一样的。总之，别闹得满城风雨，差不多就行了。"李美芬听了朋友的劝告后说："我和万一光结婚二十年，已经是绑在一条绳子上的蚂蚱，分不开的。但是，教训调皮捣蛋偷腥的蚂蚱，是必须的。我把握好分寸就是。"

此刻，李美芬把照片、DNA分析报告单摆在丈夫面前，并复述了专家的话,然后接着说:"毫无疑问,我们之间,出现了第三者,不客气地说,你有了外遇,养了小三。她是谁?"

万一光没有看咄咄逼人的妻子,却很硬气地说:"你这是以什么样的身份审问我?"

李美芬说:"你觉得我应该以什么样的身份审问你?妻子?还是检察官?"

万一光说:"作为妻子,你偷拍丈夫,偷取丈夫DNA,猜疑丈夫,制造情敌,这是什么意思?有意思吗?我偷拍过你吗?跟踪过你吗?我提取过儿子的DNA去检测过是不是我的儿子吗?你这么做,是想闹家庭矛盾呢?还是闹家庭分裂呢?"

面对丈夫的反问或反击,李美芬一下子蒙了,"那,以检察官的身份呢?"

万一光说:"这张照片和这份DNA报告不值一驳,我说这个牙印是你咬的,我老婆!我们吵架或恩爱时候的创伤,婚姻和爱情的创伤。至于DNA报告,这个报告……检察官没事干怎么的,查这种家庭纠纷鸡毛蒜皮的事情?这不是罪!检察官查的是犯罪、罪犯。对我们来说,要查就是贪污受贿罪!你要从这方面来审问我。啊?"

万一光企图转移审问的重心,像是成功了。只见夫人坐到审问者的位置上,并且,穿上了制服。"经济问题都审问多少遍了,还问什么呀?"

"巩固。巩固成果。"万一光说,"这样吧,你给我来点狠的。"

"怎么狠法?"

万一光没有回答妻子,只是去卧室客厅搬来了两个冬天取暖用的电炉,在被审问者座位的前后摆好,通上电。然后,他关掉空调的冷气,再坐到位子上。

看着在夏天烤火的丈夫,夫人莫名其妙。"你这是干什么?夏天烤火,神经病。"

前后两个各一千瓦的电炉,开足火力,炙烤着肥胖的万一光。万一光开始出汗,大面积全方位地出汗。大排量的汗水从他的额头往下泻,像瀑布一样。他顾不得擦汗,催促夫人:"问呀!"

李美芬:"万一光,据我们所知,你儿子已经移居美国,也就是说,你是个裸官。你已经把大量的资产,转移到了国外。是不是事实?"

"不是事实。我儿子只是留学美国,拿的是全额奖学金。他学成还是要回来报效祖国的,他的榜样是钱学森、李四光。我妻子仍在中国,是个普通干部。我在国外没有资产。所以,我不是裸官。我不仅不是裸官,还是个清官。"

"根据纪委转过来的材料,你有三个部下,因为违纪受到了党纪政纪处分。他们供认,给你送过礼金,分别是一万元、五千元和两千元,请问,是不是事实?"

"是事实。"

"那你还说你是清官?"

"这些礼金,我都交给了局里的纪检组,存进廉洁账户里。请你们去查。"

"你有没有挪用公款?"

"没有!"

"大吃大喝有没有?"

"没有!"

"公车超标,公车私用,有没有?"

"没有!"

万一光不间断地说着"没有",说到汗流浃背,口干舌燥。"我渴。"他说。

李美芬去拿水。

万一光看着妻子的背影,"加盐!"

夫人拿来了盐水,万一光一口一口地喝着,表情极其难看,看上去很难以下咽,像没病的人吃药,或像没有酒量的人豪饮。

"继续审。"万一光沙哑地说。

接下来,不管李美芬怎么审问,万一光的回答只有三个字:不知道!

李美芬见两个多小时的审问,从万一光嘴里掏出的不是"没有",就是"不知道"。她显得疲惫了,表扬丈夫说:"不错。坚强。今天就到这。睡觉吧。"

万一光屁股离开凳子,又马上坐下,"不,我不睡觉,不能睡觉!"

"你不困?"

"这不是困不困的问题。"万一光说。

"你不困,我可困了,"夫人说,她打了个长长的哈欠,"我去睡觉了。"

万一光制止夫人,"你也不能睡。"

"我为什么不能睡?"

"你睡了,我怎么办?"

夫人诧异地看着丈夫,"你爱睡不睡。我睡我的,好像我不是经常一个人睡似的,真是。"

万一光扯住迈腿走开的夫人,把她按回审问者的位置。

"你现在是纪委的人,我是被'双规'的官员,"万一光说,"所以,我不睡觉,你也是不能睡的。"

"纪委的人就不睡觉了?"

万一光说:"纪委的人去睡觉了,被'双规'的人一个人留在这,想不开跳楼,怎么办?纪委是要负责任的!"

"自绝于人民,畏罪自杀,纪委负什么责任?"

万一光用舌头上下舔了舔干裂的嘴唇,"看管不严,渎职责任该负吧?一个人在没有认罪之前,不明不白地死了,家属告不告?如果我这样死了,你告,还是不告?"

夫人说:"告。可是我真的很困。"

万一光说:"你可以不再审问,但是,你,我,都不能睡觉。你必须守着我。"

"我把你绑起来得了。"

"绑一个没有认罪的官员,那也是犯错误的。"

"又不审问,又不能睡觉,干吗呢?搞疲劳战?"夫人犯糊涂了。

"说对了!"万一光说,"正规战不行,就来疲劳战。你不认是吧?那就不让你睡觉,看谁熬得过谁?你熬不了了吧?想睡觉了吧?那就招吧,认了吧。招了认了,让你睡觉。"

夫人说:"有这么审人的吗?"

万一光说:"防患于未然。你想,大热天用电炉烤我,热死我,我没认,是吧?喝盐水,越喝越渴,我也没招,是吧?那么好,现在不让我睡觉,困死我,看我招不招?"

夫人听明白了,说:"那就试试吧。"

夫妻俩开始疲劳战。两人面对面,起先都瞪着眼,看着对方。万一光仍被电炉前后烤着,快烤干了,因为他不再流汗。渴了,喝盐水,只能喝盐水。夫人呢,搬来一台电风扇,只对自己吹,喝的是咖啡。这显然不公平,但审讯者和被审讯者,本来就不是对等的关系。

　　虽然不平等,但是审问者很有人情,她不再板着脸孔,不说法律不讲大道理,而是打出温情牌。她和被审查者聊家常,谈人生。

　　"万一光同志,我现在仍称你同志哦。"李美芬说,喝了咖啡后的她来精神了。"你看哦,你从一个电焊工人,一步一步地,也没什么后台,靠自己的努力和奋斗,自学成才,成为一名安监局局长,的确是不容易。据我所知,你出身贫寒,是农民的子弟。你哥哥和你弟弟现在都还是农民。你父亲母亲都还活着,多大了?"

　　"我父亲八十七,母亲八十五。"万一光说,他恍恍惚惚,已经被李美芬导入情境中去了。

　　"身体都好吧?"

　　"好着呢。我父亲还能帮我哥哥养鱼,母亲还能帮我弟弟放羊。我兄弟本来是不让他们帮干活儿的,但他们非要干,不干活儿身体就出毛病。"

　　"父母健在,就是儿孙的福分啊。我的父母,已经去世了。过去日子苦,想孝敬他们,没能力。现在生活好了,亲人却不在了。你比我幸福。"

　　"幸福不幸福,就看怎么理解。"

　　"你是怎么理解幸福的?"

　　"这主要看一个人的欲望。一个人的欲望太高了,永远满足不了,那他就不会觉得自己幸福。而一个人的欲望低呢,容易满足,甚至超过了他的预想,那他肯定会觉得自己幸福。所以,欲望的满足,就是幸福。"

　　"那你幸福吗?"

　　万一光缄默了一会儿,似乎沉浸在岁月的时光里,"我幸福过。"

　　"那是什么时候?"

　　"我在冶炼厂当工人的时候。那时候的我,多单纯呀,就想当劳模,多作贡献。再有,娶一个不是农村户口的姑娘做老婆就行。于是我努力工作和学习,有使不完的干劲。劳模当上了,还娶了厂长的女儿当老婆。那时候我觉得自己真是太幸福了,很伟大。"

"那你觉得你的现在,不幸福吗？"

万一光叹了口气,"很纠结,有时候觉得自己是幸福的,有时候也觉得自己不幸。"

"幸福在哪里？不幸指的又是什么？"

"不知道。总之很纠结。这两种感觉缥缥缈缈,来得很快,去得也快,都抓不住。"万一光模棱两可地说。他的眼皮开始打架。

李美芬见万一光要睡的样子,"喂,你别睡呀。"

万一光已经睡了,而且坐着睡都能打呼噜。

"万一光同志,你不能睡！说好了不能睡觉！"

万一光只有呼噜声响应。李美芬只好走过去,用力推搡他,还是没用。夫人急中生智,用手捏住了他的鼻孔。

没法呼吸的万一光被迫醒了。

"你想睡觉,你就招吧。先招才能睡觉！"李美芬严厉地说,看来她是打算抛掉温情牌了。

"不招,我就是不招！"

"不睡觉你不招,要是有老虎凳,我给你坐老虎凳,看你招不招？"

"那是刑讯逼供,谅你不敢！"

李美芬看了看墙上的时钟,"现在是半夜两点。我就不信你能挺到天亮。说好了哦,你再睡觉,就算招了。"

万一光昂首挺胸,说："坚持就是胜利。坚持到天亮,就是胜利！"

一喊口号,万一光就像打了强心剂似的,亢奋了。

他还真挺到了天亮,既不睡觉,也不招供。

李美芬说："我佩服你,万一光。但是我知道你在说谎,只是拿你没办法。"

万一光得意地说："人工审问对我是没用的了,这是土办法。除非使用高科技。"

李美芬一听,两只眼睛滴溜转动,像是丈夫的话提醒了她什么。

万一光郑重其事地对林红艳说："红艳,今后一段时间,我们暂时不能见面了。今天,是我们相见的最后一面。"

"是吗？"林红艳轻松地说，她继续玩手机上"天天爱消除"的游戏，像不把万一光的话当回事似的。

万一光把林红艳的手机夺过来，"我可是认真的。"

"上次你还说要跟我分手呢，结果呢，你只下到三楼，又上来了。"林红艳说，她伸手想要回手机。

万一光当然不会把手机还给她。他按着林红艳的双肩，将她扳到他的正面，"看着我的眼睛。"

林红艳看见万一光的眼里是沉重的、痛苦的神情。"怎么啦？"

"老婆怀疑我，不是怀疑，是发现我有外遇了。"万一光说，"因为你生日那天，你咬我那一口。"

"我不是为了故意让你老婆发现才咬你的，"林红艳诚恳地说，"我是对你又爱又恨。"

"我知道。我老婆现在在跟踪我。今天，我是把车停在科学会堂，再转乘6路公交车到朝阳路，再坐摩的，才来到这儿的。真的像地下党甩开特务跟踪一样。很恐怖。"

林红艳有好一会儿不说话，她拿捏万一光的手，看他的眼睛，像是在甄别万一光话语的真伪。"一段时间是多长？"

"两个月，三个月，也许更长，"万一光说，他看着天花板，叹了一声，"最近反腐的风声还特别紧，重庆有个区长，出事了。"他把视线转移到林红艳身上，"你看到了吧？"

林红艳是个灵敏的人，她甩开万一光的手，瞪眼说道："你的意思是说，你是那个区长，我就是情妇，是不是？ 原来你不是担心你老婆发现，是害怕我举报你，害你，敲诈勒索你，是不是？ 是不是？"

万一光迟疑地说："不是。"

"我和你所有的照片，艳照，不是被你亲手毁掉了吗，你还害怕什么？"林红艳说，她看看屋子，"这套房子，我的名字，你花钱买的。你要是觉得不保险，卖掉好了！我回老家去，隐姓埋名，或者去寺庙当尼姑。你放心当你的官吧！"

"我不是对你不放心，"万一光说，"我是对党对法律不放心，现在从严治党，依法治国，官越来越不好当呀！现在的局势，像我这样有问题的官员，躲得过一时,躲得了一世吗?"

"你现在不是天天在家里练习审讯吗? 连我你都拿来练了,怕什么? "

"百密一疏,"万一光说,"不怕一万,就怕万一。万一,万一光,你看我父母给我这名字起的,是福是祸? 是凶是吉? 唉,是福不是祸,是祸躲不过。逢凶化吉在人,能不能逢凶化吉,在天哪! "

林红艳看着情人长吁短叹,心中涌起爱怜,主动将万一光轻轻一推,"回去吧,早点回去。不见就不见,为了你,我能忍。我什么都能忍! "林红艳说,此刻,她已经泪花闪闪。

吻别是必要的。

别离的时候,万一光自信地说:"后会有期! "

忽然有一天,别开生面的审讯让万一光傻眼了。

夫人李美芬使用了测谎仪。

万一光走进书房改装的讯问室,发现多了一套仪器。这套仪器貌似医疗器械,而且夫人今天也不穿检察官的制服,而是穿的白大褂,让他误以为进了医院的治疗室。"老婆,今天怎么突然要给我量血压,测心电图了?你怎么懂得我最近压力很大、心力交瘁呢?"他开头还喜出望外地说。

李美芬说:"你好好看看,仔细瞧瞧,这是测谎仪! 而我,现在是测谎专家! "

万一光一下子就傻眼了。

"你不是说土办法对你没用了吗?我今天就用测谎仪来审你,看你过不过得了高科技这一关。"李美芬说,她摸摸测谎仪,像抚摸一条忠诚而又高贵的狗一样,"我看了资料,测谎仪的准确率在百分之九十九以上。只要人撒谎,这仪器就能测出来。而且,我研究操弄这玩意儿十多天了,也找了朋友做过试验,很准的,真的很准! "

万一光愣愣地、结结巴巴地说:"你从哪⋯⋯弄、弄来这玩意儿? "

"这你别管,我有的是渠道,"李美芬说,她又摸了摸名犬一样的仪器,"美国产品,你尽管相信它好了。"

万一光还是懂一点英文的,他看了看测谎仪的英文说明书,知道了大概。何况,说明书是中英文对照。他心慌慌又好奇地看着夫人,"你确定要用它来审我？"

李美芬说："我确定。你如果过了测谎仪这一关，说明你已经百炼成钢，成变形金刚了。别说省纪委检察院，就是中纪委、美国的李昌钰来审你，审不出你是贪官不说，说不定还审定你是清官咧。"

万一光咬咬牙，说："那就挑战一下吧。"他坐下，吸气、呼气，让心跳恢复正常，"来吧。"

李美芬开始操纵仪器，她按照使用手册的说明，先后在万一光的胸膛、手臂、手指等部位粘贴电极片，缠上袖带，夹上夹子，把连接电极片、袖带、夹子和电子主机的管线理顺，然后启动开关。

显示器上很快显示万一光的心电图、血压数据。

"你现在的心跳、血压是正常的。"李美分说。

"那当然。"万一光说，他甚至有些得意。

"接下来，我会问你十个问题，"李美芬说，"你只需回答'是'，或'不是'。明白了吗？"

万一光说："明白。"

"那我们现在开始，"李美芬说，她不看万一光，而是看着显示器。"你是万一光吗？"

万一光说："是。"

"在你当安监局局长期间，是不是收受过贿赂？"

"不是。"

"你儿子万小亿在美国留学，拿的是全额奖学金吗？"

"是。"

"你所有的收入，都是合法收入吗？"

"是。"

"你有二十套以上的房产吗？"

"不是。"

"你是一个好人吗？"

"是。"

"你有信仰吗？"

"是。"

"你幸福吗？"

"是。不是。"

"只能说是，或者不是。"

"是。"

"你爱你的妻子吗？"

"是。"

"你有情人吗？"

"不是。"

十个问题问完了，也答完了。李美芬默默地看着显示器上显示的数据分析，木在那。

万一光却显得急不可耐，他凑过来，"怎么样？"

李美芬忽然声色俱厉："你坐过去！"

万一光乖乖回去坐好。他忐忑不安地看着夫人，像一条生怕被主人抛弃的老狗。

"万一光，我现在告诉你结果。"李美芬冷漠地貌似平静地说，"我问你十个问题，只有一个问题，你回答是真实的，其余九个问题的回答，全是撒谎。"

"哪个问题回答是真实的？"万一光说，"哦，我知道了，倒数第二个问题，你爱你的妻子吗？我回答，是！"看上去他反应很快。

李美芬说："我问，你是万一光吗？你回答，是。万一光，你只有这一条没撒谎！"

万一光瞠目结舌，像一个心知肚明而又不服判决的原告或被告，蓦地站起来抗议，"这、这、这不对！这怎么可能？搞错了，肯定的冤假错案！"

李美芬说："万一光，这台机器不会撒谎。这是测！谎！仪！高科技。"

"测谎仪不是只有百分之九十九准确率吗？不是还有百分之一误差吗？刚才的测试就是属于那百分之一。"

"万一光，我还以为你爱我。想不到你不仅不爱我，你还有情人，"李美芬说，她没有和丈夫纠缠仪器的准确率问题，"其实我也知道，你肯定有情人，只是不愿相信。"她眼睛湿润。她没有愤怒，只是难过。

面对刚正不阿的仪器，面对悲伤的妻子，万一光没有继续无谓地抵赖。

他只是想挽救，尽可能地挽救家庭，挽救自己的仕途和生命。

他扑通给妻子跪下，打自己的脸。"老婆，我错了。我有过一个情人，但是我已经和她断了。彻底断了。我保证以后绝对不会再做对不起你的事。保证忠实婚姻，热爱家庭。现在的关键问题是，老婆，我们首先得保全我们不要被纪委检察院查，不被法院审判。人工审问我不怕，现在难对付的是这台机器，测谎仪，我们想想办法，怎么来对付它！老婆。"

面对丈夫的愧悔和哀求，李美芬心软了，"我没有办法，你想吧。"

"我们再来一遍好不好？"万一光说，"你再问我同样的问题，问多多的问题，一遍不行，再来一遍，十遍，一百遍，一千遍，我就不信斗不过它！"

"它是一台无情的机器，不是你老婆。"李美芬说。

"东边日出西边雨，道是无晴却有晴，"万一光说，"不是说吗，谎言重复一千遍就是真的了！"

李美芬眼看着丈夫像一条可怜虫一样地求饶、求生，想想自己何尝不是一条可怜虫。同病相怜。心动不如手动，她让机器复位，重复道：

"你是万一光吗？"

…………

万一光最不希望、最忧心的事情还是发生了。

拉浪锌矿发生了矿难。

万一光接到报告后，第一时间赶到了离南河市一百公里远的崇山峻岭中的拉浪锌矿。他当然知道拉浪锌矿是隆昌矿业集团的一个子矿，子矿法人和集团董事长就是向北方——向他行贿最多的人。所以，他在半路就给向北方打电话："北方，现在情况怎么样？"向北方在电话里说："万大哥，我还在澳门呢。手气很背这趟。"万一光说："拉浪锌矿发生矿难，你还不回来？赌什么赌！"向北方说："矿难又不是第一次，经常发生的事情，我的总经理已经过去处理了。"万一光说："今非昔比，人命关天，你立马给我回来！"

矿难性质初步断定是透水事故。透水原因是越界开采，冒险进入积水老空区下作业，造成井下掘进工作面与邻矿的积水采空区打透，导致特大水害。所谓特大，是指伤亡数三人以上。万一光一到拉浪锌矿，首先问隆昌矿业集团总经理贺波："死了多少人？"贺波说："现在捞出来的是七个。井下现在还有三十六个,生死不明。"万一光不敢怠慢,立即通过省政府报告了国务院。

国家安监局和省领导在七个小时后到达拉浪锌矿。领导们在听取汇报后,主要领导表态:这起事故是因拉浪锌矿拒不执行有关部门下达的停产指令,违法组织生产,越界开采,违章指挥、冒险作业造成的一起重大责任事故。相关的责任人,矿长、集团总经理、董事长,通通先给扣起来!再查他们究竟有没有保护伞? 一查到底,绝不姑息!

坐在会议室里的万一光听得汗毛倒竖。他偷偷给向北方发短信:别回来了。向北方回复:万大哥,我已经在回来路上了。半小时后到拉浪。万一光又发一条短信:走! 有多远走多远!

过了一天,向北方始终没有出现。万一光松了一口气。他想向北方应该是跑路了,走远了。

其实向北方并没有走远,他还在南河市。起初是万一光叫他走,他不愿意走。谁愿意抛弃亿万家财远走高飞呢? 最主要的是他相信,万一光能罩住他。直到他从电视上看到对他的通缉令,他才决定跑路。但是已经晚了。

飞机场、火车站、公路关卡,到处张贴印有向北方照片的通缉令。通缉他的赏金高达十万元。

无路可逃的向北方想到了一个人和一个去处。

他敲开林红艳的门。

林红艳认识向北方,但还是很吃惊,"向总,你怎么知道我在这儿? "

向北方说:"小嫂子,你这套房子是我选送的,我当然知道。"

林红艳说:"不管是谁送的,你现在不能来我这儿。你还是走吧。你的事情我已经知道了。我看电视知道的。"

"可我已经没有地方可去了,小嫂子,"向北方说,"我出不了南河市,有家不能回,宾馆也不敢去住,电话不能打。只有到你这儿,躲一躲,避避风,等风头一过我就走。"

"万一光知道你来这儿吗? "

向北方摇摇头,"是万哥叫我跑路的,他可能以为我跑掉了。"

林红艳说:"那你更不能待在这儿了。你万哥会吃了我,你和他以后也做不成朋友了。"

向北方说:"请相信我,小嫂子。我这个人好色,但我好色是有原则的,有底线的,就是朋友的女人,我绝对不碰!"

林红艳说:"你如果是万哥的朋友,你就走吧,别连累他。也别待在我这儿。十万赏金我根本不想要,就当你没来过我这儿。"

向北方见林红艳赶他出门的态度十分坚决,顿时火起,"林美女,别把事做绝了。你知道我现在一出去,是什么结果吗?现在外面都是警察,我一出去,肯定就被抓住。你知道我被抓住的后果吗?审问我的保护伞。我的保护伞是谁?是万一光。我和万一光的关系,是什么关系?是同盟关系,日本和美国的关系。日本要打仗,美国不保护,肯定是要败的。他万一光如果不保护我,保护不了我,我去坐牢,甚至掉脑袋。我掉脑袋之前,保不准我是要拉一个下水,拉一个垫背的!你是万一光的女人,给我提供庇护所是应该的。何况,"他对房屋指指点点,"这套房子是我送给万一光的,万一光把它送给了你。我装修的,家具都是我买的。这套房子我总共花了三百多万。我就住几天,十来天,不可以吗?"

听罢向北方陈述利害,合理诉求,林红艳觉得再坚持把向北方推出去,既危险又不人道。"你住吧。"她说。

安顿好向北方,林红艳进了卧室,关闭门窗后给万一光打电话。"一光,你快来呀。向北方在我这儿呢,住这儿不走。"

已回到南河市,正在办公室办公的万一光吃惊不小,他像闻到噩耗一样,震怒地奔往林红艳的住所。

但是只到半路,万一光停下了。他跑进公共厕所想了半天,再等公共厕所只有他一个人时,才给林红艳打电话。"红艳,我不过去了,过不去。你听好了,向北方既然在你那了,就让他暂时住吧。现在是这样,我们得有个预案,就是预防向北方万一被抓了,把我供出来。那么,你代表我,不,代表公安检察院,审向北方。狠狠地审,看他挺不挺得住,会不会出卖我?"

接下来的两天,万一光坐镇专门开的宾馆房间,遥控林红艳对向北方的审讯。他吩咐林红艳使用电炉拷问向北方,让他喝盐水,不让他睡觉。

结果还是令人满意的。向北方承认有罪,但是只字不提万一光。

然而万一光还是不踏实,他打电话给林红艳,"最后一招,你对他使用美人计,看他过不过了这一关。"

林红艳在电话里愤怒地说:"万一光,你卑鄙!你把我当什么人?妓女吗?我虽然是你包养,但我不是妓女!你连自己的女人都舍得出让,你卑鄙不卑鄙?"

万一光申辩说:"我没把你当妓女。妓女向北方还不稀罕呢。我也不是让你真使用美人计,我的意思是你假装,勾引他,看他有没有这方面的弱点,对美色把不把持得住,点到为止,他弱点一暴露,你就制止他!记住,点到为止哦。"

林红艳还是不愿意,"现在审问人哪有用美人计的?电视剧里只有国民党审讯共产党才使用美人计。"

万一光说:"我主要是想全方位地考验向北方的意志力,看他的毅力坚不坚强,是不是可靠……

林红艳那头挂掉了电话。

这天晚上洗澡,林红艳故意没有关实浴室的门,而是留了一条缝。洗澡水哗啦啦地流,声音和水汽不断地往外冒,蔓延到客厅,把向北方熏得有些飘然。他走到浴室的门口,本是想把门带严实了。但他还是把持不住,往里面偷看了一眼,又偷看了一眼。就是这两眼,让他欲火中烧,烧红了眼睛。林红艳的胴体就像剥了皮的嫩笋,在招惹和诱惑他。他像一头公牛闯了进去,二话不说就把林红艳抱住,啃这根嫩笋。

因为不说话,浴室又全是雾气,林红艳假装以为是万一光,"一光,你怎么现在才来。"向北方以为林红艳误会了,他将计就计,继续不说话,无声地亲热林红艳。林红艳欲从还拒,羞涩地说:"向北方在外面呢,看见不好。"向北方还是我行我素。"一光,听见没有?万一光!"林红艳大声地说话。向北方大胆地摸弄,他想只要把林红艳撩拨得欲死欲仙了,再露真身表明身份也不迟。先斩后奏,生米煮成熟饭了,只有接受现实,女人通常不都是这样吗?更何况他万一光的身体、器官,有哪一样比我向北方强?他万一光现在还算老几?现在是他万一光求我、怕我!他要保官、保命,就得付出代价,奉献他的女人。

林红艳觉得不能再让向北方深入了,再深入就不是计了,而是她林红艳节操和品德有问题了,是对万一光的背叛了。"向北方,我知道是你。"她沉着冷静地说,"放开我。"

向北方一个愣怔,他停止摸弄,但是没有放开林红艳,像是骑虎难下。

"到此为止,你现在放开我,我就不跟万一光说,就当什么事也没发生。"

向北方仍然固定着林红艳,不想善罢甘休的样子。

"向北方,把小嫂子从你嘴里说出来,你仍然是一条汉子!"

向北方咬牙切齿了好一会儿,才从嘴里蹦出一句话来,"小嫂子,对不起!"他慢慢地松开了林红艳,抱头离开浴室。

林红艳穿衣梳理后,也离开浴室,来到客厅。她端庄地坐在沙发上,与低头听电视的向北方保持恰当的距离。两人都沉默不语,像是矛盾已经解决但仍需时间修复良好关系的两国外交部长。

"小嫂子,我问你一句话行不?"向北方突然开口说。

"你说。"

向北方说:"你为什么……洗澡不关门呢?"

林红艳说:"习惯了,因为平时都是我一个人住。今天忘了还有你住这儿。"

"那昨天、前几天,你怎么又关门呢?"

"因为昨天、前几天,我没有忘。"

"还有一个问题,小嫂子。"

"说吧。"

"你,其实明明知道不是万一光,是我向北方,为什么还允许我做不该做的事情?后来为什么又不允许我往下做更不该做的事情呢?"

林红艳说:"你这是两个问题。但是我只用一句话来回答你。那就是,你们男人都是禽兽!"

后来,林红艳又把"你们男人都是禽兽"这句话,在电话里跟万一光说了一遍。

万一光听明白了,"向北方这个王八蛋!"他大骂道,"你允许他到哪一步?是不是点到为止?"

"现在怎么办?"林红艳说,"是把他赶走,还是继续容留他在这?"

万一光说:"晚上睡觉的时候,你把卧室的门关好,反锁。"

"这不用你提醒。已经反锁了。"林红艳说。

万一光说:"再让他住几天。我想办法,一定把他送走!"

又过了两天,万一光给林红艳打电话,"红艳,把电话拿去给向北方接,我有话对他讲。"

林红艳从卧室来到客房,把手机交给向北方。"万一光的电话,叫你接。"

向北方战战兢兢地接电话,"万大哥。"

"北方呀,"万一光在电话里说,"这些天委屈你了。你小嫂子照顾你还好吗?"

万一光温暖的话语让向北方心头一热,差点流泪,他看了看转身回卧室的林红艳,提高声调说:"好!好!小嫂子人真不错!"

万一光说:"言归正传。是这样,现在航空、陆路,你不是走不通了吗?我这些天认真准备了一下,安排你从水路走。今晚就走。你晚上九点,大街还热闹的时候,趁机出来,到江滨路渔港码头,有人在那里等你。我会让林红艳给你准备一顶高尔夫帽,你戴上。"

向北方感激涕零。

晚上九点,向北方准时来到渔港码头。一个小光头向他迎了上来,将他带到一艘小电船上。

船上还有一个小平头。小平头指示向北方在船的中间坐下。小光头解开缆绳,登船撑船。

船只渐渐离岸。小光头和小平头一首一尾,把向北方夹在中间。向北方坐在一个硬物上,感觉屁股特别的冷,脊背也凉飕飕的。他摸了摸坐垫,再定睛一看,发现是一块石头。他很奇怪船上为什么会放一块石头?石头有什么用?再看两个护送他的人,面无表情,却目露杀机。他明白石头是干什么用的了,是把他干掉后沉尸用的。趁着离岸边还不太远,向北方一跃跳下河,往岸边游。

小平头和小光头驾船追逐。船首的小光头挥动着竹竿,不断地朝游动的向北方打,但总是差那么一点点,没打着。

基本每个星期八个小时的游泳锻炼救了向北方的命。他抢先一步游到岸边,爬上岸,然后拼命地跑。

小平头和小光头紧跟在向北方的后面追。湿漉漉的向北方盯着光明的方向,发疯地奔跑。朝着光明奔跑,这是他聪明于疯子的地方。他跑上了江滨大道。大道上灯红酒绿,车来人往,但却没有人理会两个杀气腾腾和一个落荒而逃的人。

向北方想起江滨公安分局就在不远。他朝他本来要逃脱的地方跑去。

在离江滨公安分局大门两米远的地方,向北方停下不跑了。他回头看看追杀他的人,也在离他两三米的地方停下不追了。

向北方气喘吁吁地向要杀他的人招手,"你们过来呀? 上来呀? "

小平头和小光头知道这是引诱他们入瓮的圈套,没有上前,但也没有离去。他们和向北方对峙着,像人狗对峙一样。

"是不是万一光这狗东西雇你们来杀我的?"向北方吼叫道,"我×他万一光八辈祖宗,我喂了他多少钱,喂肥他,最后还雇人来杀我! 我他妈的,我自首! 我宁肯自首,还可以多活几天。"

公安分局值班的门卫听到动静,出来叫道:"喊什么? 知不知道这是公安局? "

向北方回身过去对门卫说:"我是隆昌矿业集团董事长向北方,我是来自首的。"

门卫看着向北方狼狈不堪的样子,说:"你找错方向了,这是南方,不是北方。"

向北方说:"有人要杀我,你看! "他回转身首,指引门卫。

小平头和小光头已经没了踪影。

没了脾气的门卫摇摇头,他返回值班室的时候,被向北方拉住。

门卫弓身抽手,想甩开向北方。

向北方只好狠狠地给了门卫一拳。

万一光是在作报告当中休息的间隙,被检察院的人带走的。他从厕所出来,刚拉上裤子拉链,准备洗手的时候,两名检察官亮明身份后,夹住了他。

安监局的干部职工还在等着局长继续作报告,久等不来。最后上来一个人,是副局长。

副局长喜形于色地宣布:"今天的报告会很成功,很精彩,到此结束。散会!"

检察院的讯问室与家里私设的讯问室大相径庭,这是万一光没想到的。他坐进检察院讯问室的时候,首先观察的就是环境。这里的环境太简陋了,简陋到只有一张桌子,和三把磨破了的椅子,以及一台旧电脑。

然而这又有什么关系?万一光才不在乎环境的好坏。他早就有准备了,已练出金刚身了。

审问万一光的两名检察官态度相当的和蔼,男的给他递烟,女的给他倒水。

万一光喝了一口水。"这水味道不对。"他说。

男检察官转转自己的水杯,说:"我们跟你喝的是同样的水。"

万一光说:"你们怎么不给我上盐水?"

女检察官稍愣了愣,又回归温和的表情,她像是领会了万一光的语意,说:"你是不是以为,我们接下来还会给你坐老虎凳?虽然你是一只老虎。"

万一光说:"我不是老虎。"

男检察官说:"你撒谎。"

万一光说:"如果你们认为我撒谎,请上测谎仪。看我是不是撒谎?"

女检察官说:"我们为什么要用测谎仪对你测谎?我们不需要。"

万一光说:"不用测谎仪,那就不要凭空断定我撒谎。"

男检察官拿出一张SD卡,举起,说:"我们有这张SD卡就够了。"他把SD卡插进电脑的插口,然后操动鼠标,点击播放。

已经转向万一光的电脑显示屏,开始显示向北方对万一光行贿的录影。

一次又一次,一笔又一笔,形音同步,触目惊心。

录影播完,万一光说:"我抗议,这是伪造的!"

男检察官说:"这是向北方亲自录的,他每次给你行贿的时候,使用的是隐蔽摄像器材。"他拿出一副眼镜,"具体地说,是眼镜形的摄像机。"他指点眼镜,"这是摄像头,这里装SD卡,这是充电插口。你有没有见向北方戴过这副眼镜？"

"向北方这个小杂种，每次戴这副眼镜的时候，我还以为他装斯文！原来是四眼狼啊。"万一光颓丧地说。

一年后，在南河监狱，万一光和向北方相遇了。此前，两人都曾预想，他们可能会在这所安全系数最高、设施最完善的重点监狱见面。他们还梦想过他们重逢的场景——厕所偶遇。仇人相见，分外眼红，万一光把向北方的头摁进马桶，而向北方则侧身狠狠踢打万一光的下体。一个雪卖友之恨，一个报杀朋之仇。总之，他们打得头破血流，你死我活。

但真正的相遇却出乎两人意料。他们竟然是在篮球场上相遇的。这天是国庆节，监狱举行庆祝活动。其中篮球比赛最引人注目。这是无期队对有期队争夺冠亚军的比赛。所谓无期队，就是队员都是被判处无期徒刑的囚犯，那么有期队自然就是被判处有期徒刑的罪犯组成的了。万一光是无期队的后卫，向北方是有期队的前锋。

万一光和向北方在列队进场的时候，都发现了对方。但是两人并没有互相打招呼，双方队员一对一握手的时候也没有握上。

正式比赛，两人不可避免地交锋了。你攻我防，我投他拦。两人的身体时不时接触、碰撞，都有犯规，但也只是技术上的犯规。

对万一光和向北方来说，胜负已经无所谓了。重要的是，两人似乎都已经放下前嫌，以诚相待了。

确实，比赛一结束，两人握了手。谁先主动也不重要了，重要的是，两人有一小段闲聊的时机。

他们坐在篮球架下，擦着汗。

"你瘦了。"向北方对万一光说。

"我比以前健康了。"万一光说。

向北方望望监狱大墙内的一切，说："这所监狱还是不错的，新建的，设施完善，功能也多，要是再有一个游泳池就完美了。"

万一光说："盖这所监狱的时候，我来检查过。盖这所监狱的建筑商还给我送过钱，我没要。就这监狱我没要，也数它质量最好。现在想想，我怎么知道我有一天要进这里来呢？从这一点来讲，我是有远见的，有先见之明。"

他说完就笑了。

向北方也忍不住笑。

这时候,来监狱视察的领导队伍经过万一光和向北方的眼前。他们一个个神采奕奕、满面笑容,而又来去匆匆。

万一光说:"你要是不检举我、招供我,我现在还在那领导队伍里。"

向北方说:"谁叫你雇人杀我。你不仁,我才不义。"

万一光长叹一声,"现在后悔都已经晚了。这个世界上哪里有后悔药卖呢?"

向北方说:"万哥,就是有卖,我们也买不起了。我们都输光了,赔光了。"

万一光见向北方垂头丧气,觉得自己不能在他面前表现挫败感和绝望,得体现希望和信心,于是说:"北方,过去我们曾经是朋友,现在,我们又是狱友、球友。来,我们携手努力改造,重新做人!好不好?"

两个满是汗味的臭男人互相击掌,共同发出"耶"的呼叫。

也是在同一天,在女子监狱,李美芬和林红艳也相遇了。她们是初次相见,却一见如故。

事情是这样的——国庆节,女子监狱也搞活动,领导们也要来视察。女子监狱的活动重点和高潮是文艺晚会。

能歌善舞的林红艳是晚会的绝对主角。她当主持、独唱、领舞,像明星一样光芒四射。

李美芬是晚会的化妆师。她开始给林红艳化妆的时候,并不确定眼前这个美丽的小女子是她丈夫的情人,只是预感。

等到林红艳上台演出了,她问林红艳的同伴:"这姑娘是怎么进来的?"

林红艳的同伴说:"窝藏通缉犯,与情夫合谋杀人。"

李美芬说:"她有没有跟你说过,她的情夫是万一光?"

同伴反问:"你怎么知道?"

等林红艳下场到了幕后,李美芬主动走过去,大大方方地说:"林红艳,我是李美芬,万一光的妻子。你好!"

林红艳愣怔了一下,回应说:"久仰。你好!"

两个互相忌恨的女人互致问候。

"我被判了十年。你呢？"李美芬说。

"也是十年。"林红艳说。

"但是你比我年轻。你出去才三十多，我却是五十多了。"

林红艳说："你是姐，我是妹。"

李美芬说："是呀，那还能怎么样？我们以后还是姐妹相称吧？"

"李姐，你恨我吗？"

"我恨过你。"

"我也妒忌过你。"

"妒忌我？我那么老，又丑！你年轻、漂亮，我妒忌你差不多。"

"但是你有名分，我没有。"

李美芬挽起林红艳的手，亲切地说："妹妹，妹妹呀，名分，就只是个名分呀。被一个人爱，那才是重要的。"

这时候有人来催林红艳准备上场。

林红艳临上场，给李美芬留下一句话："李姐，曾经有过爱，也是值得的！"

接着，林红艳给众人留下一首歌。唱歌之前，她说："尊敬的各位领导，欢迎你们到女子监狱，看望我们这些在改造中的犯人。下面，我为大家演唱一首彝族撒尼民歌，《远方的客人请你留下来》！"

树上果儿等人摘

等人摘

远方的客人请你留下来

丰润的谷穗迎风摆

期待人们割下来

割下来

远方的客人请你留下来

姑娘们赶着白色的羊群

踏着晚霞她们就要回来

要回来

138

远方的客人请你留下来

歌唱丰收的时光

歌唱繁荣的祖国

我们要为幸福尽情地歌唱

歌唱丰收的时光

歌唱繁荣的祖国

我们要为幸福尽情地歌唱

歌声甜美嘹亮,穿越女子监狱,飞扬在天空。

【作者简介】凡一平, 本名樊一平,1964年生于广西菁盛乡上岭村,壮族。先后就读于河池师专中文科和复旦大学中文系。现为广西民族大学八桂学者"文学创作"岗成员,硕士研究生导师,第十二届全国人大代表。著有长篇小说《跪下》《变性人手记》《顺口溜》《老枪》《上岭村的谋杀》,小说集《浑身是戏》《撒谎的村庄》《理发师》等。根据小说改编的影视作品有《寻枪》《理发师》《宝贵的秘密》等。

血梅花

胡学文

一

柳东风的蜜月在一九〇九年的初冬提前画上了句号。

半个月前,柳东风把邻村姑娘金仁贤娶进门。那天落了点儿雨,阴冷阴冷的。自日本人蚂蚁一样在朝鲜半岛乱窜,天气也变得反常,九月中旬飘了场雪,入冬反细雨绵绵。两个村庄相距七八里,路也不难走,但并不顺当。先是黄牛受惊,快进村了,又遇上土肥田。对这个脸上长了青记的日本警察,柳东风除了仇恨,还有难以形容的厌恶。但柳东风躲不开,他是猎人。警察所断供了,土肥田让柳东风天黑前务必送两只山鸡过去。柳东风问明天行不行,土肥田没有任何通融余地,不懂我的话?天黑前送到,必须天黑前!土肥田说的是日语,但总要夹杂半生不熟的朝鲜词。当然,他不是怕柳东风听不懂。柳东风会汉语,日语说得不流利,听没有问题。土肥田找柳东风从不带翻译。

柳东风马上摆出笑脸,保证天黑前送到。不能得罪土肥田,尤其在这个大喜的日子。土肥田表情转换得也快,说这才像良民。土肥田没有立即走开,而是饶有兴致地观察车篷的帘子。车是借的,牛是借的,只有车上方形的婚篷是柳东风自己扎的。篷面是旧帆布,有些地方还打着补丁,唯有篷前的帘子是鲜艳的红布。柳东风急欲离开,土肥田却横马挡住去路,要挑开帘子看看。柳东风没让他靠近,土肥田从肩上捋下枪,黑洞洞的枪口戳着柳东风的胸。柳东风仍然没有退让。土肥田突然哈哈一笑,说他喜欢柳东风这个朋友,挥手让柳东风离开。

把土肥田要的货送到警察所,到家快半夜了。

尽管有这样那样的不顺,初婚的日子依然醉人。金仁贤娇小可爱,就像一块儿糖,舔哪儿都是甜的。夜晚因这块儿糖突然变得短暂,柳东风还没尝够,天就亮了。金仁贤样子娇俏,却很能干,进门第二天,可以说进门当天就操持起家务。三年前,父母相继过世,柳东风和弟弟柳东雨每个日子都是凑合。家就是个窝。金仁贤过门前,柳东风整理清扫过,依然是个窝。女人的好,只有成了老婆才能品味到,就像酒,装瓶子里闻不出味道,喝下去才晓得。

这样的日子在初冬的下午断掉了。

那天,柳东风背回两捆干柴,便蹲在院里画一幅画。柳东风是优秀猎人,却不是很好的画家。当然,他没有当画家的打算。柳东风画的是自己的梦境。很久了,柳东风反复做同样的梦。即使搂着糖一样的妻子,那个梦也会闯进来,抑或是他闯进那个梦。画了毁毁了画,始终未能如意。那个下午,在安东郡鞋厂当工人的柳玉成登门。听了那个消息,柳东风手突然一抖,炭棒落在地上,栽了两个跟头。柳东风没捡,他知道自己用不着了。

傍黑,金仁贤回来,柳东风仍在发愣。金仁贤向柳东风展示她的成果——五个稻穗,这几个稻穗耗去她多半天时间。柳东风笑了笑,没像往常那样抱她。金仁贤觉察到柳东风的异样,但什么也没问。夜晚,金仁贤猫一样往柳东风怀里缩,柳东风揽了揽她便又松开。

困了? 金仁贤抚着柳东风的胸口。柳东风胸毛很重。

柳玉成回来了。柳东风话不对题。

柳玉成? 金仁贤往后移了移,谁?

哦……一个亲戚……柳东风腾地坐起,吓金仁贤一跳。柳东风双眼迸溅着兴奋,伊藤博文被打死了! 被安重根打死了!

像多数韩国人一样,金仁贤对伊藤博文这个名字并不陌生,那些窜来窜去的日本兵、日本警察都是这个人带过来的,倒是安重根,金仁贤第一次听说。

那个夜晚,两人躺在被窝里,反复咀嚼着这两个名字。日本头子遭了报应,这是喜讯,柳东风为何心事重重?金仁贤脑里划过疑问。犹豫良久,她说,你好像有心事。柳东风突然烦躁起来,不早了,睡吧睡吧。

十几年后,在风雪弥漫的哈尔滨大街上,柳东风忽然想起那个让他烦躁的夜晚。他没把自己的决定说出来,因为不忍。

听到那个消息的第二天,柳东风便悄悄做着去中国东北的准备。柳东风多日未完成的画,突然变得清晰。梦里那个长长的东西,柳东风始终搞不明白的东西,是火车。梦里那个戴鸭舌帽的人是安重根,但那张脸是柳东风的。柳东风相信命运,那个梦是命运的暗示,他必须成为另一个柳东风,一个像安重根的柳东风。

柳东风不清楚到中国需要多少钱。家中仅有的钱必须给妻子留下,撇下她就够难过了。除了那点儿救命的玉米,也实在没什么家产可以变卖。也只有靠自己那条老旧的猎枪。

柳东风一趟趟往山里跑,早出晚归,两头不见太阳。基本每天都有收获,两只山鸡或一只狍子。隔一天去换一次钱。

那个躺在田埂的男人,是柳东风在回来的路上发现的。他脸色煞白,牙关紧闭,身上有两处刀伤,肩部一刀肋下一刀。显然流血过多,衣服几乎被浸透。柳东风试了试,尚有鼻息,没有任何犹豫,背起男人就走。日本人来后,附近村庄隔半月二十天就有人受伤或失踪,这个男人极可能遇上日本警察了。

柳东风把男人安顿到村外废旧的窝棚里,急急赶回家,又匆匆返回。打猎的第一课不是打枪,而是包扎伤口。柳东风被黑熊抓过,被野猪咬过。依仗父亲传给他的本事,躲过一劫又一劫。柳东风处理过男人的伤口,又撬开他的嘴巴,喂了些水。柳东风在窝棚守了一夜。清早,男人脸色转过一点儿,牙关也不再紧咬。柳东风给他换了药,又回家弄了点儿米汤,给男人喂下去。怕有意外,那天柳东风没去打猎。

第三天中午,几个日本兵闯进村,挨家挨户搜。柳东风刚从窝棚回来,打算再熬点儿米汤。日本兵里里外外翻遍,也没说找什么,但柳东风猜多半与男人有关。莫非男人是日本兵追捕的逃犯?柳东风惊出一身冷汗。亏得没把男人背回家。

男人喝下米汤好半天,终于睁开眼睛,这是哪儿?

柳东风愣住。男人穿着朝鲜装,说的却是日本话。

男人马上改口,你救了我?很流利的朝鲜语。

柳东风不言,默默地盯着男人。

男人微微一笑,带了些歉意和忧伤,我是日本人,叫松岛。松岛伸出手又缩回去,你后悔了吧?

何止是后悔!柳东风说不出话,只是干咽唾沫。胃像一口深井,唾沫跌下去,击起重重的回响。

松岛声音轻飘飘的,你怎么处置我都可以。

柳东风脑子里闪着一个个动作。拳头攥了又攥,在静默的窝棚里,声响异常清脆。他什么也没做。没说话,没再看松岛。转身离去。

再一个早上,柳东风钻进窝棚,松岛含笑点头。柳东风皱皱眉,问他为什么还不走。松岛说我不能不辞而别。顿了顿又说,我知道你还会来。柳东风突然恼火,我又不是看你。松岛又笑笑,拿来吧,我饿透了。柳东风不悦,什么?松岛说,我早闻到味儿了。柳东风不情愿地掏出饭团,负气地说,不是给你准备的。松岛说,我知道,吃完我就离开。

柳东风出来,傍晚再去,窝棚已经空了。

七八天后,柳东风从山里回来,金仁贤告诉他,有人送来半袋大米。柳东风心一沉,马上想到松岛。他什么也没告诉松岛,松岛怎么找到家的?柳东风问来人什么样儿,金仁贤比画着,个儿不高,很瘦小。确认是松岛,柳东风胸口便梗了硬块。金仁贤问那人是谁,柳东风抱抱她,突然硬硬地说,记住,那米一粒也别动!

柳东风感觉松岛还会来,就守在家里。不能让乡亲更不能让心爱的女人知道他救了一个日本人。那是他必须严守的秘密。给警察所送野货已经遭轻视,尽管是被逼的,如果这个秘密再抖搂出来,还能在村里住吗?他要去中国,无所谓了,妻子和弟弟怎么办?

果然,松岛来了。依旧是韩国男人的打扮。松岛的脸略显窄平,眉间有两道很深的纹,即使笑,也显得心事重重。

柳东风示意金仁贤出去。松岛说,嫂子真是贤惠啊。柳东风突然来了气,你来干什么?松岛说,东风兄,不让我坐坐吗?柳东风愣了愣,问松岛怎么知道他的名字。松岛笑笑,保密,末了又说,这水谷洞还有别的猎户吗?柳东风再次问他干什么。松岛说,谢你啊。随后拽出个灰色布袋。柳东风挡回去,你少来烦我!

松岛问柳东风是不是觉得他的钱不干净,强调不是抢的,是他自己的钱。柳东风不答,只是生硬地推给他。松岛叹口气,你总要让我表达谢意啊。柳东风问,真想?松岛说,那当然。两人目光对在一起,柳东风说,很简单,以后不要来了。

半晌,松岛移开目光,我明白。

柳东风马上站起,说话算数?

松岛再次道,那当然。

柳东风说,那米你带上。

松岛做思索状,我忘记了,你也忘记一次?

柳东风的目光如米粒散落在地上。

松岛立在门口,突然问道,如果知道我是日本人,你还救不救?

静默片刻,柳东风说,不救。

松岛咧咧嘴,你是个诚实的人。

柳东风没有做声,只想让松岛早点儿离开。他不会想到这个日本人会与他的后半生纠缠在一起。

柳东风放心地进山了。大雪封山之前,至少得凑够一张车票钱。土肥田又来催货,让柳东风多弄些。土肥田从不给钱,奖励是不没收柳东风的猎枪。柳东风猎了两只山鸡,给警察所送去一只。土肥田眼睛瞪得灯笼一样,柳东风诉半天苦,那盏灯笼好容易瘪回去。

转天,柳东风拎着两只山鸡一只野兔到镇上。柳东风和回春阁老板熟,以往都是卖给回春阁。那天,回春阁吊着大锁。柳东风正琢磨去别的地儿碰碰,突然瞥见土肥田。土肥田和另一个警察正朝这边来,躲已经来不及。他索性迎上去,说正要去警察所。土肥田不说话,盯柳东风好半天,突然抽柳东风一鞭子。土肥田再次扬起手,柳东风抓住他。土肥田喝令柳东风放开,柳东风没松手,土肥田大怒,脸上的青筋突突直跳。

另一个警察照他重重一击,柳东风倒下去。

二

那个冬天,柳东风是在床上度过的。因私藏枪支,右腿被打折。若不是松岛周旋,怕得在牢里关一阵子。

行动受限,柳东风脾气一天比一天坏。柳东雨在家少,柳东风的火气多半向金仁贤撒。每次都非常后悔。这一切与妻子无关,他拖累她,又差点儿连累她。但就是控制不住。

傍黑,金仁贤端过一碗白米饭。柳东风瞟瞟冒着热气的米饭,又瞟瞟妻子,明知故问哪来的。金仁贤没答,只叫他快点儿吃。柳东风突然来了气,问你哪来的? 金仁贤低下头。柳东风怒道,怎么跟你说的? 怎么不长记性? 入秋,柳东风就把仅有的稻米换成玉米,金仁贤做饭用的米只能是松岛送来的。柳东风嘱咐金仁贤把米藏起来,有自己的打算。那是留给她的。但他不能说。

金仁贤劝他还是吃了,下次她不再动了。柳东风生硬地说不吃。金仁贤说他需要营养,柳东风扭开脸。金仁贤再次要他趁热吃,柳东风一挡,碗摔在地上。金仁贤蹲下去,好半天才站起来。

金仁贤脾性好,像柔软无形的水,柳东风再怎么过分,她也只是笑笑,样子有些难过,还夹杂一丝歉意。夜晚,她贴过来,像一条受了惊吓的鱼。柳东风想道歉,终是说不出口。他抬起手,想惩罚自己,金仁贤抓过他的手轻轻搁到自己肚子上。柳东风惊喜异常,问,真的吗? 金仁贤悄声道,给孩子起个名字吧。

柳东风的眼泪直落下来。

柳东风能行走时,金仁贤的肚子已经微微隆起。柳东风暂时放弃了离家的念头。躺了一个冬天,他卖野货的钱和金仁贤手上那些钱,差不多用尽。没有路费,更重要的是不能撇下怀孕的妻子。

猎枪被没收,最大的好处是不用再给警察所那几个日本人打野味,但下地的第三天,柳东风就开始进山。没人知道他进山干什么,金仁贤也从来不问。偶尔,他会带一只山鸡或一只野兔,让金仁贤滋补身子。一个早上,金仁贤往柳东风包里塞饭团,看到包里的匕首,她怔了怔,放进饭团,把包合上。她依然什么也没说，只是眼底多了一丝担忧。柳东风沉浸在进山的亢奋和做父亲的喜悦中，未觉察妻子的异样，抑或，察觉但未在意。数年后，当另外一个女人说嫁给你，命就交给你的时候，柳东风忽然想起金仁贤，明白她每个日子都在牵挂和担心中度过。

孩子满一百天，松岛再次登门。依然是朝鲜男子的装束，说的也是流利的带着京城口音的朝鲜语。柳东风养伤期间，松岛来过两次。松岛帮了忙，柳东风不好再挂冷脸。松岛的神情总是很落寞，和那些日本兵、日本警察不同。再怎么不同也是日本人，柳东风心里始终有个坎儿。

松岛给孩子带了两个玩具，一个拨浪鼓，一个木雕青蛙。除了那半袋米，柳东风再没要松岛的东西。玩具是给孩子的，柳东风也就勉强收下。听柳东风给孩子起名世吉，松岛夸这个名字好。柳东风淡淡地笑笑，没应。气氛始终很冷。两人也实在没什么可说，松岛也识趣，每次待一会儿就离开。

那天松岛没有马上离去的意思，柳东风问他是不是有事。松岛略一顿道，东风兄是撵我走吗？柳东风说怕耽误你……松岛忧郁地笑笑，东风兄，今天还真有事。

柳东风愣住。松岛的事，与柳东风有关。东洋株式会社刚在安东设立分社，需要翻译。

半晌，柳东风问，你为什么帮我？

松岛说，也不是帮你啊，翻译，你确实能胜任。

柳东风冷冷的，我不接受施舍。

松岛再次笑笑，东风兄不要多想。那里还缺值守，若东风兄不嫌弃……那样，你就不用抛头露面……

柳东风还是没应。绝不是嫌弃，他不过一个上过学堂的猎手。妻子那个村有两弟兄当了日本的伪警察，那户人家在村里待不住，搬了。株式会社虽然和警察所不太一样，毕竟也是日本人的。他要追随安重根的，怎么可以为日本人做事？

松岛让柳东风考虑考虑，柳东风很干脆地说，不考虑。

生活容易把人改变。世吉没有征兆地发烧，柳东风用尽土法没有奏效，便抱着世吉往镇上跑。还算及时，世吉的烧退了，但柳东风身无分文，跑了一大趟，还是老丈人帮忙凑的药费。

一个月后，柳东风进了东洋株式会社安东分社。他不是替日本人做事，只想挣点儿钱。若只是养活老婆孩子，凑凑合合也可，可他得凑路费。他打算干一年，最多一年。那个种子已经发芽，他时刻能感觉到种子在生长，生长。

柳东风只干了半年。秋日的傍晚，灰头土脸的柳东雨寻到株式会社，话没说出来，先号出一嗓子。柳东风扯住他，问到底什么事，柳东雨好半天才说，嫂子……

黎明时分，柳东风赶到家，看到血肉模糊的妻子。她的身体蜷缩着，显得格外瘦小，两只手攥得紧紧的，指缝间露出白白的米粒。搜查私藏稻米的日本警察早已离去，并带走那半袋稻米，只留下金仁贤身上的血窟窿。

柳东风没掉一滴眼泪。他彻底哑了。安葬了妻子，老丈人和妻妹把柳世吉抱走了。柳东雨陪两天也走了，他在饭店做工。

柳东风每天睡到半上午，胡乱吃些东西，便去坟头坐着。自结婚，他就没好好陪她。先是进山，后又进会社。在家躺几个月，还天天冲她发火。现在，她无声地躺在地下，他却想起陪她来了。

第九天，柳东风爬起来，感觉格外昏头涨脑，于是舀了冰水，将脑袋扎进去浸着。听到脚步声，柳东风慢慢仰起头。是松岛。

两人久久对视。柳东风湿软的目光冒着水汽和烟雾。松岛说对不起，柳东风突然扑上去。松岛仰面倒下，柳东风掐住他。如果松岛不是半死不活地躺在田埂，柳东风就不会遇到他，如果松岛不给那半袋米，警察就搜不出来，如果不是听从松岛的话去株式会社，就可以和金仁贤一起对付警察……逻辑闪电般接通，迅疾点燃了窝在柳东风胸中的那包炸药。

松岛试图掰开柳东风，可瘦弱的他不是对手。无力徒劳的挣扎渐渐弱下去，眼睛里的绝望如遭了霜冻的秋叶，纷纷飘零。

柳东风忽然松开。

松岛干咳半天，慢慢坐起。脖子上环着青紫的印迹。

柳东风看着他，眼神空洞。

东风兄……松岛又是一阵咳，我很难过，对不起。

柳东风问，你到底是干什么的？这个疑问已经窝藏太久。

松岛愣怔片刻，这很重要吗？

柳东风挥挥手,你走吧。

松岛说,不知我能为东风兄做些什么。

离开!

松岛起身,还想说什么,柳东风已经转身。

柳东风依然天天往坟地跑,坐上大半天。柳东雨听说哥魔怔了,跑回来看他。柳东风说你忙你的,我没事。

那天,柳东风被柳玉成拍醒。柳玉成早就听说了,一直请不出假。哀伤消瘦了柳东风的脸,也将他的目光削得锋利。柳玉成应该有别的话,他捕捉到柳玉成眼底的兴奋。

几天前,一个日本宪兵在安东的茶楼外被杀。仅隔一晚,又一个日本警察在郊外被杀。日本警察正在搜查可疑人员,没有通行证不能出城。据说杀手是同一个人,两个日本人脑门上画着一模一样的梅花。

柳东风混沌的眼睛终于放亮,他让柳玉成说得详细点儿,比如日本人脑门上的梅花是用什么画的,现在安东最大的日本头目叫什么。柳玉成说不上来,只说总算有人替你报仇了。又问柳东风以后有什么打算。柳东风说,还没想好,现在只想陪陪……柳玉成轻轻拍拍他的肩。

一星期后,柳玉成又来了。柳东风说你不是忙吗?怎么老跑?柳玉成垂下头,给老娘送药,顺便看看你。柳玉成的情绪明显低落。果然,他带回的消息让人丧气。日本人把梅花杀手逮住了,已经在安东西门外枪决。柳东风愣怔着,久久无言。

快入冬了,风的脾气变得急躁,四处抽打。若哪棵树上吊几片叶子,就格外招风。柳东风去老丈人家看过世吉,将仅有的钱留下。仍去坟地独坐。

土肥田被杀了,在路上,额头也画一朵梅花。

带给柳东风消息的是松岛。松岛再次登门,除了这个消息,还带了一条干鱼。或许因为这个消息,柳东风没撵他,更没如上次那样捎他。松岛问柳东风村里来过什么可疑人没有,柳东风摇头,说除了睡觉,就在坟地,邻居都很少见到。松岛叫柳东风这段时间千万不要留陌生人在家,如果牵连进去,他也帮不上忙。柳东风苦苦一笑,我自己都快冻跑了。松岛问柳东风还想不想再去东洋株式会社,柳东风问,你真想帮我?松岛说,当然。柳东风问,为什么?松岛说,我说你也不信,还是你说吧,怎么帮你?柳东风说,再这么下去,我会疯掉,我想离开,远远地离开。

三

在珲春游荡了半个月,柳东风终于打探到一个消息。他决定到抚松。从珲春到抚松没有直通车,即使有,柳东风也没有足够的钱。先轮船,后火车,在图们大街上还被抢过一次,柳东风现在身无分文。除了中间搭过七八十里货车,柳东风基本徒步。他在山林穿越惯了,走平路并不费力,难的是怎么填饱肚子。一天傍晚,柳东风饿透了,摘下背篓,试图翻拣点儿什么东西。一卷行李,几件衣服,两双鞋,还有一个布袋。终于在布袋缝隙中翻出一粒玉米。柳东风惊喜万分,举着那粒玉米,几乎不敢相信。孰料手一滑,玉米掉在地上。柳东风蹲下去,那粒玉米被大地吞了似的。柳东风直想抽自己嘴巴。他站起来定定神,从鞋垫下掏出匕首。另一只鞋里还有一把。他最值钱的家当就是这两把匕首。月亮已经升起,喝过血的匕首隐隐闪着红光。趴在地上寻那粒跟随他一路的玉米时,耳朵已经提醒他。数秒时间,他捕到声音的位置,匕首飞出去。

是一只跳鼠,或许像柳东风一样饥饿,还没有拳头大。撑过这个夜晚还是没有问题。半夜时分,柳东风赶到一个村庄,敲门已经不可能,在人家柴草垛钻了半宿。

到达抚松是在清早。夜里下了层薄雪,脚底咯吱咯吱的。柳东风已经两天没有进食,脚步几近踉跄。闻到粥铺的香气,柳东风的眼睛终于有了神采。他定住,贪婪地吸着鼻子。越吸越饿,那只跳鼠复活了,把胃抓挠得极难受。得讨碗粥,必须讨碗粥。他无力的胳膊试图推开粥铺厚重的门,恰逢老板娘端泔水出来。老板娘呀一声,手里的盆倾翻。柳东风反应还算快,泔水没洒身上。

在北大街巷口的二丫包子铺,柳东风再次定住。包子的浓香穿过棉布门帘,又从柳东风的身体穿过,仿佛身体有无数窟窿。柳东风试着走开,可是脚纹丝不动。那就试试吧,没准儿店家会施舍两个包子,或者,闻闻香气,暖暖身子也好。

柳东风拽起棉门帘。天阴,屋内有些暗。空间不大,四张小桌。店堂没人,他的目光被柜台上的笼屉吸过去。后厨传来说话声……柳东风稍一犹豫,迅速蹿过去,掀起笼屉。先抓了两个,又抓了两个。进去至离开,也就一分钟。

包子差不多是飞进肚子的。他打算吃两个,另外两个留到下顿。在街上转了两遭,终是躲到旮旯儿,又消灭一个。还好,这次包子没长翅膀,是吃进去的。

三个包子让柳东风彻底活过来,但更大更重要的问题摆在面前。

中国东北有许多朝鲜族聚居的村落,找这些村子很顺利,随便打听就可以。有几个夜晚,柳东风就投宿在这些地方。寻找抗日武装却不容易。柳东风听说珲春一带有,所以第一个目的地选择珲春,晃了些日子没有结果。当然也有收获,打听到抚松有个大韩光复团。到了抚松,依然四顾茫茫。光复团肯定在山林,不然早被日本兵剿灭了。抚松县城不大,周围的山林却海一样,又是冬天,如果当天转不出来,必定冻死在里面。

不管怎样,到了抚松,离光复团近了许多。

柳东风转了一天,抚松的大街小巷差不多走遍,傍晚到了城外的村落。住店不可能,大方的人家还能借住一晚,最适合的就是柴草垛。最难的是喂肚子。柳东风啃着最后一个冷硬的包子,脑子里晃着二丫包子铺厚实的棉门帘。

又饿了一天。第三天黎明,柳东风被冻醒,听到胃里咕咕的声音。他钻出柴草垛,进了县城,直奔北大街二丫包子铺。倒不是因为偷顺手,而是觉得去一家拿东西——不是偷,好记账。他会还的,双倍还。

这次他只抓了两个。

再一个早上,往包子铺走的时候,柳东风一个劲儿打喷嚏。可能冻感冒了,脚也软。他有些犹豫,觉得不是好征兆,但想感冒更得吃饭,否则撑不过去。

掀门帘前,柳东风狠狠撸撸鼻子。店堂照例没人,冒着热气的笼屉横着,在等他。柳东风悄步近前,刚抓到手,鼻子突然痒痒,喷嚏直爆出来。

柳东风未能脱身。面前竖着一个人,是个女孩儿。不是从后厨出来,而是从正门堵他的。没有那个喷嚏,他今天也没有退路。

到底把你逮住了,你这个蟊贼。声音脆生生的。她晃晃擀杖,似乎随时砸到柳东风脑袋上。

柳东风讨好地笑笑,我饿坏了。

女孩怒道,饿就该偷?隔一天就来一趟!

柳东风辩解,我不是偷,以后会还的。

女孩扬扬擀杖,看你就是个无赖!

柳东风慌忙后退。还没见过那么长的擀杖。擀杖还是扫到他的臂。顿时火辣辣的。如果击中,没准胳膊就折了。对付一个女孩儿当然没有问题。毕竟拿人家的手软,心里虚着。

女孩儿还要砸柳东风,被后厨出来的女人阻止。柳东风从对话中明白她们是母女,女孩儿正是二丫。二丫一看就泼辣,她不听母亲劝,依然不依不饶地逼柳东风承认偷。

柳东风说,我真打算还的。

二丫猛击桌子一下,还嘴硬,偷还是拿?

柳东风目光缩下去,你说偷,就是偷吧。

二丫威胁,再敢偷一次,打折你的腿。

鼻子又痒了,连打几个喷嚏。二丫让柳东风滚,二丫母亲却让柳东风坐下。吃吧,看你有点儿感冒了。又端来一碗热水。柳东风眼睛湿了,鼻子也阵阵发酸。边吃边打喷嚏,极为狼狈。

二丫在一边把玩着擀杖,表情透着嫌恶,恨不得把柳东风踢出去的样子。柳东风起身,二丫却堵住,问他什么时候还。柳东风想了想说,不知道什么时候还,但肯定要还。二丫扬扬擀杖,你要谁?柳东风发誓不会赖。二丫不屑道,嘴巴倒是不软。柳东风再次发誓,说肯定还,绝对说的真话。二丫冷笑,那就现在还。柳东风说现在没钱。二丫让他干活儿抵账。二丫娘责备她,二丫恨恨道,我就不信治不了个蟊贼!

柳东风跟在二丫身后穿过后厨,来到后院。院不大,比柳东风自己家的院子差远了。二丫指着墙角的木头,让柳东风什么时候劈完就离开。柳东风估量一下,也就两三天时间。这类话计难不倒他。感冒浑身没劲,劈了一会儿就冒虚汗。眼睛冒着金花,金花渐渐多起来,如无数蝴蝶飞舞……

在暖炕上躺了多半日,又吃过药,柳东风感觉身体清爽许多。二丫冷言冷语,说药钱抵二十个包子,你这是还账吗?柳东风气短,不敢接茬儿。天色渐暗,柳东风打算离开,二丫娘问柳东风身体还行不,柳东风说没问题,明天再来劈剩下的木材。二丫说免了吧,侍候不起。

次日清晨,柳东风直接奔到二丫包子铺后院。劈到半上午,二丫喊他吃饭。柳东风摇头,说还不到吃饭的钟点儿。二丫叫,少啰唆,你再跌这儿,还得给你买药。

两天多就干完了。二丫瞟着齐齐整整码在一起的木材,说看来你当蓄贼前也干过正事,身手还行。柳东风纠正,我不是蓄贼!二丫笑眯眯的,那你是什么?柳东风说不上来。二丫哼哼鼻子,别以为干两天活儿就没事了,你自己算算,这两天吃了多少包子?柳东风问还有什么活儿,二丫说当然有。二丫隔几天就要进山林掰枯木。柳东风说这活儿简单。二丫颇意外,你敢?那儿可不是城里,野兽土匪都有。柳东风说我之前是猎人,没问题的。二丫半信半疑,你可想好,弄不好小命就丢林子里了。柳东风说我也不是吓大的吧。二丫强调,我没逼你啊,你别为几个包子逞能。柳东风说我不会赖你。

每天进趟山,走不出多远。对柳东风而言,意义不在远近。早出晚归,还饿不着,捎带着寻找大韩光复团,柳东风感觉自己真是赚了。

那天下午刮起白毛风,柳东风险些迷路,赶回二丫包子铺快半夜了。瞅二丫和她母亲的眼神,柳东风明白她们在为他担忧。二丫嘴快,起风就往回走,你木头脑袋啊。柳东风说没事的。二丫说你当然没事,我娘担心。吃完饭,柳东风要走,二丫母亲劝他留下,太晚了,又刮着风雪。柳东风觉得不妥。二丫直冒火,你以为想留你?你走了,我娘会叨叨一夜。

柳东风在店堂简单拼了张床。次日早晨,二丫母亲说劈柴暂时够用了,柳东风不用再进山,想吃包子随时可以来。不劳而获,柳东风没那么厚的脸。柳东风说闲着也是闲着,他乐意进山。二丫母亲说如果他打算进山,就把行李搬过来,有个看门的,她和二丫睡得也踏实。二丫一直没说话,柳东风看她,她立马道,咋?还得轿子抬你?

虽然二丫没有好腔调,但柳东风对她,对她们母女怀着深深的感激。柳东风没有别的能力,至少现在没有,只有勤快的手脚。除了进山砍柴,能帮上手的都干。比如剁馅,比如挑水。二丫和母亲起得早,柳东风总是把炉火弄得恰好。

某天,柳东风猎了只狍子,回得略早些。他打算剥了皮连夜煮。二丫眼晴亮了亮,却拎走了。似乎猜到柳东风的疑问,她说,你是给我的对不对?我怎么处理你就不用管了。二丫脾气大些,心眼儿倒不坏。不过,人家怎样又关他什么事呢?

柳东风进山带着斧子,还有匕首。这样可以练练手。那天,只顾埋头喝汤,没看到二丫从篓里取出他的鞋。他想喊,二丫已经摸到匕首,鞋和匕首摔到地上。柳东风叫,谁让你动我的东西?二丫声音更高,真不知好歹,给你垫双鞋垫吧,谁想你藏了凶器。柳东风纠正,那是匕首。二丫道,匕首就是凶器,你不是逃犯吧?柳东风说,你看我像逃犯吗?二丫问,那干吗藏凶……匕首?柳东风说,我是猎人啊,那我该用什么?二丫说,我见过的猎人都用枪。柳东风说,我先前也用猎枪,后来不用了。二丫威胁,你要是逃犯,我就报官。柳东风说,能领赏你就报。二丫骂,就是嘴硬!柳东风松口气,她似乎放过他了。

四

柳东风打算转年春天离开二丫包子铺,积雪消融,可以在山林过夜,不愁寻不到大韩光复团。可两个月过去,柳东风渐渐烦躁起来。睡不着觉,就在黑暗中呆坐。二丫和母亲住小院偏屋,柳东风睡前堂。隔着厨房和小院,柳东风仍担心影响她们,不敢弄出声音。她们睡下,他坐着,她们摸黑起来,他已经烧好水。那天二丫问他是不是不睡觉,柳东风说没有啊。二丫怪慎怪样地盯他好一会儿,你这个人怪兮兮的。

偶尔哪天不进山,柳东风就在抚松的街巷转。商铺药铺当铺钱庄戏院茶楼甚至妓院,两遭转下来,就记得清清楚楚。柳东风自小记性好,在学堂学汉语,别的孩子记两个字,他能记五个字。如果不是父亲执意让他继承猎枪,柳东风没准能上京城的学校。柳东风为此和父亲闹过,觉得父亲鼠目寸光,现在他格外感激父亲。父亲教柳东风射击,教柳东风诱捕猎物,不过为了养家糊口。至于派上别样的用场,就是天意吧!

一天下午,二丫去十字街卖野兔,把柳东风喊上。二丫兴致不错,问柳东风跟什么人学的,正好扎脖子上。柳东风说自己学的。二丫不屑,谁信?二丫的嘴惹不起,柳东风对付她的办法就是沉默。

二丫摸出一枚铜钱，让柳东风到对面买冰糖葫芦。柳东风买来给她，她却让柳东风先咬一颗。柳东风摇头，二丫执拗地让他吃。柳东风说，我不吃这个。孰料二丫突然恼了，非让柳东风退回去。二丫绷着脸不再理他。柳东风拢着袖子站了一会儿，两个女人从他和二丫前面经过。声音嘈杂，柳东风依然逮到女人的话。柳东风被惊喜击中，快步追上去。两个女人均四十左右，柳东风和她们说朝鲜语。她们住在图们，此次是到抚松走亲戚。简单交流后，柳东风迫不及待地问她们知不知道大韩光复团，两个女人警惕地摇摇头，离开。

二丫问柳东风和那俩娘们儿说什么，柳东风说没说什么。二丫叫，没说什么嘀咕半天，当我眼睛蒙着布呢？柳东风说认错人了。二丫斜着柳东风，你少来这套。柳东风说，我和什么人说话，也不用你批准吧？二丫说，别不知好歹，我是为你好，你知道她们是什么人，想勾搭就勾搭。柳东风哭笑不得，怎么就是勾搭了？二丫追问，那你干什么？柳东风投降，好吧，随你怎么说。

或许是因为和二丫争吵，那晚柳东风更烦了。和起初不同，二丫凶却不横，蛮只是个壳子。一日一日在金仁贤坟前独坐时，他就清楚自己再不会是过日子的男人。那时他还不知道大韩光复团，他只知道，他会义无反顾。他撇下柳东雨，撇下儿子柳世吉，就是不想连累他们。他必须把自己裹起来。

可是……

不能等到春天了。那不是威胁，但很危险。累及任何一个人，对柳东风都是罪过。何况，她们是这样好的人。找不到大韩光复团，可以单独行动。大连青岛是日本人大本营，遍地日本宪兵日本警察，别的地方也有。在东北寻日本人比寻麻雀容易。麻雀躲人，日本兵让人躲。离开包子铺，离开抚松，趁新年临近，痛痛快快干几票。匕首好久没喝血了。

身上必须得预备点儿钱，再遇上二丫母女这样的人怕是没有可能。整整一天，柳东风都在想怎么说。供吃供住再要钱，他不知怎样开口。二丫也不可能给他，她可是小财迷。借似乎也不合适。肯定招来一顿奚落，反而更让她小瞧了去。想来想去只有悄悄拿了。下三烂的法子，和偷实在没多少区别。柳东风要还的，连同利息一起还。

二丫每天清早和中午蒸两次包子，柳东风选在中午下手。两间偏房，二丫住外间，母亲住里间。除了那次得病，柳东风再没进去过。两间屋子都非常简陋,要寻到二丫藏钱的地儿并不容易。柳东风心跳如擂,冒了一头汗,什么也没摸到。不敢再耽搁,他退出来,感觉腾云驾雾似的。

那天晚上,柳东风发愣间,二丫悄无声息地闪过来。他习惯了她的风风火火,稍有些意外,询问地望着她。二丫不言,只是死盯着他。目光滚烫,却又冒着水汽。柳东风突然就慌了。

交代吧。声音冷硬。

柳东风更慌了,交代……什么?

二丫没冲他喊,只是声音略高,别装! 你找什么?

柳东风勾下头,不找什么。

二丫问,我哪儿对不住你了?

柳东风说,没有。

二丫问,那你是干什么?

柳东风无言。只能无言。

二丫冷笑,你就是贼,还真没说错你。

柳东风抬头,我不是贼,我会还。

二丫追问,那你是什么? 你拿什么还?

柳东风说,我不知道,我肯定会还。肯定。

二丫瞪柳东风一会儿,要钱干吗? 老实说。

柳东风说,我想离开。

二丫的目光跳了跳,离开? 去哪儿? 你不是说没家吗?

柳东风摇头,还没想好。

二丫往前凑了凑,我和我娘对你不好?

柳东风抖了一下,躲开她凌厉的目光,我没说不好。

二丫问,那为什么离开?

柳东风斟酌着,嘴唇动了动,终是什么也没说。

二丫问,不能说?

柳东风再次低下头。

屋里极静,似乎空气凝固了。他知道二丫在瞪他,他不敢抬头,只能沉下发烧的脸和尴尬的头颅。二丫悄然离去,片刻返回,重重把两枚银圆摔在桌上。柳东风愕然地看着她。二丫说,你猎回那些东西,没卖多少钱。柳东风欲说什么,二丫截断他,你觉得这里不好就滚吧,滚远远的。柳东风说你当然好。二丫手指直戳过来,柳东风本能地躲了躲。你给我闭嘴!

从包子铺出来,北风正猛,柳东风几乎被掀个跟头。雪粒乱飞,天地都是灰的。睁眼困难,辨不清路。柳东风只带了自己的东西,那两枚银圆原样在桌上放着。

几个冷旋风过去,柳东风知道当日是离不开抚松了。艰难地挪了好半天,总算到了车站。在角落蹲好大一阵,车站才开门。只能暂住车站。

一夜未眠,柳东风渐渐被睡意围困。肩被人戳了一下,睁开眼,二丫竖在面前。她裹得严严实实,他还是感觉到她有怒气。他想说什么,二丫拽起他就走。

几个热包子下肚,柳东风有了暖意,脸不那么僵了。面对二丫母亲,柳东风甚感愧疚。二丫母亲说,要走也得天晴啊,这么冷。二丫自始至终紧闭嘴巴。

直到下午,二丫才问他能不能帮个忙,从未有过的客气和吞吐。柳东风说行啊。二丫问你不急着走了?柳东风迟疑着,你不撵我……二丫没好气,谁撵你了?你说说谁撵你了?柳东风闭嘴。

二丫让柳东风陪她出趟门,却不说去哪里。几天后上路,二丫仍然不说,柳东风也没问。傍晚住进通化的客栈,二丫才告诉他,去掌子沟监狱,距通化有半天路。柳东风惊问去监狱干什么,二丫说看我爹。柳东风更吃惊了,啊……叔坐牢了?在包子铺住这些日子,她从未说起。二丫无言点头。柳东风问怎么回事,二丫突然气冲冲的,问这么多干吗?猛然咬了嘴唇,好一会儿才说,已经两年了……打算两年就赎他出去的……唉!

柳东风忽然明白,二丫为什么把钱守得那么紧。想起自己的不光彩,脸又一次烧起来。对不起,他嗫嚅着。

二丫说,你对不起什么啊,又不是你把他送进去的。

柳东风说,我不该……

二丫不耐烦地摆摆手,少扯……说说你的事吧!

柳东风一惊,你知道?

二丫撇嘴,我又不是傻子。

柳东风怔了一会儿,说,其实……

二丫打断他，不说算了，我没兴趣。不过有几个问题，你得说实话。

许多记忆是时间吹不散的。未必珍贵，未必刻骨铭心，但永远横亘着，如迎着西风的山石。在异国他乡的小客栈，柳东风随着二丫一起回顾自己的点滴。

第二天，从掌子沟监狱返回，天色已暗，两人又住进先前的客栈。到抚松的车一天只一趟，中午发。闲着无聊，柳东风想逛逛通化县城，当然，他有别的心思。他说很快就回，二丫非要跟着。柳东风说来回走这么远，你不累？二丫又没了好气，你哪这么多废话？

柳东风没打算从二丫身边溜走，他知道，二丫拴不住也不会拴他。陪她出来，得把她送回去。世道乱，遍地炮火和土匪，不能让她有闪失。

转到通化西关，看到日本警察和日本领事馆，柳东风心底突然有东西蹿起。迅疾，猛烈，胸口一阵剧痛。二丫觉察到异常，问他怎了。柳东风搂起二丫就走。二丫一个趔趄，几乎撞他身上。过了路口，二丫甩开他，再次问怎了。柳东风龇龇牙，忽然捂住肚子蹲下去。肚子疼？二丫有些慌。柳东风软软的，扶我一下。

回到客栈，柳东风依然没缓上劲儿。他让二丫先走，他明天赶回去。他并没忘掉职责，只是想法变了。他替自己开脱，二丫不是第一次出门，他其实也帮不上她什么。二丫没走。他突然生病，她怎么可以独自离开？

中午喝了碗热汤，柳东风略有好转，着实睡了一觉。黄昏，柳东风悄悄溜出客栈。风小下去许多，却更毒了，蜂针一样扎在脸上。但柳东风心是热的，整个身躯都是热的。耳边回旋着冷飕飕的声响，他知道那是匕首饿了。

柳东风从日本领事馆门前经过，随后又转回来。领事馆院落不大，前后两排屋，院子西南角有个岗楼。门口一个警察，岗楼上一个警察。领事馆算不上重地，却有两个警察，说明通化领事馆级别比较高，或者来了什么重要人物。柳东风四周察看一番，转到另一条街。行人寥寥，绝不能让日本警察注意到。

夜暗下来，街更空了。偶尔有马车经过，铃声格外清脆。有两个人从餐馆出来，互相搀着，不像喝醉的样子。虽然隔着几丈远，还是在黑暗中，但柳东风看出来，两人上身不稳，腿脚却稳当轻便。柳东风觉得怪异，但没顾上多想。稍后，他躲到领事馆斜对面的角落，突然傻眼。门口的警察不见了，大门紧闭,岗楼也空空荡荡。这么冷,日本警察不可能整夜待在外面,铁门落锁,老鼠也钻不进去。倒是可以翻墙,只是不知道里面有什么机关,进去未必能出来。柳东风直想抽自己,错失良机。

二丫追问柳东风死哪儿去了,难受不好好窝着。柳东风勾头不语。次日清早,他再次溜出客栈。白天危险,但白天的好在于更容易找到逃离路线。两个日本警察均已上岗,都是没睡醒的样子,松松垮垮的。街上零星有人,柳东风埋下头,悄然靠近。距门口的警察呈直线时,柳东风如箭射出。日本警察未及反应,匕首已经划过脖子。只一下,绝不重复。柳东风手指蘸血,还未触及日本警察的脑门,岗楼上枪响了。柳东风还是画下三个梅花瓣,然后贴墙飞奔。肩膀被打中,柳东风歪了歪,躲到一棵古树后。正寻思往哪个方向跑,巷口蹿出一个人,说跟我来。

五

救柳东风的人叫李正英,大韩光复团第一支队队长。李正英的同伴白水,小个子,脸不大,却长着大耳朵。正是从餐馆出来那一对。柳东风事后回想,和他们相遇是老天注定。偶然中的必然。李正英说,他们去柳河的时候多,很少到通化,就这一次竟然撞上柳东风。

那年上半年,柳东风如鱼得水,总觉得头顶悬着一盏灯,到哪儿都是亮的。光复团的大本营在通化与柳河交界的山林里,虽然不是世外桃源,但有水有地,喂肚子没有任何问题。光复团半日耕作,半日训练,没一天闲着,晚上还开会。许多信息,柳东风都是在会上得知,比如大韩政府已在上海成立,比如中国人想帮韩国又不敢得罪日本,谁到日本刺杀天皇未遂被枪杀等。远离城市,但耳聪目明。意外的是,光复团还有几个中国人。中日甲午战争已经结束,另外一场战争还未开始。后来李正英告诉柳东风,他们的父兄均在甲午战争中殉国。

天气转凉,柳东风渐渐烦躁起来。早就听说光复团要跨过边境,打到半岛。柳东风很是兴奋了一阵。秋天结束,依然没有任何动静。柳东风不知上头犹豫什么,即便失败,也会杀杀日本人的威风。柳东风以为加入光复团会轰轰烈烈大干,现在的境况,还不如一个人干得痛快。光复团知道柳东风在通化杀过日本警察,并不知道柳东风的秘密。他不想至少暂时不想与人分享。离开光复团,柳东风又不舍。独木不成林,他深知。再者,没准会被当作逃兵。

初冬,柳东风终于接到任务,从柳河护送一位神秘人物到上海。与他一道的是李正英和白水。柳东风枪法好,会飞刀,只是不知李正英为什么带白水。白水柔长的双手更像个裁缝。那次任务,柳东风见识了白水的手段。与警察擦肩而过,就把手枪摸过来了。

那次任务之后,又久久歇着了。倒是出过两次山,一次去柳河卖山货,一次去通化买药和盐。通化的药和盐比柳河便宜许多,另外一个原因,柳东风后来才知道的。吉安货栈是大韩光复团设在通化的联络点。绝好的机会,完全可以干一票,但李正英说不能擅自行动。柳东风问,为什么? 李正英说军人就要服从命令。

柳东风最害怕闲下来,闲就更烦,整个人被火烤着。彼时,要么疾走,要么到山林深处甩飞刀。

那天,从外边回来,白水围着他转了几遭,问他干什么去了。与柳东风的寡言不同,白水的嘴巴很少停歇。柳东风淡淡地说,不干什么。白水越发上劲,你肯定干什么了。柳东风不想搭理他。白水伸出手指,在空中画个圆圈,你不是日本的密探吧?

柳东风直跳起来,掐住白水。柳东风比白水高出一截,又壮实,白水欲抓柳东风又够不着。亏得李正英及时喝止,白水团在一边,喘了好半天。

李正英怪怪地看着柳东风,哪来这么大火? 不懂玩笑啊? 怀疑你,他会那么说吗?柳东风沉着脸,我不喜欢这种玩笑。李正英说,你的脾气得改改。又责备白水,嘴上也没个把门儿的。白水嘟囔,那还不得憋死? 柳东风突然明白,白水也烦,不同的是,他耗费力气,白水靠嘴巴发泄。

随后,李正英告诉柳东风,东北有许多朝鲜人的抗日武装,为寻找这些武装,日本四处派密探,多是归顺日本的朝鲜人。半年前大韩光复团查出一个,就地枪决了。因此,新招募的人都要经过考验,柳东风之所以直接入团,是因为他在通化刺杀了日本警察,自然李正英和白水也为柳东风做了担保。

如果你有问题,我和白水都脱不了干系。李正英神情严肃。

白水附和,知道了吧,我俩的脑袋在你裤腰上系着呢。

柳东风稍显不安,自己是有些过分。嘴上却没有服软,你打我骂我都成,就是不能……

李正英拍拍柳东风,不相信你就不会替你担保,好吧,这事到这儿算完。

转年春天,终于等来一项任务。大韩光复团欲购买一批枪支,募捐的钱迟迟未到,光复团决定自募资金。直接点儿说就是吃大户、绑票。光复团很少这么干。但没钱就不能买枪,没枪打日本就是空话。目标也是上边选定的,通化福寿堂。福寿堂老板金又在,朝鲜人。真正的老板是日本人。金又在还替日本搜集情报,典型的韩奸。

李正英只带了柳东风和白水。临行前,李正英说难免出意外,有什么话提前交代。白水咧咧嘴,我没爹没娘没老婆,没什么交代。李正英看柳东风,柳东风摇摇头。白水调侃,东风兄像我一样,光棍儿?李正英瞪他,他做个打嘴的动作。

三人住到吉安货栈等待机会。吉安货栈老板也姓柳,柳老板说已探到金又在这几天要进货,必然有大量货款,进货头天夜晚动手最合适。金又在一向谨慎,当晚福寿堂肯定会进驻日本警察。

柳东风听到日本警察,眼睛突然亮了。匕首又在呼啸,只有他一个听得到。他想搞一把手枪,最好是勃朗宁,安重根用的就是勃朗宁。弄不到勃朗宁,毛瑟也好。光复团枪不多,短枪更少。自己搞一把就顺手多了。飞刀加手枪,绝配。

两天后的晚上,三个人从吉安货栈溜出来,直奔福寿堂。福寿堂挺大的,前边是药店,后边是宅院,门口一棵老柳树。柳东风顺着古柳跃上房顶,药店的伙计掌灯捣药,金又在陪日本人喝酒。只一个日本人。柳东风蹿至近前捂了伙计的嘴,伙计倒是配合,除了惊恐的眼神,没其他动作。兵荒马乱的,人人都知道自保。柳东风堵上伙计的嘴,又将伙计绑了,警告他老实待着。

柳东风打开店门,放进李正英和白水,又插上门。前堂与后院连着长廊,李正英让白水在前堂守着,他和柳东风进后院。

柳东风试着推推门。门插得死死的。柳东风溜回窗底,感觉破窗而入应该可以。有风最好,风声可以掩护。丧气的是,那晚几乎没什么风。

柳东风示意从窗户进,李正英同意了。随着咔嚓的声响,柳东风跳进屋。日本警察慌忙摸枪,柳东风的匕首已经飞出。日本警察无声倒下。金又在早已吓呆,李正英揪住他的衣领,喝令他不许喊。

金又在缓过神儿,问李正英是哪绺子的。李正英说大韩光复团。金又在的虚汗又冒出来。李正英说你是大韩国败类,不过只要老实配合,今天可以饶你。李正英问他货款,他说货款全部在领事馆。李正英冲柳东风微微点头,柳东风闪电出手,削掉金又在一只耳朵。李正英再问,金又在惶惶招认,是筹了一笔不小的货款,确实在日本领事馆存着。

李正英招白水过来看着金又在,他和柳东风分别搜寻。

没搜到。金又在可能说的是实话。货款存领事馆,却把日本警察招来,金又在够狡猾。李正英让柳东风把金又在绑了,警告,命先留着,如果货款不在领事馆,再找你算总账。

日本警察不可能不带枪,柳东风也扫见他摸枪的动作,但摸遍日本警察全身也没有。他忽然有些明白。回头瞅白水,白水正往嘴里塞鸡腿。柳东风欲问,李正英催促两人快走。

李正英说不能白跑,回去没法交差,还会被其他支队笑话。就是虎穴也要闯闯。李正英告诫两人,务必格外小心,任务是找货款,不要惊动日本人。

夜已深,领事馆黑乎乎的,像沉睡的怪兽。这次,三人的分工做了调整。李正英在外面望风,柳东风在院里接应,白水进屋寻找。柳东风猜得没错,白水在加入大韩光复团前,十几年都是偷盗为生。

约莫半个时辰,白水拎箱子出来。柳东风悄声问,看了吗? 肯定? 白水撞撞他,一副错不了的架势。

三个人趁黑往山里疾行。前边虽然费些周折,后边出奇的顺利。天色渐亮,他们已经进了山林深处。在一个缓坡歇息,李正英说打开看看,别让金又在哄了。弄半天没打开。白水说,要是有假,回头非把金又在的皮扒了,东风兄,你擅长这个对不对?

柳东风一路无话,此时,向白水伸出手。

白水问,干什么?

柳东风说,拿来!

161

白水愕然，什么呀？

柳东风说，手枪！警察是我杀的，枪该归我。

白水做恍悟状，这个呀。然后从怀里掏出一把油亮的家伙，我是弄了把手枪，不过不是从那警察身上摸的，是从领事馆拿的。箱子我都能搞出来，一把枪还不简单？

柳东风再次道，这是我的。

白水咦了一声，没听明白？李队长，你给评个理。

李正英冷了脸，让我评定，交给团里。

白水叫，上边不是说过吗？第一次上缴，第二次可以自己留下。

李正英说，你俩别因为一把枪打起来，还是交了好。

白水做鬼脸，东风兄是逗我玩儿，我俩好着呢，是不是东风兄？

六

箱子里一色的奉大洋。开箱时柳东风没在，李正英告诉他的。光复团给三个人记了功。李正英说上面很欣赏柳东风。柳东风加入光复团时间不久，已经两次立功。

柳东风没再追白水要手枪，李正英说得没错，再争谁也别想要。再说，枪在谁手里，子弹都射向日本人。这么安慰着自己，柳东风仍不痛快。话就更少。

白水没把冷脸当回事，变着样儿跟柳东风套近乎。柳东风越不理他，他越往柳东风身边贴。那天白水拿一只烤熟的鸟给柳东风。柳东风依旧不搭理，白水嬉皮笑脸的，东风兄，我知道你心眼儿好，不和我争，再说依你的身手，不要说一把手枪，十把二十把也不在话下对不对？柳东风盯住他，你老实说，手枪怎么来的？白水龇龇牙，干吗抓着这个不放？柳东风哼一声，你扯谎，自己信吗？白水说，好吧，是从那个日本警察身上摸的。柳东风追问，没冤枉你？白水说，没有，东风兄火眼金睛。柳东风说，这么说就不和你争了。白水眉开眼笑，我就说嘛，东风兄不会和兄弟计较。

又一个晚上，白水问柳东风整天闷头都想什么，柳东风说什么也不想。白水说只有他这样父亲兄弟姐妹都没有的人才什么也不想。

柳东风确实在想。是担心。听说最近有几十万朝鲜人逃到中国东北。许多农民的地被株式会社征用,不得不背井离乡。柳东风不知老丈人一家怎样了,世吉是否平安。有些人是举家到中国。加入光复团,就不能和家人住在一起。柳东风曾有过把世吉接来的想法。但知道自己不能照顾他。他还惦记二丫,不知她是否平安回到抚松。他没把她送回去,因此极为内疚。

这些,只能自己想,不能说。

白水问柳东风是不是特别想要一把枪,柳东风重重瞪他一眼。白水不在意柳东风的冷脸,说他有个办法,但需要柳东风配合。柳东风心猛然一跳,没吱声。白水有点儿鬼,话不能全信。白水说铁路上新增加了检查站,一色日本警察,主要检查过往的朝鲜人。每天检查两次,因为只有两趟列车经过,大部分时间那些日本警察闲着,闲了就往柳河跑。柳河有戏院茶楼,比铁道边热闹。

柳东风依然不言,只是盯着白水。

白水却卖起关子,东风兄实在没兴趣就算了。

柳东风重声道,少废话!你的意思是袭击他们? 也用不着去柳河呀,半路守着不就得了。

白水说,上边不放话,咱们擅自行动要挨处分。

柳东风问,那怎么办? 胃口终是被白水吊起。

白水眨眨眼,你忘了兄弟是干什么的?

柳东风的眉毛慢慢扬起,确实是个办法。可靠近日本警察,得人多的场合。戏院人倒是多,有几个日本警察爱看中国戏?

白水诡秘一笑,这你就不懂了吧,看戏不过幌子,逛妓院是真。别看柳河不大,妓院是东北出了名的,不光新京,奉天的豪富、哈尔滨的老毛子也喜欢到柳河玩儿。

柳东风纳闷,你怎么什么都懂?

白水嘿嘿一笑,兄弟是江湖混出来的啊。

柳东风忽又想到个问题,到柳河得有理由呀。

白水说,所以嘛,得东风兄配合。

一个礼拜后,柳东风向李正英提出去趟抚松,他曾经有一把枪,因携带不便,埋在抚松城外。李正英说最近通化来了不少日本宪兵,可能与福寿堂被劫有关,想必路上设了哨卡,晚晚再去吧。柳东风说不碍事,他能绕过去。一旁的白水说,如果东风兄不计较,我陪着走一趟。李正英说也好,两人有个照应。

次日傍晚,柳东风和白水住进柳河的飞隆客栈。柳东风想找个小店,白水一定要住大店。柳东风说身上的钱连半日店钱也不够,白水说包兄弟身上。

飞隆客栈在柳河最繁华的南大街,南大街也是柳河妓院一条街,据说有三十几家妓院,自然茶楼酒馆也多。白水问柳东风想吃什么,柳东风说米饭就成。白水说瞧你这点儿出息,柳河八大碗和柳河妓院一样出名,怎样?尝尝?柳东风说算了吧。白水不屑道,好容易来一趟,怎么能算了?反正有人请客,平时见不到荤腥,今儿放开吃。

那是柳东风到中国最奢侈的一顿饭,在家乡也没那么吃过。放下筷子,感觉都不能动了。白水笑眯眯的,我没吹吧。柳东风说来柳河不是一趟两趟了,以往白水没像现在这么要阔。白水说,队长在,咱不敢呀,别看他平时温和,发起火可了不得,再说……我今天特意请你的。柳东风笑骂,你小子。

两人逛了几圈,日本人不少,没看见持枪的。倒是碰见过中国警察,柳东风怕白水犯错,先把他的手抓住。白水轻轻一笑,放心吧,东风兄。

住了两个晚上,并未等到日本人。柳东风有些沉不住气,问白水消息是否可靠,白水说错不了。安心住着,又不用你花钱。

第三天下午,柳东风倚在床上发呆,一直站在窗前的白水兴奋地叫,来了!

白水让柳东风在外守着。柳东风说我还是陪你进去吧,多个帮手。白水问,东风兄手是不是又痒了?柳东风也就直说,拎颗脑袋回去更过瘾。白水问,真要干?柳东风无言点头。白水寻思一会儿,还是别冒这个险,先把枪搞出来再说。柳东风说,也好,咱别急着回,枪到手,埋伏在路上,就不是一颗脑袋的事。

柳东风听到枪声,心猛然一沉,大步往妓院跑。闯到门口,白水正好蹿出来,柳东风抓住他狂奔。

出了城,柳东风问怎么回事,白水说出了点儿差错,被老鸨撞上了。柳东风问,得手了吗?白水得意洋洋的,兄弟什么时候失过手?东风兄,这日本货一点儿不比德国货差。柳东风兴奋地拍拍他。白水竟然搞到两把。柳东风说，我说埋一把，现在带回去两把，李队长会怀疑。白水哧地一笑，你以为李队长相信你回抚松？我说陪你他就明白怎么回事。

打算伏击的，也好试试家伙。等到天黑，也不见那几个日本警察的影子。两人不敢久留，趁夜赶回山林。

傍中午，两人回到光复团大本营，眼前的景象让人惊呆。房屋帐篷射击场全被焚毁，遍地狼藉，旁边的树木还未燃尽，空气中弥漫着烟尘。地上躺着三具尸体，一具日本兵，两具光复团成员。

柳东风和白水把同伴的尸体掩埋，商量着该去哪儿。李正英的声音在身后响起。

光复团遭到日本宪兵围剿，伤亡不是很大，但这里必须撤离。李正英在等他俩。

柳东风看白水，白水摸出枪给李正英。李正英说，我就知道你俩斗心眼儿。柳东风说，不怪白水，我怂恿他的。白水说，是我的主意。李正英说，你俩穿起一条裤子了？只弄了枪？没给小日本放点儿血？

柳东风有些意外。

李正英转过脸，望着两座新坟，咬牙道，杀一个是一个。

七

跌进风雪中，几乎迈不开步。看不清路，望不出多远。但柳东风知道方向是对的。

珲春事件后，关东军加大了对韩党及抗日武装的围剿和搜捕，光复团活动的范围越来越小，只能化整为零。柳东风李正英白水辗转数月，巧妙地穿过关东军的封锁线。日本在东北县以上的地方均设了警察署，有些处在要道的镇还设了检查站，专门盘查过往的朝鲜人。三个人容易引起怀疑，决定暂时分开。

柳东风没有马上走，在黑石镇破旧的客栈守了几天。

柳东风没有别的亲人，他想到二丫。二丫需要他时，他不辞而别。现在有什么脸去见她？见了说什么？二丫那利嘴，不定怎么寒碜他。还是别去打扰她吧。睡到半夜,柳东风的心又活了,被绳子拽着,几乎要飞出来。他知道绳子那端是谁,她的力气很大。天刚刚有些亮色,他急不可耐地钻进风雪中。

两天后的上午,柳东风踏进抚松县城。抚松变化不大,就是桥头多了日本的警察署。柳东风远远瞅了一会儿,向北大街走去。他想象过无数次,插翅都嫌慢,当黄泥灰瓦的包子铺闯进眼睛,却迟疑了。

没有人进出,柳东风慢慢移过去。还是那个棉布门帘,不过更旧了些。柳东风抬抬手又垂下去,没有力气也没有勇气掀开门帘。门帘突然动了,有人出来。柳东风顿时心跳如擂。

二丫显然受了惊,啊一声。表情快速变幻,仿佛就要冻透又突然被烫着,手中的脸盆滑落到脚下。柳东风拾起脸盆,二丫才颤声道,是你。猛扯过柳东风胳膊,直拽进去,上上下下打量一遍,真是你呀!柳东风难为情地笑笑。二丫说,你怎么……我还以为……想说的话太多,不知说什么好。你没吃饭吧?转身跑进后厨。

柳东风狼吞虎咽,二丫默默看着。柳东风偶尔抬头,捕到她眼底的心疼。

一盘包子吞下去,二丫的脸突然冷了。

饱了?

饱了。

饱了还不滚?

柳东风讪讪笑着,低声说对不起。

二丫叫,对不起个鸟?滚!

柳东风嗫嚅着,二丫……

二丫道,你是谁啊?少扯!滚不滚?

柳东风缓缓站起。

二丫拦住他,就这么走?

柳东风疑惑地看着她。

二丫绷着脸,把饭钱交了。

柳东风迟住。

二丫更没好气,还想赖,你是赖惯了啊。

柳东风说,我没钱。

二丫嘲讽,没钱吃什么包子?

柳东风说,我会还的。

二丫冷笑,我是傻子啊,让你一遍遍哄?

柳东风汗颜,我不是……是……

二丫叫,少废话! 伸手抢他包袱。

柳东风动作更快,抓起抱在胸前。包袱里几件衣服,最重要的是一把手枪两把匕首。

二丫眉毛扬起,我偏要动动你的宝贝呢?

柳东风眼神乞求,话却生硬,你别动!

二丫伸出手,把饭钱给我!

柳东风垂下头,难堪地说,我没有,现在没有。

二丫哼一声,你就是铁了心要赖是吧? 告诉你,本姑娘可不是好欺负的,不交钱你就甭想走,干活儿抵账。柳东风明白二丫嘴冷心热,变相留他,于是配合道,好吧。

二丫不再让柳东风睡前堂,住她母亲的屋子。柳东风没见到她母亲,问二丫,二丫冷冷地顶回来,你管呢。柳东风说孤男寡女住里外间不太方便。二丫又凶起来,我一个姑娘家都不怕,你个老爷们儿怕什么? 我不吃你! 柳东风闭嘴。二丫隐在凶蛮后面的暖,柳东风很享受。离开还是留下,柳东风很矛盾。

几天后的一个深夜,柳东风听到啜泣,猛然坐起。他还没见二丫哭过。顿了顿,还是隔空问道,你怎么了? 没有回应,啜泣也停止。柳东风点着灯,拉开门。二丫冷冷的,睡你的觉去! 柳东风说,如果我什么忙也帮不上,还是离开好。

静默好久,二丫问,你愿意?

柳东风说,当然愿意!

二丫说,我想要个家。

柳东风哑住。他何尝不想要个家? 可他凭什么要? 他能给她什么?

二丫距柳东风很近,热浪从身体散出来,烘烤着他。你别怕,我人粗脸不粗,就是这辈子不嫁,也不会逼谁。

柳东风说,我……

二丫打断他，我知道，你不用多说。她性子辣，却极聪慧，明白他要说什么。她带了几分伤感，你真的不用多说。

数年前那个阴冷的日子，第一次做丈夫的柳东风，绝没想到他的蜜月提前画上句号。当然更没有想过，他还会成为另一个女人的丈夫。二丫父亲所在的监狱遭了洪水，父亲被冲走，母亲也被击倒离去。柳东风也讲了他在朝鲜半岛的家，在通化的客栈，二丫问他，他片言带过。在那个夜晚，他说了很多，当然很多没说。那不是女人该知道的。

柳东风的第二次婚姻干脆没有蜜月。第二天，二丫就催促他回去把孩子接过来。她都是他的女人了，自然要替他分忧。

一个月后，柳东风挑开门帘，二丫瞅他身后空着，人呢？柳东风摇摇头。

两年前，老丈人、柳东雨已经带着柳世吉逃到中国东北。就像柳东风听说的那样，大片土地被日本人占用。二丫说来中国好呀，找他们更容易了。柳东风苦苦一笑，东北这么大，去哪儿找？二丫说，那也得试试，说不定哪天就碰上呢。柳东风叹口气。二丫说，不就是点儿路费吗？用不了多少的。

半个月后，柳东风再次归来，黑了些也瘦了些，但双眼放亮。二丫只催他快换衣服，味儿冲。她洗衣，他就看着。二丫的辫子又粗又黑，平时干活儿就盘在脑顶，像长了朵蘑菇。二丫斥他，洗衣服有什么好看？一边歇着去。脸却隐隐红了。柳东风跳过去，猛将她抱起来。

二丫什么也没说，几天过去，绝口不提。一天夜里，柳东风问她为什么不问。她反问，为什么问？柳东风哑然。是啊，又不是二丫的家人，人家也用不着那么上心吧？二丫说，你想说自然会说。柳东风说，没结果。二丫说，找见人，你就领回来了。柳东风问，你说还该不该找？二丫问，你想不想找？柳东风顿顿说，还是算了，这钱花的，我不忍心。二丫重重推柳东风一把，你怎么还跟我见外？来痛快的，想找还是不想找？柳东风说，我还想试试。二丫说，就是嘛，绕什么弯子。

柳东风很愧疚。不该骗她。他开始是想寻找家人，去了抚松附近几个县，磐石、辉南、江源，但在磐石刺杀了一个日本警察后，他出行的目的变了。找到又能怎样？能把他们带回家乡？能让他们有安定的生活？赶不走日本人，这辈子别想。柳东风没有安重根那么好的机会，未能击毙伊藤博文那样的日本头目，刺杀的日本警察和宪兵均是无名之辈。但总有一天，血梅花会在日本高官脑袋上绽放。

寻找成了幌子。柳东风需要这个幌子。

再次归来是深夜,冷风直入骨缝。柳东风怕吓着二丫,想如过去那样到附近村庄的柴草垛凑合半宿。可肩膀疼得厉害,再者,白天容易引起注意。犹豫半天,还是敲响门。

柳东风的样子确实把二丫吓着了,特别是看到柳东风肩上的血迹,眼睛骇成两个深洞。也就片刻工夫,她麻利地剪开他的棉衣,用酒擦拭过,敷上药。问他要不要去诊所,柳东风重声道,不要!皮肉伤,不碍事。随后淡淡解释,遇上土匪了。

次日,二丫查看柳东风的伤,说好了些,家里没药了。柳东风说,不用上药,过两天就好。别去药店,听见没有?他从未用这种严厉的口气说话,几乎是警告。二丫说寻点儿草药,柳东风毫不客气,那也不行。二丫没再说话,低头出去了。半上午,二丫揣个瓶子回来,说她父亲以前受伤,每天喝几口烧酒。柳东风问,管用吗?她突然来火,不试怎么知道?不再看柳东风,但柳东风捕到她的眼神,心疼中夹着不安。

柳东风看出二丫欲言又止,这不是她的性格。他心一动,问,出去碰见谁了?二丫摇头,说街上贴了告示。柳东风问什么告示,二丫说见到受伤的人要向官府和警察署报告。柳东风努力地笑笑,害怕了?二丫说,命都交给你了,有什么怕的?这辈子横竖和你绑一块儿了。柳东风说,若抚松待不下去……二丫打断他,你去哪儿我去哪儿。柳东风说,你做个准备,听听风声,可能……咱们得离开。

七八天过去,并没什么动静,柳东风的神经稍稍松下来。自己有意外没什么,连累二丫罪就大了。伤势渐好,柳东风不顾二丫阻拦,进了趟山。快过年了,得打些猎物。运气还行,猎到一只野鸡。日本警察署在桥头,平时柳东风都绕着走。没想到在街上碰见日本警察。柳东风混在人群中,但肩上的野鸡引起日本警察的注意。

八

客栈没生火,像冰窟。镇上只这一家客栈。柳东风紧紧搂着二丫,为她取暖。柳东风挺难过，最终还是连累她了。

　　或许太累了，二丫很快就睡着了。她的臂依然环着他的背，梦中也在担心他吧？柳东风也困了，却睡不着。怕影响二丫，一动不动。脑子里杂乱的念头横冲直撞。

　　两个日本警察截住柳东风，夺过他手里的野鸡，却没有掏钱的意思，而是围着柳东风转，问他叫什么住什么地方。柳东风想糟了，日本警察可能瞧出他不是中国人。正琢磨怎么摆脱，二丫嚷着从街对面冲过来，揪住柳东风衣领，好啊，又给那个娘们儿送野鸡，你这个没良心的东西，我哪儿对不起你了？你说说！很快有人围过来。二丫狠狠扇柳东风俩巴掌，怒骂柳东风良心让狗叼了，吃里爬外，不干正事。没料二丫来这么一出，太逼真了。柳东风知道应该配合她，可他神情僵滞，整个傻了。二丫揪着柳东风耳朵往街角走，不知两个日本警察几时离去的。转过弯儿，二丫欲松开，柳东风悄声道，揪着走。进屋两人就忙着收拾东西，连夜离开抚松。

　　一路颠簸，几次遇险，均化险为夷。柳东风越来越觉得二丫是他的福星，她救了他不止一次。

　　几天后的下午，经过山弯，忽然冲出两个持枪的人，都戴着狗皮帽子，看不出年龄。稍高那个穿着白茬儿皮袄，腰间系着麻绳，矮些那个穿着黑油油的棉衣。从穿着判断，应该是附近山寨的土匪。

　　柳东风不怵土匪。在光复团那段日子，常和周围的土匪打交道。柳东风刚要抱拳，二丫挡他前面，干吗干吗？大白天的。白皮袄突然一横，枪口抵住二丫的胸。柳东风把二丫扯开，赔着笑说，她不懂事，好汉别生气。白皮袄戳戳柳东风，问，知道是谁的地盘吗？柳东风说，肯定是好汉的地盘，我们走亲戚，请好汉行个方便。白皮袄说，你小子还不蠢，今儿就不收你钱了，把这娘们儿留下，过两天来领。二丫骂，喷你妈的粪。黑棉袄放了一枪，子弹击在二丫身旁的山石上。白皮袄说，爷就喜欢泼辣的，这娘们儿合口味。柳东风央求，白皮袄怒道，再他妈废话，老子一枪废了你，东西和女人留下，你小子快滚！

　　柳东风看二丫，你就留下吧，转天我再来。

　　二丫直蹦起来，柳东风，你个王八蛋。

　　白皮袄和黑棉袄哈哈大笑。

柳东风把包袱丢到白皮袄脚下,与白皮袄擦肩的瞬间,突然转身夺下他的枪,照黑棉袄腿上就是一下。黑棉袄弯腰捂住伤口,柳东风跳过去踢开他的枪,顺势给白皮袄一枪。黑棉袄左腿,白皮袄右腿。整个过程不超一分钟,干净利落。白皮袄和黑棉袄栽在地上,求柳东风饶命。二丫冲过去,踹两人好几脚。柳东风说赶路要紧,拽她离开。走出老远,把两杆长枪扔掉。

两人谁也不说话,除了风声就是脚步声。

柳东风先撑不住,歇息时,对沉着脸的二丫说,你总不能话都没了吧?

二丫反问,说什么?

柳东风说,你想知道什么?

二丫说,我知道你是我男人,别的不想知道。

柳东风说,你好像生气了。

二丫说,我当然生气,不是你想的那样。今儿再多几个土匪,你会不会撇下我?

柳东风叫,怎么可能?

二丫死盯着他。

柳东风说,我不过是想稳住他们,你不明白?

二丫说,我明白。明白也难过。

柳东风苦笑,我不会抛下你,永远都不会。

二丫突然笑了,还想抛下我?长本事了啊。

柳东风事后回想,二丫一定有预感。二丫聪颖,很多事心知肚明,不说而已。柳东风是丈夫,但他不是中国人。这是她不安的原因所在。

逃到哪里?并没有明确目的。在扶余停留三个多月,四月初来到哈尔滨,租个小店,二丫包子铺重新开张。小店在巷子里,生意没有抚松好,有时一天一笼包子都卖不出。柳东风从旧货市场买了辆独轮车,推到一百米外的巷口卖,巷口正对着哈尔滨道外大街。生意渐好,依然早晨中午各蒸一次,基本能卖光。下午,柳东风推着独轮车卖糖葫芦,一来多赚些钱,二来熟悉哈尔滨的街道。哈尔滨是国际都市,随处可见俄国人和日本人。刺杀日本高官,除了大连和旅顺,这里最合适。当然,也更危险。

哪天察觉的?柳东风感觉有人盯着自己,回头却什么也没发现。柳东风觉得怪异,刚到哈尔滨,怎么会引起注意?盘下小店,柳东风重新垒了锅灶,在风箱下挖了坑,手枪匕首藏得很严实。每次出门什么都不带。这是完全陌生的城市,他不敢贸然行动。这么快就被盯上,哪里出了问题?柳东风百思不解。

日本领事馆在花园街,柳东风没敢多停留,附近的街道也是草草转一遍。如果不把身后那双眼睛揪出来,他不能行动。一个刮风的下午,柳东风没卖糖葫芦,在哈尔滨道里公园转一圈后,去了哈尔滨火车站。他想寻找安重根点射伊藤博文的地点。在车站广场良久徘徊,感觉胸内的火更旺地燃起来。

忽然听到枪声,随后看到慌乱奔走的行人。柳东风停下,贴到蛋糕店墙上。几分钟后,四五个持枪的中国警察跑过大街。

第二天,柳东风买了份《滨江时报》,在第二版左上的位置寻到一条新闻:飞盗夜蝙蝠被捕入狱。昨天那些警察可能就是抓夜蝙蝠。柳东风忽然想起白水,夜蝙蝠该不会是白水的化名?报上罗列了去年年底至现在夜蝙蝠作案情况及所盗金额。夜蝙蝠偷的要么是巨富,要么是高官,必定在墙上留下夜蝙蝠的大名。柳东风的心阵阵抽缩,他不知白水去了哪里。白水一定在哈尔滨、奉天、新京这样的大城市。

柳东风不知从何处打探,从此每天买份《滨江时报》。再没看到飞盗夜蝙蝠的消息。《滨江时报》信息量非常大,有本埠的,有世界的。虽然真真假假,依然可以嗅到有用的信息。哈尔滨的日本警察每天不闲着,要么调查韩党,要么缉捕给朝鲜人的抗日武装提供资助的韩商,隔几天就能破个案子。

二丫问柳东风报纸上有什么,那么入迷。柳东风笑笑,说看花边新闻。二丫不识字,让柳东风读一则。大盛魁商号老板三姨太与四姨太争风吃醋,烧了四姨太的旗袍。二丫挥挥手,什么破玩意儿,你天天就看这个?柳东风说当然不只看这个,报纸上面登着许多消息,报纸就是看世界的窗户。二丫问为什么在抚松没看报纸,柳东风说抚松没报纸。二丫追问,你不是为了看花新闻?柳东风说,我哪有闲工夫看那些东西。二丫不屑道,那可没准儿。柳东风说,我这人嘴馋,爱吃包子,别的什么都不稀罕。二丫擂他一下。

二丫没再管柳东风看报纸,偶尔还让柳东风读新闻什么的。

一天中午,柳东风和二丫刚把笼屉推到街口,一个梳着马鬃头的青皮领着两个喽啰围上来,说昨天的包子馊了。碰着找事的了,城市大,什么样的混混儿都有。柳东风赔着笑,解释都是现蒸的包子,不可能馊的。青皮耍横,你什么意思?爷还诳你啊?柳东风忙说没有,不过包子确实每天现蒸。青皮叫,爷不跟你废话,赔偿爷的损失!

柳东风怕二丫动怒,二丫倒沉得住气,直接问要多少钱。青皮说五块大洋。二丫怒了,五块?你想吃人啊。柳东风拦住二丫,幅度很大地给青皮鞠了躬,说小本生意,又刚开张,没那么大赚头,请青皮行个方便。他只想息事宁人,顺顺利利把青皮打发走最好。

忙乱着,柳东风忽略了一直盯着他的那双眼睛。

青皮没有商量余地,不赔偿就砸摊子。二丫态度突变,说不就五块大洋吗?你们候着我回去拿。柳东风知道二丫还有些钱,够不够五块大洋就说不好了。

二丫去得快来得快,至巷口,突然亮出撺杖。那么长的撺杖。二丫杀气腾腾,不要说青皮,狼也吓跑了。

二丫冲着青皮的背影骂,欺负到姑奶奶头上,没长眼啊?

柳东风扯她一把,别生气,林子大什么鸟都有。

二丫黑着脸,恨恨地说,我就是受不得窝囊气。要是在野地,你会不会给这些家伙点儿颜色?柳东风说,我听你的,你说咋就咋。二丫犹气哼哼的,这还差不多!

那天包子卖得格外快。

柳东风刚要推车,有人喊他,回头,眼睛陡然瞪大。

松岛快步过来,东风兄,不认识我了?

九

柳东风回想多日来怪异的感觉,难道躲在身后的眼睛是松岛? 如果是松岛,他干吗跟踪自己?如果不是松岛,那个影子又是谁?柳东风确信那不是错觉。

松岛竟然知道柳东雨和世吉的下落。柳东风第一感觉是松岛诳他。两年前,松岛被东洋株式会社派驻到哈尔滨,特意寻找过柳东风。因生意需要,常在东北各地走动,撞见柳东风的家人。遗憾的是,家人没有他的任何消息。

柳东风老丈人和柳东雨在桦甸城郊租田度日。那个居住区有几百户人家，多是从朝鲜半岛逃过来的。柳世吉已在一所私立学校上学，个子蹿得老高。桦甸之行既是寻亲，也有验证。确如松岛所言，柳世吉上的什么学校都没错。

从桦甸回来那个晚上，柳东风心事重重，闷头不说话。二丫端上饭菜，又为柳东风斟上酒。柳东风酒后话多些。那天半瓶高粱酒灌下去，柳东风的脸依然寡着。

二丫问，没找到？

柳东风说，找到了。

二丫不解，找到为什么没把世吉带回来？

柳东风叹口气。

二丫问，他不认你了？

柳东风摇头。

二丫说，那怎么回事？

柳东风说，他在桦甸上学了，挺好的。

二丫更加不解，挺好你还绷着脸？

柳东风说，没有啊，就是有点儿累。

二丫不屑，少骗我，我又不傻。是不是他们过得不太好？

柳东风说，还行。

二丫道，你把他们都接来吧。一家人还是在一块儿好。

柳东风摇头。

二丫说，怕我和他们合不来？ 我脾气是不好，也不浑吧？

柳东风说，跟你没关系。

二丫直问，跟谁有关？

柳东风抓过二丫的手，他们在那儿挺好的……有个事，我得跟你说说……

二丫眼睛溜圆，你不会冒出一老婆吧？

柳东风苦苦一笑，我来中国跟松岛借的路费。二丫松口气，我以为什么当紧事，还他就是。柳东风难为情的，你的钱都让我花了。二丫恼了，什么你

174

的我的?再说这话你就滚。柳东风目光从二丫脸上慢慢滑过,我还没吃够包子。二丫笑骂,滚一边儿去!

背过二丫,柳东风从怀里拽出两张纸,一张字迹已经浅淡,一张是新写的。模糊那张是悬赏布告,举报一个韩党赏三块大洋,协助抓捕赏五块大洋十斤稻米。新鲜那张是通告,私通窝藏韩党均按通匪论罪。桦甸大小街道几乎贴满日本警察署的布告。韩民聚居地,却设有日本警察署,日本人的爪子伸得够长。逃离半岛,并不能躲开日本警察。

柳东风喜忧参半。有了家人的下落,反而更揪心了。另一种揪心。他根本没打算把世吉带过来。二丫和他绑在一起已经令他不安,岂能再绑上儿子?可是……留在桦甸未必平安,一旦日本警察查获他的身份,同样连累家人。

这些,当然不能跟二丫说。

几日后,柳东风请松岛吃饭,表达谢意。在安东时,柳东风和松岛吃过日本餐。对日本厌恶,自然对日本的饭食没好感。请松岛吃饭,选日本餐馆似乎更合适。松岛却要去朝鲜餐馆,说喜欢朝鲜冷面。

松岛吃饭的样子不像装的,并说以前不喜欢吃,被柳东风救了以后,突然喜欢上朝鲜饭菜。如果不是东风兄,我就不在这里了。松岛感激地说。柳东风说他救松岛一次,松岛救他多次,他说谢谢才对。

松岛突然说,东风兄,我是日本人,你是不是很讨厌我?

柳东风斟酌着,怎么会呢? 松岛君和别的日本人不一样。

松岛问,东风兄还认识别的日本人?

柳东风沉下头,我的妻子被警察捅死,满身都是血窟窿……

松岛说,对不起,让东风兄伤心了。作为帝国子民,我深感愧疚和羞耻。

柳东风说,这和你无关。

松岛沉吟一会儿,也是。不过,如果是我,可能会找他们的同伙算账。

柳东风说,我一个流民,算什么账?

松岛直视着柳东风,如果有机会呢? 也许有一天我可以帮到你。

柳东风摇头,我已经不想过去的事了,只想安稳过日子。我现在的女人对我很好……她蒸的包子不错,哪天松岛君尝尝。

松岛笑道,一定一定,我也很喜欢中国饭。

柳东风问，松岛君原先就在东洋株式会社？

松岛眯了眼，东风兄对我的身份很感兴趣喽？

柳东风说，没有，我只当松岛君是朋友。

松岛说，原先不方便说，现在不会了。日本国几家大的株式会社竞争非常激烈，我是东洋株式会社安插在别的会社的，就是间谍。现在东洋株式会社已经把几个对手兼并。保密也是无奈，请东风兄谅解。

柳东风忙道，不不，我一介山民，说话没深浅。

松岛说，东风兄可不是一般山民啊。日本话中国话样样通。

柳东风摆手，松岛君过奖了，哈尔滨卖糖葫芦的都会说日本话俄国话，不会卖不出去啊。

松岛哈哈一笑，包子生意咋样？

柳东风说，供个吃喝没有问题。哦，借松岛君的钱我近期就还上。

松岛有些生气，东风兄，我找你可不是要钱，不是说好的嘛，赞助你的。

柳东风非常认真，一定要还的，不然睡不着觉。

松岛说，东风兄还是和我见外。

柳东风说，借的就是借的，松岛君不要惯我的坏毛病。

松岛说，多年没见，东风兄性子一点儿没变。

晚上躺下，柳东风回想和松岛的那顿饭。松岛每句话都有用意，都是设计好的。他也一样，字字斟酌，想从松岛嘴里探知些什么。两人各怀心思。

在哈尔滨，躲开松岛似乎不大可能，只能渐渐疏远。与日本人交往令他不适，也碍他的事。疏远，就得先还松岛的钱。

每天多蒸四笼包子，柳东风到另一街口卖。一个月过去，二丫把欠松岛的钱放在桌上。不可能挣这么快。柳东风什么也没说，二丫也不需要他说什么吧。只是紧紧把这个女人抱在怀中。

松岛出门了。等松岛的时候，柳东风去了趟五常。没带枪，只揣了匕首。五常不大，一小时转两个来回。就这么巴掌大的地方，也设日本警察署。两间房，一个小院。那个警察站在门口，快睡着了。柳东风本想等到天黑，四下瞅瞅，见不到什么人。柳东风走过门前，日本警察眼皮都懒得翻。匕首刺进心脏，日本警察才半张开嘴，眼睛也瞪起老大。当天夜里，柳东风便回到哈尔滨。

第三趟,柳东风终于见到松岛。松岛沉着脸,说柳东风不把他当朋友,柳东风说正因为朋友才还,亲兄弟明算账。松岛叹息,好吧。

柳东风告辞,松岛问,东风兄登门仅为还钱?

柳东风顺着回答,是啊。

松岛的目光显出几分坚硬,没别的目的?

柳东风一副茫然的样子,没有啊。

松岛问,就没打算顺便和老朋友聊聊?

柳东风轻轻一笑,松岛君忙,不敢多打扰。

松岛问,你这么着急还钱,打算不再和我来往,对不对?

柳东风做生气状,松岛君骂我。滴水之恩涌泉相报,松岛君对我的好,我都记着。只是我是个卖包子的,老打扰你不合适。

松岛不满道,瞧瞧,还是绕回来了,我可是真心当东风兄是朋友。天天见面的人不少,没几个能说话的。陪我聊聊如何?怕嫂子责怪?回头我向嫂子请罪。

柳东风只得坐下。

松岛执意请柳东风吃饭。会社对面新开一家俄罗斯风味的餐馆,尤其是烤排,不能错过。松岛这样热情,柳东风也不好再推辞。

酒菜上齐,松岛突然问柳东风愿不愿意找个营生,他可以帮忙。柳东风说卖包子虽然利薄,但自在。松岛说只要柳东风有意,随时可以找他。

柳东风原想还了钱就可以疏远松岛,孰料不出一星期松岛就找上门来。松岛说柳东风答应给他送包子,他左等右等没等到,只好厚着脸来了。柳东风抱歉地笑笑,松岛君是有身份的人,送几个包子有辱身份,没敢去。

二丫弄了两个菜,柳东风和松岛对坐在小桌前。松岛直夸二丫的包子好吃。二丫说那你就多吃,我们别的没有,包子多得是。松岛吃完一个,二丫马上给他夹一个。三个包子下肚,松岛直嚷吃撑了。二丫说你一个老爷们儿,还没我吃得多。松岛竖起大拇指,嫂子爽快,小弟不如啊。

非但未能疏远松岛,似乎走得更近了。每隔十天半月,松岛定要到柳东风这儿吃包子。作为回谢,松岛会请柳东风去餐馆或茶楼。柳东风心下懊恼,表面还得装着,极不舒服。

十

那个晚上,松岛又劝柳东风找个事做,说倒不是认为卖包子有什么不好,而是觉得东风兄一身本事,开个小店实在太可惜。柳东风浅浅一笑,松岛君不要取笑,我一个山民,能有什么本事? 松岛摇头,整个中国恐怕也找不到东风兄这样的猎手。柳东风说我也就能打个鸟套个兔子,多年不干,早就废了。松岛问,东风兄打算终生卖包子? 柳东风说能靠这个活命就成。松岛说,我总觉得东风兄是有抱负的人。柳东风笑笑,松岛君又说笑话,我最大的愿望就是能盘个大店。

两人从餐馆出来,已经很晚。夏日的哈尔滨,白天炽热,夜晚却极凉爽。从松花江吹来的风带着甜丝丝的味道。柳东风慢慢走着,一边享受清风,一边猜测松岛劝他做事的真实用意。偶有汽车或俄式马车经过,杂音远去,柳东风能听见自己轻浅的脚步声。虽然满脑子念头,但猎人生涯练就的警觉仍在,依然能捕到周围的动静。那个晚上,耳朵骗了他。当然,也是动静太过轻微,他以为是风声。待感觉不妙,为时已晚。

柳东风醒来,发现自己被绑在椅子上。脑袋隐隐作痛。他竭力睁大眼打量四周。屋子不大,极其简陋,一张床一张桌子,桌上除了油灯,还有两只碗两个搪瓷茶杯。对面门上挂着门帘,想必是里外间。

柳东风喂了两声,门帘挑起,进来两个人。若不是绑着,柳东风肯定会跳起来,竟然是李正英和白水。柳东风晃晃脑袋,证实不是幻觉。

摇什么头? 不认识咱了? 白水揶揄。

真是……你们? 这是什么……地方? 快给我解开。

解开? 白水嗤一声,回头对李正英做个怪笑,似乎没听懂柳东风的话,向李正英求解。

李队长! 柳东风叫起来,我是柳东风啊。

白水喝道,嚷什么嚷?

李正英不说话,只是定定地看着柳东风。

柳东风意识到不妙,惊喜凋谢,一脸呆傻。看来是李正英和白水绑了他,难怪没有察觉身后的声响。没有几个人能轻易靠近他。

柳东风问，怎么回事？你们为什么绑我？

白水道，为什么绑你？装傻！

柳东风又叫起来，我不清楚！

白水照柳东风腿上踹一脚，还装！你这个败类！又抬起脚，被李正英扯开。

柳东风有些明白过来，你们肯定误会了。

白水冷笑，误会？我跟踪你几个月了，你和日本贼那点儿屌事我摸得一清二楚。

确实有人跟踪，感觉没有骗他。竟然是白水。

老实交代吧，看在曾经兄弟一场的分儿上，让你死得痛快点儿。白水吹吹手上的刀。

柳东风转向李正英，李队长，这是个误会……真的误会啊。

往事涌来，柳东风脑里满是妻子身上的血窟窿。无数个夜晚，血窟窿都是他的噩梦。柳东风和李正英白水在光复团那么久，从来没提起妻子。那是他极力回避的深痛。现在必须说出来。怎么救松岛，妻子怎么被残杀。他虽和松岛交往，但绝不是日本人的狗。

三个人久久无言。

半晌，李正英问，怎么证明你的话是真的？我们怎么相信你的话？

柳东风说，我不知怎么证明，也不知怎么让你们相信。脑里晃过日本警察脑门上的血梅花，终是没有说。那不是秘密，但他只告诉死去的妻子。

李正英问，松岛的身份你清楚吗？

柳东风说，不是东洋株式会社派驻哈尔滨的干事吗？

李正英摇头，他真正的身份是日本秘密刑事警察。

柳东风脑里划过一道闪电。他一直都感觉松岛不是普通商人，诸多疑点似乎有了解释。可是……松岛为什么接近他？

李正英让白水替柳东风解开，说出此下策也是无奈。上面交给一项任务，他先来哈尔滨找白水，白水告知柳东风也在哈尔滨，且和日本人搅在一起。李正英说光复团有三个成员在通化投靠了日本人，所以对久无消息的成员都严格审查，而且——李正英拿出一张照片，正是松岛，穿着日本警察制服。

柳东风稍显忐忑，真相信我了？

李正英和白水相视一笑，你是什么人我们心里有数……审查还是必须的。

东北的韩侨越来越多，许多人参加了抗日武装。日本特别刑事警察部部长国吉定保和助手松岛入驻哈尔滨，除了日本警察，还秘密招了不少朝鲜人，侦缉反日或有反日倾向的韩侨。上面交给的任务就是刺杀国吉定保和松岛。

柳东风说，松岛包我身上。

李正英摇头，第一号刺杀目标是国吉定保。国吉定保极其狡猾，李正英和白水至今没有查到他的住址。查到国吉定保的住处，摸清他的活动规律，只能通过松岛这条线。现在非但不能杀松岛，反得和松岛搞好关系。柳东风讲松岛几次劝他做事。李正英说如果松岛再劝，一定要答应。

柳东风到家，天已大亮。二丫肯定一宿没睡，两眼通红。她扑过来将柳东风看个够，然后冷脸审问他干什么去了。柳东风抱住二丫，咬着她的耳朵，现在不能说，能说的时候再说，记住了？可能柳东风的口气太过严厉，二丫颤着点点头。

柳东风和松岛见了两次面。因为知晓了松岛的真实身份，柳东风格外小心。他是猎手，松岛是狼，他必须和狼周旋。

第三次，松岛又提议柳东风找事做。柳东风沉吟半晌，说松岛君这么热情，他再推托似乎不近情理，只是不知道自己能干什么。松岛惊喜道，东风兄脑子里的弯儿终于转过来了。柳东风说卖包子太辛苦，不忍女人跟着他受苦。松岛所言的差事却让柳东风愣住：搜集韩侨的信息。这不就是秘密警察吗？松岛反问，东风兄不乐意？柳东风为难地皱皱眉，我不太懂，这对松岛君的生意有帮助？松岛微微一笑，我的朋友需要。柳东风说，可是……松岛说以柳东风的身份，这个工作最适合，每月定薪五块大洋，信息有价值还有特别奖励。柳东风说考虑考虑。

柳东风向李正英汇报，李正英说不要说密探，让你明着当警察也要答应。柳东风忧心忡忡，如果这样，他和那些韩奸有什么区别？李正英说，当然有区别，你是假的，他们是真的。好容易有这么个入虎穴的机会，一定要抓牢。

柳东风答应松岛先试试，但要求松岛务必保密，尤其不能在二丫面前提及。松岛说，东风兄放心，我理解。

自此，柳东风早出晚归，包子铺完全丢给二丫。柳东风出入火车站公园商场店铺及韩侨聚居的街区。每周与松岛见一次面。松岛嘴巴紧，国吉定保的消息一丝未露。

一个月过去，松岛将五块大洋交给柳东风。柳东风趁机提出请松岛的朋友吃个饭，表示感谢。松岛说这就不必了吧。柳东风说总觉得钱挣得容易，心里不安，他的朋友肯定不稀罕一顿饭，但对柳东风来说，是心愿，也是最起码的礼貌。松岛说问问朋友再定，如果柳东风提供了有价值的信息……当然，松岛语气一转，东风兄初试身手，已经相当不错。我相信，不用多久，我的朋友会奖励东风兄，到时候不是你请他，是他请你。

柳东风给二丫三块大洋。有了钱，柳东风隔半月十天就出趟门，多是哈尔滨附近的县，即便当天不回，第二天准能返回。血梅花的绽放已不能让柳东风兴奋。于他，是再平常不过的事，心和脸同样平静。

又一次见面，松岛情绪低落，脸色晦暗。柳东风问他是不是碰到什么事了。松岛说何止是事，是麻烦事。随后骂自己笨蛋、蠢货。柳东风问是不是赔了钱，松岛怔了怔，是赔了钱，让人阴了一把，丢人啊。柳东风劝，做生意也正常，以松岛君的心智，早晚会赚回来。松岛咬牙，没错，早晚会赚回来。柳东风隐隐猜到什么，仍然没有任何兴奋与惊喜，心如止水。

松岛没像先前那样节制，喝高了，走路有些晃。柳东风扶他，他粗暴地甩开。柳东风说，松岛君扶我行吗？我喝晕了。松岛笑道，好，我扶你。走出一段，松岛问，东风兄，你敢杀人吗？柳东风说，我杀过鹿。松岛不屑，鹿算什么？杀人，你敢不敢？柳东风嘘一声，别嚷嚷，小心警察听见。松岛嘲笑柳东风胆小。柳东风说从小就胆小，杀鸡都不敢看，常挨父亲的板子。他这个猎人完全是被父亲赶上架的。

松岛往柳东风怀里歪过来，柳东风揽住他，招了一辆马车。柳东风去过松岛办公室，从未到过松岛住处。松岛始终说不清住址在哪儿，一会儿道外街，一会儿花园街。日本领事馆在花园街，莫非松岛就住在领事馆？后来松岛干脆睡过去。车夫问柳东风到底去哪儿，柳东风说，就在大街转吧。

午夜过后，松岛抬起头，迷迷糊糊地问，到了吗？柳东风笑笑，松岛君，马车一直在街上转啊。

<h1 style="text-align:center">十一</h1>

松岛第一次直接交给柳东风任务:打探领事馆翻译乔本的下落。一天前,乔本莫名失踪。柳东风问他为什么不找中国警察,松岛说中国警察也在侦办。事关重大,不能单指望他们,他们要么不尽力,要么太蠢。根据推断,很可能被朝鲜人绑架了,如果柳东风能提供重要消息,他的朋友会大大奖赏柳东风。

乔本被关在道里公园西北方向的一处民房,四天后被解救,已经奄奄一息。柳东风得到一百块大洋赏赐。松岛告诉柳东风,他的朋友要召见柳东风。

柳东风以为松岛会带他到日本驻哈尔滨领事馆,没想到竟然在一家很不起眼的茶馆。当一个扁脸深目的男人向柳东风伸出手,柳东风心跳几乎停止。那张照片看了几百遍,面前的男人正是国吉定保。国吉定保身着便服,像个儒雅商人。国吉定保说话声音有点儿哑,睡眠不足犯困的样子,深目里爬出的光也松松垮垮。柳东风不知他天生如此,还是长期修炼出来专门迷惑人的表情,非常不容易引人防范的表情。柳东风凭借猎人的敏锐,依然捕捉到他深藏眼底的冷酷和凶狠。

松岛称呼国吉定保国先生,说国先生平时很少见客,更不要说请客人喝茶,今天是破例。柳东风频频点头,一副没见过世面的紧张样。

国吉定保先是表示对柳东风的赏识,随后问柳东风是怎么获知消息的。柳东风明白,这才是国吉定保见他的目的。柳东风演练了好多遍,每句话每个细节都和李正英白水一起推敲过。国吉定保不住点头,突然间会问个看似无关的问题。告别时,国吉定保让柳东风好好干。柳东风面露犹豫,说自己没经验,这次完全是意外,如果他提供的消息不准,会不会挨罚,再把那一百大洋扣回去?国吉定保稍一愣,旋即笑道,不会的,只要忠心,错也不要紧。国吉定保已然露出警察嘴脸。

柳东风向李正英汇报,李正英问,你确定是国吉定保? 柳东风说确定,就是照片上那个人。李正英击掌,太好了。旁边的白水得意道,这计不错吧?

总算把狼引出窝了。

如何刺杀国吉定保，三个人发生了分歧。柳东风说有机会再见到国吉定保，到时一枪结果了他。李正英说不能作无谓的牺牲，如果柳东风带枪被发觉呢？柳东风说一命换一命，他愿意做这买卖。李正英说，问题是你的牺牲未必能换来国吉定保的命，再说，你妻儿老小怎么办？白水说他光棍儿一条，刺杀国吉定保最合适。柳东风再和国吉定保见面，他就事先埋伏好。李正英说国吉定保什么时候见柳东风，在哪儿见，柳东风未必清楚，就算清楚，万一失手，再找机会就难，而且会连累柳东风。对李正英的从长计议，柳东风和白水都不赞成。特别是柳东风，晚一天就意味着多当一天日本秘密警察。李正英强调必须万无一失才可以动手，得到国吉定保和松岛的信任，说不定会获取对我们有利的情报。

没多久，柳东风和松岛一起吃饭。松岛说要去长白山采购人参，株式会社的差事五花八门，这阵子柳东风不必找他。柳东风问不会太久吧，松岛摇头，事情简单，他提货就回。

就在那天，松岛将自己的真实身份告诉柳东风。柳东风结巴着，那国……先生？松岛也如实相告。他凝视着柳东风，知道为什么告诉你吗？柳东风摇头。松岛说，首先是信任你，国吉部长也赏识你，另外还是要请你帮忙。

柳东风瞪大眼，我……帮忙？

松岛说他和国吉部长到中国，很重要的一个任务是缉捕血梅花杀手。

柳东风更加不解，血梅花？杀手？

松岛问柳东风是否听说过血梅花杀手。柳东风晃了晃脑袋。松岛说是个朝鲜人，专门刺杀日本警察和宪兵，且在死者脑门留下血梅花印迹。从安东到中国东北，他一路追过来，逮捕过几个疑犯。国吉定保和松岛立了军令状，年底抓不到血梅花，他俩就没好日子。松岛突然站起来，给柳东风鞠了一躬，东风兄，先谢过你。

柳东风更加疑惑，这么难的事，我怎么帮得上松岛君？松岛说特别刑事部撒下许多网，都没有收获，作为曾经的猎人，柳东风很可能会嗅到杀手的踪迹。更重要的，柳东风有优势，他的家人在韩侨聚居地，比别人多几双耳朵。柳东风摇头，这种事可不想把家人扯进来。松岛说，你知道怎么获取信息的。柳东风哭丧着脸，松岛君是赶鸭子上架啊。松岛说，你不是鸭子，你是猎手，国吉部长十分看好你。三百块大洋等着你呢。柳东风叹口气，我试试吧，这也是国先生的意思？松岛说当然。

李正英也感叹，几年前就听说过梅花杀手，此人神勇和胆识均在你我之上，只是孤身作战，危险系数大。他虽然不是大韩光复团成员，志向却与我们相同，如果能拉他进来，更能干成大事。即使他喜欢独来独往，咱也可助他一臂之力。东北这么大，找他难啊。不过也好，咱们找不到，松岛更找不到。松岛求助于你，说明他黔驴技穷，没招了。这是契机，以后你有更多机会靠近国吉定保，合适的时候，咱们再好好策划一下。

柳东风说长白山有咱们的队伍，松岛去长白山，很可能是参与对大韩独立军的围剿。数日后，李正英告诉柳东风，他猜得没错，幸亏情报及时。你为大韩独立军立了头功，李正英说。

柳东风给松岛接风，问他提货顺不顺利，松岛说顺利也不顺利，货主突然变卦，坐地起价，他没带那么多钱，只购回一半。柳东风问松岛是不是还得跑一趟，松岛说现在走不开，过阵子再说。

松岛说带柳东风去个刺激的地方。

柳东风慌道，寻花问柳我可不敢，我家那位你不是不知道，会活吃了我。

松岛说，放心，没有花也没有柳，不过是些柴棒子。

松岛带柳东风去的地方在果戈理大街深巷里，俄式建筑，院落的墙顶围着铁丝网，院外古树参天，林间青苔厚密，感觉像进了深山。那座俄式建筑如藏在林间的鸟窝。

穿过一个房间，不知松岛在墙角鼓捣了什么机关，墙壁滑出一扇门，沿台阶下去，是一个长长的廊子。松岛推开一扇门，灯光刺眼，好半晌，柳东风才看清屋内的设施和器具，然后看到被吊着的人。那个人垂着头，看不清面目，但从褴褛的衣服和斑斑血迹判断，他刚刚受过刑。

肯定是日本警察的秘密审讯室。柳东风问松岛这是什么地方。松岛问，刺激吗？柳东风颤声道，松岛君，咱还是走吧。松岛说，东风兄可是猎人啊。柳东风说，这不是打猎啊。松岛笑笑，带柳东风离开。

柳东风在道里公园独自走了好久。松岛为什么带他去那个地方？恐吓、威胁还是对他有所怀疑？要格外小心才是。

柳东风打算歇一阵子。可半个月工夫，耳边便满是匕首的抱怨和抗议。

又挨过五天，柳东风终于坐不住了。

遇险是常事，像打猎一样。但柳东风从不失手，怒放的梅花不惧时令。

柳东风回到家，二丫告诉他，松岛刚刚离去。柳东风拿眼扫扫桌上的茶杯，问松岛说些什么。二丫说他要吃包子，她还没蒸熟，他却匆匆走了，她忙着干活儿，没在意他说些什么。二丫脸上隐隐有些惊恐，我是不是说错话了？柳东风笑笑，你个女人家，有什么错不错的？他再来，你只管招待就是。

柳东风找到松岛，说这几天去了桦甸。松岛问他有什么收获，柳东风摇头，基本摸清楚桦甸韩侨的社会关系，还未发现有用的线索。松岛沉默良久，说血梅花杀手又在绥化作案了，大日本帝国又少了一名军人。柳东风道，就算他是一阵风，也该留下痕迹呀。松岛黯然道，每起案子的现场我都反复勘察过，他比风难对付。柳东风露出些许不安，说他可能会让松岛失望。松岛说，我快和他碰面了，我有这种感觉。东风兄，梅花杀手缉拿归案，我晋升，你也错不了，不止三百大洋。

柳东风提议请松岛和国吉定保吃个饭，他的前途仰赖两人。松岛说他会安排，不过最好是柳东风有礼物的时候。柳东风点头，我明白。

十二

柳东风和松岛刚在桌边坐定，骤雨突至。松岛说哈尔滨好久没下雨了，我的咽炎犯好几次了。柳东风问，松岛君不喜欢这个地方？松岛反问，东风兄喜欢吗？柳东风说，挺喜欢的，哈尔滨适合卖包子。松岛大笑，东风兄莫非还想回去卖包子？柳东风说，我是不用卖了，就是喜欢吃。松岛揶揄，你和嫂子是绝配。柳东风说，松岛君见笑了。

柳东风和松岛两天前见过。松岛突然约他，柳东风以为有什么要紧事，孰料松岛只是闲扯。两天前血梅花杀手第一次在哈尔滨刺杀日警，松岛双目充血，如疯狂的困兽，此时却气定神闲。

松岛问，这餐馆如何？听急雨，喝慢酒，可惜没有美人。

柳东风赞道，还是松岛君清雅，我在哈尔滨这么久，不知还有这样的地方。餐馆在松花江畔，窗外就是滔滔江水。

松岛叹息，如果天天能这么逍遥就好了。

柳东风说，那就是神仙了。

松岛说，是啊，神仙难做，也做不成对不对？

柳东风感觉松岛有些异样，刚刚发生命案，他作为秘密刑事警察，应该不会只是喝酒闲扯发感慨。

雨声渐歇，屋子亮了许多。松岛频频劝酒，柳东风越发感觉今天的酒局不同寻常。

松岛突然问，东风兄有心事？

柳东风笑笑，没有啊。难得这么清闲，该谢谢松岛君的。

松岛笑笑，东风兄，今天请你，是想让你帮个忙。

柳东风皱眉，松岛君这就不对了，什么帮忙？你只管吩咐就是。

松岛再次笑笑，其实也不是什么大事，只是和东风兄探讨几个问题。

柳东风的心猛然一跳，无言看着松岛。

松岛的目光游荡过来，蛇信子一样舔着柳东风，东风兄，上次你没去桦甸，对不对？

柳东风叫，松岛君不相信我？

松岛说，我从安东到中国，为缉捕血梅花杀手，十年了。十年，我的精力全耗在他身上。想象中，此人凶残，狡猾，行踪诡秘，神出鬼没。没想到他相貌平平，竟然就在我身边。

柳东风做懵然状，松岛君，你什么意思？我怎么听不懂？

松岛微微一笑，我承认自己有点儿笨，但不会一次次被愚弄。你找到乔本翻译，我就感觉不太对劲儿，虽然你编得天衣无缝。没有破绽本身就是破绽。我去长白山无功而返，就怀疑到你，我和你说去长白山采购人参。还有，如果你去桦甸，没必要撒谎的对不对？你是不是忘了我是干什么的？两周前，我对你说，梅花杀手很可能就在哈尔滨，他行刺多在哈尔滨周围的县市，却没在哈尔滨作案，说明他有所忌惮。结果两天前哈尔滨一名帝国警察被刺杀。东风兄，你还有话可说吗？

柳东风越发不解，松岛君为什么跟我说这些？

松岛说，国吉部长遇袭了。

柳东风说，这和我有什么关系？你们不是抓到凶手了？

松岛眯了眼，《滨江时报》上面的消息是假的。国吉部长的尸体是假的。凶手逃了，不过我们大致弄清楚了他的活动范围。松岛突然恶狠狠的，帝国刑警，不是吃素的！哦，国吉部长的寓所，外人并不知道，我领你去过一次，那地方就暴露了，这也是巧合吗？

柳东风略带嘲讽，兜这么大个圈子，你是不是想说，我就是血梅花杀手？

松岛反问，东风兄，你难道不是吗？

答案落定，柳东风反而踏实了。那你直接抓我啊，何必费这些口舌？

松岛笑笑，东风兄，你终于承认了。

柳东风站起来，你说是，就是吧。

松岛击掌，好样的！东风兄，你喝好了吗？干了杯中酒，随我走吧！松岛的声音突然冷硬，如手中乌黑的勃朗宁。

柳东风缓缓端起杯，一点点儿倒进嘴里。

松岛做感叹状，血梅花杀手，是不一样啊。

柳东风微微一笑，手突然甩出去，酒杯正中松岛眉心。柳东风击过兔子、野鸡、羚羊，百发百中。松岛仰下去。柳东风从鞋底抽出匕首……

柳东风抓过松岛的手枪。从正门肯定出不去了，他翻窗攀到屋顶。匍匐几米，观察一下餐馆外面，往身后开了一枪。一干人闻声往餐馆奔。柳东风和松岛喝酒的房间在三楼，冲上去至少一分钟。时间足够了。柳东风从外侧滑落。

很少几个人知晓李正英和白水藏身道外街信记账房。《滨江时报》登了假消息，国吉定保是假死，信记账房暴露只是时间问题。

柳东风撞开门，李正英正喝水。柳东风叫李正英赶快离开。李正英说白水去打探消息，怎么也得等他。柳东风急道，我等就行，没必要留两个人。李正英说，丢下你俩，我不成逃兵了？

正说着，白水蹿进来。说已经摸清楚，国吉定保没死，尸体是假的。李正英说，这地儿怕是暴露了，得赶快离开。白水说外面可能有埋伏。李正英咬牙道，还没完成任务，咱们三个人，至少得跑出去一个。

刚到楼道口，便有枪声响起，白水的肩被击中，三个人退回屋内。柳东风从窗口望出去，院里有十几个日本警察。

突然看到二丫，柳东风傻掉。两个日警一左一右挟着二丫。她的胳膊被反绑，嘴里显然塞了东西，腮帮子鼓鼓的。国吉定保站在二丫身后，手枪抵着二丫后颈。

国吉定保吆喝，让他们投降，不然就杀了这个女人。

柳东风痛苦地闭上眼。他的另一个女人也落到日本警察手上。他听到喉咙里粗涩的呼喘，一把钝刀正疯狂地割着他。

三个人简短商议一下，李正英和白水的意思是先放下枪，虽然没完成任务，但他们尽力了。

柳东风不同意，知道他俩在替他考虑。即便他们投降，日本警察能放过二丫吗？他出事，日本警察放了二丫，二丫也会豁出命。柳东风已经冷静，说投降谁也活不成。

李正英问，就看着一个无辜的中国女人受咱们牵连？柳东风喉咙再次响起呼喘。

几分钟后，国吉定保顶着二丫走到楼梯口。三个人都放了枪。

柳东风凝视着二丫，她也凝视着他。两人久久对视，柳东风听到心在滴血。

二丫突然往柳东风这边扑来。几乎同时，柳东风甩出两把匕首。一把刺进国吉定保左胸，一把刺进国吉定保右胸。李正英和白水捡枪射击，三个日本警察倒下，后边的警察撤出楼梯。

柳东风抱住二丫。血从她的身体往外喷涌。二丫试图说什么，已经说不出。她抓着柳东风的手，一点一点挪到她的肚子上。

柳东风太明白是什么意思了，曾经有个女人也这么告诉他。他大叫，你怎么不早说？二丫努力笑笑，如枯萎的花瓣，转瞬凋零。

柳东风把二丫抱到墙角，脱下自己血污的褂子，盖在二丫身上。

柳东风踢踢国吉定保的尸体，回头瞅了瞅，蹲下去，在国吉定保脑门上画下血梅花。这是为二丫画的。

李正英和白水相视一眼，已然明白。

黄昏临近，外面的警察突然多了，还有更多的士兵。

时间在流逝，他们的子弹差不多用尽。外面是重重包围，冲出去完全没有可能。

夜幕缓缓垂落，日本警察竟然揭了屋瓦。子弹疯狂扫射下来。

柳东风听不到李正英和白水的声音，喊了两声，没有应答。他们再也不会回应了。

柳东风检查一下手枪，只剩两颗子弹，他要把子弹射出去，必须射出去。他瞄着黑糊糊的屋顶。

一串子弹扫过，柳东风倒下去。

柳东风知道自己不行了，他拼尽力气往墙角爬去。遍地狼藉，爬行异常艰难。

终于到了。到了二丫身边。他抱住她，用尽所有的力气抱住她。

【作者简介】胡学文，男，1967年9月生。中国作协会员，河北作协副主席。著有长篇小说《私人档案》《红月亮》等四部，中篇小说集《麦子的盖头》《命案高悬》《我们为她做点什么吧》等六部。曾获《小说选刊》"贞丰杯"全国优秀小说奖，《小说选刊》首届中国小说双年奖，《小说选刊》全国读者喜爱的小说奖，《小说月报》第十二届、十三届、十四届、十五届百花奖，《十月》文学奖，《北京文学·中篇小说月报》奖，《中篇小说选刊》奖，《中国作家》首届"鄂尔多斯"奖，青年文学创作奖，河北省文艺振兴奖。小说入选中国小说学会2004年、2006年、2011年全国中篇小说排行榜。

晚　祷

蒋　韵

　　一九七二年,某个冬日,十岁的袁有桃放学后没有回家,她沿着一条小路来到了那个叫作"海子"的地方。"海子"当然不是海,而是一片湖洼。有桃家住在城边上,湖洼是这一带孩子们天然的乐园。夏天,他们在"海子"里游泳,冬天,则是在冰封的湖面上溜冰车。说来,这两件事其实都是被禁止的,学校里一向有明文规定。因为,这湖洼里差不多年年都要死人,夏天淹死的自然是耍水的人,冬天则是不小心被冰窟窿吞没。大人们说,那是水鬼在找"替死鬼"。从前,在有规矩的年月,老师们常常在夏日午休后突击检查,让孩子们伸出胳膊,在赤裸的皮肤上用手指一划,游过水的皮肤就会有醒目的、昭然若揭的白痕:原来它会说话!当然,现在,没人管这些了,谁还管这些呢?乱世啊。

　　天阴沉沉的,要落雪的样子,还不到五点,城市就变得昏暗——这是一天中最伤心的时刻。小风飕飕地打在人脸上,很冷。结了冰的海子上,空无一人。岸边枯黄的没有割净的芦苇,摇曳着,有一种不动声色零落的凄怆。有桃迟疑一下,走下湖岸,站在了冰面上。她穿着那种家做的笨拙的棉窝,还是去年姥姥给她亲手做的,穿在脚上,明显的小了,夹着她的脚。但她舍不得脱下来,现在,她想穿着这棉窝,去找姥姥。

　　湖面冻得很结实,偌大的凛冽的冰湖上,走着这个悲伤的孩子。她脚下打着滑,走得小心翼翼。后来,许多年之后,她想明白了一件事。她用长大的

190

眼睛居高临下俯瞰着十岁的自己，那个要去冰窟窿寻死却害怕滑跤的孩子，她知道了，那不过是命运对她最恶意的一个作弄。

一　山高水远

有桃一出生，就被送回了老家。她是家里的老二，上面一个姐姐，下面还有一个妹妹和一个弟弟。赵家四个孩子，只有她，是跟着老家的姥姥长大的。当年，她一出生，母亲就患上了乳腺炎，没办法哺乳，再加上工作又忙，只好把她丢给了老家的姥姥。紧接着，妹妹弟弟相继来到人世，闹哄哄的一大家人，母亲自然顾不上去接她，就这样，一年一年的，有桃就在那个北方小镇，长大了。

姥爷是个教师，在几十里外的一个公社中学教书，不常回家，家里，常常只有姥姥和有桃，还有一只奶羊。那只羊，是有桃刚出生时姥爷牵回来的，它新鲜干净的奶水喂养大了有桃。所以，它是这家的功臣。姥姥一直不舍得卖掉它，更不舍得宰杀，姥姥有时会这么说，"有桃啊，它可是你的奶妈。"有桃回答说，"那过年时我是不是也要给它磕头？"姥姥就笑了，说，"它也受得起你的头。"就这么，一年又一年，它从一只青春的、奶水汹涌的母羊慢慢变成一只目光混浊的老羊。

那个小镇，地处这个内陆省份的最北端，干旱、严寒、荒凉。镇子很小，一条主街道，一眼就可以望到尽头。但是天真蓝，真高，蓝天下的山脊上，蜿蜒着残破的外长城的遗迹，还有，更残破更孤独的烽火台。那种透彻的、悠远辽阔的苍凉，就像空气一样，无处不在，这里的一切，庄稼、菜蔬、树、遍地的野草、牲畜和人，都是呼吸着这样苍凉的空气，生长着。假如把他们移植或迁徙到那些热闹的地方，或许将是灭顶的灾难。

有桃临近十岁那年，这样的灾难降临了。

先是羊，接下来就是姥姥。她们都离去得很安静，像是怕吓住这个心疼的孩子。羊是在一个清早被发现死在羊栏里的，头枕着一堆青草，眼角上挂着泪痕。埋葬它的时候，有桃哭得很伤心，姥姥说，"宝啊，这世上，再好的物件，再亲的人，都有分手的一天啊！"有桃不知道，那是姥姥在跟她道别。

几天后，姥姥清早起来扫罢院子，觉得有点儿累，就靠着院子里的枣树坐下了,这一坐,就再也没起来。医生后来说姥姥是死于突发的心脏病。那正是枣树挂果的大好季节,姥姥头上方,一树新生的、翡翠般鲜绿的果实,预告着一个北方的丰年。千里外的母亲匆匆赶来料理了姥姥的后事,埋葬完姥姥,母亲对姥爷说,"有桃我接走了。你在外边教书,带着她,是累赘。"

姥爷叹口气,摸着有桃的头说,"是啊,快十岁了,四年级了,也该进城里念书了。"

临行前,姥爷带着有桃和母亲去跟姥姥辞行。有桃在姥姥坟前,长跪不起。姥爷对坟里的姥姥说,"孩子要走了,这一走,山高水远,回来一趟不容易,你好好的,别让孩子惦记……"

母亲在一旁说,"爸,看你说的,这又不是古时候,火车也就一夜的路,怎么就山高水远?"

姥爷沉默不语。

有桃给姥姥磕了头,侧过身,也给埋在一旁安睡在泥土中的母羊,恭敬地磕了一个头。有桃在心里对她们——她真正的母亲们说,"我走了……"

后来,有桃不止一次地想起姥爷的话,山高水远。何止是山高水远啊。那是一个永远也回不去的故园。

有桃的家,在城边上,周围都是一些大工厂。有桃的父母,也都在工厂上班。父亲在工厂的俱乐部工作,母亲,则是工厂职工医院的一名护士。他们住的,是工厂的宿舍区。宿舍区很大,有楼房,有平房。有桃家住楼房,红砖的旧楼,两间独立的房屋,一间住父母和小弟弟,一间姐妹们合住。公用的厕所,设在走廊的尽头,而走廊,则是家家户户的厨房。家家户户门前,摆着蜂窝煤炉,架着案板,堆着蜂窝煤、垃圾桶和各种杂物。好在这楼房,是从前苏联专家设计的,走廊就像长长的出檐,又像可以眺望风景的有木栏杆的阳台。据说,从前,站在楼上走廊凭栏远眺,可以看到田野,看到叫"海子"的湖洼,甚至可以看到更远处那条穿城而过流向黄河的大河,看到河上安静的落日。人们这样说,那时候啊,真荒凉。如今,不荒凉了,一座座楼房、厂房,一根根吐着黑烟的烟筒,遮蔽住了人的视线。无论有桃怎么努力,她看到的,永远是对面楼房的墙壁,或者,是一片灰蒙蒙暗淡的瓦顶。

就连天空,也不再是家乡那种透彻干净的蔚蓝。

一切都是陌生的。陌生的城市、陌生的家、陌生的口音、陌生的父母和兄弟姐妹、陌生的学校以及老师同学。她几乎不敢开口说话,一说话,同学还有兄弟姐妹就会嘲笑她的乡音。课堂上,她最害怕的事就是被老师提问,每次提问都是一场灾难,因此,上课时,她总是缩着身子,似乎,这样,她就可以消失不见。渐渐地,缩肩缩背变成了一种习惯,不管在什么地方,只要人们的眼光落在她身上,她马上条件反射般让自己瑟缩起来。这让她的母亲十分反感,母亲生气地骂她,"你做了什么亏心事?还是上辈子缺了什么德?缩头缩脑的,你是娄阿鼠转世啊?"

姐姐妹妹捂着嘴笑起来,她们觉得"娄阿鼠"这名字很好玩儿,于是,就"娄阿鼠!娄阿鼠!"地追着她嘹亮地喊,一院子的小孩儿也都"娄阿鼠!娄阿鼠!"地这样叫她。有桃就这样有了一个绰号。

她不知道"娄阿鼠"是什么,她没有看过那个叫《十五贯》的戏曲电影,但她深信那不是一个好人。她就这样莫名其妙地变成了一个坏蛋。这让她愤怒。她表达愤怒的方式就是把自己更紧密地关闭起来。尽管住在一个屋子里,她再不和她们说话,就像一个哑巴。她漠视她们。她们那间十几平米的屋子,两张上下铺,格局好像学校的宿舍。她占用着一个上铺,那一米宽两米长的铺位是她在这个城市最后的堡垒。她把一张与姥姥姥爷合影的照片夹在一本书中压在她的枕头下面,那书,是从前姥爷买给她的,名字叫《中国古代医学家的故事》,姥爷一直希望有桃长大能当一个医生。那个未来的医生,在照片中娇憨地依偎在姥姥姥爷身边,夜夜,她就这样和他们一起入睡。现在,只有在梦里,她才能做一个快乐的尊贵的孩子,从前的孩子,和亲人团聚,和姥姥,和她的羊妈妈,还有姥爷,还有她想念到心疼的苍凉旷野和寥廓蓝天。

她不知道她在睡梦里是流泪的。她那么快活,醒来后却是满脸的泪水。她的眼泪,只在梦里流,白天,她不哭。无论她多么难受,她也不在冷酷的白昼里哭泣。她的两只大眼睛,在白天,像沙漠一样干旱,还有一种奇怪的不合情理的冷峻,看上去像某种隐忍而苍老的非洲动物。这双眼睛也常常触怒母亲,母亲觉得这简直不是一个孩子的眼睛。

"她到底是谁呀?啊?她是我生的吗?"母亲有时候忍不住会这样问父亲,"你说,是不是有鬼附在她身上了?你看她的眼睛,那是孩子的眼睛吗?

让人害怕！"

父亲轻描淡写地回答说，"瞎说八道！她不是你生的是谁生的？这你可赖不掉！"

"是啊，我赖不掉！"母亲叹息一声，摇摇头说道，"我要是没生她该多好……"

这话，有桃听到了。有桃的姐妹们也听到了。本来，母亲也就没打算掩饰，后来索性就把这话挂在了嘴边上。这话，应该说不仅仅是母亲一个人的心声也是全家人的，至少，是姐妹们的。姐妹们想，是啊是啊，没有她该多好！她们怀念起没有她的好日子，姐妹俩合用一间房间的日子，姐姐有桔，妹妹有穗，一人一张上下铺，一人一个王国：下铺睡人，上铺则放她们各自的东西。她们忘了那时她们其实也常常吵嘴打架，互相使坏，告状，等等。现在，她们是同仇敌忾了，同仇敌忾来对付这个闯入者。假如，这个闯入者肯向她们示弱，情况可能会有所不同，她们欺负她，作弄她，其实是一种试探。可是她们很快感觉到了，这个姐妹，这个古怪的孩子，是不会屈服的，尽管她总是缩起身体，可她是一个不会屈服的人。她用她持之以恒的沉默和她们作战，她们感受到了那沉默冷硬的力量，还有，那种凛冽的冰山般的寒气。每一个夜晚，从她睡觉的铺上，那寒气幽幽地散发出来，渐渐凝聚成一个固体的东西，压迫住了她们和她们的睡梦，就像梦魇。

她们对这沉默毫无办法。这让她们厌倦。

"要是在战争年代，敌人抓住她，她肯定不会开口叛变。"有桔沮丧地对妹妹这么说。

"钉竹签子呢？拔掉手指甲呢？也不叛变吗？"有穗疑惑地问。

有桔想了想，摇摇头，"恐怕不会。"

有穗从牙缝里"嘶——"出一口凉气，说，"我可不行，我会当叛徒的。"

有桔瞪她一眼，"别瞎说！"

"真讨厌！"有穗叹息一声，"要是妈妈没有生她就好了！要是她永远在老家就好了！她为什么不回去呢？"

是啊，她为什么不回去呢？她为什么不回自己的地方呢？

这一天，放学后，轮到有桃的小组值日，所以，她到家比平时要晚一些。冬日的黄昏，家家窗户里，都已亮起了灯光，城市似乎对这孩子流露出一点儿静谧的温情。可是，一进门，她就闻到了一股扑面而来的臭味，像腐败的肉类的气味，那是劣质墨汁的味道。一抬眼，她看到了那标语，新鲜的标语，贴在她的床栏杆上，上面，用毛笔歪歪斜斜写着几个大字："滚回老家去"。后面跟了三个浓墨重彩的惊叹号。然后，她就看到了她的书，姥爷的书，《中国古代医学家的故事》，躺在了地上，被肢解了一般，撕得七零八落。还有她的照片，有桃最珍贵的东西——她的过去、她与幸福有关的一切、她眼前泥淖般生活中唯一的救赎，也被踩蹂躏了，躺在肮脏的地板中央，上面印着鞋印。照片上不见了有桃的脸，她的脸，变成了臭烘烘黑黑的一团墨渍……而那两个肇事者，则若无其事地坐在床边，正在用撕下来的书页，折纸玩儿，把扁鹊、孙思邈、李时珍，折成了小船、飞机，还有，手枪。

屋子里很静。

突然地，有桃扑了上去，毫无声息，却凶狠得如同一只猎豹。她一下子就扼住了有桔的脖子，她不知道自己的胸腔里突然挤出某种闷响，就像濒死野兽的哀鸣，那么绝望伤心。有穗尖叫起来，抱住头，一边凄厉地大哭。母亲冲了进来，母亲嘶吼着，去救她的女儿。她奋力去掰有桃的手，哪里掰得开？父亲也冲进来了，父亲推开母亲，像拎小鸡一样拎起了有桃。有桃终于松手了，有桔一阵狂咳，"哇——"地哭出了声。父亲把有桃朝地上一抛，母亲扑上去，揪住了她的头发，把她的头咚咚地朝地上狠命地撞，扇她耳光，一下又一下，止也止不住。母亲气疯了，母亲嘴里喊，"你要杀人啊！你要杀人啊！你给我死！你给我死！你去死！去死——我也不活了！"

然后，一阵号啕大哭。

那一夜，母亲把那两个女儿带进了自己的房间里。四个人，一家子骨肉，挤在了一张大床上睡了一夜。那肇事的现场，只剩下了有桃一个人。那是进城以来最安静的一个夜晚，她一个人，拥有了一个自由的空间。四壁之内，没有别的眼睛，没有别的呼吸，没有作弄、嘲笑、恶意和伤害。她捡起了照片，把上面的鞋印努力擦干净，用手轻轻把它抚平。她抚摸着姥姥的脸，在心里说，"对不起，对不起，对不起……"她想说，对不起让你看到了这些，却没有说。就算在心里，这么说，也是让她羞耻的。她也不知道怎么对付那一团墨渍，无论她怎么擦那仍然是笼盖在了她脸上的乌云。她只好就这样把它夹进了语文课本里。地上，那些散落的书页，那书的残骸，她一张一张地,捡起来。那一只只飞机、小船,也捡起来。然后,她盘腿坐在床上,就像安稳地坐在老家的火炕上一样,把它们拆开、抚平,一张张理好。她的扁鹊、孙思邈、李时珍,始终安静地望着她,在尘世昏黄的灯光下,毫无怨言地望着这个无助的小姑娘。眼泪就是在这时候,突然汹涌地滚落下来。

二　秦安康

秦安康是家里的独子。在他那个年代,独子的家庭还是稀少的。他爸老秦,是这大厂里的八级钳工,有手艺,受人尊敬。他妈则是一个家庭主妇,也在居委会里担任着一些工作,比如,通知家属去居委会学习开会、挨家挨户收收扫马路费、分发一些票证之类。老秦每个月的薪水,一百多元,三口之家,又没有其他用项,在这个北方内陆工业城市,日子可以过得滋滋润润。再加上秦妈妈又是一个精明强干很会过日子的女人,所以,在厂区里,秦家是个让人羡慕的家庭。

十亩地里一根苗的人家,孩子自然就娇惯一些。秦安康吃他妈的奶,一直吃到了七岁上学。说来,这样恋母的孩子很可能会娘娘腔,可秦安康却是人高马大,黑黑壮壮,当然,也很霸道、蛮横。他爸老秦,八级钳工的巧手,又有各种便利条件,所以,秦安康手里的玩意儿,总比别人的要讲究。同样的木头手枪,他那一把,一定格外逼真。同样的冰车,他那一个,居然带着弧度十分舒适的靠背。就连最普通的铁环,他那一只,竟是在环上装饰了小铃铛的,推着跑起来,铃铃铃的,清脆地洒一路。

孩子们看了,自然眼热。

美中不足的,是这秦安康,不够聪明,念书念不进去,坐不住,又贪玩儿,回回考试,没几回及格过。好在,这世道,考试这回事,形同虚设,既不靠它升学,也不靠它奔前程,又没有留级这一说,所以,秦安康一点儿也不在乎。倒是他爸,人要强,又是老派人,觉得丢脸,也关起门来狠揍过几回,无奈,这宝贝儿子,到下回考试,该不及格还不及格。

没人喜欢和他坐同桌,女孩子们,都受不了课堂上他花样百出的骚扰。于是,老师就把他一个人安排在了最后一排。好在,他本来个子就是高大的,独自坐最后一排,倒更是自由自在,还可以一个人占用两个抽屉。所以,当这个叫袁有桃的乡下丫头成了他的同桌，他被迫给她腾抽屉的时候，他就把她当成了敌人。

第一天，他像很多男孩子一样，用小刀在课桌上画了分界线，他指着那分界线说，"你敢过来试试！"这也是男孩子常见的威胁，不稀奇。只不过，他的分界线，画在了课桌三分之二的位置上，公然是一个不平等条约。袁有桃没有说话，掏出自己的课本，啪，放在了分界线外。他愣了一下，立刻，用胳膊肘，狠狠地朝有桃肚子上就是一下，命令说，"拿开！"

袁有桃咬了下嘴唇。不动声色。

他抬起胳膊，狠狠地，又是一下。

可这个瘦瘦小小的乡下丫头，一动不动，也不看他，就像他是空气。

这下，他真的愤怒了。他甚至觉到了委屈。凭什么啊？他想。他望着她，只见她的手，撑在了板凳上，明显也在他画定的分界线外。太过分了！他不再和她废话，抄起桌上的铅笔刀，朝她手背上，"噌——"地一划。

血流了出来。

没有声音。血流得很安静。秦安康被这血吓住了。他张着嘴望着血像蚯蚓一样在那手背上爬，爬，渐渐把那只手涂染成逼人的、恐怖的血手。更恐怖的是，她的沉默。他从来不知道沉默可以是这样惨烈……突然，"哇"的一声，秦安康放声哭了。

就这样，秦安康和袁有桃，只做了一天的同桌。

老师带有桃去卫生室包扎了伤口，给她重新安排了座位，这个位置，远远离开了秦安康。老师说，"秦安康，我怕了你了，大家都怕你了！你就一个人好好称王称霸吧！你就学美帝苏修吧！"

秦安康低头不语。他知道，美帝和苏修，都是纸老虎。他想起自己在课堂上的哇哇大哭，感到了深深的羞耻。他不知道自己原来怕血，他这样想。似乎，"怕血"这个理由可以给他安慰。他确实是被血吓坏了，可是，可是他知道，真正让他恐惧的，还有别的。

从那天起，他开始远远地、偷偷地注视那个女孩儿。在人群中，那个女孩儿，缩头缩脑，毫不显眼。他听到老师背地里说她"木"，一个老师对另一个老师说，"流那么多血，一声不叫，真木。"原来她"木"，秦安康想。她没有朋友，她也不爱说话。她的普通话说得走腔走调，语文课上，老师让她念课文，她的荒腔走板让全班同学哄堂大笑。下课后，大家学着她的发音，"纪念掰——球——翰"，夸大着那不标准。她真是木的，一个人，坐在座位上，像什么都没听见一样，面无表情。

后来，同学们叫她"娄阿鼠"，他不知道这名字的来历，也不知道那是一只什么鼠，总之，莫名其妙。可他觉得她和鼠没什么关系，如果拿她比动物，她倒更像——更像那种令人恐惧的。他也不知道她是否还恨他，他们偶尔面对面走过，在家属院，或者，在学校的走廊，不小心碰上了，她就像没看见他，从她脸上，既看不出恨，也看不出原谅。那是一张从不起风浪的脸。是，她木。可她也许深不见底。

总之，好好的日子，让这个不知从哪里跑来的女孩儿，改变了。十岁的秦安康，有了一些心事。他不再那么喜欢和小伙伴们扎堆，总是哪里热闹往哪里钻。他也不再那么害怕孤单，放学后，常常一个人到厂区外闲逛。他还会在天气最冷的时候，到空旷的"海子"上滑冰车。偌大的一个湖面，小小的灵巧的冰车，会给他带来飞翔的感觉，车身下嵌入的"豆条"，一种粗粗的铁丝，摩擦着冰面，那细细的清冷的声响，偶尔，会让他鼻酸。他就更用力地挥舞冰锥，让自己更快地飞，飞，好像这样可以飞出某种东西之外。然后，突然地，他刹车了，冰车刚好停在一个冰窟窿的边上，汗从他戴着棉帽子的头上流下来，他分辨不出那是热汗还是冷汗。

黑黑的冰窟窿，深不见底，这里那里，分布在开阔的湖心处。据说，那是炸鱼的人用手榴弹炸出来的。也有人说，是专门凿出来让湖里的鱼透气的。平时，在湖面上溜冰、滑冰车的孩子们，会选择避开它们。孩子们知道它的凶险，从大人们的嘴里，他们都听说过"替死鬼"这传说，也见过真的有人，在这黑暗冰冷的水中丧生。而这个冬天，秦安康，却放纵着他的冰车，让它冒险地在冰窟窿边缘横冲直撞。也许，他是用这样的方式，在考验着自己的胆量，在为他众目睽睽之下那一次羞耻的哭泣雪耻。

然后，就到了那一天。

那一天很冷，天寒地冻。他像往常一样吸溜着鼻子带着他的冰车来到了"海子"，他知道这样的天气，冰上一定是人烟稀少。果然，湖上很空旷，只有一个人影，在冰上趔趄地走着。一眼，秦安康就看出了，那是谁。倒霉！他想。他调头想往回走，又站住了，我为啥要怕她？他对自己说。他站在那里远远看她,忽然觉到了奇怪,他想,她来这里干什么呢? 她们女孩儿又不玩儿冰车,也不像是来滑冰,那她来这冰封的湖上做什么? 抓鱼吗?

他看她渐渐渐渐走向湖心,走向——他最熟悉的那个地方,然后,站住了。那是一个冰窟窿的边缘,他知道。她真是要抓鱼吗? 这个男孩儿想。可是她站在那里,一动不动,一动不动。天阴沉沉地,压在湖面上,湖面那么大,那么空,而她,是那么……伤心。奇怪,平时,从她脸上什么都看不到,可是,她的背影,却是悲伤的。原来,背影可以告诉别人那些隐藏的东西。

他跳下湖面,撑着冰车直奔她而去。

事情就这样发生了。一个要投湖自杀的人,遇到了她的解救者。

其实,站在冰窟窿的边缘,有桃就犹豫了。那冰窟窿,就像一张深不可测的大嘴,又像洞穴,幽幽的,黑黑的,似乎可以隐隐听到某种喘息声,就像神秘而粗鲁的呼吸。它能把我带到姥姥那里吗? 有桃这样想。这么黑,这么寒冷,这么不怀好意的去处,能指引我和姥姥重逢吗? 有桃相信,姥姥,她在这世上最亲的亲人,无论活着还是死去,只要是姥姥在的地方,就一定是光明、温暖、善良的,有透彻的蓝天白云,有清香的庄稼,有春天的野花和秋天的果实,有洁白的羊群和牧羊人嘹亮苍凉的山歌……而这个城市,这个冷酷的地方,找得到这样一个通往姥姥世界的入口吗?

她望着脚下的冰窟窿,感觉到了一个城市的恶意,从那深处,扑面而来。

她背着书包,里面,装着姥爷的书,不管她怎样用糨糊、针线粘贴、连缀,那都是一本残缺的、伤痕累累的书了。还有毁掉的照片,她藏在了身上,这是她全部的珍藏,可是,它们和她,该往哪里去呢? ——死和活着,都是这样寒冷、恶意和耻辱。

她哭了。

就在这时,身后突然响起了一个惊诧的声音,"嗨,你在这儿干什么? "

她吃惊地回头,看见了冰车上的男孩儿,秦安康。显然,更吃惊的是这叫秦安康的孩子,他没想到会看到一张满是泪水的脸。这张脸,那么悲伤、无助,看上去一点儿也不像平时那个冷硬的袁有桃了,他几乎怀疑他认错了人。

"你,你,你想自杀吗? "他变得结结巴巴,"你想做替死鬼? "

袁有桃狠狠擦拭了眼泪,让他看到自己哭泣的样子,她觉得慌乱和羞耻。这个男孩儿，和她的姐妹一样，对有桃来说，都是那种噩梦般的存在。一时间，她好像觉得她的姐妹，有桔有穗，就藏在他的身体里，用他的眼睛望着她一样。

"去年厂里有个人，跳冰窟窿自杀了，"秦安康说，"捞起他的时候，头肿了这么大——"他用手比画出了一个脸盆的形状，"你想做他的替死鬼呀？"

袁有桃没有听出，他其实毫无恶意，他用这种方式在笨拙地阻止着一个悲剧。这要到很多年之后，她才能明白这一点，要到她懂得和生活和解的时刻。可那时，这话，突然激起了她的愤怒和——恐怖。

"你才想做替死鬼！"她冲着他的脸，大喊一声，"你去死——"

说完，她跑走了，泪流满面，她哭着在冰上奔跑。落雪了。憋了一天的雪，终于飘落下来。一大片，一大片，轻盈，洁白，落在冰面上，落在干旱的城市。她不止一次滑倒，爬起来，再跑。当她又一次重重地跌倒时，她不再爬，不再挣扎，她扑倒在冰面上，让自己的脸，让自己的身体，贴在落了薄薄一层雪花的冰上，放声号啕。她在心里说，雪，埋了我吧，埋了我吧……

秦安康一直、一直注视着她的背影，呆呆地，坐在冰车上，看她一次一次跌倒，爬起，再跌倒，再爬，他又一次奇怪地感到了鼻酸。真冷，他想。可是她，她究竟为了什么这么难过，这么伤心呢？她为什么像一个大人那样伤心？他吸溜着鼻子，想不出答案。当她终于扑倒在冰上，她的哭声，远远地，凄厉地传来时，他就像被谁抽了一鞭，撑着冰车朝她那边奔去。

他想对她说，袁有桃，你别哭了。

他还想对她说，那天我用刀划你，对不起。

可是，他什么也来不及说了。他飞驰着，只顾望着远处的女孩儿，忘记了他正身处在危机四伏的湖心。一块冻结在冰上的砖头，他没有看见，砖头绊住了飞驰的冰车，把他这个驾驭者抛了出去。而前方，正是湖上最大的一个冰窟窿。只听"扑通"一声，他一头扎进了黑暗的、深不可测的湖心——这个十岁的孩子，苗壮的孩子，真的飞出去了，飞到了生活之外。

远远地，当袁有桃跌跌撞撞跑过来时，晚了，一切，都过去了，发生过的一切，销声匿迹。只有那架冰车，制作精良被小伙伴们羡慕的冰车，孤独地躺在一旁，永远，失去了主人。

三 夜晚的秘密

那天晚上,有桃踩着积雪回到厂区宿舍大院时,早已是万家灯火的时分。她听到一个女人正扯着嗓子喊,"安康!安康!回家吃饭了——"她还看到这女人逢人就问,"看到我家安康了吗?"

她慌不择路地躲开了女人,她知道那是秦安康的妈妈,她听到自己的牙齿"嘚嘚嘚"地打战,她的腿也在抖着,膝盖一软,一条腿跪倒在了雪地上。她想,真滑啊。

一家人,围坐在餐桌旁,正在吃晚饭。折叠的圆餐桌,支在父母的房间里。她没有进去。她一个人走进旁边的屋子,没有开灯,摸黑爬上了她的床铺,拉过棉被,用它紧紧包裹住了自己。可她仍然在发抖。雪光映着窗子,房间里有一种清冷的微光。她只好把头也埋进了棉被里,那光,让她害怕。

这个家,没有人像秦安康的妈妈那样,站在大雪中,呼喊她的名字,说,"有桃,回家吃饭——"可是,这不再重要了,一点儿也不重要了。昨天,还貌似生死攸关的事,此刻,在灭顶的噩梦面前,一点儿也不重要了。

对,那是梦。

她必须快快地、快快地睡着,她哀求自己,睡吧!睡吧!袁有桃,睡着了,就好了。睡一觉,就过去了。明天早晨起来,上学去,就会看见那个男孩儿,那个秦——安——康,好端端地,活生生地,令人讨厌地坐在那里,举着小刀,蛮横地威胁她说,"你敢过来试试!"

大雪,纷纷扬扬,下了一夜。一夜,他们的院子里,也是纷乱的。人们很快找到了冰车,却没能很快打捞起它的主人。湖水太深了,厚厚的冰层下,也许暗藏着潜流,假如,人被潜流冲走,那就只能等到明年春天冰消雪化了。当然,没有人,敢当着沉默的秦师傅说出这话,也不敢放弃希望。而秦师母,则是在找到冰车的时候就晕了过去,被送到了厂里的医院。清晨,雪住了,家家升起炊烟,吃早饭的时候,传来了消息,人们争相传告着,说,捞上来了……

人们说,谢天谢地,不用等到明年开春了。

太阳升起了,新生的太阳,雪后初霁的太阳,照耀着洁白的城市。这惊悚的洁白,刺疼了有桃的眼睛,她不知道自己的眼睛是血红的。是啊,太阳不是从前的太阳了,有桃这样想。她听着风中传来的秦师母的哭声,那哭声撕心裂肺,不像是哭,像是在凄厉地嘶喊。整整一天,这哭声与她如影随形,就像一个鬼魂。人人都在谈论着这件不幸的事情,学校、厂区、宿舍院,这城市的每一条大街小巷,每一个角落。原来,昨晚之前,这城,她如此憎恶的这城,其实并不是地狱……

饭桌上,母亲对姐姐妹妹说,"都别去'海子'上滑冰玩儿了,看见没有?多可怕!活蹦乱跳的,说死就死了!幸亏捞上来了,要不然,在湖里泡一冬天,成什么样儿? 早喂了鱼了! "说着,看了有桃一眼,说,"你也一样! "

有桃不敢看她的眼睛。她也不知道自己在发烧。

一夜,高烧让她昏昏沉沉。她觉得自己是在一片大水中浮沉着,挣扎着。她对着一个人嘶喊,说,"你才想做替死鬼,你去死! "那个人,坐在冰车上,无言地望着她,突然,对她咧嘴一笑,说,"我已经死了呀——"她惊醒了,一头的汗水,一脊背的汗水,一身的汗水,那么多的汗水,把床单都浸湿了。可是,怎么这么湿? 她下意识地,伸手去摸,突然她翻身坐起,呆住了。

她尿床了。

十岁的有桃,在这个心惊肉跳的夜晚,羞耻地尿床了。

月色如水,从无遮无挡的玻璃窗洒进来,没有心肝地,冰冷地,照着这个绝望的孩子,这个走投无路的小少女,她呆坐在湿漉漉的床铺上,看着曙色一点一点来临。天就要亮了,她不知道这个世界,这个人世,还有什么更大的不幸在明天等待着她——在每一个明天。她叹息一声,取下了挂在墙壁上的书包,取出铅笔盒,拿出一把削铅笔的小刀,躺下,就躺在那湿漉漉的秘密之上,伸出手腕,在那上面,狠狠地,深深地,一划。

永别了,姥姥!鲜血喷涌而出时,她和姥姥郑重道别。她知道,她永远去不了姥姥所在的世界! 那是天堂。而天堂,不再属于这个有罪的孩子。

黎明时分,有桔起床上厕所,一起身,头上垂下一只血手。淋漓的鲜血,滴在了她的脸上。她惊声尖叫,惊醒了她的父母。

要感谢那把铅笔刀,它不够锋利,还有,十岁的孩子,也缺乏知识:小刀划破的,流了那么多血的,原来,并不是致命的动脉。

当护士的母亲,为她紧急处理了伤口,止血、清洗、敷消炎药、包扎。伤口触目惊心,只好送医院缝合。母亲一路走一路哭,说,"袁有桃,你可真够狠毒啊!你可真狠毒!"

太阳下,母亲为她清洗着被褥。血渍和尿液,弄脏了它们。母亲忧心忡忡地洗着,蹲在一旁观看的有穗说道,"妈妈,她都十岁了,还尿床啊!我要是十岁尿床,我也自杀……"

母亲喝止住了她,说,"袁有穗,你还让你妈活不让?"

没有一个人,疑心什么。全家人都觉得,这未遂的自杀,是因为遗尿。等到她伤口愈合拆线之后的第二天,姥爷来了,是母亲写信叫来了姥爷。母亲说,"爸,你带她走吧……"话没说完,就委屈地红了眼圈。

就这样,有桃和姥爷,乘上了北去的列车。一路上,她只是望着车窗外的风景,沉默不语。直到她看到烽火台,蓝天下的烽火台,它们苍凉地静默地扑进她眼睛里的时候,她哭了。

姥爷说,"孩子,回家了。"

四 苏慈航

就这样,有桃跟着姥爷,来到了他任教的学校念书。姥爷不仅是这座七年制学校的校长,也教语文。那是更北的北边小镇,更严寒,也更苦焦,而且,名字中就带着一个"堡"字,一听,就是从前的边关了。这里的太阳,永远有一种凄清的明亮,天空也更高远。当然,也有更酷烈的大风。大风刮起来的时候,飞沙走石,也让有桃想起那些古代的边塞诗。

而且,离外长城更近。出了学校门,沿一条小路,爬上去,就是长城了。

没事的时候,有桃就常常爬到长城上,看书,晒太阳,吹风,发呆。

边塞的大风,把她的皮肤,吹得粗糙了,太阳晒黑了它们,她身上,那一段城市生活的印迹,被风和太阳,轻易地抹去了。姥爷默默地看着这变化,姥爷想,但愿她心里的那痕迹,也能这样抹去。

尿床的事,没再发生过。姥爷也从没有问过,在那个城市,究竟,发生了什么?可是姥爷知道,一定,是有大事的,是发生过什么的。否则,一个那么健康阳光的孩子,他的宝贝,怎么会——尿床?十岁的孩子啊!想到不知什么竟然能逼得孩子尿床，姥爷觉得自己心都在打战。

姥爷等着。等她自己有一天，能说出那心结。

有桃到来后，姥爷就在校门外一片旷野上，开出了一小片菜地，移来菜秧，种下一些细菜：西红柿、豆角，还有黄瓜之类，为的是给有桃改善伙食。平日里，晚饭前，太阳慢慢西坠时，爷孙俩会来菜地里除草、浇水。姥爷生性沉默寡言，而有桃，也不说话。他们只是默默地干活儿，闻着被太阳晒了一天后，植物散发出的那一股生命的香气。蜂飞蝶舞之中，偶尔，有桃会抬起头，叹息似的轻轻叫一声，"姥爷呀……"

姥爷就回答，"嗯？什么事？"

"没事。"有桃笑笑，"真好看啊！"

她是说夕阳。血红的一轮夕阳，挂在山巅。山峦、大空、长城、烽火台、千沟万壑，都变成了那样一种沉静的、安详的金红色。她眯着眼睛看夕阳的神情，让姥爷心疼。姥爷想，傻孩子啊，心里的疙瘩，说出来，就痛快了呀。

离小镇十几里，有个叫鸦儿崖的村庄，村里，住着一户北京来的下放干部。这家人有个儿子，叫苏慈航，也在镇上的这所学校读书，读七年级，这七年级有个名称，叫"戴帽初中"。

苏慈航不是寄宿生。他有一辆自行车，"凤凰"牌的，大链盒，每天，他骑着他的"凤凰"上学、下学，是这乡间公路上的风景。这里的自行车，很少有大链盒，大家骑的，都是加重型的"红旗"或者"飞鸽"。所以，苏慈航很惹眼，这里人看他，就好像他真的是骑在一只凤凰身上。

苏慈航十三岁了，正在拼命蹿个儿，就像那些正在拔节儿的庄稼，夜里，静静地听，似乎，可以听到一个少年成长的那种神奇声响。从城里带来的衣服，都无可救药地小了，他妈只好把他父亲的旧衣服改给他穿。那些从前的衣服，有着很好的质地，无论怎么改，都有一种异地的气息，过客的气息，和这里，格格不入。

所以，苏慈航没有朋友。

他骑着他的凤凰，早出晚归，独往独来。中午，只要是好天气，他就总是带着他的饭盒和一本书，沿山坡走到残破的长城上去。他喜欢这里，他觉得这里是枯燥、艰苦的生活里唯一的一点儿诗意。不用说，他是那种布尔乔亚家庭里滋养出来的小文青。

这里人,很少有谁去爬城墙玩儿的。没有人去惊扰它,偶尔,会有放羊的羊倌赶着羊群从那里经过。苏慈航喜欢这宁静,喜欢没有别人眼睛的注视。但是在这年开春之后,情况变了,有一天,他在这里碰上了一个女孩儿,后来,他们就经常在这里相遇了。

起初,不说话,相互保持着各自的矜持和礼貌的距离。终于有一天,苏慈航忍不住了,他抬起头来问她说,"他们说你是从省城转学来的,是吗?"

她点点头,不能说不是啊。可她马上补充说,"我就是这里人,我家在这儿。"

"知道,你姥爷是校长。"他回答。

"你是北京来的?"轮到有桃问了。

"对。"他点点头。

有桃轻轻叹口气,"你,很想北京吧? 你一定不喜欢我们这里。"

他明亮的眼睛,暗淡了。他们两人,各自趴在一个城垛上,望着远处的山峦、沟壑、田野。许久,他回答说,"喜欢不喜欢,不都得在这里吗? 我又不能选择……"

是啊,不能选择。这话,让有桃一阵疼痛。她懂那无助。她不知道该用什么话来安慰他。

他忽然回头冲她一笑,"所以,我要找这儿让我喜欢的东西,你看,我找到了。"

她没有笑,望着他,她想,北京人,但愿你比我幸运。

"北京也有长城。"她说。自己也觉得这话很蠢。

他们就这样认识了。

苏慈航慷慨地借书给有桃看。那都是他父亲的书,劫后余生的书。俄罗斯小说、法国小说、英国小说,还有,二十世纪三十年代中国的那些小说,巴金的、老舍的、茅盾的……有一次,他还带来过一本外文的杂志,里面都是法文,一个字也看不懂,但据说那是一本美术的杂志。里面有一幅画,迷住了有桃。画面上,是满天的晚霞和正在等待收获的大地,一对男女,一对劳动者,低着头,虔敬地祈祷……那里面,有一种深深感动了这小少女的巨大的静谧,有一种笼盖了天地的神秘和庄严的东西,似乎,那里面,有永远不会被破解的神圣的生活的秘密……有桃觉得，那里面的秘密，似乎，和她的灵魂有关。她捧着这幅画，看了许久，这让苏慈航感到惊讶，他不知道是什么让她如此动情，于是，他告诉她，这幅画是一个叫米勒的法国人画的，它的名字叫《晚祷》。听到这名字，有桃的眼睛，一下子湿了。

"他们听到教堂的钟声了。"苏慈航这样告诉她。

"也许，他们还听到了别的。"有桃轻轻说。

苏慈航很惊诧，他觉得这个小姑娘很奇特，就像一个小巫女，或者，一个小圣徒。

当然，更多的时候，他充当着启蒙者的角色：给这个山区的小姑娘带去城市的文明。不用说，这个启蒙者必然拥有一本歌本，《外国民歌二百首》，那几乎是那个年代小资文青们的圣经。他总是喜欢用他刚刚变声的嗓子唱那些忧伤的歌曲：

> 啊，你，命运，我的命运，我不幸的命运，
>
> 为什么，我苦难的命运，
>
> 送我到——西伯利亚……

有桃听着这样的歌声，心想，这里，就是他的西伯利亚啊。原来，每个人，都有自己的西伯利亚。她试着用他的眼睛，苏慈航的眼睛，来看这个地方，苦焦、严寒、干旱缺水，只生长莜麦、胡麻、糜谷、马铃薯这些高寒作物，人都很贫穷……可是，即使如此，有桃也希望，他能够被这片土地善待，他能够感受到这土地的悲悯与善意。

苏慈航的妈妈，从前，是大学里的老师，本来就不擅长家务，也不会做饭，加上老家是南方人，当然更不知道怎么料理这里的五谷杂粮。所以，苏慈航每天装在饭盒里的午餐，千篇一律，永远是小米捞饭，那捞饭，还总是掌握不好火候，不是硬就是软。有桃就格外用心地打理自家的饭菜，她的厨艺，或许，是师承姥姥，或许，是无师自通。她变着花样，粗粮细做，一样莜面，今天蒸栲栳栳，明天搓鱼儿，后天做野菜烫面蒸饺，再一天，或许就是莜面压饸饹。她从自家菜地，摘来最新鲜的带着晨露的西红柿，和鸡蛋一起，打卤，把豆角、茄子、马铃薯，烧成烩菜。她一早起床，择菜，和面，拉风箱烧

火,该蒸的蒸,该切的切,中午放学,只需稍稍加工,就是一顿香喷喷的午饭。她把菜饭装进饭盒,对姥爷说,"我去班里和同学吃了!"就跑走了。

她当然不是去班里。姥爷知道。姥爷看着她日渐明亮起来的眼睛,心里感激着神明。姥爷望着她朝山坡奔跑的背影,眼睛渐渐潮湿了,在心里,对一个亡人说道,"老伴啊,谢天谢地,孩子挺过来了。是你在保佑她吧?你呀,你可不能撒手不管啊……"

两个孩子,分吃着午餐。那是浪漫的午餐,群山环抱着他们,古长城废墟做了他们的餐厅。她吃他火候不到的硬邦邦的小米捞饭,把自己饭盒里的饭菜给他,告诉他说,她最喜欢吃的就是小米捞饭,怎么吃都吃不厌。他知道那是假话,却没有戳穿,他领受了这份情意。他一边吃,一边说道,"袁有桃,你怎么这么能干? 怎么能把饭做得这么好吃? 太神奇了!"

有桃回答说,"不是我能干,是粮食香。在城里,哪里有这么香的粮食?你看,就算是你的'西伯利亚',也有城里比不上的地方。"

她很自然地,说出了"城里"这字眼儿。这两个字一出口,她静默了一下,很奇怪,也许,是太阳太明亮了,蓝天太澄澈了,面前的莜面和小米都太香了,她觉得很平静。

苏慈航笑了,"袁有桃,你知道吗?你简直可以去做政委,太会做思想工作了,或者,去做牧师,天天给人布道。"

"我? 我没有资格。"有桃这样回答。

疼痛还是突然袭来了,她的眼神一阵暗淡,沉默下来。但是,苏慈航好像什么也没有觉察到。

"那你就去给牧师做太太。"

有桃"呀!"地笑了。

"苏慈航,你好坏!"有桃笑着说,"你才给牧师做太太呢!"

"我?"苏慈航一本正经望着她,"我怎么能做牧师太太,我只能做牧师啊!"

有桃的脸,一下子红了。那是一种从未有过的鲜艳,初绽的、羞涩的鲜艳。苏慈航惊讶地望着这突然红脸的女孩儿,想起一个成语:艳若桃花。原来,她的名字真是暗藏玄机的……他的脸也有些红了。

"中国现在哪里还有牧师啊!"他嗫嚅地说道,"除非活在书里,或者,画里……"

那就活在画里吧,有桃想,活在《晚祷》那样的画里,永远不要走出来。

那只能是梦。

两年后,姥爷突发脑溢血,在送往县医院的途中,去世了。一路上,昏迷中,他的手,和有桃的手,始终紧握着。直到咽气,那只手,仍旧紧紧攥着他对这人世的留恋,不肯撒手——他实在走得不放心。他放不下这个孩子啊。

五　隐疾

还是那座城,还是那个大院儿,还是那两间房,还是那些人,离开两年后,有桃又回来了。

爸爸妈妈,看上去没什么变化,变了些的,是姐妹们。姐姐有桔,变白了,瘦了,好看了,也更高傲。妹妹和小弟弟,都蹿个儿了。她们不再叫她那个难听的绰号"娄阿鼠",可也不知道该怎么叫她,就叫她"哎——"。母亲对她,也变得客气,还有一点儿小心翼翼,好像她是一个来做客的人。

她不再在意这一切。

珍贵的东西,无论是人,还是时光,都那样容易消逝。她想起姥姥当年在母羊坟前对她说的话,"宝啊,这世上,再好的物件,再亲的人,都有分手的一天啊。"南来的列车上,她一直、一直在想这句话,她对自己说,"袁有桃,你不要自哀自怜,你不比别人更倒霉,你只是比人家早一点儿看到了结局……"

和苏慈航,是在他们的长城上道别的。一年前,苏慈航就已经离开了小镇,到县城去读高中了。不过,差不多每个星期天,他都要骑着他的"凤凰",来这里看有桃,看他们的长城。苏慈航说,"袁有桃,你要给我写信。"

袁有桃说,"好。"

苏慈航又说,"袁有桃,放假了,你可要回来,你能回来吧?"

袁有桃回答,"能。"

苏慈航又说,"一放假,我就天天来这里等你,你可不要忘记。"

袁有桃点头,"不忘。"

那是临行前一天的傍晚,他们站在长城上,就要落山的夕阳,将山峦、沟壑、村庄、公路、暮归的羊群、亲人的坟墓,以及,两个少年人的身影,涂染成一片血色。袁有桃忍着眼泪,答应着,可心里,却像是和这一切永别一样难过。她爱着的东西,和人,都留在这里了。她知道许诺是没用的,前边有什么在等待着她,她怎么会知道? 她留恋地、痴迷地望着眼前这个大男孩儿,其实已经,是在望着过去。

很快地,有桃就收到了苏慈航的来信。信寄到了有桃的新学校——厂里的附属中学。信封上这样写着:

某某市某某工厂子弟中学初一新生
　　袁有桃　收

有桃笑了,她想起了"乡下,爷爷收"。有多少初一新生呀! 可这也真像苏慈航的风格。有桃站在校门口,打开信,只见里面写道:

袁有桃:
　　就算那列火车再慢,你也早就该到达目的地了。你总不会坐上一列永远不停车的火车吧? 可你怎么不来信呢? 这么快你就忘记我们的约定了吗? 我天天到我们学校传达室去问,天天失望而归。我要说实话,还从来没有人,给我写过一封信。袁有桃,我想让你成为一生中第一个给我写信的人……

就在这时,校门口,突然起了骚动。只听人们说道,"疯子! 疯子! 疯子来了!"没等有桃弄明白发生了什么,一个女人,已经站在了有桃面前,对她说道:
"你看见我家安康了吗? "
第一眼,有桃几乎没能认出眼前这个女人是谁,可那只是一瞬间。一瞬间的静默之后,有桃觉得世界远了,消失了,世界只剩下了这个女人,头发灰白,衣着古怪,眼神又犀利又迷乱,她用这样的眼睛审判似的凝视着有桃,说道,"你看见我家安康了吗? "
阳光太强了,就像雪山上的阳光,白炽一片,晃着有桃的眼睛,晃得她流泪,晃得她天旋地转,几乎站不住脚。就在这时,有人过来拉住了女人,嘴里说道，"怎么又跑出来了呀？——学生，对不住，对不住！她啥话都不会说了，就会说这一句……"

你看见我家安康了吗？整整一天，这句话，响在有桃耳边，就像钻进她身体里一样，安营扎寨。它还钻进了她的梦里，就像一条黑鱼，在冰冷的水里，扑腾着，扑腾着，然后，她就看见了他，那个久违的孩子，水淋淋的，头发变成了水草，脸色惨白，突然对她咧嘴一笑，说，"我已经死了呀！"

有桃惊醒了，身下，精湿一片。一切，已经不能挽回，她尿床了。

从此一发不可收拾。

母亲寻来了各种奇怪的偏方，猪尿脬蒸米饭，用七根葱白捣碎和硫黄一起搅拌敷肚脐，屋檐下的燕子窝泥敲一块儿下来，在柴火灶上烧红泡水，等等。母亲沉默地、咬紧牙关做着这一切，生怕自己一开口就会崩溃。有桃更沉默，沉默地被摆布着，让吃猪尿脬，就吃猪尿脬，让喝燕子窝水，就喝燕子窝水。为了让她方便起夜，他们让她，从上铺搬到了下铺。但是，仍旧无济于事。

夜晚，变成了最大的伤害和煎熬。有桃不敢睡觉。她大睁着眼睛望着窗外。透过蒙满灰尘的玻璃窗，夜色也好像是混浊的。偶尔，会有好月光，那会让她流泪。她对月光说，救救我。她以为月光是仁慈的，但是，月光和偏方一样，救不了这孩子。

终于，有一天，半夜里，有桃突然睁开了眼，黑暗中，一个人，静静地，俯身望着她。是母亲。母亲慢慢地，把双手卡在了有桃的脖颈上，母亲望着有桃的眼睛，望了许久。母亲说道，"我真想这样掐死你，然后，自己死！"

说完，她松开了手，抱起了有桃，失声痛哭。自从满月后，她还从来没有抱过这孩子，这骨肉。她一边哭一边说道，"你就这样惩罚我啊！就这样折磨我啊！我那时候也是没有办法呀，我得了乳腺炎，疼得要死要活，没有奶，我哪有钱请奶妈？你说让我怎么办？怎么办？你怎么能这么狠毒？你怎么能这样惩罚我……"

有桃也哭了。

有桃在心里说，"不是，不是，不是！"

如同奇迹一般，经过这个夜晚，有桃的病，戛然而止。也许，是那些猪尿胙燕子窝水渐渐起了疗效，也许是因为别的。母亲暗自呼出一口长气，说道，"阿弥陀佛！"她觉得自己得救了。但是，没人知道，这隐疾，只是更隐秘地，潜伏在了有桃的身体里，就像一个休眠的特务，等待着某个唤醒他的指令。也许，连他自己也不知道，他有着怎样坚韧缠绵的耐心。

　　有桃始终没有给苏慈航写信。

　　这是天罚我。有桃这样想。就在她平生第一次接到朋友来信的同时，就在她那么快乐幸福的时刻，秦师母从天而降，质问她，"你见到我家安康了吗？"秦安康，那个水淋淋的孩子，就这样又潜回到了她的生活中，回到了她的每一个白昼和黑夜，回到她的梦里。

　　苏慈航，你知道吗？在这里的每一天，都是惩罚，为了我的……过错。

　　苏慈航，你懂什么叫惩罚吗？你知道它多么诡异和羞耻吗？一个活在阳光下的幸福的人，一个没有罪和秘密的人，永不会知道这个。

　　我以为我可以遗忘。在我们的高原，在那么澄澈温柔的阳光和仁慈的天空下面，在我们长城的废墟之上，那些和你在一起的日子，有你的日子，我以为，我可以忘记我需要忘记的，它们也似乎真的离开了我一段时日，我以为它们慈悲地放过了我，但是，没有。

　　苏慈航，对不起，我不能够做第一个给你写信的人了！我也不能够在假期里去赴我们的约会……其实，那天，我们的道别，就已经是永别了。和我珍惜的、留恋的、爱着的一切，永别了！否则，我怎么会那么伤心？

　　谢谢你，苏慈航，谢谢你带给我的快乐。珍贵的快乐。也许，这一生，我都不会再有快乐了。

　　有桃在心里，写着回信，永远也不会寄出的信，和她懵懂的、青涩而美好的那一点儿情愫，郑重道别。和与幸福有关的一切，道别。她感到了一种撕裂般的疼痛。这疼，慢慢变作身体的记忆，伴随了她很久，很多年，直到她碰到那个来自法兰西的男人。

六　郑千帆

　　他们是在同事家的一个聚会上相识的。那天，同事要在家中招待一个老外吃饭，请有桃来掌勺做大厨。有桃的厨艺，认识的人，差不多都知道。这同事的先生，在大学里教书，那老外也在那大学里担任着教职。老外进来的时候，有桃一个人在厨房里煎炒烹炸地忙碌着，本来，她一点儿也不想出去凑热闹，但是，外面酒过数巡，饭吃到一半时，同事进来，非要拉她出去，说是老外一定要见见厨师。同事说，"你知道那老外说什么？他说这些菜是奇迹！"

有桃笑笑，"你也信！他们都太喜欢夸张。"

当然，还是出去了。只见那个金发碧眼的法兰西绅士站起身，说道，"你就是这些奇迹的创造者啊？太荣幸了！你好，我叫郑千帆。"一边向她伸出一只手。

有桃有些吃惊，惊讶他的汉语竟是如此的流利，也惊讶他有这样一个文人气的中文名字。还惊讶他的年轻。

"袁有桃。"她轻轻说，也伸出了手去。

他们握住了。

"你怎么能把菜烧得这么好吃？太神奇了！"郑千帆望着她的眼睛，真诚地说。

那眼睛里的蓝色，让有桃，想起了天空，很久以前，遥远的以前，曾经有过的天空，和时光。她的心，痛了一下。

"你过奖了，"她笑笑，"都是一些普通的家常菜，不是什么了不起的大菜。要说神奇——"她想了想，"那就是，这些食材，它们其实知道你是否真的珍惜它，用心料理它，它们通人性。"

那双蔚蓝色的眼睛，突然像被阳光照亮了一样。

"你知道吗？我妈妈也说过同样的话，我妈妈也有很棒的厨艺。她曾经梦想能做一个米其林三颗星餐厅的主厨，当然，没有实现。"郑千帆说。

有桃不知道什么是"米其林三颗星"，她望着他，心想，"这个老外，他想家了。"

当有桃再一次回到厨房，接着做剩下的菜肴时，她想了想，加做了一道餐后甜品。制作这甜品，费了一些时间，和心思，因为是第一次。当有桃最后把它端到餐桌上时，郑千帆惊呼一声：

"焦糖布丁！"

有桃笑了，"你尝尝，做得像不像？我还是第一次做。"

二十世纪九十年代初叶，在有桃的城市，西餐厅寥寥无几，也没有后来遍布大街小巷的面包房蛋糕屋一类，焦糖布丁在一个家庭餐桌上出现，真的像一个"小小奇迹"。

没有模具，有桃临时找来了几只小茶碗代替，褐色的糖浆，散发出诱人的焦香。一口下去，郑千帆陶醉地闭了下眼睛，说，"回家了。"

"你还会做西餐啊？"有桃的同事，高兴地叫起来，"我说有桃，你干脆辞职算了，辞职开个小饭馆，一定能火。我也入伙！咱们一块儿干，你说一辈子当个护士，能挣多少钱？"

同事的先生插嘴说，"怎么听上去，像是要拉人落草为寇似的？"

大家都笑了。

但是临分别时，郑千帆认真地、郑重地对有桃说，"你要是真开饭店，千万别忘了告诉我。我一定天天去你的餐馆吃饭——你会开餐馆吗？"

有桃愣了一下，笑了，说，"怎么会？那是开玩笑！"

"真遗憾。"郑千帆耸耸肩，"那，不开餐馆，我还有机会吃到你做的菜吗？"

有桃没有回答。她一时语塞。

郑千帆笑了，说，"再见，魔术师！"

有桃想，不会再见了，萍水相逢的一个人，有什么理由，再见呢？

但是，真的再见了。

当有桃在她上班的医院门前，看到等待在那里的那个法兰西青年，那个有着天空般蓝眼睛的郑千帆，不知为什么心里突然响起一支俄罗斯歌曲的旋律：

> 轻风吹拂不停，
> 在茂密的山楂树下，
> 吹乱了青年镟工和铁匠的头发……

她想起了唱这歌的人，那个人，无论什么样的歌曲，都能唱出那样一种明亮的、少年人的忧伤。她想起了同样是明亮和忧伤的那些岁月，最好的岁月，心里一阵怅然。而他，已经笑着向她跑了过来。

手里是两张戏票。

"请你听戏，"他说，"谢谢你那天的晚餐。"

"你已经谢过了。"有桃回答。

"是吗？可我没有谢芙蓉鸡片、菊花鱼丝、龙井虾仁，没有谢口蘑羊肉栲栳栳，还有，焦糖布丁。"

有桃笑了，说，"它们说，不用客气。还有，它们也不爱听戏。"

"京剧也不爱听吗？《锁麟囊》。"

"好像不爱。"有桃回答。

"噢！它们可真不给人面子！"这个异乡人夸张地说。

他是那么有活力，那么明亮、干净、快乐，但是，尽管如此，有桃还是看出了，一个异乡人眼睛里的那种渴望，取暖的渴望。这点儿渴望，是有桃不忍心拒绝的。他们一起去听戏了。北京来的剧团，演的是程派名剧。有桃惊讶地发现，对于京剧，这个法兰西青年知道的，竟比她还要多。至少，胡琴声一起，他就知道那是西皮还是二黄，还有，那声腔的妙处，而有桃，则一片懵懂。

一场戏听下来，有桃很服气。

更让有桃吃惊的，是在那之后。有一天，在一个朋友的家中，大家聊天，说起《红楼梦》里人物名字的隐喻，郑千帆忽然问道，"袁有桃，你的名字是谁给你起的？"

"我也不知道，"有桃回答，"我只知道太土了。"

"土？"郑千帆一挑眉毛，"它们出自《诗经》——《园有桃》。你姓袁，园袁同音，信手拈来，我觉得很妙。"

《诗经》？有桃一头雾水。

郑千帆开始背诵："'园有桃，其实之肴。心之忧矣，我歌且谣。不知我者，谓我士也骄……'下面我记不清楚了，总之，是一个文人、读书人忧伤的感叹。"

有桃很震动。原来，她的名字里藏了典故。藏了一个人两千多年的忧伤和咏叹！是谁给了她这样一个名字？没人在意、没人珍惜、那么草率地来到人间的一个小生命，是谁，让她去背负起了这样悠长几乎是永恒的孤独和

214

忧伤？原罪般的忧伤！是谁，给了她这样的使命？

他们家，找不到一本《诗经》。有桃的父亲，多年前，已经死于癌症。父亲的离世，使这个家陷入了窘境，也是有桃没有读高中而选择了中专的原因。有桃最终上了一所卫生学校，学了护理专业。三年后毕业，分配到了省城一家不错的大医院，开始挣钱养家，供妹妹和弟弟继续读书。如今，妹妹也大学毕业了，做了"北漂"。而他们优秀的小弟弟，则一路高歌猛进地读下去，读到了美国。

姐姐毕业后南下深圳，在那里结婚，安营扎寨，有了孩子，就把刚刚退休的母亲接去帮她带孩子。如今，在这个城市，就只有有桃一个人留守了。他们的家，从前那个闹哄哄的家，常常空寂无人，有桃平日里住医院宿舍，只有星期天，才会回到这破败的老家里看看。

那个热火朝天雄壮的大厂，如今，停产了。凋敝之气在整个厂区笼盖着，谁也不知道它未来将何去何从。有桃家还在那座筒子楼，这么多年下来，楼自然是更加的衰老、破旧、拥挤，可那两间屋子，那个家，只要有桃回来，就一定要把它们收拾得清清爽爽。两间屋子里的书柜，有桃整个翻找了一遍，没有《诗经》。他们家，不管是从前热闹的时光还是寂寞的现在，从来不是《诗经》光顾的地方。

有桃去书店，买了一本回来。

她找到了那一篇——《园有桃》：

园有桃，其实之肴。心之忧矣，我歌且谣。不知我者，谓我士也骄。彼人是哉，子曰何其？心之忧矣，其谁知之？其谁知之！盖亦勿思。

那是中国读书人与生俱来的忧伤，原罪般的忧伤，有桃确认了这个。虽然，她远远算不上一个读书人，可她认识汉字。汉字，应该就是这忧伤的种子。袁有桃伤感地想。

再见到那个法国人时，袁有桃忍不住感慨地问道，"郑千帆，上辈子，你是一个中国人吗？"

郑千帆回答说，"这我没法确定。我能确定的是，这辈子，我一定会和一个中国姑娘结婚。"他望着对面那温柔的、美好的、水一般清澈的女孩儿，

"袁有桃,你是那个姑娘吗?"

那是一个初夏的黄昏,他们坐在餐桌旁。那是这城市刚刚开张的第一家咖啡馆,卖各种咖啡也卖中西式简餐。他们面前,一人一份煲仔饭,煲仔饭的热气,熏着有桃的眼睛。而窗外,很远的地方,夕阳正在穿城而过的一条河流上慢慢坠落。

有桃摇摇头,回答说,"郑千帆,我不是。"

"为什么?"郑千帆隔着桌子握住了她的手,"第一眼看见你,我就知道,你是那个姑娘……是因为,我是一个外国人吗?"

"不是。"

"那是什么?"

"是因为,我不能。"有桃回答。

"不能什么?"

"不能结婚。不能和任何人——结婚。"

她平静地,甚至是微笑地说出了这话。可是眼泪却慢慢溢出眼睛,"郑千帆,别问了,请你放过我。你是这么好的一个人,你应该找一个好姑娘,你应该幸福……"

"你就是那个好姑娘,最好的姑娘,你就是我的幸福。"郑千帆回答。

"可我不能!"

"你不能生育吗?那我们不要小孩儿,或者,我们可以领养,这世界上,有多少被遗弃的孤儿,对不对?或者,你有绝症?那就在你病情恶化前我们闪电结婚,能和你在一起共同度过一天,我也是幸福的……袁有桃,我不让你马上回答我,我可以等,我是一个非常有耐心的人。也请你不要立刻拒绝,给我一些时间,行吗?"

他的眼睛,蔚蓝色的眼睛,在这个黄昏,变得更加深邃而辽阔,她就要像一只小鸟一样,无可阻挡地,飞进这眼睛里去了。她在心里,叫着自己的名字,"袁有桃,袁有桃,这不行,你不配,你是不能幸福的呀!"可是她知道,她是多么渴望,渴望着纵身一跃,飞进他的世界。

他是守信的,那个黄昏之后,他不再追问,他只是默默地等候。有桃在儿科病房上班,三班倒,而他,总会在最合适的时间,出现在她面前。他总会给他们安排一些有趣的事情,比如,去参加某个家庭音乐会,去看某个不知名小画家的个人画展,去看大学生剧社的话剧、音乐剧,等等,当然,也会去见他的各路朋友们。他的朋友可真多啊!生活,原来可以是这样广阔的,而城市,也不再是从前有桃认识的那个灰色城市。这个异乡人,带领着她,这里那里,探寻着这城市的色彩,就像在沙漠中寻找花朵。而那突然相遇的坚韧的鲜艳,常常,让有桃感动,原来,这城市也是有柔情的。

夏天过去了,秋天也过去了,冬天到了。十二月某一天,是这异乡人的生日。有桃决定给他做生日面吃。她带着各种食材去了他的公寓。认识这么久,她还是第一次去他的住处——这禁忌之地。她和面,洗菜,烧汤,打卤,他在一旁搭下手,那情景,就像一对夫妻。那天,她做的是小拉面,浇头有好几种:最常见的西红柿鸡蛋卤、什锦小炒肉打卤,还有南方风味的爆炒蟮糊和冬菜肉末。几个清爽的家常凉菜,糖醋白菜心、炝莲藕之类,还烧了一小砂锅红烧肉,清蒸了一条鲈鱼。他开了一瓶红酒,在餐桌上点起了蜡烛,那蜡烛是红色的,就像洞房的花烛。还有一种异域的香气,那是,暧昧的暗示。

他们举杯,她说,"生日快乐。"

他回答,"袁有桃,我想问你要一样生日礼物,可以给我吗?"

有桃叹息一声,回答说,"我想我带来了。"

他们吻了。

灵魂出窍的时刻,她在他怀中,发着抖,像呓语似的说,"怎么办啊郑千帆,我该怎么办啊?"

他搂着她,说道,"袁有桃,有我啊,有我啊!"

那是她的初夜,她把自己给他了,她给了他一份珍贵的生日礼物。看到落红,这个法兰西青年,这个异乡人,哭了。

那一夜,她要走,他不放她走。他说,"袁有桃,今天,我把它看作是我们的新婚之夜,我要介绍你认识我的家人。"

他有一台幻灯机,他就在幻灯机上,一张一张,放着家人的照片,雪白的墙壁,做了银幕。

"这是我妈妈。我妈妈是家庭主妇,可她是一个非常聪明的女人,手很巧,厨艺很棒,她会做一种非常好吃的焦糖苹果挞,那是我家乡卢瓦尔河谷的美食。她做的红酒炖鳗鱼，好吃得简直让人灵魂出窍！袁有桃，我觉得你和她有点儿相像……这是我爸爸。我爸爸是个中学教师，是一所高级中学的校长。你看他很严肃是吧？其实他是一个很温柔的人，年轻时喜欢写诗，他就是用写诗追求到了我妈妈……这是我爷爷，这是我们的家。你看，这就是我家的葡萄酒窖，这是葡萄园，这，就是卢瓦尔河，法兰西最美的河流，诗人眼中生生世世温柔的故乡……这漂亮的老建筑是乡村小旅馆，藏在绿荫之中，它已经有一百年的历史了。对，它是我爷爷的旅馆，我们家族的旅馆，也是我最喜欢的地方。它旁边不远，是一座美丽的小教堂，我爷爷、我父母，都是在那个乡村小教堂结婚的，我希望我们的婚礼也能在这里举行，袁有桃，我相信你一定也会喜欢……"

是，她喜欢，仅仅在照片上，有桃就已经喜欢上它了，喜欢它如画的静谧、古老、安详。他的声音，有一种梦幻般的魔力，是，那是梦里的声音，只有梦，才可以是这样美好。那梦境里的声音，说着诗一样的语言，教堂、钟声、婚礼、洁白的婚纱、草地上的派对、流向大西洋的美丽的河流……她含着眼泪静静聆听，被这声音催眠，而心里，却有一种难舍的伤痛，她想，袁有桃，这是梦。

窗外，下雪了。有桃的城市，落了这个冬季第一场大雪。鹅毛大雪，在他们相拥着入睡后静静飘落。凌晨，有桃被一种恐怖的冰冷冻醒了，就像，她躺在了雪地上一般。她睁开眼睛，猛地起身，她知道有什么事情发生了——最绝望的事情。刺目的灯光下，只见他惊愕地呆坐在一旁，目瞪口呆注视着身下湿漉漉的床褥，注视着那纤毫毕现无遮无挡汹涌的羞耻……惩罚并没有结束，在每一个幸福的瞬间，它总是这样恶毒地不期而至，如同必然要到来的黑夜。

有桃默默地穿上衣服，没有一句辩解，走出了房间，走进了漫天大雪之中。她在凌晨的城市漫无目的地走、走，雪没住了她的脚踝，落在她头上、肩上、睫毛上，她早已成了一个洁白的雪人。突然她站住了，发现自己竟然来到了"海子"——许多年来，她一直、一直躲避的地方。可无论怎么躲避，这冰封雪盖的湖洼，这海子，其实，就一直住在她灵魂里，从没有离开过她一天。"你想自杀吗？你想做替死鬼？"隔了二十年遥远的时光，她奇怪地听到了那男孩儿声音里笨拙的善意。她抬起头，望着大雪纷飞的天空，远远地，

从那深处,传来一个声音,一个不灭的追问:

"你看见我家安康了吗?"

整个城市,都被这悲伤的回声笼盖。

冰消雪化的春天,在这城市消失了一段日子的郑千帆,突然又出现了。一连三天,他等在有桃工作的医院门口,却没有等来他要等待的人。他就直接去儿科病房寻找。在护士站,他向一个帽子上有蓝色标志的姑娘打听有桃,他知道戴这种帽子的人是护士长。

"你是叫郑千帆吧?"护士长望着他,似乎,一点儿也不意外,"她留给你一封信。她说,如果,有一天,你来这里找她,就把这封信交给你。"

"她人呢? 她到哪里去了? "

"不知道,她辞职了,走了。"护士长说。

信是这样写的:

现在,你知道我的秘密了。你知道,我为什么说,不能做新娘。它比你当初想象到的任何理由都要荒诞、残酷。你问我是不是得了绝症,是,这就是我的绝症,而且,没有治愈的希望。

假如我没有猜错的话,你在惊愕和痛苦之后,有可能回来找我,告诉我现代医学对付这疾患的方法,有可能你已经打听好了医生,因为你太善良。但是,郑千帆,那没有用,对我而言,那不是疾患,而是,我必须背负的命运。你一定会问我为什么,我不能说。

你读过托尔斯泰的《复活》吧?那不幸的玛丝洛娃最初面对聂赫留道夫的忏悔时,是那么愤怒——你不过是要用廉价的忏悔、要用我的不幸来拯救你的灵魂!我忘记原话是怎么说的了,但这谴责,我永不会遗忘。假如,一个作恶的人,仅仅用忏悔就能拯救自己,就能解脱,那我宁愿选择沉默——请你尊重我的沉默。

再见了! 你一定会遇到一个真正的好姑娘。好好生活,好好爱自己,爱她。

袁有桃就这样从这个城市消失了。

七 晚祷

星移斗转,许多年过去了。某一年,某个夏天,几对男女结伴从北京出发,开始了他们的欧洲七国之行。其中有一对夫妻,先生五十出头,而女人,则要年轻许多,三十岁不到,非常漂亮,而且,深知自己漂亮,眉目间难免就有一种傲骄之气。她的丈夫,据说是某个上市公司的老总,和他的事业与年龄相比,他的体重算是轻量级的,几乎看不出岁月沉淀的痕迹。不用说,这是运动的结果。

显然,同行者应该是年轻女子的朋友或者熟人,年龄也都和她相差无几。他们都惊叹着这位"大叔"几近完美的体形。有人忍不住问他说:

"您平时做什么运动? 打高尔夫吗? 还是打网球? "

"大叔"还没来得及回答,旁边的女人搭腔了。女人貌似低调地说道,"他不打高尔夫,他喜欢登山、冲浪、开飞机。"

"哇! "一片惊呼之声,"开飞机? 真酷啊! "

"大叔"知道这是女人在向她的朋友们炫耀,也是在证明,他这个老男人除了钱,还有别的一点儿什么是值得她以身相许的。他笑笑,回答说,"我在美国读书的时候,拿到过开小型飞机的执照。不过,很久没了。"

几个年轻人相视一笑,意思是,不是一土豪。

他们的第一站,是巴黎。巴黎,"大叔"自然是去过的,但那几个同伴,却都是初来乍到。几天下来,那些世人皆知的景点,巴黎的地标式建筑,罗浮宫、巴黎圣母院、凯旋门、埃菲尔铁塔、香榭丽舍大街,自然游历一番,也乘游轮游了塞纳河。最后一天,大家就分道扬镳了,有人要去这里,有人要去那里,女士们无一例外则是要去购物。而"大叔",却是去了奥赛,这是他每次来巴黎都要去"朝圣"的殿堂。"大叔"这个年纪,热爱奥赛,是很容易理解的事,那些他们年轻时热爱的艺术家们,几乎都在这个殿堂里了。他们来这里朝拜自己的青春。

"大叔"想说服年轻的妻子与他同行,"到了巴黎,怎么能不去奥赛?"他认为这理由很充分。

妻子笑了,说,"哪个女人,到了巴黎,能让自己空手而归? 麻烦你替我向凡·高问个好吧,还有你总是念叨的那个米勒。"

"大叔"就一个人去拜会他们了。

他像识途的老马一样,直奔他的目标。他也不知道为什么他会那么热爱这个《晚祷》,他来到它面前,站住了,那静谧,从画作中布满晚霞的天空,从正在收获的秋天的田野,从那低头祈祷的年轻农夫和农妇的身上,穿透出来,氤氲、弥漫、扩散,笼罩住了"大叔"的世界。那是多么庄严和神秘的静谧,他想,是"静谧"的灵魂。乡村小教堂悠长的钟声,从天际远远传来,或者,是从……前世传来,一个少年,在同样静谧、美好的苍穹之下,在正在生长的粮食朴素的香气中,对他的小女伴说道,"我怎么能做牧师太太,我只能做牧师啊!"不错,那是前生前世的记忆。

奇怪,这《晚祷》里,流淌着一种……她的气息。

"他们听到教堂的钟声了。"少年这样说。

"也许,他们还听到了别的。"她轻轻回答。

是,一定还有别的,钟声之外的东西,更为宏大、永恒的东西,更深邃的秘密。他一阵鼻酸。

他回头,转身离去。发现身后站着一个女人,不年轻的东方女人,一脸沧桑,静静地,伫立着,凝望着前面的画作。是那静,一种深深沉浸的静而非观光客浮光掠影的表情,吸引他多看了她一眼。和她擦肩而过的时候,他觉得心奇怪地跳了一下。他站住了,回头打量着她的背影,中等个头,瘦削,衣着朴素甚至土气,毫无出奇之处。这不应该是她。他不能允许她变成这样一个毫无色彩的中年妇女。为了打消自己的疑虑,他想了想,走到了她旁边。

"对不起,打扰一下,"他用中文说,"我可能太冒昧了,请问,您认识一个叫袁有桃的人吗?"

她望着他,摇摇头。"不认识,"她回答,"您认错人了。"

"不好意思。"他笑笑,这样说。

是啊,哪里有这么巧的事?那是韩剧的桥段。走出奥赛的时候,他这样想。

心里却一阵怅然。

假如,这个"大叔",在走出十几米后猝不及防折返,他会看到那女人突然之间奔涌的热泪,以及,被柔情所照亮的美目。女人在心里温柔地说,你好,苏慈航,久违了。

从那座痛苦的城市消失之后,有桃来到了南方一座小城,在那里,没有一个人,认识这个北方姑娘,没有一个人,知道她的前史。她把自己连根拔起,放逐到了一片荒凉之海。

其实,那是一座安逸、宁静、祥和、富足的小城,也是一座闭塞的小城,走在它的街头,听着满耳一句也不懂的方言,听着别人的乡音,有桃偶尔就会冷不丁想起那个词:西伯利亚。

为什么,我苦难的命运,
送我到——西伯利亚……

多年前,那个英俊少年忧伤的歌声,蓝天下的歌声,就会在有桃心里响起。有桃默默地说,没有为什么,袁有桃,西伯利亚,那就是你的命运。

她在这小城一家很有实力的民营医院,找到了一份工作。先是做护士,后来做护士长,再后来,随着医院规模的不断扩大,做到了总护士长。不知不觉,二十年的时光,过去了。她变成了这医院"元老级"的人物,受人尊敬,也学会了一口不算地道的本地方言。他们的医院,原本在城里,由于扩建,新院址选在了城郊,于是,她就在郊外租了一座农家小院,略事改造,加盖了卫生设施之类,就成了小小一个世外桃源。闲暇无事,她在院子里,种花,种菜,种树,还种一点儿草药,像连翘、金银花之类。她用她的鲜花,装点餐桌,用她菜园里的新鲜蔬菜,做她的晚饭,用那些草药,泡口味独特的草药茶。只是,这一切,四季的鲜花、绿色的蔬菜、滋味悠长的茶汤,永远,没有人和她一起分享。她没有成家,也不交朋友,从不邀请人到她家里做客。她独往独来,而她一个人走在这城市的孤单身影,渐渐地,不再让人好奇。一个外乡人嘛,总有她的道理。

她以为,生活就这样无风无浪地过下去了。她甚至想到了退休后的日子,她筹划,到那时,她可以把这小院子买下来,办"农家乐"——施展她一手的好厨艺。她真是技痒啊!有多久,没人吃过她烧的饭菜了!她是多么喜欢给人烧菜吃,听懂它的人真心的赞美。人家是以文会友,她是以味道觅知音……她有时会憧憬未来,一个满头银丝的老妇,站在紫藤花架下,静静地、微笑地望着一桌子食客和一桌子美味佳肴。不知为什么,在那个画面里,永远只是一桌,只有一桌,是她不贪心吗?她不知道。微风吹来,紫藤花一瓣一瓣无声而清香地飘落,满院子的落花啊。她远远地看,从不会去惊扰人家。也许,她会听到这样的惊叹,"怎么能把菜烧得这么好吃?太神奇了!"一生中,曾经有两个人,两个她珍惜的人,这样赞美过她的厨艺。

但是,癌来了。

血尿,无痛血尿,毫无征兆地在一个清晨到来。洁白的马桶将那半盆鲜红映衬得格外惊悚。她望着那惊悚的鲜红感到指尖都是冰凉的。一个资深护士长,太明白这是一个什么预兆了。

她没有声张,独自坐车去了省城的大医院,检查结果,如她所料,膀胱癌。只是比她预想的更糟,晚期。

一周后,她请了长假。二十年来,她从没休过带薪假期,所以,老板答应得很痛快。老板是个明白人,他知道一定有什么不寻常的事情发生了。

她把全部的存款,都取出来存到了一张卡上,她笑笑,和她的"农家乐"告别,和梦想告别。她是不能有梦的,她是不能宽恕自己的。她手里握着那张卡在心里说。然后,她报名参加了一个旅行团,来到了法国,来到了,巴黎。

奥赛,不是旅行团的日程,她也是利用自由活动自由购物的时间来到了这个殿堂。来和一幅画约会。

奇迹发生了。在她生命的末路,在她就要走到尽头的地方,她和那个叫苏慈航的英俊少年意外重逢,虽然,只是擦肩而过,虽然,他们彼此都已面目全非,但是,足够了,她撞见了她生命中最美丽的一小段岁月,那岁月,就像被点燃的一盏河灯,而那光,可以引领她的灵魂勇敢地走进永恒的黑暗。

三天后,在卢瓦尔河谷一座乡村小教堂内,有桃点燃了一支蜡烛。她在神坛前跪下了。

"你好,上帝!你好,圣母!"她在心里这样说,她不是教徒,不懂祈祷的规矩,"你好,秦安康……"这个她背负了一生的名字就这样脱口而出,"秦安康,现在,我可以告诉你了,其实,四十年前,那一天,在我听到'扑通'的声响发现你落水时,我,我没有在第一时间跑过去救你,我从雪地上爬起来站在那里,看见你扑腾、挣扎,我没有动……后来,我一直对自己说,袁有桃,你那时是吓傻了,吓愣了。可我清楚,其实,我那时听到了自己心里一个声音在说,'活该,去死吧!'——那声音那么短促,转瞬即逝,可我确实是听到了这魔鬼的说话……我不知道这一刻到底有多长,几分钟或者几十秒,等我清醒过来时,冰窟窿那边已经没有动静了。我一路喊着你的名字跑过去,我趴在冰窟窿边上一边哭一边喊,我说,秦安康,秦安康,秦安康! 你能听见我说话吗? 没有人回答,那冰窟窿黑得像地狱一样,真恐怖啊。我朝四周喊,有人吗? 有人吗? 救人呀——却没有一个人! 白茫茫的湖面上没有一个人! ——这时我是真吓傻了,拔腿就跑! 雪下得那么大,我看到了你妈妈,秦师母,在那里问人家,'你看到我家安康了吗? '我慌不择路地逃了……假如,我没有过那几分钟或者几十秒的恶意,我一定不会躲,不会逃,我会一路跑来喊人,我会告诉她实情。后来,我也一直在想,就算我在第一时间毫不犹豫朝冰窟窿那里跑,又能怎样,难道来得及吗? 能救起你吗? 很可能,不能,很可能,来不及! 但是,但是那会多么不同! 我是说,对我而言,那会多么不同! ——我可以不用我这一生,来偿还那几分钟或者几十秒的恶念和罪孽……

"是,秦安康,我偿还了一生。我惩罚了自己一生。这一生,有过一些时刻,我可以忏悔,我知道,也许,对珍惜的人说出口,或者,当着你亲人的面悔过,我就不用这么沉重地背负你过这一生,但,这对你公平吗? 这样轻易地自我宽恕,我觉得羞耻……除了沉默地和你一起受难,我想不出还有什么方法,来度过我这有罪的一生。现在,我来到了我生命的尽头,秦安康,你知道了我的罪孽,可以了。

"上帝,圣母,基督耶稣,在你们的圣殿里,我说出了我的秘密,谢谢你们! 但我不求你们的原谅,我将继续带着这秘密远行,我知道,我要去的地方,很黑暗,那里,不会有我至亲至爱的亲人——我的姥姥、姥爷,他们应该在花香四溢鲜草翻涌的好地方,而我,我知道我永不会再和他们相遇,所以,我需要一点儿勇气,请帮帮我……"

她沉静地、默默地说。

教堂外面,是一座墓园,和她同行的旅游者们,在墓园里拍照。这一晚,他们将会在附近的乡村小旅舍投宿。

那小旅舍，深深地隐藏在绿荫之中，迎接他们的，是家庭风格的房间、干净芳香的床褥，以及美味的晚餐：红酒炖鳗鱼，焦糖苹果挞，还有，卢瓦尔河谷永生的葡萄酒。

晚祷的钟声响了。

【作者简介】蒋韵，女，1954年3月生于太原，籍贯河南开封。1981年毕业于太原师范专科学校中文系。1979年开始发表文学作品，迄今已出版、发表小说、散文随笔等近三百万字。主要作品有：长篇小说《隐秘盛开》《栎树的囚徒》《红殇》《闪烁在你的枝头》《我的内陆》以及小说集《心爱的树》《失传的游戏》《完美的旅行》和散文随笔集《春天看罗丹》《悠长的邂逅》等。近年曾获"第二届郁达夫小说奖"中篇大奖、赵树理文学奖、《小说月报》百花奖、老舍文学奖等，中篇小说《心爱的树》获得第四届鲁迅文学奖。亦有作品被翻译为英、法、韩、日等文字在海外发表、出版。现为中国作协会员、山西省作家协会副主席，一级作家。

被 切 除

向 春

一 妇女保健医院

眼前这乌泱泱的人群,穿着五颜六色的衣服,提着花红柳绿的包。女人的包尤其大,仿佛把一个家装在里面,累了能跳进去睡一觉。

我的工作是做色彩设计。色彩学中的色相,是一个名词,就是色彩的相貌,红的还是黄的。佛教中的色相指红尘万象,看得见的看不见的似有似无的亦色亦空的不二世界。而在我们触手可及的俗世中,色相指女人的姿色,或者就是女人本身,毫不讲理地贬义了。

我放眼望去,这些世俗中的有色相没色相的女人们,都有一个共同点,她们都长着两只乳房。不知道的人以为这是菜市场,女人们买菜呢。其实这是本市最好的一家妇女专科医院,我们在这里排队做乳腺手术。

我的前后都是像我一样的故作镇定的女人,翻看手机,顾盼左右而言他。因为不让穿胸衣,前胸嘟噜着。因为不让化妆,加上心情焦虑,脸盘个个像没烙到火候的饼。

我丈夫在人群中一闪我就看见了,他拎着一个大包,一个肩膀低一个肩膀高,凑到我跟前,不看我也不看别人,转动着脖子仿佛在找什么人。我冲着墙壁翻了个白眼,无言。我挺着胸,或者做着挺胸的姿态,尽量优雅地向前抻着脖子,我不想在他面前显出疲态。

前几天的一个晚上,我和身后的这个男人达成口头离婚协议后,三分绝望七分憧憬地冲进卫生间洗澡,右手发现了左边乳房上的一个肿块。当时我还幽自己一默,啊,过了十多年赚了一块肉!我们决定离婚的导火索是,丈夫说他要找一个女学生给他生个孩子。我就驴下坡,做了个顺水人情,还说你想好了,不包退的。真正的原因嘛说起来话长了,一言以蔽之,两个驴嘴伸不到一个马槽里,两个犟牛撅不进一个夜壶里。第二天到医院做B超,做钼靶,诊断结果是乳腺纤维瘤,必须尽快手术。我想把手头的破事处理完,就说过一段时间行不行。医生瞪了我一眼说,不要命啦!我说不就是个纤维瘤嘛。医生说,前面的检查都是辅助判断,是什么性质只有切出来才能知道。我是个有文化的人,我明白,人心隔肚皮仪器咋能看得清呢,得拿出来看个子丑寅卯。

我选择了这家医院是因为这是家专科医院,医院床位紧张,虽然我们用公费医疗办了入院手续,但暂时还没有床位,什么时候有床位呢?等手术出来需要床位的人才会给予解决。那什么样的人需要床位呢?恶性肿瘤的人需要床位。良性的病人输点儿液体就可走人,第二天再来输液换药,病人也乐得这样,谁都不愿意在医院这种地方多待一分钟。听排在我前面的人说,今天共二十台手术,两台同时做。站在这里排队的,很多人站着进去躺着出来。还有一种神神道道的说法,如果哪一天第一例是恶性的,后面的多半是恶性的。所以出来一个,我们就抻着脖子想知道是良性的还是恶性的,仿佛那是我们的底牌。或者我们是一群多米诺骨牌。

一位护士从手术室里出来,叫了两个名字:林似锦、刘一朵。林似锦就是我,另一个刘一朵我也知道。昨天各项例行检查完毕后,主治大夫助理找患者家属谈话,我和刘一朵的家属同时进的谈话室。刘一朵的家属是一个四十来岁的男人,一条腿有残疾,软塌塌的,一迈步,就在地上画一个圈。他穿一身迷彩服,操着土话,阿么留?阿么留?意思就是怎么了。我看到办公桌上放着两张病历,年龄那一栏上都是三十六。我的那张上写着左乳肿物,另外一张上是Ca。癌!我的双手顿时麻木,嘴里嗫嚅着说了什么。我有个自言自语的毛病,紧张时就会自说自话,等意识过来,也不知道自己说了什么。为这毛病我吃了不少亏,有一次说出了一个男人的名字,被我丈夫当场抓住。大夫对迷彩服男人说，明天的手术分两步，第一步局麻取出肿物，迅速进行冰冻化验，确认阳性后，接着进行二次乳腺改良根治术。大夫又重复了一遍刚才的话，问他听明白没有。迷彩服男人结结巴巴地说，那我老婆的病能治好吗？大夫说，这是国际上通用的规范治疗，把后续医药费准备好就行了，在这儿签字。男人攥着两只手说，不会写字。大夫把红色印泥推向他说，手印。之后朝向我，家属没来吗？我说，我这个不严重，有话对我说吧。我底虚，用轻描淡写壮胆。大夫看了我一眼。我的眼睛里蓄满了柔情，我想让大夫看到我是个美丽的女人，我想用这个讨好，让大夫对我说的话不要太残忍，好像美貌可以成为安全的通行证。大夫抬起头来又看了我一眼，再低下头看了一眼病历说，你三十六岁？我点头。我比同龄人长得年轻，可能是因为我没有生育，或者因为天生丽质，也有的人说心地善良的人就长得年轻，这个女人的优势或者说资本让我经常照着镜子偷笑，我占了时光的大便宜。大夫说，你也是局麻取出肿物，冰冻后没事两三天就出院。暂时还没有床位，明天早上九点到手术室门前等候。不要化妆，不要穿胸衣，空腹。我说着感谢的话，突兀地上前握大夫的手，我的脚步有点儿踉跄。

我环视着周围，想感受另一个人是否存在。尽管我们一年见不了几次面，但他可以突然出现在我遇到困难的任何一个地方。我看了一眼窗外，有几棵树。通常他会站在一棵树下。

我和刘一朵同时进手术室。我穿一件蓝色亚麻外套，她穿一件明黄色的衬衣，这两种颜色让我心下一喜。蓝和黄调和是绿。绿是和平，安全，顺其自然。我看了一眼她的长相，细眉长眼，麦子皮的肤色。这个好看的女人，可怜的女人。门口我回过头来，迷彩服男人巴巴地望着她的女人，像一只不会说话的羊。他究竟知道不知道，再从这个门出来，他的女人就跟过去全然不同了。我看了一眼我丈夫，他现在还是我的丈夫，如果不是他的身份证不翼而飞了，他声称在补办身份证，我们用十分钟的时间去民政局，一泡尿的工夫就彼此剥离了。为什么结婚和离婚在同一个地方？信誓旦旦的地方同时也是提起裤子不认账的地方，让人多不好意思。不能换一个地方吗？比如人出生时在产房，死亡时在殡仪馆。我站在门口，好像应该对他说句什么。比如要出远门，要嘱咐一句什么。他向前跨了一步，嘴半张着向我发出疑问，意思是还有什么事吗？我才注意到他穿着一件红色T恤，蓝色和红色调和是紫。我想到陈旧的血色。职业病发作让我皱了一下眉头。我转过身，身子直哆嗦，自言自语地说，家里的窗户关了吗？

二　丈夫

丈夫，就是妻子一丈之内的男人。我们还在一丈之外的时候，在这个世界上分别游荡，由于是同一个物种，邂逅当然成为一种可能。

二十二岁那一年，我还是服装学院的一名学生。我已经参加工作的男朋友到学校来看我，带了很多好吃的。我的男朋友喜欢摄影，他有一台尼康的长镜头照相机，吃饭的时候都挂在脖子上。于是我带着我的男朋友去师大，那里有我的中学同学蒋莱。我和蒋莱好了十几年了，两家是世交，我们无话不谈。我们曾经有约，有了男朋友一定先让对方过目。挣了工资的男朋友用自行车带着我，我手里拎着吃的。九十年代中期中国人吃饭已不成问题，可是穷兵饿学生，对于七十年代出生的人，饥饿的隐性记忆犹在，因而嘴上的事自然是要紧的。可巧的是，蒋莱也有了男朋友，我们四个人见面后，面面相觑。

记得是蒋莱先开的口，介绍她的男朋友是数学系的，是个几何天才，同时也是文学天才。几何和文学是不搭界的，一个在左脑，一个在右脑，不过左脑和右脑都在一个脑袋里。一个双天才，比双学位还厉害。我看到那个男人一脸窘态。这是个像陈景润似的曹雪芹啊。那天我们把带来的吃的都倒腾进肚子里，还喝了一洗脸盆散啤酒。因为场面莫名其妙的尴尬，要是停下吃来，嘴就不知道该往哪儿放了。我大概有点儿醉了，自言自语地说，几何，对酒当歌，人生几何？我们四个人分手后，我男朋友的自行车后座就空了。那一刻我切断了和他的将来。如果不这么刻不容缓，那就是对良心的背叛。

我叫他几何。

蒋莱到学校来骂过我几次，无非是无耻小人婊子之类的。后来她复述同样的场景，目击者们就有点儿烦。打扫楼道的阿姨说，不过就是偷了个人嘛，那也怪你没看管好自己的东西。蒋莱正色道，是抢，是抢劫，连潘金莲都不如。我的前男友盛怒之后沉默了，他胸前挂着照相机，对我离开他的行为不能置信。

我和几何的狗屎名声不胫而走,而我们的脸上还黄金一样美好着。为了保护几何,我做出追求几何的姿态。我去学校找他,去实习的地方找他,我给自己弄了一套漂亮的行头,那是一套蜡染长裙,还有一件夸张的象骨配饰,我跳进这身行头里,闪现出匪夷所思的光辉。几何的男同学拥到走廊来看我,惊艳,惊艳,羡慕嫉妒爱啊。我们出双入对勾肩搭背,我们双手紧握,握成一枚手雷,随时准备抵御外侮。

那时我们坚信,刀找到了柄,剑找到了鞘,翅膀找到了蓝天。

有一次在大街上,几何去买雪糕,我在马路牙子上等着。突然看到几何和别人高声争执,几只胳膊在空中飞舞,我像一匹母狼冲过去,双臂护住几何。原来几何和一个人发生了冲突,那个人是我的前男友的朋友,我们有过交往。那个人不知道和几何说了什么,肯定是不友好的话,或者是侮辱我的话,几何几拳就把那个人打得头破血流。看到我,那个人吐出嘴里的鲜血说,烂货! 回学校的路上,我不停地流泪,我说几何,我是处女。

那一年确实是美好的, 虽然萨马兰奇宣布中国仅以两票之差丧失了2000年奥运会举办权,但是大亚湾核电站通电,海协会海基会第一次会谈,国民经济增长速度提高到百分之八以上。记得那美好的一年,改革开放让我们的国家有了翻天覆地的变化,这个变化是从色彩开始的。人们摒弃了蓝灰绿,向五彩缤纷靠近。我和几何开玩笑说,改革开放十几年,为啥你还没有钱? 我们面临着毕业,所以空前地关心国家大事。我们想一毕业就结婚,所以空前地热爱钱。或者心里爱上一个人的时候,也会时刻想着钱。

几何天才留校了,有了筒子楼里两人一间的宿舍。我进本市的一家纺织企业,做色彩设计,大家简称我为林色。我们想,一有栖身之地就结婚,那我们有声有色的好日子就开始了,我们幸福在望了。

可是我听到的是原子弹的爆炸声——我的前男友自杀了。

前男友的父母悲痛欲绝,这是可以想象的,他是独生子,即使不是独生子,失去骨肉都是痛彻心扉的。我不知道用什么样的方式来安慰前男友的父母,我沮丧得也想死。我瞬间被卷进事件的中心,一场飓风来了。

在前男友的照相机的胶卷上,留下了两张不堪入目的影像。是两张患有严重性病的男女生殖器。它们无比鲜艳,盛开着的恶之花。

前男友的父母把我告上法庭,说我和前男友发生了性关系,并且把性病传染给了他,我始乱终弃后,导致前男友精神崩溃而走向绝境。他们化悲痛为力量,他们说,我儿子都死了,你还活着?

问题的核心突显在几个点上:一是照片上的生殖器是谁的。这个东西不像人的脸,有鼻子有眼可以对号。二是被告与受害者是否发生了性关系,被告是否有性病。那时候相机用的还是胶卷,柯达胶卷,底片上没有反映时间。整个胶卷上只有这两张影像,没有别的参照。从胶卷的出厂序号看,受害人购买胶卷的时间正是跟被告交往的那段时间。那只能拿出被告没有和受害人发生性关系的证明,或者被告没有性病史的证据。如果被告没有跟受害人发生过性关系,也没有性病史,受害人得性病并因此自杀就跟原告没半点儿关系。

在法庭上我出示了正规医院的体检证明,这一张纸证明我有完整的处女膜。一个处女当然不可能得性病。

站在法庭下面的人,唏嘘。那时候法庭没有审理过类似案件,旁听的人特别多。有的可能唏嘘一个年轻女子的勇气,有的也可能是唏嘘一个大学生的无耻。反正世界上什么人都有,人什么想法都有。于是原告又质疑,被告可能是一个假处女。所有的东西都有可能作假的,处女为什么不能是假的呢?或者如果医生开了假证明呢?但是法律依靠的是证据。原告要求我到他们指定的医院做检查。

我坐在被告席上,仿佛被扒掉了裤子。我看到几何站在最后,遮阳帽压着半张脸。

紧接着原告把那张女性生殖器的照片洗了无数张,到处张贴。人们同情那对死了儿子的夫妇,自然把照片和一个叫林似锦的女人联系起来。

这件事情上了报纸,专家们展开了空前激烈的司法讨论,人类从来没有停止过对道德伦理和法律的纠缠。讨论的焦点是:如果双方发生了性关系,一方自杀,另一方就应该负法律责任吗? 如果双方结婚了,必然是发生过性关系的,如果一方自杀,另一方应该负法律责任吗?性关系的双方都患有性病,双方都没有就医的记录,一方死亡,怎么能证明哪一方是始患者哪一方是被传染者? 如果受害人相机里的女性生殖器影像与被告没有关系,原告张贴影像资料并直指被告的行为是否已经构成人身侵害?

第二次庭审时,被告拒绝在原告指定的医院进行身体检查,案件再一次在一些说不清楚的问题上胶着。这时,下面旁听的一个年轻人站起来要求发言,得到法官的批准后,这个年轻人提供了出人意料的信息。年轻人说,原告的儿子和被告谈过恋爱不假,但他自杀的原因,与原告没有关系。他自杀的真正原因是,他误入传销组织,被骗走了家里所有的钱。他入传销组织的介绍人患有性病,这位女性已被警方控制。法庭应该对事情的真相展开认真调查——他用了"真相"这个词。

一片哗然。

我极力想看清那个年轻人,但只看到一个背影。他的年龄大概跟我差不多。他的声音和他的背影苍凉而落寞。

前男友的父母撤诉了。这件事轰轰烈烈闹了半年之久,前男友的父母也倦怠了。从法庭出来,他们径直去了路旁的一家牛肉面馆,他们饿了。

三　手术台

实际上我的眼睛一离开几何,就进入呆痴状态。我高一脚低一脚上了手术台,把骨头和肉放平,闭上眼睛待人宰割。

其实我这几天一直在掩耳盗铃。我在网上查阅了很多相关资料,三十六岁的年龄,未生育,生活不规律,熬夜,喝酒,过敏体质,抑郁,再加严重污染的空气、食品、甲醛——乳腺癌已成为世界妇女的第一杀手,以万分之二百的数量在世界蔓延。就是说一百个里就有两个。

林似锦?

三十六岁?

我点头。

你不能点头,告诉我你丈夫叫什么名字?

后来我知道这么明知故问是确认患者,同时也要考证患者思维是否正常。

我的主治大夫参着两只戴了塑胶手套的手,飘过来,说,林似锦,别紧张,可以闭上眼睛但不要睡着,有不舒服的感觉就说话。她是温柔的,她把每天重复二十遍的话,说得像唱歌似的,真不容易。

我的主治大夫姓蒙,我有点儿害怕她。我们第一次见面就有了身体的接触——她的手放在我的乳房上,她的食指和中指像两条小蛇,凉,滑,指头肚在我的乳房上精细地转着小圈,顺时针划过整个乳腺,像地球的自转和公转那样,最后停顿在一点上。她对助手说,左乳九点。

　　我看到助手看着我的片子,确定我乳房上肿块的位置。所谓的左乳九点,就是把左乳当成一个钟表,九点的那个位置。我很熟悉钟表上的九点,那是我起床的时间,我睁开眼,会对墙壁上的九点打个哈欠。那个助理用笔在九点的那个地方画了一个圈,紫蓝色的。

　　一个绿色的屏障挡在了我的眼前。

　　蒙大夫说,打麻药稍微有点儿疼,忍一下。我们用的是微波刀,几乎不出血,你放松。后来我知道微波刀这东西真神,在切开的同时就在接触面上止了血。用这东西杀人肯定不管用,不流血。

　　打麻药没觉得疼,动刀子也没觉得疼。听得见大夫和助手聊天呢,先说了自己的孩子又说单位谁家的孩子。这时听得蒙大夫说,林似锦,别睡着。你看你这么漂亮的乳房,赶紧生孩子。我嗯了一声,表明我没有睡着。

　　这时蒙大夫停住了讲话,片刻工夫,她对助手说,你看这里,先不缝合,送病检。

　　这个时候,大夫是一个裁缝。

　　我全身抖动起来。我知道先不缝合是什么意思。大夫的肉眼很可能看到了让人怀疑的东西,她们一天就要做二十例手术,她们有经验。我握紧拳头,咬紧牙关,真的害怕得要死啊。等待那个该死的化验结果,那或许是一份死亡通知书。大概二十分钟的时间,对于我来说比十二年长。

　　我和几何结婚十二年,一直没有要孩子。说起来就话长了。几何长得高大帅气冷峻,他双目炯炯有神,苏格拉底的额头闪烁智慧之光。在我出入医院和法庭的半年时间里,他的眼光几乎没有和我对接。对方撤诉后,我的过失基本上定位了,那就是前男友因为失恋而自暴自弃,误入传销组织,又和上线有了性关系染上性病,最终自杀。我没有直接的责任,我以为我把自己洗清了。那个时候谈恋爱就要结婚,于是我们匆匆忙忙地把两张床摆在了一起。我们没有婚礼,没有洞房花烛夜,没有祝福,也没有蜜月。第一个晚上,我们几乎没说什么,洗洗睡吧,他就熄了灯。我等了很久,没听见他的动静。我撩开他的被窝,他打着一只手电筒,转魔方呢。我说,你不想证明我是处女吗?他突然把被子几乎掀在房顶上,赤裸裸地说,处女,处女,全世界的人都知道你是处女!

我知道,法庭上的几个回合,每次都在说着被告的处女膜,这个私密的东西被挑在光天化日之下,被晒太阳,这让几何多么尴尬。我们之间不仅横着一条命,而且横着那个给人无限想象的处女膜,还有原告想强加给我的丑陋糜烂的女性生殖器。这一切都是我的错,而几何是无辜的,甚至也是一个受害者。他克服不了对我身体的嫌恶。

可是床已经摆到了一起。他看了一本什么夫妻之道的书,说亚洲人一周过两次夫妻生活为宜,他根据我的经期定了星期二和六。除了二和六的时间,他卷了被子蒙头大睡,我的身子往他这边凑一下,他就会躲一下。没多久我怀孕了。几何非常喜欢孩子,他痴迷动画,与他热爱孩子有密切的关系。我们俩骑着自行车去医院做检查,我骑在前面,被一个冒失的人撞倒了,我下意识地抱肚子,两脚朝天。这个姿势确实不雅观,我看到,几何装着不认识我,快速蹬着自行车走了。我不能要这个孩子,我没有准备好,我怕生下来一个孤儿,至少可能会是单亲。小的时候我家的旁边就是一家孤儿院,那些可怜的孩子没爹没娘,好像从石头缝里蹦出来的。更可恶的是孤儿院外面还用铁丝网围着,像个监狱。我不能错上加错,我要做掉这个孩子。做出这个决定时,我正设计好一款鹅黄花蕊面料,这款设计的灵感来自于我肚子里的孩子。眼泪模糊了我的双眼。我打电话通告了他,就骑着自行车去医院。我骑得很慢,希望他能追过来,改变我的决定。可是没有。去了医院,手术排在了第二天。回到家,身心疲惫,想躺到床上歇口气。听得厨房里有水声,我想,他以为我手术了,会给我煮点儿粥。如果他给我端一碗粥,我就留下我的孩子。接着他就端过来一盆凉水,直接泼到了我的身上。第二天早上,我正式把孩子从我的肚子里拿出来。心死了一次。可是心这个东西很奇怪,一次半次是死不透的,像一种菌,环境好了就又活了。

我听到门口有人喊,林似锦的家属,林似锦的家属——

我眼前的屏障取开了,我的胸前裹着一圈纱布,像一个白色的抹胸。蒙大夫伸出手来摸了一下我的脸说,林似锦,你的手术需要扩大一点儿范围,现在护士推你到心理安慰室,你和家属商量一下。

后来我知道,所谓扩大一点儿的那个范围是半个胸部。

狼来了。我从床上跳下来,让狼叼了一口那样干号。我抱着前胸往外冲,两眼漆黑,我找不到门,几次撞在墙上。我喊着,找我丈夫,找我丈夫。两个护士架着我把我按到隔壁房间的一把椅子上,几何扑进来。

他躬下身子连同椅子一起抱住我。

我们已经很久没有拥抱了,尽管这是一个有名无实的动作,还是令我魂归七窍。

我说,重新去化验,肯定是弄错了,你快去,我要求重新化验。我声嘶力竭。

他说,这个问题我已经求证过了,不会有错的。现在问题很简单,切除患侧乳房连同腋下淋巴。时间就是生命,不能耽搁。

显然大夫已经和他沟通过了,他用的是大夫的口气。

我说不,如果切乳房,那就让我去死。我像刘胡兰那样挺起了胸,誓与乳房共存亡。

他无语,无奈,脸憋得通红,平时生气时就这个样子。他蹲下来伏在我的双腿上,求求你了,活着,活下来。以后我倒垃圾我擦地板我刷马桶我做饭我刷碗……

我们从交往到结婚十几年了,他从来没有对我妥协过。即使是新婚,我说你不洗澡就不要到床上睡,那他就去睡沙发。我说你不擦地板就不要吃饭,他就借上同事的钱下馆子。我哭得死去活来,他说哭得天塌下来也没有用,你错了就是错了。总之他从来不向我低下他的头颅,他认为听老婆的话就是怕老婆,他平生最看不起的是怕老婆的货。

他的举动给我一个暗示,我要死了。我想起我的父母,他们给我的生命,我没有看管好,我走在他们的前面是最大的不孝。我想起我的工作间,我的色相环,想起我喜欢的每一种颜色。我走到了深蓝地带,一个陷阱的边缘,再往前走就是黑。

我推开他,哪来的那么大的力气,胸前的纱布渗出了血。我又往外冲,脑袋撞在门框上,头顶上嗖地飞起一群麻雀。我要回家,尽管十二年来我漂泊在这个家里,但是我想回家,家才是我想要的地方。

我被抱上推床,被几只胳膊摁住,嗡嗡嗡地向前走。走廊上的天花板向后退去。我的眼睛捉住他,我心里在喊,救救我,救救我。我的手从他的手里脱出的那一刻,完了——双扇门合上的一瞬,我意识到了这也许是一次离别,永别,诀别,我双手抓紧床沿,用脖子挺着脑袋,看着他,绝望地呼喊:我爱你!

说别的已经来不及了,这是最简单的三个字。我想说,我曾经爱过你。如果我能活着出来,我还不想放弃爱。

四　妻子

话说做人妻之后,我才发现,做妻子是个力气活儿。

一个女人没有和一个男人睡在一个被窝里你就根本不算认识他。几何和所有的天才一样,是生活的低能儿。他生活的能力也就是刚好能自理的程度,也就是说自己会吃饭,会穿衣服,会上厕所,会睡觉,至于洗衣啊做饭啊购物啊通通与他无关,他甚至不会开洗衣机不会开空调不会用天然气。我擦地板时,他甩着两只长胳膊在十几平米的房间里走动。他说,人与拖把和地面形成稳定的三角形,这是我们家庭的形态,所以有家就要擦地板。折叠式防盗门充分利用菱形四边形的不稳定性而节省了空间,这个东西是可有可无的,君子不用防,小人防不住。有几何才有物体,有物体形状才有立方体,有立方体才有深度。我想一个有才华的人是与众不同的,是遗世独立的,是四体不勤的、油盐不浸的。这不就是我看上他并全力以赴嫁给他的初衷吗? 我不能种了芭蕉又怨芭蕉。

我们是夫妻,天底下夫妻要做的事我们都要做。比如蜜月,是互相进入对方逐渐密切起来的一个月,人要通过身体获取快感,并从快感中学习亲密和依恋。良好的开头是成功的一半。可是他迷上了魔方,他玩得手都抽了筋,如果在后半夜魔方的拼色成功了,他就揭开了我的被子。我说你去冲澡,他说不冲,我说不冲不行,他转身就走,又去玩魔方。我们从来没有看过对方的私密处长得什么样。黑灯瞎火地身体凑到一起的时候,从来不说一句话。大概往墙里砸一颗钉子的工夫,事情结束了。我想男人是要调教的,好像有人说过,妻子是丈夫的第二个母亲。相夫,要从最微小的事情做起,比如说如何与人亲近。在他看上去心情喜悦的时候,我嗫嚅着说,在床上的时候……其实我一张嘴就感觉到了不合时宜,床上的事情床上说嘛。我看他的脸,真诚,无辜,羞赧,不谙世事。我不知所措。但我还是锲而不舍,黑灯瞎火的浓情时刻,我说,长一点儿。他骤然停住,抽身而去。不欢而散后,冷战了很久。后来我就没有勇气了,在这个事情上放弃了。几年后我才恍然大悟,这是一个误会,我说的是时间,他听到的是物理长度。这句话是一秒钟就可以解除的误会,或者在有情人之间,这个事儿是心领神会的,根本就不会形成误会。可我们却无能为力。可怕的是,冷战,成了我们生活的常态。有时我鼓起勇气问他,你是不是不爱我啊?他的表情很惊诧。我说难道爱不要表达吗?他像孔老二那样摇头晃脑地说,"道之出口,其淡乎无味。"就是说真正的道是不能说出口的,一见空气就氧化得淡出鸟来。

可我已经做了人妻。既然妻子的属性一半是母性,我就要厚道一些,宽容一些,责无旁贷一些,要勇于承担这个光荣而艰巨的任务。我想让别人说我是个好媳妇,我想让别人说几何娶了个好媳妇,我想要别人对我的评价对冲我的负债感。我进入角色相当快,所有资深妻子能做的事我马上就上手了。做家务和生孩子一样是女人的天性,是与生俱来的智慧,不用学的。从小我母亲对我们的教育是,吃亏就是占便宜,无论利益上吃亏还是体力上吃亏都是占便宜了。可是如果是心灵上吃亏了呢?不知道。他很依赖我,我很有成就感,受到成就感的鼓励,我更加精益求精。饭菜上桌了,他说,筷子呢?饺子煮熟了,他说,没有小菜吗?他不会用筷子,夹起来的菜掉在餐桌上,沾在胸脯上,于是就得不停地跟着他收拾,擦洗了桌子擦洗他。你如果胆敢让他刷个碗,最后这个碗就没有了。晚上他睡熟了,四仰八叉,半张着嘴,婴儿状。他是那么坦然,无辜,鸿蒙未开。他仿佛是一堆零件,半成品,等着我组装呢。

如果下班的时间我没回家,也没有回传呼,他就在楼下等着我,我一进楼门,一个物体就扑过来,吃啥呀?吃啥呀?我扬了扬手里拎着的菜。他可能是放心了,径直上楼,也不管我手里的东西压得一个肩膀高一个肩膀低。最有趣的是我们一前一后回家的时候,他先进去就咣叽一声关上门,我后面上来,手里拎着菜,再掏钥匙开门。打一个不恰当的比喻,一对夫妻就是一副驴磨,一共两个角色,一个做了磨,另一个就得做驴。我就是家里的驴,我的背上拽着石磨。这两个角色可以互换吗?后来的实践证明,不可以,只能驴拉磨,怎么能磨拉驴?

只要我在家他就是安心的,他睡觉,发呆,抠脚趾,认甲骨文,说希波克拉底,谈八思巴,看尤利西斯。隔个时辰就喊一声"哎",那是我的名字,看我在不在了。

刚结婚的时候日子紧巴,应季水果买回来,先尽着我吃,他说男人不爱吃水果。可是有些来不及吃就要坏了,我要扔的时候,我不止一次地看到,他在吃那些丑陋的东西。我想他是爱我的,我得坚持。他还是个孩子,我得容他长大。我不能辜负了我们一起走过的艰难的日子,不能辜负了他的才华。我对自己说,为人要厚道!

我常常想,离开我,他吃什么呢?

我们的生活水平,停留在嘴上。

但凡女人,谈恋爱的时候都有点儿像林黛玉,希望和她的对应物多愁善感缠绵悱恻,一进入婚姻就成了薛宝钗,劝男人勤奋上进去做人上人。我也不免俗。留校生要做两年助教才能上讲台,做助教期间他白天在家睡大觉,晚上大量阅读,他看的书又变成了四书五经先秦文学唐诗宋词元曲明清小说。我知道他是个人才,试图规劝他。他不耐烦地说,我以为你骨骼清奇非俗流。脸上现出对一个俗类女人的鄙视。

我即刻自卑。他是个天才,我是个俗人。尽管我有美貌,有善心,有灵性,有教养,但是我不如他有才华。我偏偏就臣服于才华,把有才华的人奉若神明,这是我的一个毛病。

五　ICU

我醒了,但我一时还无法分辨,我在哪个世界醒了,我是在阴间还是在阳界,是现在还是未来?

空气是淡紫色的,黎明的丁香,傍晚的夜合梅,淡雅,凝重。我扭动一下身子,身体在,胳膊在腿在脑袋在,有重量。我的心落下来,叹了口气。有什么东西摸索过来,暖呼呼的,握了一下我的手臂,又松开了。我吸了一口凉气,想叫,没叫出声来。我慢慢睁开眼睛,看到了白色的墙壁,淡紫色的灯光,是蓝色和淡粉结合了的那种紫,薄薄的,蜻蜓翅膀似的。我的旁边有很多的仪器,此起彼伏地闪着光,用很多的线跟我的身体连在一起。我睡在一个类似箱子的床上,像婴儿的睡床,或者就像一口没上盖的棺材。我确认,我活着。但是我已经不是过去的我了,我经过了一个轮回。我有一种强烈的感觉,我眼前的这个世界绝对不是过去的那个世界,它的味道、它的色彩,已经不是我认知的模样。我的生命重新开始了。

我听到旁边的另一声叹息。她说,鸟叫呢,画眉、燕子,鸟叫呢。我侧过脸来,微微抬起头,看到了刘一朵,睡在另一张床上。这是我活过来后见到的第一个人,心里涌上暖流。

这时护士过来了,看我们仪器上的数字,往腋下塞温度计,一丝凉意钻到我的腋下,我感知了活着的冷暖。我努力着对护士笑一下,护士说,不要说话,体征一切正常,天亮了,你们的家属在门外等候,接你们出ICU。

我又打量了一下这个叫ICU的地方,墙上没有窗户,哪来的鸟叫呢? 我让心静下来仔细听,哦,原来是仪器在叫,用不同的数字图像声音报告着我们的体征,长长短短的,很悦耳。我伸出一只手,和刘一朵伸出来的手,在两床之间相握。进手术室时,我对她怀着同情的心情,没想到我和她一个样。我说,鸟叫呢,我们还活着。

接下来大概是天亮了,护士把我和刘一朵推到门口,交给了各自的家属。我看到了我的丈夫。久别重逢,只隔了一夜,我们久别重逢。我觉得他也不是过去的他了,他脸上的肌肉那么柔软,表情那么慈祥,我觉得他那么亲,如果不是身体插满了管子,我会伸出双臂。我们已经很久没有拥抱了,我们甚至就要离婚了。而此时我们的眼睛里蓄满泪水,谁也不敢看谁。他还换了一件衣服,是我去年出国时给他买的一件巴宝莉,因为这件衬衣还生了一肚子的气。他嫌我花一个月的工资买虚荣,我说钱花给狗狗也不会对人叫。不欢而散后,一个人待一个房间生气。我怕他把这件衣服扔垃圾桶,隔着门缝向客厅里瞄,我发现他正穿上那件衬衣对着镜子看呢,脸上的表情是那么喜悦。

怕眼泪流出来我闭着眼睛,听得推床嘚嘚嘚地响着。旁边刘一朵的丈夫说,大夫说手术很成功,这哈好了,这哈好了。

我和刘一朵在一个病房。几何把我抱起来放在病房的床上,沉入他双臂的那一瞬,我觉得他的身体跟过去也不一样了,仿佛谁在他的身体上赋予了情感,他的骨骼和血肉气息是那么有人情味儿。我傻了吧唧地想,病了也挺好的。

我看到了阳光,淡橘色的,液体似的,涂在我的身上。我看清楚了自己,我的胸部被纱布层层裹住,患侧的胳膊和身子紧紧绑在一起,像一只粽子,上面还压着两个沙袋。乳房像一只包子,把里边的馅儿掏出去之后,皮瓣和胸腔要黏合,要有一定的外力,那就是纱布和沙袋。这是后来听护士说的。

麻药过去后,我开始疼痛,呕吐,护士过来换液体把床碰了一下,我即刻昏厥过去。我听到几何的声音很遥远,他在指责护士,声嘶力竭。最深的疼痛像风一样,一下子就把人掀起来,在空中溃散,命若游丝。我一只手伸向空中想抓住什么,落空以后,心想,要是能死就好了。我只能侧着身子躺着,躺一会儿就想换姿势,但是一动身子就疼死过去。几何不断地找大夫找护士,他低声下气的,一脸的讨好、巴结,他知道,我的命拴在他们的身上。一个护士姑娘给我装止痛泵,她说,你忍着点儿,上止痛药影响刀口愈合。七床比你重多了,她一声都不吭。七床是刘一朵。果然我没有听到对床的任何声息,倒是她的家属靠在墙根睡觉打呼噜,山响。

再睁开眼睛时,又是一个黑夜。后来的无数个夜晚,半夜醒来,我总是要问自己,这是真的吗? 手术前一晚上,我用手机拍了我的双乳。现在存在我手机里的乳房已经成了艺术品,永远没有办法在现实中再现了。

我的半个身子麻得没了知觉,我想翻个身。看到几何坐着一个板凳,头杵在我脚底下睡了。我想用手摸摸他,够不着。我就用脚在他的脸上蹭了蹭。他突然就蹦起来,大叫一声。可能看见我还睁着眼睛,他舒了口气。

我转过脸看我的对床,昏暗的灯光下,迷彩服男人正跪在床边,手里端着碗,给媳妇喂吃的。媳妇一张嘴,他就跟着张一下嘴,还低声央求着,再吃一口,就一口。碗里可能是牛奶或者米粥,是人间烟火的香味,传到了我的鼻子里。我饿了。我竟然饿了,嗅到粮食的味道之前,我还是想死的。我说,我饿了。

几何说,活了活了,想吃东西就活了。好像之前我是死的。几何笨手笨脚地从保温盒里舀鸡汤,碰倒水杯,掉了筷子,用勺子把鸡汤喂进我嘴里。几何咂吧着嘴,仿佛他吃了香油辣水的好东西。果然吃了东西后身体里的血热乎了,我的眼珠子转动起来。我看到迷彩服男人靠在墙边,哧溜哧溜地吃老婆剩下的饭。天就亮了。

护士过来量血压测血糖,拆了尿管和身上的各种夹子管子。这是第三天,可能我们危险期过了。护士要求下床活动。由于刀口很长,必须把筋腱抻开,不然以后胳膊就抬不起来了。我们被扶起来,哆哆嗦嗦地下地,挪到走廊上活动。走廊上已经有很多的病人,都是一个姿势,纱布裹着身子和胳膊,吊着引流袋。碰面的时候,站下来,彼此点点头,无语,惺惺相惜。这让人想起渣滓洞里放风的江姐和孙明霞,用眼神互相鼓励。还有些女人是正在化疗的,举着光头,嘴里吃着什么,还呵呵笑着。我想不通,这些女人怎么还能吃得下东西,还能笑。人的承受能力是无限大的,只要命在,百炼钢化作绕指柔。想来她们刚听到这个消息时都是头撞墙的,现在她们也笑了,该吃吃该喝喝。她们退而求其次,只要活着不要太难受就行了。

接下来是换药。我先进的治疗室。坐着,一层层揭下绷带,暴露出来的将是一个万劫不复的真相,我闭上了眼睛。比手术时还要害怕啊,比碰见鬼还要害怕啊,全身发抖。大夫说,不要紧张,最困难的时候已经过去了。我想抱着大夫痛哭,此时她是我的亲人,是我的救命恩人。闭着眼睛躺下来,清洗刀口。根据大夫的动作幅度,刀口有半尺长。大夫戴着塑胶手套的手,一寸一寸挤刀口的瘀血,又是短暂的昏厥。蒙眬中大夫又把我裹起来。下了床我睁开眼,骨架要散了,抖得迈不动腿,头上的房顶在旋转。我又有了死的想法。我挪动着出治疗室,刘一朵进治疗室,看着我脸色煞白,她悄悄对我说,你看了吗?

我低头看了一眼包扎好的胸部,摇摇头,眼泪涌出来。

我站在治疗室门外,疼痛再次袭来,我靠在几何的身上,气若游丝。迷彩服男人围着我们打转,很焦急,对着我说,深呼吸深呼吸,然后他自己深呼吸,气息直喷到我的脸上。见我闭上眼睛,赶紧把手里的水杯递过来让我喝口水。几何如履薄冰地护着我,不用看我就知道他皱了眉头,挡开那个人的手,拒绝他添乱。等我缓过一口气,迷彩服男人趴在门缝上,看大夫给他老婆换药。突然我听到长号一声——

啊,阿么留阿么留,你们阿么给切了?啊,你们阿么给切了?接着是水杯摔在地上的声音。

护士们跑过来试图给他解释,可是他号起来。你们没说切奶子啊,就是你,他指着蒙大夫的鼻子,你说做什么改良根治手术,手术完了就好了,就从根儿上治好了,阿么把奶子给切了?啊——

他号啕的声音太高了,动静太大了,病房里的人都出来了,围过来。

我的天哪,我咋给家里的两个娃交代哩,切了奶子还阿么做女人哩,还阿么做娘哩。你们是啥驴日的大夫哩,奶子有病就切奶子哩?那心脏有病就切心脏哩?那脖子有病就切脖子哩?脑袋有病就切脑袋哩?你们阿么不把你们的切掉哩?

我听到,女人们,可怜的女人们,被割了乳房的可怜女人们,一个,两个,一片,大放悲声。

迷彩服男人被女人们的哭声吓呆了。护士长连推带拥地要他进排扰室,他干脆一屁股坐在地上了。我示意几何扶刘一朵回病房,我伸出一只手拉他,他看了我一眼,有点儿不好意思地抹掉了眼泪,站起来,扶我一起回病房。

两个男人用四只手先后把我和刘一朵放倒在床上。我们的上半身不能有一点儿受力,只能侧着身子躺着,手术的这一边垫着棉被,稍不对劲就会疼死。把两个女人安顿好,男人们舒了口气。迷彩服蹲在地上,靠着墙,啜泣。

我问男人叫什么名字,刘一朵说叫赵保住。

我说赵保住,所有得这个病的人,基本都得切除乳房,切掉病源,是为了保命。你说命重要还是乳房重要?你要配合医生,也不能加重刘一朵的心理负担。

赵保住本来是蹲在墙角的,听了我说的话站了起来。他看着我的胸部说,那你……

我说,我也是,刚才走廊里的那些女人们都是。

哦,他若有所思地背着手在地上走了两遭,马上释怀了,脸上明亮了。人就是这样,如果遭难的只有自己,那是万分痛苦,如果大家一起受难,心情就好多了。

那切了病就好了?

这么说吧,比如你种洋芋,其中有一株得了环腐病,你把这一株拔了,别的洋芋感染的机会就会减小。同时还要整个地打农药,防止复发。这就是后面的化疗。

赵保住听懂了，他转头对着自己的媳妇说，切了好，切了好，没有奶子了上面就不可能再长那个孽障东西了。他颠颠地去打开水，给他的女人热敷。

只有我和刘一朵在的时候，我问，你看了吗?

刘一朵说，看了，跟我想象的一样。没有多可怕。跟我们小时候没发育的时候一样，只是，只是刀口有点儿丑。我不怕难看，哪怕两个都切了，只要让我活着，看着我的两个娃长大就行了。

这个女人说话细声细气的，可是有一股能量直接传递给了我，我的恐惧似乎轻了一些。

刘一朵说，下次换药你就看，盯着看，你早晚也得看。我母亲说，你怕黑夜就盯着黑夜看，黑暗就没有了，你怕鬼就盯着有鬼的地方看，鬼就没有了。

刘一朵说话的声音很好听，有一点儿南方口音，发音部位在舌尖上。初次见到他们夫妻时我以为是父女。两个南辕北辙的人，看上去真的不般配。

这次换药的是个男大夫，手指冰凉。清理完伤口后，他对闭着眼睛咬着牙的我说，你看看，蒙大夫的手术做得多漂亮。

不知怎么我就睁开了眼。我看到，胸前趴着一条蛇。我惊恐地喊了一声，呕吐物直喷到医生的身上。

我被推回病房，死了一半。我没有力气去死，就绝食。几何找来主治大夫，就是神仙来了我也咬定不睁眼不张嘴。我的液体里加入能量和蛋白，大夫说，每位患者都有一个接受的过程，慢慢来。几何和大夫说话的口气讨好到肉麻。我从来没见过几何这么谦卑，他可能忘记自己是个天才了。

到了半夜我开始发烧，我听到护士长在训斥几何。几何本来就手笨，他的小脑发育不好，掌握平衡差，给我喂饭我不配合，他喂不进我嘴里，都洒在了床上。因为着急，他咻咻地喘气，在家里吵完架又没占着上风时他就这样喘气。他捏我的小腿，抠我的脚心，但他嘴上不舍得说一句体己的话。后来我感觉到他不在我身边了，我动了动脚，没触到他毛茸茸的脑袋。我有点儿心慌，我可能被放弃了，我叹了口气。赵保住过来了，双手托起我的后背，让我改变了一点儿睡姿。拧了热毛巾，敷在我的胳膊上。我睁开眼，刘一朵坐在我的旁边，一只手迟迟疑疑地伸过来，笑。她真会笑，笑得真好看。

她的笑让我的眼泪涌出眼眶。

刘一朵说，你长得真好看。站在旁边的男人赶忙附和着说，就是，你长得真好看。

我对赵保住说，你找了个好媳妇，长得比我好看。

赵保住脸红了，支吾着说，嗯，就是会说个普通话嘛。他的话把我惹笑了。

刘一朵说，大夫说了，你一点儿都不严重，很快就会好的。我比较麻烦，发现得太晚了。但是只要活一天，我都是高兴的，我能看着我的两个娃一天天长大。只要太阳出来，我就要睁开眼睛，能看到天是蓝的树叶是绿的，多好啊。

是啊，天是蓝的，树叶是绿的，就这么一点儿小小的要求。

又是一个早晨，太阳光斜射在我的身上，像一层橘粉。太阳升起了，太阳照常升起，我不知道，这一天是谁给我的。

几何从外面进来，手里提了很多东西。他端着八宝粥说，我做的，你信不信？从网上学的。他还从包里拉出我的衣服，一件件抖开，有连衣裙，还有礼服、高跟鞋。最后拿出来的是两个文胸，一个银灰色，一个湖绿色。他说，好一些了就穿上，里边塞上一些东西，根本看不出来。赵保住也凑热闹说，塞个馒头合适。大家傻笑起来。

我和刘一朵喝着八宝粥，夸着几何的手艺。粮食真是个好东西，它可以变成营养，滋养身体。身体真是个好东西，它可以能量转换，容纳生命。

我自言自语地说，我的那只乳房放在哪儿了？

赵保住的耳朵真灵，他把别在耳根上的一支香烟在桌子上蹾了蹾说，肯定和我媳妇的在一搭里哩，你们俩是同时切的奶子嘛。

几何瞪了一眼赵保住。他凑近我，很小的声音对我说，管它放在哪儿呢，你以前乳房也不好看，我根本不喜欢。

在我听来，几何说了一句惊世骇俗的体己话。

六　几何天才

数学系的几何要转系，他要到中文系当老师。数学系当然不同意，新生一入学,有两门高等数学等着他代呢。他不管这些,他到中文系的教学楼上办文学讲座,场场爆满。他讲的是《李贺的几何生活》《亚里士多德与孔孟之道》。中文系的学生开始联名向院里要几何给他们讲课,不然就罢听现有老师的课。转系其实是个简单的事情,人事关系在学校人事处,很简单,可是对于以后评职称要受一些影响。中文系表态愿意接收,只是古典文学的老师人满为患。古典汉语缺人,古典汉语枯燥,老师们不愿意讲。几何放言愿意承担中文系所有的课程。就这样几何天才开始讲授《说文解字》,讲甲骨文,听课的学生挤满了走廊。他一身布衣穿梭在中文系教学楼,俨然陈寅恪或者钱钟书,让中文系的老师们的脸上时常现出尴尬。那一阵中文系的学术风气甚浓,老教授们著作等身,睡在上面也没问题了。年轻教师争相发表论文,为职称做准备。这是几何的软肋,他一篇论文都没有见诸官方核心刊物。以后的多年里他不评职称,因为他拒绝考英语,拒绝写论文,拒绝学计算机。后来更是滑稽,发表论文要给刊物缴钱,这种教育体制超出了人类的想象,提到这事,几何无比气愤,仿佛自己受到了凌辱。除了有课,他昏然大睡,阴阳颠倒,不知今夕何夕。除了吃饭,他不知道自己是个有老婆的人。

世纪末,纺织企业纷纷倒闭。这给了我一个机会,我介入了服装设计行业,凭借良好的艺术素养,很快就成了一家知名品牌的设计师。大家不叫我林色了,改叫林设。

我的谦和、开朗、善意、义气,再加上好看,因和周围的人融洽而显得很有气场。逐渐地我开始不想回家,一到家门口腿上就灌了铅,心思暗淡。我的应酬多了起来,我包了饺子蒸了包子放冰箱,一走了之。可是在应酬的中间,会接到他的电话,他在指责,比如他煮饺子煳在锅底了,电视机的电源没有关,他看的书被我合上了,他的什么东西找不着了,我唯唯诺诺应付着,护着一个女人的面子。我知道他找碴儿,因为他不快乐。

我以他为骄傲这种情绪没维持几年,后来不能不厌倦。我要的是正常的婚姻和生活。他对于我始终是神秘的,我对这种神秘充满了敬意也充满了敌意。不过我马上就明白了,神秘其实就是对一个人的陌生感,神秘本身毫无意义。一旦进入婚姻,没有天才,也没有美人,只有夫妻,只有生活。而我的生活是不快乐的,这种不快乐来自于他的不快乐。人作为一个生命个体,是由很多因素组成的,比如品质、才华、智慧、性情、性格、责任、认知、生存能力、爱的能力、相融的能力等等,而我们之间欠缺的很多,我们是两张皮,羊肉贴不在牛身上。他不会爱。爱是人的天性,世界上有不会爱的人吗?吃饭是人的天性,睡觉是人的天性,可是就有不会吃饭的人有不会睡觉的人,那是一些病人。我也把几何当成一个病人,那治病的医生就是我。

　　我试图理解他的不快乐,在学校里,他的课讲得当然是没得说,在学生们的渲染下,得罪了很多老师。他经常迟到,穿着拖鞋上课,没有教案,板书一半的内容别人不认识。学年考核的时候,几个硬性指标都不合格,无记名考核打分,他的分数最低。一些学术会议,只有具备相应职称的或者在相应学术刊物上发表论文的才能参加,他被拒之门外。他被边缘化了。我下班回来,看他蔫头耷脑地坐在沙发上,没有开灯也没有开电视,通常下班的时间正播放动画片,他看得一脸傻笑直掉口水。我进洗手间他跟进洗手间,我进厕所他跟进厕所,我说怎么啦,要吃奶吗?他一脸苦笑说,考核不及格。他像一个做错事的孩子,简直要哭了。我一拍他的肩膀说,我以为钱包丢了呢,多大的事。他上来抱住我,找到知音了。我趁机说,擦擦地板吧。

　　第二天一大早,几何还在四仰八叉地睡觉,我就杀到了他的系里。为了给自己壮胆,我精心收拾了一番。我穿了高档职业装,一半妖娆一半干练。我让他们看到,能娶上这样老婆的男人不是天才还能是什么。在系领导办公室,我力陈当下中国教育的弊端,力挺几何的教学方法。最后我说,现下这一套评估大学教师职称的指标是一个天大的笑话,前无古人后无来者。你们不是大学,是养鸡场,你们养的鸡下的是一模一样的蛋。在教育界,意识形态导致腐败,绝对的意识形态导致绝对的腐败。

　　这件事在几何的系里沸沸扬扬了一阵子。我以为给几何挣来了面子,可是几何冷着脸对我说,以后别到我系里去,很多人认识你。

　　别人认识我,给几何丢脸了。

　　我开始着手买房子,我不应该住在几何学校的宿舍楼里了。我买了水蓝小城的一套两居室,搬家的那天,几何不配合,他说他喜欢旧房子。他说的是真话,几何喜欢一切旧的东西,用过的东西都不让扔。进了垃圾箱的一件东西,过几天会堂而皇之地又出现在我家里。对一个旧物件都情深意长的人,不是个坏人。我想新房子也会变成旧房子的,他会慢慢喜欢的。

　　我经常在大街上没有目的地走,音响里到处放着王菲与那英的《相约

98》。我看店家的橱窗,看人们穿的衣服,或者发呆。实在没地方去,我也会上一辆公交车,在城市里游荡。在车上,我看到一个丈夫让妻子坐在他的腿上,可能是妻子怀孕了,他的双腿可以减震。还听到一个女人对闺密说,我老公真不要脸,一听到厨房里油烟机关了,他就跑过来端饭来了。我知道我和几何的问题在哪里,那是一个烙印,无法消弭。

几何下课回来,我正在卧室里休息,他没发现我在家。我听到他在给一个人打电话。他的声音因为沉重而显得格外苍凉。他说,他很爱自己的妻子,可是因为一个特殊的事件,他看到了一张得了性病的女性生殖器的照片,在他的大脑里这张照片总是和妻子的器官重叠——在接近妻子的时候,他会想到一些肮脏的东西,这些东西怎么洗也洗不掉。大街的墙上、电线杆子上到处都是性病广告和图片,他无处逃遁……他也想到分手,相濡以沫不如相忘江湖。可是他看不到妻子就发慌,他依赖妻子……他在断断续续地说,电话里的人可能在开导他,或者在解救他。对方可能特别语重心长,几何哽咽了,后来突然大声哭泣。我捂着被子流泪,被嫌弃不亚于被侮辱,而这个人是我的丈夫。他在向谁倾诉呢? 这事儿能向别人说,不能向自己的妻子说,说了就是更深的伤害。好在他还给我留了点儿面子。

这个人是谁呢?

几何时刻都在抱怨,他把自己定位成一个教育体制的受害者。他看不惯社会,看不惯学校,看不惯周围的人,看不惯妻子。他几乎对什么都不满意。回到家里首先与他对立的是电视。新闻是虚假的,经济数据有水分,"百家讲坛""探索发现"还可以,但每期都能挑出毛病,最糟糕的是电视剧驴唇不对马嘴恶俗低俗,最后按捺不住气愤,扔了遥控器。这时我就找个动画片按出来,不能是日本的,日本鬼子王八蛋,想再度对中国文化侵略。我试图安慰他,我们没法改变这世界,我们做个有良知的人就行了。没有必要与它对立,对立就会生气,而世界不会跟你一起生气,所以这是无效的。然而语言是苍白的,不快乐是结实的并且是会传染的。我躲起来,自言自语,这是排泄负面情绪最好的办法。几何本来是个受害的人,我再伤害他更没道理。但我能医治他的伤吗? 我看不能,只能等待,等待自愈。

进入本世纪,互联网在中国普及了,他在学术界被称为另类知识结构的学术人才,在民间知识界被认可了。这个年头,你有才华想掖着藏着不外露也没那么容易。是他的学生们有心，认真做了他的课堂笔记，整理了他的学术观点，发在网络上。一些大学特邀他去讲课，英雄有了用武之地。同时他的工作环境也有了一些变化，他不争职称，不争访问学者，不争课时费，不争做导师，别人的机会就多了，同事们的脸也就热了。

可我是心灰意冷的。一个丈夫，哪怕他是个伟人，是个领袖，他不是人是个天上的神，如果他心里没有你，他不为你做什么，对于你来说等于什么都没有。所有的或虚名或实利，是他的，与你无关。我对自己说，结束这段没有意义的生活吧。

他下了飞机，进了家门，从拉杆箱里刨找，拽出连衣裙往我身上比试。那是一件真丝连衣裙，而彼时还是隆冬。还拿出一个头花，往我头上比画时，才发现我是短发。只要离开三天，他再见到我，眼神就是羞涩的。他洗澡或者换衣服，从里边闩上门。我又对自己说，不要放弃，他还是个孩子。

我肠胃炎急性发作，本来想忍着，到天亮时忍不住了，我碰了他几次。他可能刚入睡，翻了一个身。后来我坐在马桶上几近虚脱，我用微弱的声音喊他，他坐起来把什么东西扔在地上说，让不让人睡觉了？天一亮我就连滚带爬去了医院。我在医院输液，他打来电话问我在哪里，我说在医院。他说你去看病人吗？我无话可说。他说那我中午吃什么？我说你吃屎。

从医院出来，强烈的太阳光刺得我睁不开眼，一只手扶着墙定神，突然悲从中来。自从经历了那场事件，落寞地把两张床搬到一起后，我没有跟任何人大声争吵过，也没有放声大哭过。面对着如此的太阳，我无耻地张大了嘴，发泄结婚几年来的委屈。我没有过蜜月，没撒过娇，没听过一句体己话，我什么都没有……我感觉到一个人从后面托着我，把我放进一辆车里。我捂着脸不敢看那个人，一个女人把自己弄成这个样子真是狼狈。

身体的病几天就好了。人的身体有微循环，有能量转换，有新陈代谢，一些残渣余孽马上被健康的细胞清除出去了。我再次检点我们的婚姻，这是一个空城，是一片废墟，连荒草都没有。

再次想到分手。

我要和他开诚布公地谈谈。我约他到了一家小饭店，公共场合我们不至于吵起来。他坐在我的对面，很不高兴，他说，我不爱吃外面的饭。我说，你以后可能得学会吃外面的饭了。他瞪了我一眼说，怎么，你又要出差？哎呀,天哪。我在心里说,林似锦,你可怎么办啊。

我切入了正题。我们结婚太匆忙了,我们之间有一个问题,那就是在法庭上——你对我有说不出口的嫌弃,这个消除不了,我们的婚姻没法生存。他瞬间躲闪开我的眼睛,只是瞬间。他忽地站起来,把一只杯子摔在地上。他指着我的鼻子说,你小人之心,狗眼看人低,我恨你,你杀了我的孩子,你是一个杀人凶手,一个罪犯。他伸出手掀翻了餐桌。

以后的很多次,我试图解决这个问题。可他每次都扯到那个被我做掉的孩子。他把移花接木进行到了底。

话说那一次他掀翻了桌子,玻璃碴儿飞起来,划过我的胳膊,鲜红的血蚯蚓似的钻出来。从旁边的桌子无声无息地走过一个人来,他抓住几何的领口就是一拳。几何飞过了两张餐桌,眼镜蹦到房顶上。

那个人拽着我走出餐厅,把我塞进门口的出租车,对司机说送医院。

我和几何结婚六年后,在水蓝小城门口,我再次碰到那个人。他站在一棵香樟树下,他叫出了我的名字。

七　为什么是我

我的枕边放着手机。我拿在手里,迟疑着不敢打开。手机里有很多的亲朋好友,这是我早晚要面对的。我还是咬着牙压了开机键。短信铺天盖地,把短信删除,直奔百度,搜索"癌症":

> 癌症是机体正常细胞在多原因、多阶段与多次突变所引起的一大类疾病。
>
> 人人体内都有原癌基因,原癌基因主管细胞分裂、增殖,人的生长需要它。为了"管束"它,人体里还有抑癌基因。平时,原癌基因和抑癌基因维持着平衡,但在致癌因素作用下,原癌基因的力量会变大,而抑癌基因却变得较弱。因此,致癌因素是启动癌细胞生长的"钥匙",主要包括精神因素、遗传因素、生活方式、某些化学物质等。多把"钥匙"一起用,才能启动"癌症程序";"钥匙"越多,启动机会越大。我们还无法破解所有"钥匙",因此还无法攻克癌症。癌细胞是正常细胞的变异,因

为和正常细胞是同类,初期不痛不痒,很难被发现。癌细胞有无限生长、转化和转移三大特点,因此难以消灭。

是不是可以这样理解,是我们自身豢养了癌细胞,我们用违背我们身体正常运行的一些不良方式,比如抑郁、争强、较劲、熬夜、吸烟、酗酒,再比如超标饮水、农药食物、污染的空气等,常年喂养它,激活它,是我们亲手养大的一条狗最后变成了狼,反过来吃我们了。我的身上具备了多种钥匙,这些钥匙像一群贼,凑近,密谋,解密,登堂入室,改朝换代。这钥匙之于癌症相当于卤水之于豆腐,一点就成了。癌细胞是从我们体内变异的有组织的另类生命体,和我们正常的细胞交织在一起,所以消灭它的时候也会消灭正常的细胞。如果化疗的度把握不好的话,结果就是癌细胞死了,人也死了。它不同于细菌、病毒,是外来的敌人,我们对它使用抗生素,杀死细菌,对正常细胞毫发未损。

癌细胞是我们身体的对立面,与我们对峙。身体的抵御防线坍塌后,它一旦形成,就以傲视群雄的姿态,汪洋恣肆地繁殖,对我们的身体攻城略地,最后鸠占鹊巢,取代了我们的生命。它居高临下地提醒我们,对待生命要尊道,节制,感恩,敬畏,仿佛它是正义的化身。侵略者在侵略成功后就是这样的姿态。

人的身心是一条河,是清澈明亮的。身心环境破坏后,出现淤积或者断流,这种破坏是内外相加里应外合的结果,不及时发现并改变,这条河就会走向死亡。

虽然癌症起始于一个细胞突变,但是这个突变细胞的后代必须经过几次突变,才能形成癌细胞。癌症的发生要有许多因子的共同作用,体内还有免疫监控系统,可以随时消灭癌细胞。当危险因素对机体的防御体系损害严重,机体修复能力降低,细胞内基因变异累积至一定程度,癌症才能发生。癌症的渐进发生过程非一日之寒,需要数年时间。癌症发生的多个阶段为:正常细胞→轻度不典型增生(分化障碍)→中度不典型增生→重度不典型增生(原位癌)→早期癌(黏膜内癌)→浸润癌→转移癌。而据估计,从癌变开始发展到晚期,有至少两年时间;

乳腺癌在临床发现肿块前,平均隐匿时间为十二年(六至二十年)。

患癌这么慢啊,这么不容易啊。细胞在数次突变的过程中,只要哪一次免疫监控系统防御有效都不会完成突变。就像买彩票一样,哪一个数字对不上都不可能中彩。

平均十二年,是我和几何共同生活的日子。我真迟钝啊。十二年,生一个孩子,一棵小树一样高了。可是我不知道我的身体里埋下了一个种子,我又给了它一个生长的土地。我像对待亲儿子一样孕育它。我每天亲自打理的身体,它真的是我的吗? 可这不是我想要的啊。

癌细胞的特点是:无限制、无止境地增生,使患者体内的营养物质被大量消耗;癌细胞释放出多种毒素,侵蚀人体正常细胞;癌细胞还可转移到全身各处生长繁殖,导致人体消瘦、无力、贫血、食欲不振、发热以及严重的脏器功能受损,还可破坏组织、器官的结构和功能,引起坏死出血合并感染,患者最终由于器官功能衰竭而死亡。

与之相对的有良性肿瘤,良性肿瘤则容易清除干净,一般不转移、不复发,对器官、组织只有挤压和阻塞作用。

话说癌细胞是个贪婪狠毒的家伙,它无限制地扩张地盘,跑马圈地,它夺取粮草,释放毒素。野火烧不尽,春风吹又生,我们对这些越来越多的敌人无能为力,我们束手就擒。它像石头一样坚硬和顽强,它可以长成山、山脉,最后我们被压在山底下,彻底颠覆。

良性肿瘤与之相比,就温良得多。打个比喻,良肿只是一点儿外遇,偷点儿情夺点儿爱而已,除掉它如同把一根草连根拔起,或者不除它不了了之。而癌肿是有组织有预谋的,是地毯式地捕杀,是一个坚固的城堡,要另立朝廷,取而代之。

恶永远要比善强大。恶势力,恶才能形成势力,势力可以置人于死地。而善是软弱的,从善如流,善是水一样的东西。

病来如山倒,身体病了,心就病了,身体死了,心就死了。一个人死了,起初有亲友想起你,后来亲友们也忘记你了,或者亲友们也死了。一切归于沉寂,像什么都没有发生过一样。死无对证。

乳癌的病因尚不能完全明了，已证实的某些发病因素亦仍存在着不少争议。绝经前和绝经后雌激素是刺激发生乳腺癌的明显因素。此外,遗传因素、饮食因素、外界生化因素以及某些乳房良性疾病与乳癌的发生有一定关系。已知的几种诱发乳腺癌的主要因素:

在女性中,发病率随着年龄的增长而上升,在月经初潮前罕见,二十岁前亦少见,但二十岁以后发病率迅速上升,四十五至五十岁较高,但呈相对的平坦,绝经后发病率继续上升,到七十岁左右达最高峰,死亡率也随年龄而上升。

家族的妇女有第一级直亲家族的乳腺癌史者,其患乳腺癌的危险性是正常人群的二至三倍。

月经初潮年龄:初潮年龄早于十三岁者发病的危险性为年龄大于十七岁者的二点二倍。

晚育不育或不哺乳者。

口服避孕药。

酗酒,不良生活习惯,长期精神抑郁,熬夜,接触化学物质……

为什么是我? 为什么是我? 这些因素我占了大部分,为什么不是我? 疾病和太阳一样,对每个人都是公平的。

八 流动书店

水蓝小城是学区房,附近中学小学都有。下班时孩子们叽叽喳喳回家,小鸟儿归窝似的。我站在大门口看他们,我想,我如果和几何有了孩子,眼睛是什么样,嘴巴是什么样。有时候,我发现跳跃着的那个孩子就是我想象的那个孩子,我就凑过去,摸他的头发,靠近了嗅他的口气。我想,早晚会有我的一个孩子在这个地方出现。

我们的新房很舒适,它位于小区的外围,前面是一条小路,车流量小,噪音也小。小路的对面是一个活动区,有一些运动器材,有一棵合抱粗的香樟树。据说此树在此地长了几百年了,很多业主买这里的房子是看上了这棵香樟树。说白了这棵香樟树与自己家的房子没什么关系,但人们就是因为喜欢这棵香樟树,才下了买房子的决心。

露台上种了三叶草。放个小几,可以边喝茶边向外张望。看外面的世界是人的本能,与外面世界的联结,是最重要的一部分生活。

我想,新的世纪开始了,换了一个环境,我们是不是有可能开始新的生活?所以我不停地向外张望,似在张望我们的未来。

活动区的旁边开了一家咖啡馆,出出进进的人不少,看来生意不错。我提议说,我们下去喝杯咖啡吧。几何索然无味地说,想去你自己去。几何新配了近视眼镜,自从上次在餐厅里被人打碎了眼镜后,他就发誓要找到那个多管闲事的仇人,并扬言要把他打个稀巴烂。看来他还没看清仇人长啥样。

因此,我也就索然无味地坐在这个咖啡馆里,发呆,或者往外面看。

我发现,每个月的第一个双休日,总有一辆小型面包车停在活动区的空地上。人们围着车看书,从车上找书,或者把家里没用的书拿来,和车上的书交换。天黑前车就开走了。原来这是一个流动的小书店。有城管过来检查过,结果此流动书店没有赢利目的,只是提供看书、换书方便,是公益性质的,也就没有干涉。从咖啡店出来,我也凑过去,出于好奇。

我认出了这辆车,心突突地跳。

车里什么书都有,学生的配套练习、课外读物、文史哲、财经、法律、烹调、服装,最多的是医学书籍。书都很旧了,有的磨得卷了边,有的里边有细密的书写。每本书的封底都有一枚闲章。我找到了一本钱钟书的《写在人生边上》,看了几页。天就要黑了,看书的人都散了。我拿着书爱不释手,想据为己有。我看看周围,找流动书店的主人。

我看到一个人站在香樟树下。长腿,鬈发,一只手插在口袋里,一只手夹着烟。我们的眼神碰上时,他一笑,露出洁白的牙齿,天空闪过一道银光。

他说,林似锦!

我认出来,他是几何的"仇人"。同时也是从医院送我回家的那个人。

话说那一天从医院出来,我坐在了一辆小面包车上,车里只有一个位置,别的地方放着好多书。前面开车的人一头鬈发,他专心开车,不说一句话。我想我要是被人劫持了就好了,我有可能被带到一个陌生的地方,我不

253

会死的，我会有另外一种生活，比现在的生活差不到哪儿去。这么想着，竟有了几分宽慰。随便看了一眼旁边的书，是《管锥编》。我有一点儿失望，有这样一套书的人，不可能是一个劫匪。果然，车经过了水蓝小城，停在了那棵香樟树旁边。我有点儿恋恋不舍地下了车，车鸣了一声笛，走了。

互相看着，愣着，局促着。

每个月的第一个双休日，他把那辆几乎散了架的小面包车停在香樟树旁边，晚上开走。中间的时间，有时在香樟树下吸烟，有时也在看书，或者干脆一天没有人影儿，像往幼儿园送孩子，早上送来晚上接走。车上有人留了纸条，比如带来了什么书，换走了什么书，通常都是带来两三本，换走一本，因此车上的书越来越多。隔一阵子这些书的品类就不一样了。我想，他可能还有另外几个点，别的双休日，他在那里。

这个人真有意思。做的这个事真有意思。

他有时候还带一个孩子来，十来岁的样子，他和孩子比画着说着什么。

我们见了面只是浅笑，点头。我把家里重复的或者不用的书放在他的面包车上。我还买了一些我喜欢的书，比如，杜拉斯的《情人》，喜欢封面，作者满脸皱纹盛开菊花。《鲜花的废墟》《生死朗读》《瓦尔登湖》《遇见未来的自己》。我希望更多的人看到我喜欢的这些书。

天气不好的时候，下雨，刮风，或者沙尘，我们就进咖啡屋坐坐。背对着背，或者并排。

时间长了，我有了一个固定的地方，靠着窗子。通常，双休日，家庭主妇们都在收拾房子，给孩子洗澡，或者全家出游。而我基本闲着，拿着电脑或者书，有时候是工作，大部分在消磨时间。有一次我来到咖啡店，看到我的那个座位的对面，坐着一个人。

我们沉默。他看了一眼我的左胳膊，我下意识地躲闪了一下。其实，我穿了长袖的衣服，那个曾经流血的地方看不见。

我即刻神色暗淡。

我不知道，他怎么会知道我的名字。

近距离地看，他应该年龄和我差不多。非常干净，因为非常干净，身上的烟草味极纯粹。

他点了一支烟，歉意地笑了一下，说，我不能不吸烟。

这是他说的一句话。他只说了一句话。

默然,所有的语言被沉默限制。我们垂着眼睛看对方,或者看自己。内观,冥想,领悟,体会来历不明的因缘。我们面向窗外,看那棵香樟树。时间,光线,色彩,蜜一般流着,挪着,推动着它们的轮回。天色就渐暗。黄昏是灰色的,白天和黑夜,白色和黑色,碰见后渐渐融为一体。这世界不是白色就是白的,黑色就是黑的,大部分的情况白不白黑不黑。而纯粹的灰色,是巧合,是巧遇,关照的是天然的心灵,起承的是自然的机缘。灰色适合每一个人生。

我起身。用背影呼应妥帖的眼神和纯粹的黄昏。这是一次铭刻。

我想我应该有一次出游。我去云南体验生活,初衷是去看看最古老的扎染,去找原生态服饰的灵感。我找到一个村子,有十几家原始的手工扎染作坊,以原始矿物质为染料,扎染亚麻面料。最美的颜色都是从大自然中长出来的。

和公司沟通后,我订了他们所有的作品。在我的眼里,它已经是作品而不是产品。我设计了一批极简主义风格的民族服装,上衣、裙子、风衣、长裤、围巾。全部手工制作,寥寥几针,就是一件衣服。穿一阵子,拆了,又能变成其他的衣物。穿衣服的人同时也是裁缝。这批服装两个月就上市了,通过营销店热销全国。

黄昏,我站在彩云之南的一片云彩下,遥想香樟树下的黄昏。那是宗教式的情感,什么都不用凭借,什么都不是障碍,可以是两个人的愿望,也可以是一个人的修为。明心见性,干净成空。这是时间和空间无法剥夺的心念,在和不在都一样,有和没有都一样。

我买了一些手工制作民族服装的线装书,其实就是手工画的图样用麻绳订起来,算是工艺品了。装进拉杆箱,回家。

回到家里,几何正在看碟,全世界的碟片可能都在我家,他几乎被埋起来。看见我进门了,他从碟片中爬出来,咧着嘴跟我笑。他的笑里有属于他自己的羞涩。这种独特的稀有的表情,在他这个年龄的男人中少见了,这让我想起我们初次的见面。

我赶紧收拾房子,从卫生间提起六条内裤,往洗衣机里放。几何抢过去说,我来我来,不知道你今天回来,不然早洗了,我会开洗衣机了。走之前我把开洗衣机和空调的程序给他写在一张纸上。做饭时我用上了从云南带回来的调料，做了酸鲑鱼。吃饭时，他说，我们要个孩子吧。你不在家的时候，我没有人说话。

我埋着头拨饭。

他说，我想要个孩子，我想有人跟我说话！

我说，生下来好几年才会说话。

他说，我可以等。

我说，孩子不是等大的，要喂养，要看管，要教育。可是你还每天等着我喂呢，等着我洗呢，等着我哄呢，你还是个孩子，我们没有条件再添一个孩子。

其实我也很想要孩子，但经他嘴一说，我就想对抗。这是不由自主地抵抗。

他站起来咳嗽，可能鱼刺卡喉咙了，说，你说你到底生还是不生？

我说，你没有资格要孩子，我们没有必要糟蹋一个无辜的孩子。

他冲到厨房，接了一盆水。我想，我的身上如果再被泼一盆水，我就会从这里出去，永不回头。

我看到，他把那盆水举过头顶，浇在自己身上。

当晚他的喉咙发炎，说不出话来了。我带着他下楼叫了出租车，嘱咐司机把他带到医院。他没想到我不陪他去，车一开，他从窗玻璃上绝望地看我远去，表情像一只被抛弃的猴子。我的心里有了一些疼。他回到家后，脑袋上又开了个口子，用一个装西瓜的白色网袋罩着。不知道是跟出租车司机还是医院的大夫又打了一架。

我决心不理他。听到他夸张地哼哼，比女人生孩子都凶。我就是不理他。天快亮的时候，他可能不疼了。哼哼无望，就改成了唱歌：青青子衿，悠悠我心，八辈儿祖宗，断子绝孙。青青子衿，悠悠我心，八辈儿祖宗，断子绝孙……

九　义乳

第八天，我和刘一朵可以一只手扒着床沿自己起床了。我们去治疗室拆掉了引流管,身子一下子轻松了。解除了医疗器材与我们生硬的连续,我和刘一朵相视一笑,我们幼稚地认为,我们的病好了。我们看上去心情很不错,走廊上有一个练习胳膊爬高的木牌,上面有刻度,我们轮着拉伸胳膊,还没心没肺地笑。

铁打的营盘流水的兵,每天都有出去的,进来的,看着陌生的面孔、熟悉的面孔,我们彼此都会微笑。或者互相问,你切了吗?如果大家都是一个样子,就没有太多的难堪。听说有一个拉美国家,女人为了拉弓射箭方便,就要切掉一只乳房。后来这个民族发展到不拉弓射箭了,但单乳已成这个民族的美学习惯,女人以单乳为美。

房间里闷,我们很爱在走廊上转悠,宽宽的走廊仿佛是我们的大街,带来了社会的气息。这不,走廊上过来一个坐着轮椅的女人,推着她的可能是她的男人。他们俩的气质,似乎跟一般人不一样。两个人保养得很好,脸上虽然也有中年人的沧桑,可皮肤有着长期精心护理的莹润。关键是他们的眼神,他们任何人都不看,可以说就没有眼神。我和刘一朵自然地给他们让路。那个女人垂着眼睛,一双依然丰润的手安静地放在修长的大腿上。她不像一个人,像一尊蜡像,全身没有体温。从我们身边经过时,男人抬起手看了一下手表。目送着他们进了治疗室,我看见男人的头顶一片亮白,谢顶了,他又抬胳膊看了一下手表。我纳闷儿,住在这里的病人都是乳房上的毛病,腿好好的,这个女人是什么病呢?

赵保住给老婆送水杯,看见了我们疑惑的表情,他把脑袋杵在老婆的锁骨上,神秘地说,看见那个女人了吧?身上的骨头都黑了。见我们张大了嘴,他嘿嘿笑了两声说,在仪器下一照全身的骨头像乌鸡架子,到处找不着原因,你们猜阿么溜?赵保住卖了个关子更开心了,龇着一口黄牙说,原来是奶子上长了瘤子转移到骨头上了。所以转到这个医院来,就住我们隔壁屋子哩。啊?刘一朵的手抓紧了男人的胳膊说,那乳房切了吗?赵保住摇了摇头说,不能做你们这个改良什么手术了,里边的那些虫子,一碰就都活了,那就捅了马蜂窝了。

我和刘一朵眼睛都盯在赵保住脸上,说不出的恐惧。就是说,我们能做手术倒是幸运的了?

赵保住这个人确实有意思,在医院这几天把他闷坏了,除了照顾我们,就靠着墙打呼噜，睡醒了就楼上楼下乱窜。给别人提开水打饭喊护士叫医生，当然有时添乱帮倒忙，说不应该说的话，别人也有点儿烦。

我们看到那对夫妇从治疗室出来了，女人脸色煞白，脑袋放在椅背上，男人俯下身子，在女人的耳边说着什么。这时突然听到一声长号，一个光头女人从一间病房跑出来，直向这对夫妇的轮椅冲过来。男人赶紧用身子挡住那个女人，双臂护着妻子。那个女人在男人的后背上乱抓，嘴里喊着，你把我的乳房放哪儿了，你这个骗子，你这个骗子。女人的家属和护士们跑过来，抓住这个女人，往病房里拽。这个女人的情况大家都知道。两年前她发现自己的乳房上有个花生粒大的肿块，到医院看了，大夫说是一个结节。大夫说她正处于更年期，雌激素水平不平衡，等闭经了雌激素低了，结节就自然消失了。又过了一年多，她发现肿块长大了，就决定做手术。手术后就确定是癌。这个女人后悔没有尽早手术，先是精神抑郁，后来就疯了，只能转到精神病院做治疗。可是化疗还不能停，不然就前功尽弃。到了化疗的时间就到保健医院来做化疗。尽管家属看管很严，她还是在医院里乱跑乱叫。半夜都可以听到她喊，乳房哪儿去了，乳房哪儿去了，仿佛一个母亲丢了自己的孩子。

八天的时间，很短，我们身上的刀口长出了新肉，心情也平复了许多，基本可以自理了。突然觉得生活跟过去一样了。我们认可了这个事实。只是在梦中，我们还是一个健康的人，大脑皮层还没有打上这个可怕的烙印。人是很容易接受自己的缺陷的，因为比起生命，它只是一个小小的豁口。像一只碗，有一点儿豁口，它依然是碗，并不影响吃饭。

几何给我和刘一朵雇了一个护工，白天他就带着保住回家冲个澡补个觉。起初保住不愿意，他认生。后来刘一朵示意他去，这才甩着一条腿跟着几何走了。到了门口，回过头来，给我们做了一个鬼脸，哈，真是笑死人了。

走廊上有一些神色诡秘的人，靠近我们，是推销义乳的。因为医院规定不让外面推销东西的人到病房来，他们就装作是探视病人，走到我们跟前打招呼，像亲朋好友似的。我和刘一朵相视一笑，生出了一点儿傻了吧唧的快乐。

义乳，我以前也听说过，我以为叫异乳。义乳，这名字叫得挺好。它是乳房的替代品，义务地服务于没有乳房的人。义乳，义乳，这义乳无疑挺仗义的。推销员把它往我的身上比画,竟有了几分义气。

推销员把填充物拿出来让我们看,说是什么进口的硅胶。那是一托皮冻儿似的东西,肉粉色,在推销员的掌心里颤抖。我看到刘一朵有些反感地别过脸去。我们同时想起被割出去的那些乳房,头皮发麻。

此尤物竟要一千多元。我心想,去你妈的,别他妈的趁火打劫。打发走了推销员,我和刘一朵合计着亲自动手做义乳。我们差几何买来了针织棉布丝绸内衬和填充物。就在我过去文胸的基础上改造,我设计,刘一朵动手。填充物用了两种东西,一种是绿豆,一种是荞麦皮。绿豆有点儿沉,荞麦皮有点儿轻,最后把两种掺和起来,用网格固定,有虚有实,挺棒。刘一朵的手很纤细,根本不像农村妇女的手。她牙齿咬着下唇仔细地走线,她的手有些发抖,额上沁出汗珠。缝好一截儿就抬起头来对我一笑。她真会笑,笑得真舒服。这一定是一个受过教育的女人,心里有东西。我说,你,南方人,咋到我们北方来了? 我的意思是,你这么好看的一个南方姑娘咋嫁给了一个有残疾的当地人。问完我就后悔了,女人嫁错人,有的是身不由己的,有的是鬼迷心窍的,女人自己根本说不清楚。我看见,她又咬住了下嘴唇,停顿了片刻,说,北方好呀,你没见我那两个娃,长得那个惜疼呀。像什么呢?哦,两个水果玉米。说完她脸红了。她的南方口音夹杂了当地方言,很有点儿味道。哦,原来如此。她避开了我提的问题,拐到了到北方嫁给残疾人后产生的后果,仿佛只有嫁给赵保住才能生出这一对天使。这个女人,和我一起住了八九天,这是说的最多的话,不知为什么,她说的话,让我心里生出隐隐的痛楚。

义乳做成功了,我们戴上了久违的文胸。文胸这东西别人看不着,但对于女人自己很重要。看一个女人有没有格调,不是看她的外套,而是内衣。我把连衣裙取出来,我穿了一件黑白相间的长裙,给刘一朵穿了一件荧光色的休闲短裙。在镜子前一照,根本看不出胸前的缺陷,心情一下子变了。病房里简直有点儿莺歌燕舞了。咳,不就是少了二两肉吗,又不是一只胳膊一条腿。

吱呷门开了,伸进来一个光脑袋。

她很年轻,小白脸蛋儿还有点儿婴儿肥。她住在我们隔壁,才十九岁。正在化疗。

听说你们自己做义乳,我想看看。哎呀两个姐姐,哦阿姨,你们的衣服是什么牌子啊,这么好看。她说着,就凑过来撒娇。

才十九岁就得了这个病!她不知道,什么样的生活在前面等着她。她还不知道人世的险恶、人心的无常。哪一个男人能撇过女人的身体爱她看不见的心灵,能承担她,承诺她,给予她? 我还是不由自主地叹了口气。

阿姨你替我发愁吗? 跟我一个病房的阿姨也替我发愁。她的女儿跟我一样大。

她说的是坐在轮椅上的那个女人。我说,那个阿姨很严重吗?

丫头凑在我耳边说,严重,都花了一百万了。我妈说了,她病得值,她的病救了她的丈夫。

哦,小孩子说话。我给她嘴里塞了一块萨其马。

丫头看我们没把她的话当回事,就有点儿急。她说,真的,她的丈夫是个当官的,外面还有一个小老婆。有一天她的丈夫突然被双规了,她一着急就从楼梯上摔下来,骨折了。送到医院一检查,天哪,骨头上都是癌细胞。她得了这么重的病,她的丈夫暂时被放了出来。她丈夫一出来,把所有的事都摆平了。所以啊,她丈夫再没有去找那个小老婆,整天守着她,对她可好了。

原来如此。

我说,我帮你做个义乳吧?

丫头嘴里含糊不清地说,不用,我做了假体。

啊? 什么叫假体?

就是假体呀,把有病的那块肉掏出去,把硅胶塞进去,缝起来。摸起来和真的一样。我挠它还痒痒呢,呵呵呵。她凑过来趴到我耳朵上说,以后还不影响生育。

我怎么不知道可以做假体呢?为什么没有给我做假体呢?几何呢,几何怎么没有给我说能做假体呢?

刘一朵眼神里也有了羡慕,说,你能让我们看看你的假体吗?

丫头撩起衣服,我看到,她的患侧肋下有一道三寸的刀痕,做了假体的部分看上去不太平滑,乳头比另一边靠下一点儿。可能是考虑到健康的那只乳房以后下垂了,正好和假体平衡。无论如何它看上去是一只乳房,是有血有肉的,是有表情的、喜悦的。不像我们的这个部位,一片狼藉。

感觉得出来,刘一朵的心也和我一起下沉。

丫头说,现在看上去有点儿不对称,慢慢就长一样了。我妈妈说了,就像一家人似的,时间长了就相像了,呵呵呵。

我一屁股坐在床上,脑子空了。

我看见几何出现在门口,给我做了一个让我出来的手势。他脸上的表情是欣喜的甚至是激动的,我了解他,只有遇到心满意足的事情的时候他才会有这样的表情。比如他在城隍庙搞到了一套善本,比如他的学术观点受到网友的吹捧。可是当下,我从他的脸上看出来,他切除了我的乳房并拒绝给我做假体,他让我人不人鬼不鬼地活着,他截断我的后路,他得意了。这是报复,恶意报复!

我站起来,两条腿软塌塌的,两根麻花似的绞着,扑向他。他接住我,在我耳边说,我有好消息告诉你,我有好消息告诉你。看来这个好消息还怕别人听到,他裹挟着我走到对面的开水间。

我挂在他的双臂上,泪流满面。我说,我为什么没有做假体?

他舒了口气,把我往上颠了颠说,医生是征求过我的意见,可是假体的排异很大,伤口不好愈合,并且以后还有后患,如果失败了还要再次手术,三十五岁以上患者是不主张做假体的。乳房其实没有用,身外之物。命是最要紧的,除生死,无大事。

乳房相对于一个男人是身外之物。

我说,我们都要离婚了,你没有资格决定我做不做假体。

他说,问题是我们没有离婚,我还是你的丈夫,你身上所有的东西都与我有关,这事儿我管定了。

他又来劲了,说话的声音越来越大。他就是这样,一旦脾气上来,就像上了发条。在家时也一样,他声音越来越高时,我就转过身走开,进厨房也好,进卫生间也好,我如果也迎上去,那就要动手了。我们过了十几年还没有打过架,是我背过身子,把一切委屈都装进后脑勺里。那所有的隐忍和退让叠加成今天的病,一杯积攒起来的祸水。

刘一朵的男人赵保住听到动静了,以为他欺负我,他一直在走廊里观察呢。他上来拽几何的胳膊。他用很重的土话骂几何,意思是,几何是个驴日的男人,欺负生病的老婆呢。几何哪是吃他这一套的人,一只手就把凑上来的赵保住推了个趔趄，四脚朝天了。赵保住爬起来，脱下一只鞋就往几何身上抽。

几何仿佛比我更生气，他动静很大地收拾自己的东西，还在病房里绕了三匝，看有没有人挽留他。看没有人理他，气势汹汹地走了。他生我的气，生赵保住那一鞋底子的气。赵保住盯着被几何甩上的门看了片刻，噘起嘴，哇！

悲痛涌上心头。我为什么得这个病？是因为我没有正常女人的生活，是我承担了超负荷的生活，是我没有信心生孩子，是我过于隐忍，是我长期抑郁。是我选择的生活方式改变了我的身体，甚至改变了我的细胞，现在我已经不是父母生养的那个我，那个我被毁灭了。躺在病床上的这个怪物是一堆垃圾。

我放声大哭。

对床的两口子也跟着我放声大哭。一时间哭声大作，像炸了雷一样。

十　爱情不是最重要的事

几何出门没有关电脑，我回到家上网，看到他的QQ对话框里有一段话。对方的网名叫"三叶草"。

我再次强调，你不是一个病人，只是一个有毛病的人。你的毛病是心理洁癖。你太在意你的妻子，把她看得白璧无瑕。一块心爱的豆腐掉进灰里，吹不得打不得扔不得。你强迫自己认为妻子就是那块豆腐。实际上呢，此豆腐不是彼豆腐，真正被玷污了的不是你妻子，是另外一个不相干的人。而你非要合而为一，因为当时的影像在你的大脑里形成烙印。你应该洗干净的是自己的大脑和眼睛，而不是你妻子，你妻子一直是干净的。水不洗水，尘不染尘。

你的心病如果还是无法消弭，那你们试着分开吧，你必须暂时放手。你明知道会错的，但你必须试错。把妻子的身份变成一个陌生的人，重新认识。你会用新的眼睛看新的人。就是说你们重来一次，以新的姿态再次靠近。等你否定了你错误的认知，你的试错就成功了，同时你发现你收获了同样纯洁的自己。

不过我提醒你,分开,是有风险的。因为这件事是两个人的,她同样具有选择方向的资格,一切皆有可能。如果分开的方式成了分开的内容,你要能够承受这个结果。说到底,生活的目的是快乐和从容,如果追求绝对纯洁的爱情让生活的目的走向反面,爱情毫无意义。在我们的一生中,爱情不是最重要的事。

这是谁呢?我感觉到这个人不认识几何,倒像是我的一个熟人。他甚至很了解我,他句句说到了我的心里。如果我和几何分开,那我一定是从他眼里消失。我会从另外一个地方重新开始,从一张纸开始。

这个人是谁呢?或者他是一个心理医生?对,和之前几何电话里的倾诉联系起来,我认定他们是一个人。那么就是说,几何已经意识到了自己的心理痼疾,他在想办法解决或者治疗?

那是谁呢?实在想不出,先搁着。

我设计的原生态服装非常之好。矿物颜料扎染的棉麻织物,土黄、铁红、深褐、松石绿、草青,加上黑白灰过渡,自然,自由,自在。由于接近事物的本质,所以舒缓美妙或者直抵人心。双休日,我穿一条窄肩长裙,长度错落,长及脚踝,腰里是一截儿草编的绳子,调节裙长。几何抬头一看我,吃了一惊。他说,咋没有我的?他提醒了我。我拿出一块面料,几剪子就裁出了大背心和齐膝裤,用麻质明线缝了。几何十分欣喜地跳进衣服里。啊,几何这个人确实有范儿,"粗缯大布裹生涯,腹有诗书气自华"。我们走在大街上,像一对明星,这一点儿小小的虚荣让我们把胳膊勾在一起。或许几何想起了那个疑似心理医生的教导,他学着改变行为方式,他试图先洗净自己了?

双休日。咖啡店。他坐在我的对面,互相对视。笑一下,不说什么,呼吸,心跳。

他看着我身上的裙子,做了一个深呼吸。他看出了这件裙子的天然本质。所有的都是从大自然中长出来的,亚麻,棉花,矿物颜料。金木水火土的颜色,在这里都有。

把两本书推到我的面前。

他的手不算大，修长，细致，外柔内刚。从这只手可以看出来，他有人爱着。

一本是博尔赫斯，一本是村上春树。

下面是一段对话：

做这个事耗费了你很多时间吧？

不是耗费在这儿就是耗费在那儿，时间不会停下来的。这是最简单的事儿，喏，往这儿一撂，我可以到处溜达，做运动，下棋，看天，看远处，发呆。这是休息，一举两得，我占了时间的便宜。嘿嘿。

你怎么想起做这个事呢？

因为博尔赫斯的一句话吧，"如果哪一本书很乏味你就弃之而去，它不是为你写的"。你丢弃的正好是别人需要的。这个道理在很多方面都适用。旧物易主贵如宝。所以我就拉着这堆玩意儿在这个城市里循环，在这里是垃圾的，在那里成了宝贝。

你也喜欢春树吗？

色而不腥，忧而不伤，肥而不腻。他说过，在某种情况下，一个人的存在本身就是对另一个人的伤害。

…………

其实，这些话是我想出来的。后来我看了那两本书，书给了我启示。我想我如果这么问他，他就会这么回答。

事实上我什么也没问，他什么也没说。

这个冬天是暖冬，好天气很多，太阳被谁擦亮了似的，明亮而干净。我坐在咖啡店里画图样。大部分时间看外面的香樟树，还有那辆斑驳的小面包车。

时间过得时慢时快，香樟树更壮大了，顶着车轮似的华盖。小区门口那些放学的孩子又换了一茬儿，上一茬儿可能上中学或大学了。我和几何的床搬在一起十年了，那些生龙活虎的孩子们中还是没有我们的那一个。

好在这家咖啡馆一直在。我喜欢在这里工作，仿佛这是我的家。

有一天突然来了一个女人，从衣着看很本分。她走近面包车，拨开看书的人。她猫着腰刨出一些书，拿在手里撕。周围的人上前阻止，有人推搡那个女人。女人的头发乱了。

我下意识地从椅子上弹起来,向面包车跑去。我伸出手保护这个女人,女人看了我一眼,蹲在地上捂住脸哭了。

我看见那个男人站在香樟树下,一只手插在口袋里,一只手捏了手里的烟,在脚下搓了,转身走了。

他的背影那么苍凉,甚至看上去有点儿驼背了。我突然觉得,过去的哪一年,我在哪里见过这个背影?

这个女人软绵绵地站起来,羞涩地看了我一眼,也向男人的那个方向走了。这个女人很瘦弱,身子轻得像一张纸。风一吹,听到窸窸窣窣的声音。

这以后,那辆面包车没有来。大概一年的时间吧,足有一年的时间。

再次看到面包车时,也看到了那个孩子。他长高了许多,裤子短了一大截儿。车是那个女人开过来的,面包车还放在原来的地方,香樟树的前面。

我拿了一些书放进面包车里,发现里边的书大部分还是去年离开时的那些书,只是有些破了的,被细致地修整过。这就说明一年来,他们停止了做这件事。

那个女人和那个孩子站在香樟树下,比画着说话。

那个男人哪儿去了呢? 这一年这一家人发生了什么?

我开始和那个女人照面,微笑,点头。终于我们面对面坐下来,像我和那个男人一样。

这个女人要仔细看才能看出她的好看。

女人们说话大概要从孩子开始。

你的孩子真乖,爱看书,还练书法,你们注重传统文化教育。

哦,我的孩子是个聋哑人,他适合做这些。

哦,对不起,看不出来。

我不难过,我不为他是个聋哑人而难过,他带给了我们幸福。

你是个好母亲,你是个伟大的母亲。

谈不上。我不是她的亲生母亲。我老公也不是他的亲生父亲。我们三个都在苗苗孤儿院长大的。

哦,我小时候的家就在苗苗孤儿院附近。那是一个大杂院子,四周用铁丝网围着。总有孩子的脑袋从铁丝网里伸出来看外面。我母亲也曾领着我的手，让我给里边的孩子塞一些吃的和用的，说这是爱心，说看了这些孤儿才知道父母的好。后来我们搬家了，我也就把那个地方忘记了。后来苗苗孤儿院颇有了一些名气，据说那里有社会各界捐赠的图书馆，培养了很多优秀的孩子。

这个女人这么信任我，她把我当成倾诉的对象，可能是因为心里太寂寞了。心里没有人叫孤独，心里有人可这个人不在眼前叫寂寞。我想她只是寂寞。

她和男人都是在苗苗孤儿院长大的，她大男人两岁，姐弟相称，关系特别亲密。他们从职业学校毕业后，她选择就业，男人自学考取了心理咨询师。

哦？心理咨询师？

春节他们回娘家也就是孤儿院过年，见到了孤儿院刚接收的聋哑儿大音。大音是男人给孩子取的名字。他们两个人特别喜欢这个孩子，想给这个孩子一个家。于是他们决定结婚，收养这个孩子。同时约定不再生育孩子。

这可能是女人的伤心处，她捂上了脸。哪个女人不想要自己的孩子呢？

她的一双手非常粗糙，和她的脸形成强烈的对比。

她说，我想要我们自己的孩子，我想生一个和他长得一样的孩子，可是他不同意。我哭闹过，撕书，撒泼。

她说得很慢，仿佛那是遥远的事情，需要边遥望边述说。

我说，你们夫妻俩真不容易，你们都是好人，你们很相爱吧？

她又捂上了脸。

她说，我们什么都没有，没有父母，没有兄弟姐妹，没有家，两个什么都没有的人没有资格说爱。

我把一只手放在她的胳膊上说，你不要这样想，什么都没有的人也许只剩下爱了。

说完这句话，觉得有点儿苍白。我又补充说，什么都有的人不一定有爱。

她继续说，我们俩是世界上最亲的人。除了对方我们什么都没有。我们从小在一个小床上睡大，只要有人把我们分开，我们就哭闹不休。大妈们说我们俩是双黄蛋。直到我来月经，我们才分开了。

孤儿院的教育是绝对的流水线，因为孩子太多，这是唯一的管理方式。在那里长大的孩子没有抚育，只有管理。我们像一台机器，有的人是主机，有的人是附件，有的人是螺丝钉，我们是兄弟姐妹，我们的血液流在一起。我们听到最多的话是感恩。感恩，感恩，我们在这个世界上活下来是为了感恩的。感谢社会，感谢慈善机构，感谢孤儿院工作人员，感谢空气水和粮食。除了抛弃我们的那些人我们都要感谢。我们没有权力犯任何错误，我们不能有任何的坏毛病。

工作以后，我怂恿我老公吸烟，喝酒，打架，鼓励他交三教九流的朋友。还给他买一辆二手车，我想让他像一个双亲宠坏的孩子那样生活。时间给我们注入了太多的亲情，而这亲情成了爱情的防火墙。我做过很多努力，想摆脱孤儿院刻在我们身上的印迹。他也在做相同的努力，我们俩都改了名字，我们试图像两个陌生人那样重新认识，从相遇到相知……

我张大了嘴，这话是谁说的？给几何QQ上留言的，就有这句话。

我们租了一间房子，虽然简陋，可那是我们的家。家里有我最喜欢的人，大音、老公。

她的嘴角溢出笑。老公，她叫得那么亲，仿佛她舌头上的一块糖。

我们三个都非常爱这个家，我们三个都非常爱书。老公把小时候的一本小人书都当宝贝收藏至今，不时地拿出来看。我们家像个书店一样，清香，干净。我们想，只要时间足够长，只要付出的足够多，那种奢侈的感觉或者行为会在我俩心中发生的，像一棵树，它会发芽的，会长大的。就是说，只要我们努力，相爱会成为可能或者趋势。

实际上，从爱情可以变成亲情，可从亲情永远无法变成爱情。

十年过去了，我们的亲情只有更浓。我们全家都爱吃一种叫山竹的南方水果，可是太贵了。老公每次带回家几个，说他吃过了。我知道他没有吃，往他嘴里塞。这种水果太贵了，心疼。有一次他提议，我们全家饱饱地吃一顿山竹还一点儿也没有心疼的感觉。我们开着车找到一家水果批发市场，批了几箱子山竹。我们到马路边低于市场价去卖，城管来了我们就跑。打了一天游击，赚了一箱子山竹，我们开始甩开腮帮子吃，哈哈。

女人笑得捂住了嘴。

可是我的眼眶里蓄满泪水。

女人说，抚养大音和经营流动书店，是我们共同的理想和事业。我们相信，穷人也能有存在感。我们全家人都爱看书，晚饭后，我们大声朗读，把自己喜欢的文字传导给另外两个人。虽然我们清贫，但我们想有诗意地生活，我们的愿望实现了。

我们本来也应该很幸福。在这个世界上，其实，爱情不是最重要的事。

去年，我们结婚十一年了，大音十四岁了。等他长大了，我们想让他做图书装帧或者书商。等我们有了钱，我们要开一家大书店。

问题出在我们爱吃那种昂贵的水果上。

她趴在了桌几上。

我的心提了起来，他们一定发生很严重的事情了。

她抹掉眼泪说，他进去了。

啊，他到哪儿去了？

他进监狱了。

十一　免疫组化报告

在我化疗前做准备的两天，病房里发生了几件事。

几何负气出走一个小时后讪讪地回来了，他要告诉我的好消息是，我的免疫组化报告出来了。PT1N0M01B，EP阳++，RP阳+，FISH阴性。这个结果的意思是，我是早期无淋巴转移无远程转移浸润性导管癌，是同类乳癌中最轻的。同时表皮生长因子是阴性，有着良好的预后。据权威部门调研统计，五年成活率百分之九十，五年内不复发转移临床上即可视为痊愈。以此为依据，制定的化疗方案为AC，即表柔比星一百一十毫克、环磷酰胺七百八十毫克，八个疗程。

而我的对床刘一朵的病检结果很糟糕。晚期二级，淋巴转移，肿瘤标志物Ca153大于正常值，血行转移的可能性很大，或者已经血行转移只是还没有形成仪器能够看得到的肿块。化疗加放疗一起进行姑息性治疗，还要用赫赛汀分子靶向治疗，光这一项费用就三十万，非医保。这种治疗要考验患者的体质和意志，更重要的是经济能力。眼下他们最要紧的事情是，后续治疗费用没有了。城市医疗保险住院看病只交几千元的押金,出院时从押金里扣除门槛费和自费部分医疗费就行了。农村医疗保险是要预先缴纳所有的医疗费用,出院后拿着凭证回到当地医保单位报销百分之五十到七十的费用。所以他们首先要拿出一大笔钱来,没有这笔钱,就无法持续治疗。简单算个账,我和刘一朵此次乳腺改良根治术的医疗费是三万七千多元。我预缴六千元的押金,加上大病补助,手术费和首次化疗费用六千元就够了。刘一朵要预缴手术全部的费用,加上首次化疗费用八千元,一次要拿出四万多元。难怪有一种说法,一个农民得了大病会拖垮整个家族甚至整个村子,最终的结果还是死亡。

只要得了癌症,人们的第一反应是,第一时间手术,接着就是化疗,放疗,并且手术越及时,化放疗剂量越大,效果越好。这个观念输入每个人的大脑,毋庸置疑。不知为什么,在这个问题上,人们是如此万众一心,众口一词。

我和几何相携着去找蒙大夫。

蒙大夫脑袋放在椅背上,看着我们进来,睁开疲倦的眼睛。蒙大夫一个星期三天在手术台上,就是说每个星期她基本上要切掉六十个乳房。手术台也是流水线,麻醉的,消毒的,开刀的,切割的,缝合的,轮流上阵。像一个裁缝铺子,量体的,裁剪的,打板的,缝制的,定型的,整烫的,各司其职。我看了一眼她放在办公桌上的手,纤细,苍白,甚至有点儿皮包骨头。它的力量来自于手术刀。工欲善其事必先利其器。我心有余悸。

我们说,我们是为刘一朵来的,她的后续治疗费用没有了。

蒙大夫向我们传达的意思是,有了钱可以延续生命,但不一定能保全生命。这个时候,钱是可以救命的,可是花进去的钱越多越容易打水漂。具体说到刘一朵眼前的问题,有两条路:一是筹钱继续治疗;一是放弃治疗卷铺盖走人。

几何说,放弃治疗的后果是什么?

我白了几何一眼,心想,卷铺盖走人,不就是自生自灭吗?

蒙大夫说,放弃治疗的人不少,活下来的人也不少。可是经过系统治疗死亡的也不少。

我和几何互相看了一眼,这是什么意思?

蒙大夫说,眼下乳腺癌遵循的是国际标准的治疗方法。根据患者的免疫组化结果制定与其相适应的化疗放疗方案及后续内分泌治疗方案。但是由于个体差异,有的人对于化疗药物不敏感,有的人对于化疗药物太敏感。不敏感的结果是杀死正常细胞却杀不死癌细胞,太敏感的结果是杀死癌细胞同时大量杀死正常细胞,又形成新的问题。现在医学上还不能量化哪一个人对哪一种化疗药物的敏感度,只能实行统一的规范化的治疗。

几何说,那是不是这个意思,规范化化疗的结果是,有的人根本没有效果,等于癌细胞没有杀死,正常细胞还遭到了损害。有的人暂时有效果,但化疗药物的副作用破坏了身体的机能,使免疫力下降,这就为后面的复发和转移创造了条件?

蒙大夫显然有点儿震惊, 个患者的家属,把她的解释理解得如此透彻。

她换了一个坐姿,面对我说,你是患者,不是医生。你们了解得太多反倒不利于治疗,如果你们信任医院的话,你们配合医生就行了。

几何不甘心,说,那我的理解是,每一个人的化疗方案不是为每一个人定制的,是为一类人定制的。而一类人并不是一个人,会有差异性,所以化疗的结果也存在差异。这就具有很大的偶然性和盲目性。做了的人也许没有效果,没有做的人也许多亏没有做。这像一个赌场,对于患者是不公平的。

蒙大夫无奈地摊了一下胳膊说,这是一门研究了上百年的学科,眼下治疗癌症手术放化疗是最有效的方法。规范的治疗方案追求治疗概率的最大化。

几何说,对于医学,如果概率是百分之五十以上,那就表明成功了。可对于具体某一个患者,风险可能是百分之百。

看得出来,蒙大夫很疲惫,她的手指在发抖。她睁开眼面对的就是我们这样的人,她在不停地解释,几乎是同样的话。她说这些话的时候,眼球不转动,仿佛一台机器。她说,我是医生,不是医学院的老师。你们是患者和家属,不是大夫。如果相信我,请你们配合。如果不相信我,你们有选择的权利。

我们不知道应该说什么了,我拽了几何的袖子,退了出来。

赵保住蹲在墙角,换一个姿势就吧嗒一下嘴叹一口气。刘一朵用梳子梳头,不知道在想什么。

几何对我说,其实不做化疗也许是一个选择。没钱化疗也许会因祸得福。

我不同意他的说法,决定这个事情不能靠想象,谁敢用唯一的生命冒险?

几何表现出了极大的热情,他对我说,把他的稿费拿出一部分,先付刘一朵的首次化疗费用。几何对比他弱小的人从来都是慷慨的,到大街上看到伸手的人他都掏钱,有一次一个乞丐竟跟回家里来。

我撇了一下嘴说,那笔钱留给你自己以后娶媳妇吧,我的银行卡上有钱。

几何说,哪能让病人给病人资助呢?哪能让女人给女人资助呢?不行不行。

是的,我们也是病人,后面要花多少钱还不知道,单靠我们的力量是不切实际的。我们想到了社会。

几何找到电视台,说明了刘一朵的情况。电视台答应到医院来做一期节目,让大夫、护士和病人们配合一下,期望得到社会的支持。一切都安排好了,电视台的同志们扛着摄像机来了。

走廊里乱作一团,我们隔壁病房的那个救了自己丈夫的女人,在放疗过程中突然昏迷。护士、大夫的脚步声,家属的呼救声,推床嘚儿嘚儿地响着进急救室。我看到那个男人脸色煞白,装在一条质地很好的长裤里的双腿瑟瑟发抖。他不停地抬起左腕看手表,我想这是他精神紧张时的一个习惯性动作。

电视台的记者准备工作了,可是我们发现,赵保住夫妇不见了。

病房里他们来时带的一个帆布包不见了。我送给刘一朵的两件连衣衫叠得整整齐齐放在柜子里,上面放着一张纸。纸上有一幅画,是用女人化妆眉毛的眉笔画的。一个女孩子,梳着羊角辫,一扇门,门上有一串类似植物的东西,吊着。

这是他们留给我的吗?

这应该是赵保住留给我的,他不会写字,用了这种原始的方式。他想对我说什么呢?

他们突然人间蒸发了。他们为什么不辞而别呢？

走廊里来了一帮人，气势汹汹，声称是十号床的家属，处理医疗事故来了。他们冲进医生办公室，把大夫和护士团团围住，砸桌子摔电脑，说十号病人放疗剂量过大导致肝脏烧伤性损伤，病人已经肝昏迷。主治大夫拿出患者家属的签字，说是患者家属要求加大剂量以期提高治疗效果。可是家属们不依，家属求治的心情可以理解，可你们是大夫应该把关。反正住在你的医院里，你们是主治医生，病人的一切都要你们负责。病人如果有个三长两短，大夫要偿命！医院的保安来了，警告家属，伤害医生是犯罪行为。家属说，有什么了不起，不就是个切乳房的？

在一片混乱之中，十号病房里还丢失了一个男人的夹包，里边有若干元人民币。人们怀疑是刚刚消失的赵保住干的，因为有人看到他出入这个病房，倒过垃圾，打过开水。不然，他们夫妇怎么会突然离开呢？

穷人是没有尊严的，更何况这个穷人还是个病人。

那个精神失常的女人，长一声短一声地喊，乳房哪儿去了，乳房哪儿去了……

我关上病房的门，把噪音隔开。医院真的不是人待的地方，那些医生护士从事这样的职业真是倒霉，所以他们的脸上是无可奈何的冷漠。

我在想，赵保住夫妇为什么突然离开，在大家设法帮助他们的时候，为什么不辞而别。他们留给我的那张小画是什么意思呢？直觉告诉我，这与电视台来做节目有关，他们不想上电视，这里定有隐情。

这时有人敲门，进来的是护士，她手里拿着一本书，说有一个人让转交八床。八床就是我。《慢癌症》，这是一本旧书。我翻过来看封底，下角有一枚闲章。

我知道这本书是谁送来的。那个爱吃山竹的男人，那个心理咨询师，他从监狱里出来了吗？

书中的空白处密密麻麻地写了字。

十二　慢癌症

有进化就有癌，癌是人类的正常态。它天生就存在于我们的基因

272

组中,等待着被激活,人类不可能彻底摒弃它战胜它躲避它。我们注定在基因里携带着这种致命的负担,这是人类的宿命。因此一心想征服它消灭它,就像人类征服自己消灭自身一样荒谬。

癌细胞是正常细胞的异化或者变异。凡是正常细胞所具有的特征,癌细胞都有,并且比正常细胞更强势,有无限复制生长的能力。癌症本身也是生命体,与生命一样,充满着生存的智慧。

人类与肿瘤之间的战役是一个稳中求胜、对抗求和的过程。歼灭肿瘤细胞同时也会歼灭正常细胞,而癌细胞比正常细胞更活跃更有耐力更智慧,一旦自身免疫能力体力和体能趋弱时,癌细胞反攻倒算更加疯狂。若能采取彼此共存长期瓦解持久消耗的战术,就可以在制约肿瘤进展的同时,实现提高生活质量延长生命的目的。

我们要的是延长生命,而不是消灭死亡。我们不能消灭死亡,那是人类的终极目的。

化疗,蒙着双眼的射手。

宁可错杀三千,不能放过一个。癌死了,人也死了。百分之七十以上的患者不是死于癌症本身,而是死于极度恐惧和过度治疗。很多人甚至没坚持到治疗过程结束。表面是死于癌症,实际上死于创伤性治疗过度,癌症只是担了个名声。科学统计表明,化疗次数越多,放疗剂量越大,创伤性方法用得越多,复发转移率越高,死亡可能性越大。放化疗这把双刃剑,在杀死部分癌细胞的同时,又增加了癌细胞的生存压力,促使癌细胞进一步突变。最终使癌细胞战胜了正常细胞,让结果走向我们愿望的反面。对于部分患者,化疗放疗是饮鸩止渴。

规范治疗是天大的笑话。每一个患者的癌症都是独一无二的,每一个癌症的基因组都是独一无二的。正常的细胞都是相同的,恶性的癌细胞各有各的突变。基因不是规范的,细胞不是规范的,规范治疗从何谈起,国际标准从何而来? 所谓的规范化疗,是人类的自欺欺人,是医学的想象。我们蒙着眼睛射击,射中的有,撞上了。

上世纪就被国外摒弃了的大面积创伤性治疗和大剂量联合化放疗,为什么在中国愈演愈烈?这背后有巨大的利益驱动,研究机构、药企、医院,都要这些可怜的得了癌症的患者埋单。谁敢和命讨价还价?这是多深的江湖啊!

《孙子兵法》:"故善用兵者,屈人之兵而非占也,拔人之城而非攻也,毁人之国而非久也……不战时而屈人之兵,善之善者也。" 正常细胞和癌细胞不是你死我活,而是要稳中取胜,对抗求和。

治疗癌症最好的办法是,适当干预,严密观察。化疗的剂量和次数能少点儿就少点儿,而不是能多点儿就多点儿。癌症是我们身体的一部分,或者就是我们自身。调整生活方式,增强免疫功能,调动自愈能力。最终是患者救治了自己而不是医生救治了自己。

这是写在空白处的文字,字体娟秀。

醍醐灌顶。天门顿开。

夜晚来临了,赵保住夫妇的床空了。我确认他们不会回来了。但我坚信,十号床的钱包不是他们拿的。赵保住夫妇走了,这一走表明他们选择了不化疗不放疗。我不知道这对他们是福还是祸。

护士通知我,明天做化疗前准备工作,今晚要保证睡眠。

几何命令我赶紧躺下闭眼睡觉。我闭上眼睛跌进一片黑暗,那些化疗的女人,隔着几个房间都能听到她们呕吐和呻吟的声音。

隔壁那个冷瓷似的女人再次进了ICU。她的肝脏被放射线烫伤,处于肝昏迷状态。她的男人守在ICU门口。无疑他是爱她的,他不惜重金,联合化疗,加上高剂量放疗,他想通过狂轰滥炸,把他的妻子从癌细胞中剥离出来。他神经质地抬腕看手表,他盼着噩梦早点儿过去。

几何弓着背用手机上网,他在查找资料,为明天的化疗做准备。

短短的十几天的时间,几何跟过去不一样了。他长大了,有担当了。眼下,我是如此离不开他。看不到他我就心慌,仿佛被这个世界放弃了。他覆在我脸上看我有没有睡着,我闻到了他的鼻息,眼泪流出来。十几年来,我承担了这个人，承担了他的天才、他的自负、他的偏执、他的狷介、他的自私。我背负着这个婚姻，我流落在这个婚姻里，劳作在这个家庭里，消磨着我对生活的信心。那个名叫癌的魔鬼在向我靠近，我浑然不知。那些生了癌的人，一定是心里受了委屈，一定是积累了伤痛，时间长了，任何东西都会发酵。幸福发酵成了福祉，不幸发酵成了恶果。

我伸出手摸几何的脸，需要一个人或者倚重一个人的时候，会生出爱意。

睡意来了，心灵的安稳带来了美妙的睡眠。

——我站在阳台上，阳台上长满了三叶草。阳光照在我的身上像覆盖了温暖的植被。那一棵香樟树没有改变挺拔的姿势。那辆面包车没有改变等待的姿势。那三个喜欢吃山竹的人相拥在一起，天空是他们的，阳光是他们的，心里有大爱的人世界是他们的。他们用他们的爱结了善缘，这是他们的福报。

那个女人，真是个好女人。她用水草一样的声音说，我们爱吃山竹，我们在马路边卖山竹，有一次城管踢翻我们的山竹，他恶言侮辱我们，说我们是城市垃圾。老公准备好了拳头，他握紧拳头看了女人一眼，女人传递了鼓动的眼神。老公像武松出了拳，城管的脑袋就老虎那样开了花。老公被判了十八个月。女人不后悔。老公终于敢打人了，终于能像一个被人宠坏了的人那样放肆地活一回了，老公是个有血性的男人！

她带着山竹去监狱看望老公，他们吃、说、笑，鹣鲽情深。这是他们积累的财富，这是他们的家底，这是他们的底气，这是他们养出来的福气。

晨光熹微，窗外云淡风轻。我用什么感谢那个爱吃山竹的人？我怎么感谢那一家心中有大爱的人？大恩情，无以为报。

我看见窗外霓虹渐次暗淡，一个早晨的醒来，如同一个真相展开。我看一眼对床，那一对夫妇走了，那是跟我一起哭过的人，走了。几何窝在上面睡着了，怀里还抱着那本书，《慢癌症》。

我的这场病，挽救了我们。

我说，几何，天亮了。我有个想法，你一定得听我的。

几何擦了嘴角的哈喇子，含糊不清地说，再让我睡一会儿，蒙大夫八点查房，我就要求她修改化疗方案。

我的眼泪汹涌而出。十几年来,第一次,我们在一件重大的事情上达成共识。我们如此默契,没有用嘴,心领神会。

心里所有的恐惧荡然无存。

十三　PICC化疗

PICC乍听以为是中国人寿保险。简单说,它是用聚氨酯材料做成的一次性无菌外周导管,用于中长期静脉输液,是化疗药物的特殊通道。从臂窝的静脉穿刺,导管直达靠近心脏的大静脉。化疗药物输入后直接抵达心脏大静脉,心脏速度很快的血流迅速稀释化疗药物,分散到全身。避免了药物对血管的刺激,保护了上肢静脉,减轻疼痛感。这个导管一直要保留在体内,直到化疗结束。

我看到托盘上放着PICC,消毒的碘酒,还有一根针,比纳鞋底子的还要粗。

我躺下来,护士蒙住了我的脸。我深呼吸。要想抵达一个地方,要先修路,粮草先行。我的粮草是那些毒药,这些毒药可以做核武器。我的路就是PICC,它是一个安全通道。

治疗室有一个护士,长得挺好看。我每一次受皮肉之苦的时候都是她来通知我。后来只要看见她,我就害怕,甚至觉得她长得像一条蛇,细碎的糯米齿上有毒。我心里管她叫蛇护士。

现在作为助手蛇护士站在我面前。我咬牙切齿地说:"那些没有杀死我的,让我变得更强大。"

大夫用一根尺子量了臂窝通到心脏的距离,说,四十八厘米。我的胳膊被紧紧地扎住,有两只手把我的胳膊钳住,这两只手就是那个护士的。接着是刺痛。他们以为我会挣扎或者抽搐,死死掐着我的胳膊,像制伏一个歹徒。可是我动都没动。我想,是一根针又不是一把刀。我对疼的耐受增强了,眼一闭牙一咬心一横就过了。一个仪器发出响声,他们舒了一口气。大夫说,好了,成功到达上腔静脉。看来对于这个手工活儿,他们也没把握,所以也很紧张。

那是一根四十八厘米长的头发丝一样的管线,漂浮在心脏附近的大静脉,它像一根水草摇曳多姿。我低头看一眼心脏的位置,第一次感觉到心脏离我这么近,如果没有胸腔,它就鲜红火热地跳在我的眼皮下。现在我的心脏又接受了新的任务,要把那些毒药迅速分散到身体的各个部位。

我的身体上多了一个部件,上面贴着一层膜,防止细菌感染。PICC在体外的那部分三天就要用盐水冲洗。它要跟随我几个月的时间,洗澡时要妥善保护它。我想象,如果我想自杀,是不是可以通过这个管道让血液全部流出体外,或者打进去农药让心脏毙命?

蒙大夫反复询问我们,是不是依然坚持改变化疗方案。我和几何同时点头,并且签了字。我们选择了最轻柔的化疗方案,四次,每二十一天一次。二十一天是白细胞受创伤再行恢复的周期。

如果在这二十一天里,正常细胞没有恢复,反而是癌细胞再次复活了呢?要知道癌细胞比正常细胞生殖能力更强。可是事情容不得我们想这么多,错过化疗的最佳时间,后果自负。

无菌化疗室有两个床位,对床是那个救了丈夫的女人,她的肝脏被放射线烧伤了,放疗暂时停止了,可化疗继续。只要一息尚存,能够承受,他们就要对癌细胞穷追不舍。死马当活马医。

蛇护士推车进来,叫我的名字。来了,该来的来了。

我喊着几何,几何。几何一手提着裤子从洗手间里出来。我拽着他的胳膊,摇着他的胳膊,拖着哭腔说,能不能不做啊?

我看到几何双眼通红,原来他是躲在洗手间不敢出来。

我们躲不开,我们别无选择,我们不敢用命做赌注。这个世界上这么多人,多我们少我们无所谓,可在我们的世界里,我们是全部。

对床的男人抬腕看了一下手表,对几何说,家属最好出去,这事儿别人替不了,就得自己扛。把这事儿扛过去就没有扛不过去的事情了。

几何没有动,他可能想,那你怎么不出去呢?

我躺下了。看到一袋子咖啡色的液体,外面用什么东西罩着,怕光。蛇护士先在屁股上打抗过敏的针,打镇静药,接着就把咖啡色的液体接到置管上。一眨眼的工夫,这种东西就进我的心脏了,瞬间会淌遍全身。它像一片蝗虫,扇动着翅膀,张开了铺天盖地的嘴。药滴得很快,半个小时就完了。之后输的是保肝护胃止吐的药。从进药开始就要喝水,几个小时要喝掉六升水,帮助排毒。

没有想象的那么恐怖。我看了一眼外面的天,还是蓝的。

第一泡尿是橘红色的,后面紧锣密鼓地撒尿,颜色越来越鲜艳。十二小时后,颜色恢复正常,我幼稚地认为,毒药被排泄出去了。

仿佛从身体的中心开始,一层一层地向外泛滥。人在波浪之上,五脏六腑挪动了地方,互相碰撞,翻滚。在一口锅里,煮你的心,烫你的肝,煎你的肺,炸你的胃。呕吐,呕吐,掏空胃,再掏肠子,掏空身子,扔到大街上。

想死,真的想死,想得到片刻的安宁。沉浮在空气中,闻到了腐烂的气息。我想快了,再迈一步就到了。天空一片白,白的深处是黑,深不见底。我想这就是死了。

我想留下最后的一句话,我说,水不洗水,尘不染尘——

一滴一滴的水落在我的脸上,冰凉如雪。

不知过了多久,我听到几何喊我的名字。我得活着,我不能死,我得让癌死。我不能让几何变成鳏夫。动了动嘴唇,想一点儿人世间美好的东西,想起一种又凉爽又甘甜的水果。

山竹。山竹。

几何出去买山竹。

我扶着床下地,摸着向前走,趴在窗户前的木头栏杆上,喘气。我看到楼下有几棵树,槐树、杨树、白玉兰,只是没有香樟树。我如果跳下去,会落在那一丛冬青上,那冬青绿得像一堵墙。

我挂在木头栏杆上,没有纵身一跳的力气。又一阵大口呕吐过后,心回到了心窝里,一口气从脚底提了上来。命又附在身体上了。

我伸着脖子还是看楼下的树,突然看到一个熟悉的身影,大个子,佝偻着腰。由于脑袋太发达,太大,四肢细长,看起来极不协调,那是我的男人几何。他手里提着东西,绕过一辆车,急匆匆地走,被什么东西绊得跟跄一下,山竹滚了一地……他猫着腰一个一个地捡。

十九年前,我与这个男人一见钟情。他的落拓、特立、羞赧,是那么与众不同。我孤注一掷地迎上去,像迎上了一座山峰,从此就开始了跋涉。如果没有这场病,我们就各奔东西,另投高明,俗者自俗,仙者自仙了。我们会淹没在茫茫人海里,有时候偶然想起,或者根本就忘记了。两个人过得久了,还是不要分开吧。纵使没有爱情，依靠着动物的习惯性，也不想轻易离开。家里只有一碗饭了，你让给我，我让给你，最后剩下了。家里只有一个山竹了，你舍不得吃，我舍不得吃，最终放坏了。日子长了，生出了恩，生出了义。如果分开了对两个人都没有好处，哪怕受一点儿委屈，都要在一起耗着。爱情是一种情绪，像火着完灭了，走得很快。可是恩情、情义，沉淀在细胞里，谁能一甩头就恩断义绝呢？

吃了山竹，有了一点儿力气，得到了片刻的安宁。我对几何说，化疗也就这么回事儿。

几何扶我坐起来，护士进来给对床换药。

我啊地叫了一声，几何赶紧用手捂我的嘴。

我看到那个女人的胸部了，像一只烤鸭，是一只烤鸭！

那个没有心肝的护士用钳子夹着碘伏，在烤鸭焦黄的皮上涂抹，皮裂了，里边是粉色的肉，淌出黄水。

他家的男人背过脸去，抬腕看一下手表。他家的女人闭着眼睛，脸上一点儿表情都没有，仿佛一大半都死了。

几何用身子挡住我的视线，我的身子抖动起来。

房间重复平静，什么都没发生过一样。

几何把一只山竹递到那个男人手里，男人点头致谢。男人剥开山竹，取一瓣放在女人的嘴边，女人的嘴唇一动不动。男人自己嚼了果肉，对在女人的嘴上，女人有了吮吸的声音。女人叹了口气，男人也舒了口气。就这样这个女人吃了一只山竹。

几何示意男人到外面去，男人示意我照看一下女人，我点了点头。从他简单的一个眼神，我看出来，这是个内心柔软的男人，心思绵密。我无法把他和所谓的"双规"联系起来。

我听得几何在门口说，是不是考虑停止化疗，身体损伤这么大，免疫系统遭到严重破坏，即使癌细胞杀死了，已经没有了滋生正常细胞的环境。哪怕停一下，观察一下，给身体一个喘息的机会……

我看到那个女人眼皮睁开了，转动眼珠四处看了一下。她突然向前伸出一双手，喊了一声什么。男人冲进来，扑向自己的妻子。女人把一只手插进丈夫的头发里，安静下来了。

男人突然放声大哭。他不顾一切地号啕，震得整个房间嗡嗡地响。

自从我住进这里，这种情况不止一次地出现。男人，也就是家属，面对化疗反应的女人，频频失声。而女人们忍受化疗，多半是为了家属，这样能让他们安心，能让他们看到希望，能让他们感觉自己尽了心。

夜幕降临时，那一对夫妇依偎着睡着了，他们有着均匀的呼吸。

我和几何对视了一下，微笑了一下。有一种感觉心照不宣——比起那个女人，我的情况轻多了，或者就根本不是个病。我们俩手握在一起，几何还坏兮兮地抠了下我的手心。我们高兴得仿佛占了谁的便宜。

三天的化疗结束后，我们和那对夫妇分开了。

几何真的是一个天才，他综合了网络和专业书籍的一些说法，形成了自己的一套观点。

癌症只是慢性病，它是表现在身体某一部位的一种全身性疾病，因此不能头疼医头脚疼医脚。

癌症不是一天得的，也不要想一天治愈。身体是一只碗，不平衡了，倾斜了，水洒了。先把碗扶正了，水也就平稳了。也许倾斜用了多久，扶正也要多久。

抑制癌细胞的生长，放化疗只能起到暂时的作用。放化疗治疗的是长了肿瘤这个结果，而我们应该寻找的是起因。真正长效的方法是调动自身免疫系统的力量，东风压倒西风。要想长期活着就要靠自愈力，而不是靠化疗药。大夫治愈的是我们的病，自身治愈的是我们的命。

放化疗的药物在身体里很难代谢，会形成新的病疴。对它的使用要少之甚少，它是一本高利贷，身体要加倍还的，甚至还得血本无归。

他像个传教士给患者和家属宣传他的理论，没几天工夫，有两个化疗患者跑路了，其中一个就是丫头。她给亲人留下信息，她说她化疗是为了不让母亲绝望，她肯定说服不了母亲停止化疗，所以带了钱一走了之。

医院的大夫和护士开始排斥几何，他的"一家之言"给医院带来了负面的影响，破坏了医院的正常秩序。几何像个地下党一样，看见医生或者护士来了，赶紧变换话题说，您吃了吗？

有必要说一说化疗后的第十四天。

化疗结束的那一天往后七天,体内白细胞开始下降,如果白细胞数量低于三千就要打白细胞集落刺激因子,俗称升白针,胳膊肌肉注射,每支一百八。我在第八天的时候,白细胞数量三千五,第九天的时候,两千八。几何说,最好你自己长出白细胞,这对你的细胞生殖能力是一个考验,再坚持一天。第十天恢复到三千五,第十一天完全正常了。几何说,扛过来了,还在我的屁股上拍了一巴掌说,你这种体质适合抗癌,真棒。大夫照常给我们开升白针,我们反正是公费医疗,趁机把升白针送给农村的患者。挺开心。

我的手指甲和脚指甲变黑,关节变青,伸出手来像乌鸡爪子。我像一只蜈蚣满身毒气。我的体内正经历着一场革命,打碎一个旧世界,迎来春色满人间。嘿嘿。

第十四天的早晨,我起床照镜子。我一动自己的头发,有一大把就粘在我的手指上了。另一只手插进头发里,一捋,又是一大把。出家人为什么要剃度呢,人没有头发了凡尘的心就死了。

我的眼泪又冒出来。蹲在地上,全身瘫软。

几何把我拽起来,说,掉头发又不疼有什么好哭的,半年就长出来了。

等他再进病房时,我差点儿以为什么人走错了门。他顶着一颗青皮大光头,他摸着头顶,脸上三分羞涩地说,俺俩一样了,一丘之貉,呵呵。

两三天的工夫,一头秀发就没有了,干脆彻底理了大光头。接着全身的毛发都没有了,眉毛、睫毛、体毛,像被开水熄过的白条鸡。

我们俩光头坐在病床上相互照耀,交相辉映。他捏一下我的脸蛋说,小尼姑,和尚捏得我捏不得?

我没心没肺地笑,心想,得个小小的癌症也不是太坏的事。

从网上买了个假发,戴上,人模狗样的。

二十一天一次化疗。这二十一天是这样安排的:前三天输化疗药物和配合化疗药物,死去活来。之后每三天抽一次血,检测白细胞量,这几天白细胞迅速下降,形如槁木。第十天左右,白细胞下降到极限,打升白针,拆了东墙补东墙。十四天左右白细胞恢复,死而复生。后面的一周努力加餐饭,恶补,喝五红汤直喝到吐。刚捯过一口气,转眼到了二十一天,闭着眼裹革上阵,舍得一身剐。

第三次化疗的时候,我的PICC出了一点儿问题,外置的U形管渗漏,要把渗漏的那一点儿截掉。我又一次躺在治疗室的床上，蛇护士过来了。害怕得要死，江湖愈老胆子愈小啊。蛇护士用天使般的声音对我说，不要紧张，我动的是你的鞋子，不是你的脚。

多亲切的声音啊，宛如天籁。我兀自坐起来，深情地看着她说，你长得真漂亮啊。

十四　切错了

敬爱的PICC离开我了，蛇护士用纤细的手指一捥，漂浮在我心脏附近的那根线就出来了。我自由了，任何强加在我身上的东西都没有了，我高兴得想唱歌。幅度很大地洗澡，从那条胳膊上搓下了几层皮，啊，痛快得想骂一句脏话。

几何提着大小包裹，我跟在后面，我们出院了。和大夫道别，和病友们道别，竟也充满了依依之情。我们的那本《慢癌症》传遍了每一个病房，再没有传回到我们的手里。几何说，就留在这个医院，后面还有很多人需要它。

坐在车上，回望一眼妇女保健医院，跟我刚进来的时候一模一样。那些排着队等待手术的女人，穿着五颜六色的衣服，背着花红柳绿的包，她们怀着忐忑之心共同奔赴一个地方。当时我和刘一朵就站在那个地方，我穿着蓝色的衣服，她穿着黄色的衣服。我们抻着脖子向前张望，企图看到我们的未来。那些可怜的女人，什么样的命运在等着她们啊，至少有一半的人，不是她们向未来走去，而是未来向她们走来。女人一出生就背负了这样的宿命，这就是第二性的悲哀。

车发动了，再看一眼我待了整整一个季节的这个地方，除了植物更加勃发，这个地方真的和我进来时一模一样。不一样的是我自己。我有什么东西落在这个地方了。那个女人的声音又传了过来，乳房哪儿去了，乳房哪儿去了……乳房，我们身体的一部分，它只是先走了。像你身边的一个朋友、一个亲人，先走了一步。我们想念怀念是难免的，但我们终究会共赴一处，从这个意义上讲，我们最终没有分离。

堵车，堵车，人们匆匆忙忙往前走着、赶着，去往想去的地方，大家都那么急。女人们穿着最适合自己的衣裙，挺着胸，那是她们与生俱来的骄傲。

所有的女人都有，我没有了。

在病房里，所有的女人跟我是一样的，已经忘了缺陷。而此时，大街上，人流里，我跟所有的女人都不一样。

大家都有，就我没有了。大家都有，就我没有了！

车戛然而止。几何调过头来，有点儿不高兴。他说，给你说过多少次了，开车的时候你不要一惊一乍的。不就是头发嘛，一把韭菜，用不了半年就长出来了。

他以为我说的是头发。或者他故意指鹿为马。作为癌症病人的家属，要有超出常人的智慧。几何进步真快呀，他会避实就虚了。

很快就到了小区门口，香樟树在，咖啡店在，孩子们在。如果这十几年我有正常的生活，那些孩子们，此时，会有一个，张开双臂向我扑过来。

我，一无所有。

上楼，开门。头顶叮当作响，哦，是一只风铃。几何说，是赵保住在街边上买的，说第一次上人家得带个东西。

这是中国人的礼数。这礼数挺好，看到这个风铃我就会想起赵保住夫妇。

终于回家了，自己的家多好啊。

我拿起了抹布，抄起了拖把，换床单，洗窗帘。过去为了做家务还委屈生气，真是太傻了。擦地板多愉快啊，清洗厨房多幸福啊。能忙忙叨叨过日子，哪都不疼哪都不痒地活着，好死了。

歇下来，天黑了。黑这种颜色，是世界上最美丽的颜色，因为它包含了所有的颜色。在这个包罗万象的黑夜里，我和几何并肩坐下，这真的是一个不错的结局。空气突然那么安静，我们几乎要屏息了。几何的手摸索着抓住了我的手，我下意识地还往回抽了一下。

两只可怜的手摸索着，顺着脉搏，摸回了过去生活的线索，或者摸向了未来生活的预期。

好的夫妻，两全其美。不好的夫妻，两败俱伤。

躺在床上，谁也不好意思动。他还是借用了手，放在我胸前的那片废墟上。上上下下地摸，仿佛数不清我有几根肋骨。我能感觉到，这与性没有关系，与情爱也没有关系，这是亲情，是对亲人的疼，是心疼。

几何因为夜间工作,为了不打扰我,大多睡在书房里。白天饭菜端上来,他依然说,筷子呢?

生活回到了原点,似乎连一点儿接缝都看不见。

我服用一种叫三苯氧胺的药物,降低体内雌激素。我想,我会不会第二特征消退,变成一个男人? 那也挺好,做一遍女人再做一遍男人,或者雌雄同体,啊,占大便宜了。

还是不愿意见人。邻居敲门借个什么东西,查水表的,送纯净水的,送快递的,我哧溜一声钻进卧室里。

我甚至不敢上阳台,怕看见香樟树、咖啡店,还有那辆面包车。

我不想出门,怕门。刘一朵说,怕什么就盯着看。我盯着门看,看那串风铃。

三苯氧胺的副作用马上显现出来了, 全身两百零六根骨头转着圈地疼,尤其是天灵盖,像上了紧箍咒。我上网查,服用此药后,就会出现潮热、心慌、胸闷、失眠、焦虑、骨痛等症状,是雌激素下降后的类似更年期反应。

还有一个更重要的问题,化疗期间吃过的东西,看见就吐。鱼、肉、蔬菜、红色的饮料、咖啡色的物品,在医院见过的任何东西,都会让我翻肠倒肚。

我和几何考虑要离开这个地方了。换个环境,对我很有好处。几何说,我没有职称,没有职务,我啥都不是,只有一肚子的知识,最适合像孔子一样到处游说。几何说,我们前期选择了最有准备的治疗方案,没走一点儿弯路,既然癌症是一种生活方式病,那离开原来的环境和生活是改变身体状况最好的方式,橘生淮南为橘,生淮北为枳,所以我们的前途在远方。远方很多,我们去哪个远方呢? 几何说,世界上还有四分之三的人民在受苦,我们就去看看那四分之三的人民吧。几何说,什么都没有真是一身轻,只是这套房子是累赘,当初我说不喜欢新房子……

同时我也了解到,像我这个级别的乳腺癌完全可以做保乳手术。我符合做保乳的条件,肿瘤小于三厘米,与乳晕的距离大于一厘米,淋巴零转移。癌细胞的运动途径根本不是向着周边扩散,而是跳跃式向着肺、骨、脑转移。所以早期乳癌的改良根治术是没有意义的。

天哪！我立刻跳起来，在房子里转了一圈，把桌几上所有的东西划拉到地上，用脚踹，天哪！我给几何拨通电话，喊，切错了，切错了！几何正在上课，我把话筒摔在墙上。

等几何回来，我的刀口崩开了，流血，患侧的胳膊肿得像个萝卜。

赶紧去医院。临近妇女保健医院，看见血红的几个大字，我开始条件反射地呕吐。

处理完刀口，我就冲进蒙大夫的办公室。我拍着我的胸腔说，我应该做保乳，你们的治疗是错误的，是不负责任的。

蒙大夫看了我一眼，可能是见多了，她宠辱不惊。她打开电脑，可能是在找我的病历。她说，你的肿瘤已经浸润，做保乳需要放疗，放疗对人体的伤害也许一生无法消除，因此放疗后五年之内不能怀孕或者终身不能怀孕。我们征求过你的家属的意见，他不同意术后放疗，也就是说，他选择了保护你的整个身体，选择了以后的怀孕，而没有选择保留你一只乳房。

我回头看了一眼几何，他赶紧把脸别过去。

不管怎么说，我是有可能保乳的。病房里那么多姐妹，几乎都是什么狗屁改良根治术。医院遵循的这个国际规范的治疗方法，绝对涉嫌过度治疗。

我一心痛，就说不上话来，只能不顾颜面地咧开嘴痛哭。

蒙大夫用鼠标拍了一下桌子说，我们为每个病人做的治疗方案都尽可能地接近科学，请你不要在一个小小的乳房上纠缠。十床的病人刚去世，她生前最大的愿望是能和你们一样切除乳房。

我张大了嘴。

蒙大夫继续说，很多患者或者家属要求把另一侧乳房都切掉以防止复发。这个道理很简单，没有这个部件了，就不可能在这个部件上得病了，皮之不存毛将焉附。我们有命才能活着，不是我们有乳房才能活着。

再回到家里，我就不想说话了，无话可说了。世间万物都有它的道理，我得顺变。顺变，需要大勇气。

但这件事无论如何成了我的心病，我对几何心生怨怼。道理我认，但我对几何不能宽宥。

收拾东西，又看到了赵保住留给我的纸条。一扇门，门上的一串东西，一个扎辫子的女孩子。我恍然大悟,这不就是我的家吗? 一扇门,门上一串风铃,还有一个女孩儿。明白了,赵保住在我家里看到一个女孩儿。他在提醒我,在我住院期间,我家里有一个女人。

我对几何说,你买菜,你做饭,你洗衣服,你熨床单,你擦地板,你擦玻璃,我以前干的你都要干。你不要想找钟点工!

几何笨手笨脚地做这个做那个,因为没有章法,家里乱作一团。我不满意,把手头的东西都砸了,沸反盈天。他终于忍受不了了,想夺门而去。我指着窗户说,你如果敢走,我就比你先到楼下。几何大叫一声头撞门框。

光脚的不怕穿鞋的,胆大的怕不要命的。隐忍的人就是要得病的,那些癌细胞就是攒下的委屈和忍耐。我要改变我过去的生活方式,我要改变过去的行为方式,我要改变癌细胞生存的环境,我要自愈,我要自救。

原来伤害别人很容易啊,很痛快啊。

几何切菜把手指当成菜了。他把菜刀往案板上一扔说,你,进手术室的时候说什么啦? 你说话不算数!

进手术室之前,我说"我爱你"。几何后来的改变可能缘于这三个字,这是我对他的鼓励。即使一个多么不愿意付出爱的人,他也想听到这三个字。想得到爱是一个人的天性。

早上起来,看见他撅着屁股刷马桶呢。晚上,他蹲在那里擦皮鞋,蹭儿下还吐一点儿口水。因为手的协调能力差,鞋刷几次都掉在了地上。他像一个敬业的鞋匠,神情是那么专注、谦逊,那么心甘情愿、责无旁贷。

我的眼泪喷涌而出。这是我想要的那个人吗?我这么多年对他的期待、承担、背负和宽容,就想让他成为这个样子吗?

听到动静他转过头来。他的眼神是被伤害过的。嫌弃,软弱,躲闪,忌恨,冷漠,嘲笑。我看到了我过去对他的眼神,过去这种眼神属于我的,现在还给他了。

我看出来,他是水里浸泡过的竹子,表面柔软了,内心依然坚硬。

这对我是个安慰。

门铃响了,我拿起对讲机。一个女孩子的声音:师母,我是几何老师的学生。

好，母狼出现了。

我赶紧戴上假发，在镜子前照了一下。我做出龇牙咧嘴状，预演着对马上就要发生事情的应对。

老娘是得过癌症的人，老娘是割过乳房的人，老娘是做过PICC的人，老娘是做过化疗的人，老娘是个秃子，老娘还怕谁？

是一个小巧的姑娘，白皙，爱笑。她说，几何老师说师母爱干净，我把房子收拾一下。她径直走向卫生间，撸胳膊挽袖子就干起来。看来她是轻车熟路的，没多久就搞定。最后，她把门口的几双拖鞋拿到卫生间，她蹲在卫生间地上洗鞋底子。哎呀，这个做法，这个程序，跟我平时干活儿一样样的。我看见她弯下腰露出背部的一块肉，白嫩，鲜美。真年轻，真健康，真好看啊。

我没有妒忌，心情瞬间就好了。

姑娘乐呵呵地走了。

后来又来过几个姑娘，都干净而好看。我不知道她们中的哪一个是想给几何生孩子的人。

我一直没有跟几何说起赵保住留给我的画，我不会用这个小事损耗我仅剩的自尊。这对于我已经是再小不过的事儿了。一个没有生过孩子的女人，应该还是一个小女人，使小性子，吃醋，撒娇。我不会，我曾经沧海还在乎这一滴水？

我的头发长出来了，有一点儿自来卷。修剪成大男孩儿的发型，配了木质大耳环，我可以下楼了。

香樟树旁，面包车在，女人在。她留长发了，挂面似的垂着。我们面对面站着，笑。

坐在咖啡店，女人说，让我猜猜，这阵子你干什么去了。

哦？她知道我的事了？我感觉到潮热来了，从四肢蹿着涌向脸部。我的脸红了。

她说，你去希腊了，去雅典了。

哦，我穿了一件白色的长袍，阔形，是为了掩饰上半身的缺陷。

她说，我在一本书上看到过雅典的新娘婚纱，简单的白色长袍，天然的色泽和肌理,头上一个花环。这是我最喜欢的结婚礼服。等我老公出来了,我想穿上这样的衣服补个婚纱照。

她把头发往耳朵后掠了一下,低着眼睛说,本来几个月前就期满了,我和大音提前粉刷了房子,换了家具,晒了被子,擦了玻璃,我们做好准备迎接他回家,可是三个月前……

我抓住了她的手,三个月前怎么了?

她叹了口气说,他又闯祸了。都是我平时怂恿他,惯他,都是我的错。他的罪很轻,看管得也不严,就要出来了嘛。可他趁监管不备从监狱里跑出来,为一个生病的女人送一本书。这本书对这个女人至关重要。这个女人对他至关重要。结果刑期又增加了半年。

我没有责备他。探视时,我问他,你是不是喜欢那个生了病的女人。他说,是的。我说,那人家喜欢你吗? 他说不知道。

他从来不骗我。我的心里五味杂陈,酸咸苦辣甜,最主要的还有甜。他喜欢一个人是愉悦的,他愉悦,我也是愉悦的。

如果有一天他和另外一个女人有了爱情,我会放他走。但是我们有一个共同的家这个事实今生无法改变,这里永远是他的家,回家的路他认得。任何爱情无法稀释我们的感情。一个人可以抛弃无数段爱情,但没有人能抛弃亲情,那是用血肉做成的一根绳。爱情相对于家,不过一个浮浅的形式。

我呆若木鸡。端起咖啡,干呕。

分手时,我突然做出了一个决定。我对她说,我要离开这里了,要走很长很长时间,也许会去希腊,或者更远的地方。

她过来拉了一下我的手,说,走到最远的地方,穿越千山万水,再从最远的地方折回来,再穿越万水千山。

她的眼睛是那么明亮,我从她的眼眸里看到了另外两个人, 老公、大音,都是她心尖上的人。相由心生,这是一个看了很多书的女人,她的心里有爱和诗意。这是一个绝美的女人。

我抬头看着我家阳台上的三叶草,说,我能不能托付你一件事? 她点头,笑。我指着有着三叶草的那个阳台说,你们全家帮我看护那个房子吧,你们必须住在那里,我们回来后,房子是暖的,三叶草是绿的。

十五　千山万水

出发了。远方是新鲜的。一口吸尽千江水，一口吐出万里山。如果把身心腾空，再投入进去的是另一个世界，你是新的，世界就是新的。

三年后，我和几何落脚在希腊。这是我们三年来居住过的第五个地方。每到一个新地方，我们租住简单的平房，种菜种花。几何出去工作，他教汉语，教几何，教文学，教历史，教哲学。

我身怀六甲，迷恋从大自然长出来的各种颜色，迷恋芸芸众生世相百态，迷恋世界各地稀奇古怪的服装，迷恋几何的才华。我腆着大肚子，倚在门框上，等待他回家。远远地看着他回来了，手里还晃着一把芹菜，两个人咧着嘴笑。我见青山多妩媚，料青山见我应如是。

临近分娩的时候，几何想家了。他念叨阳台上的三叶草，门上的风铃，小区的香樟树、咖啡店。离开家的时候，他要去看天下四分之三的受苦人，现在我们连十分之一还没有走完，几何就想家了。女人嫁了人丈夫就是家，可男人只认故乡。

我们出来时身上剩下了一些人民币，一百的，二十的，一块的，几毛的。他把花花绿绿的票子贴在墙上，没事看它们。我们去看七百年前的雅典建筑，几何说，那个时候我们的包龙图打坐在开封府上。坐在小酒馆里，他说他想喝花雕。他说他想念中国的青铜器、紫檀木、方块汉字、成语词典。他说，中国，中国，文质彬彬，君子之国。

他的脸上充满了忧虑，居庙堂之高则忧其民，处江湖之远则忧其君。他在梦里呼喊着那个国度，伸出双臂拥抱它。他不放心多少年来供养他的那片天地，那些父老乡亲。

我们的女儿出生了，名字叫红薯。做了父亲的几何一脸羞赧，他端着一碗小米粥说，敬你一碗小米粥，你四岁了。

是的，我四岁了，以后的日子长着呢，我将慢慢地生长。

我把红薯放进几何的臂弯里，作为妻子，这是一个交代。这是一个传承，我们母女爱户主爱家爱生活，前赴后继。

我用一只乳房喂养她，我们共同生长。我已经习惯了一只乳房。在公共场合，红薯撩起我的衣襟，找奶。我一只奶头上吊着红薯，和一些善意的人打招呼。

两只乳房的我，已是我的前世。谁整天没事老想自己的前世呢？

几何问我什么时候回家呢？我说，等红薯长大了，她说啥时回家咱就啥时回家吧。

出来三年多我们没有任何通讯工具。几何出去上课时，我抱着孩子到有互联网的地方，向我们中国的亲朋好友们报告红薯出世的好消息。

一台电脑，连接了远隔千山万水的家乡。那家医院，妇女保健医院，原来我对它是那么牵挂。

我上了医院的网站，得到了一个坏消息，一个好消息。

坏消息是关于那对官员夫妇的。妻子死于放疗后的脏器感染。妻子去世后，丈夫极度悲痛，极度自责。他如果不是那么急于求成，妻子自然死亡的进程至少有两三年的时间。如果能慢一点儿，妻子还活着。有一天在家，突然听得外面急促地敲门，丈夫以为他又要被"双规"了。他抱起妻子的遗像从窗户一跃而下。

其实敲门的是邻居，邻居的孩子发生惊厥，怕120堵车，想借用他的车去医院。

那两个看上去很优雅的人走了。他可能没有来得及看一眼腕上的手表，人生止于抱起妻子的那一刻。

好消息是关于刘一朵的。一段视频：一个南方女子十几年前被拐卖到北方农村，生育一男一女。三年前在妇女保健医院进行晚期乳腺癌手术治疗。现成为妇女保健医院乳腺科志愿者。一个患者从手术台上跳下来，情绪激动，跟我当初一样，胸前裹着纱布，一头就撞在门框上。这时，一个女人迎上来，伸出双臂，抱紧患者。她一只手拍着患者的后背说，不要怕，不要怕，有我呢。你看看我，我和你是一样的，你看我活得不是很好吗？

她依然穿着那件明黄色的衣服。

我的脸上爬满了泪水。这个翻越了千山万水的苦命女子，没有爱情，没有财富，没有健康。

她残缺的胸脯，每天要迎接多少因恐惧绝望而颤抖的心脏。她的脸庞清冷如月色,因为挂满怜爱而显得那么慈悲。

我的手在键盘上迟疑,我还想得到那一家人的消息,可是我不知道他们的名字。我小心翼翼地百度"某某城市流动书店"。

我找到了一个叫"三叶草"的博客,进了空间。

啊,有很多图片,都是我熟悉的。门上的风铃,阳台上的三叶草,还有我家各个角度的照片,跟过去不同的是,房子里多了一些书架,层层叠叠的书直到屋顶。

有一张一家三口相拥的照片,背景是香樟树。妻子靠着老公的肩头,孩子为了让自己高一点儿,站在父亲的脚上。他们的笑容相似,甚至长相也相似。他们的爱沦肌浃髓。他们已经不是某三个人,他们的身上长着彼此的细胞和基因,他们同体共生。

我的目光落在另一张照片上——一本连环画,《一块银圆》。那个时候我们叫小人书。小人书很旧了,泛黄的封面上写着三个稚拙的字:林似锦。

我认出来了,这是我小时候压在枕头底下的一本小人书,这本小人书一度哭干了我的眼泪。

——为了一块银圆姐姐被卖给了地主李三刀。有一天老地主婆死了,我和娘看到一架马车上坐着一对童男女,手里捧着银色纱灯,那个女孩子就是姐姐。我喊姐姐,姐姐不应,原来,李三刀为了给地主婆陪葬,给姐姐灌了水银,把穷人家的孩子毒死了……

记得我把这本小人书送给了苗苗孤儿院里的一个男孩子。

那个男孩子经常把大脑袋从铁丝网里伸出来看外面的世界。他长着一头鬈发,像《流浪者》里的拉兹,我很喜欢他。我把小人书从铁丝网的格子里塞进去,撒腿就跑。后来我们搬家走了,我再没回到那个地方。

下一张照片,是一个男人的背影。

十几年前,在法庭上,我急着想看清的那个人,只给我留下了一个背影。他急匆匆地走了,像一幅剪纸。

在某些情况下,一个人的存在本身就是对另一个人的安慰。哪怕背影对着背影。哪怕远隔千山万水。

他说,我不能不吸烟。

我嗅到了烟草味,极纯粹。

我们可以不在一个时空里，但必须在一个境界中彼此仰望。

中国人常说老天保佑。

老天保佑！

黄昏，异国，河边。我从河水里打量自己的身体。我的心已经宽容了它的残，谅解了它的丑。就像我的男人和我的孩子，无论他们什么样我都会接纳它们恩宠他们，他们是我的，我的一部分，甚至就是全部。

我抱着红薯，绕过一院的三叶草。我做熟了饭，去找几何。我扯开嗓子喊，几何，回家吃饭。几何，回家吃饭！

【作者简介】向春，小说作家。本世纪开始小说创作，发表小说一百多万字。著有长篇小说《妖娆》《河套平原》等四部，小说集《时间漏洞》《向春的小说》《西口外》等三种。获敦煌文艺奖、黄河文学奖、《作品》金小说奖等奖项。鲁迅文学院第二期高研班学员，中国作协会员，现居兰州。

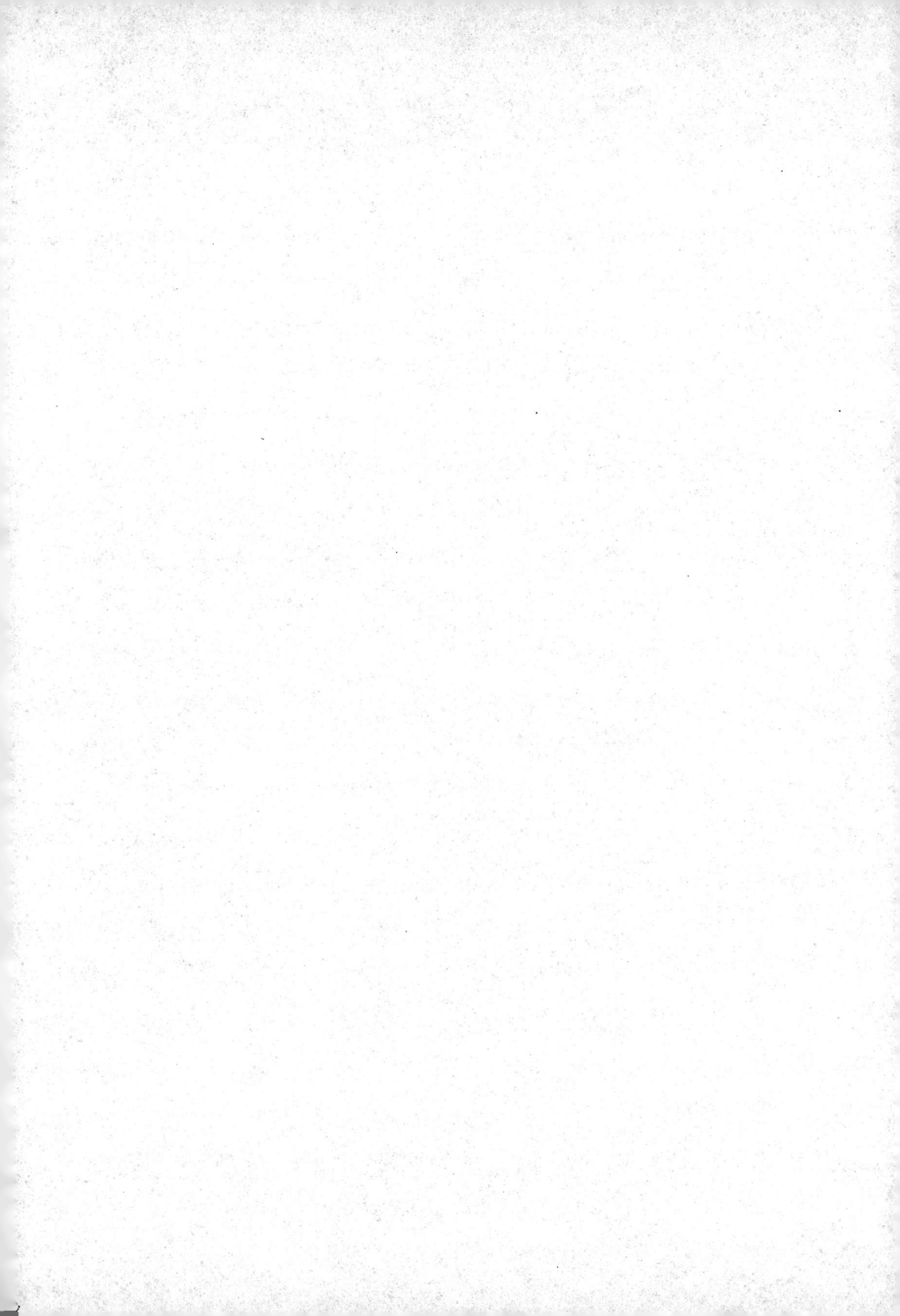